ullstein

JULIANA WEINBERG wurde in Neustadt an der Weinstraße geboren. Heute lebt sie mit ihrem Mann und ihren Kindern im Pfälzer Wald. Neben dem Schreiben ist ihr Beruf als Lehrerin ihre große Erfüllung.

Von Juliana Weinberg ist in unserem Hause bereits erschienen:

Audrey Hepburn und der Glanz der Sterne

JULIANA WEINBERG

JOSEPHINE BAKER

und der Tanz des Lebens

Roman

Ullstein

Besuchen Sie uns im Internet:
www.ullstein.de

MIX
Papier
FSC® C083411

Originalausgabe im Ullstein Taschenbuch
1. Auflage April 2021

Umschlaggestaltung: bürosüd° GmbH, München
Titelabbildung: Bridgeman Images / CSU Archives/ © Everett Collection (Josephine Baker); Alamy Stock Foto / © Granger Historical Picture Archive (Woolworth Building), © www.buerosued.de (Landschaft)
Gesetzt aus der Quadraat Pro powered by pepyrus.com
Druck und Bindearbeiten: CPI books GmbH, Leck
ISBN 978-3-548-06498-7

I have walked into the palaces of kings and queens and into the houses of presidents. And much more. But I could not walk into a hotel in America and get a cup of coffee, and that made me mad.

Ich habe die Paläste von Königen und Königinnen und die Häuser von Präsidenten betreten. Und vieles mehr. Aber ich konnte in Amerika nicht in ein Hotel gehen und eine Tasse Kaffee trinken, und das machte mich wütend.

Josephine Baker

Prolog

St. Louis, Missouri, Juli 1917

Obwohl sie todmüde war, konnte Josephine nicht einschlafen. Es war stickig und heiß in der kleinen Kammer, und die Körperwärme ihrer Geschwister Richard, Margaret und Willie Mae, die das Bett mit ihr teilten, ließ sie noch mehr schwitzen. Vorsichtig, um die anderen nicht zu wecken, schob sie die dünne Decke von sich weg.

In einer Ecke des Zimmers raschelte es, und sie hob kurz den Kopf, um das Geräusch zu lokalisieren. Zwei Schatten huschten durch den schäbigen, mit billigen Möbeln ausgestatteten Raum und verschwanden kurz darauf unter dem Bett. Josephine ließ den Kopf wieder auf die durchgelegene Matratze sinken. Sie hatte keine Angst vor Ratten.

Ihr Bruder Richard stieß ihr im Schlaf den Ellenbogen in die Rippen, und im Nebenzimmer schnarchten ihre Mutter Carrie und ihr Stiefvater Arthur.

Josephine presste sich die Hände auf die Ohren. Sie lag bereits einige Stunden wach und wusste, dass sie so rasch wie möglich einschlafen musste, um noch etwas Erholung zu bekommen, bevor ihre Mutter sie um fünf Uhr wecken würde. Noch bevor die Schule am Morgen begann, musste sie für ein altes Ehepaar putzen, fegen, den Nachttopf ausleeren und Kartoffeln schälen. Zum Glück war der Weg nicht weit, denn das Ehepaar lebte wie sie und ihre Familie in Boxcar Town, einem Slum-ähnlichen Schwarzenviertel. Sie waren auf die paar Dollar angewiesen, die Josephine nach Hause brachte, um zu überleben.

»Du bist nun mal mit deinen elf Jahren die Älteste«, pflegte Carrie ungerührt zu sagen. »Das heißt, du hast Pflichten. Wir brauchen deine Mithilfe, vor allem, seit Arthur arbeitslos ist.«

Die kleine Willie Mae, die am Fußende des Bettes schlief, regte sich und murmelte im Schlaf etwas vor sich hin. Zudem glaubte Josephine, noch etwas anderes zu hören – irgendwelche Geräusche von draußen, vielleicht Rufe oder Geschrei? Sofort war sie wieder hellwach. Aber das waren gewiss Hirngespinste, Produkte ihrer Übermüdung. Josephine presste die Lider fest zusammen und versuchte, sich etwas Schönes vorzustellen, das sie in den Schlaf gleiten ließ. Ihr Leben war nicht einfach. Sie lebte mit ihrer gesamten Familie in einer kärglichen Baracke und musste hart für fremde Menschen arbeiten, die sie nicht immer gut behandelten. Das Einzige, das sie für ein, zwei Stunden aus ihrem Alltag entführte, waren die gestohlenen Stunden bei ihrer Großmutter, die ein paar Straßen weiter wohnte. Ihre Großmutter hatte eine Truhe voller alter Kleider und Hüte, und Josephine liebte es, sonntags in eine Robe zu schlüpfen, die ihr viel zu lang war, und einen altmodischen Federhut aus dem letzten Jahrhundert auf ihre wilden schwarzen Haare zu setzen, um der Nachbarschaft eine Vorführung zu bieten. Ausgelassen tanzte und alberte sie herum und sonnte sich in der Aufmerksamkeit und dem Beifall der belustigten Zuschauer. Diese Momente waren die einzigen, in denen sie wirklich glücklich war. Die einzigen, in denen sie das Gefühl hatte, etwas wert zu sein.

Ein lautes Geräusch ließ Josephine aus dem Halbschlaf schrecken. Es hatte wie ein Schuss geklungen, aber das hatte sie sich wahrscheinlich nur eingebildet. Boxcar Town war so arm, hier gab es keine Schusswaffen. Die Menschen hier konnten sich ja kaum ein paar Kartoffeln oder ein Stück Brot leisten. Sie setzte sich auf und horchte in die Dunkelheit. Und wieder Geräusche – dieses Mal unverkennbar Schreie. Ihr wurde heiß vor Angst.

Dann war es wieder still. Josephines laut pochender Herzschlag beruhigte sich. Die Menschen hier waren allesamt arm und lebten auf engstem Raum gedrängt; es war nicht ungewöhnlich, dass mal ein Streit ausbrach. Meistens beruhigten sich die Gemüter bald wieder.

Bevor sie wieder einschlief, versuchte sie, sich vorzustellen, wie sie in einem kostbaren Kostüm auf einer großen Bühne tanzte, umjubelt von unzähligen Zuschauern.

Im nächsten Moment wurde grob an ihrem Arm gerüttelt, und ihre kleinen Schwestern weinten, während sich ihr Bruder Richard ängstlich die Decke über den Kopf zog.

»Aufstehen!«, herrschte Carrie sie an. »Alle, sofort!«

Josephine versuchte mühsam, die Augen offen zu halten,

und blinzelte ihre Eltern schlaftrunken an. »Was ... was ist passiert ...?«

Es waren tatsächlich unverkennbar Schüsse, die die Ruhe der Nacht zerrissen. Carrie antwortete nicht. Der ohrenbetäubende Lärm und das Geschrei vieler Menschen, das wie eine Woge aufbrandete, sprachen für sich. Ein Überfall auf das Viertel. Carrie zerrte Willie Mae aus dem Bett und setzte sie sich auf die Hüfte, Margaret zog sie am Arm hinter sich her. Ihr Stiefvater nahm Richard und Josephine mit eisernem Griff an die Hand und bugsierte sie zur Hintertür. Eine Ratte strich um Josephines nackte Füße.

»Raus, schnell raus, macht schon«, rief Carrie zitternd, und noch während sie sprach, kam eine brennende Fackel von der Straße durch das Fenster geflogen. Josephine blieb fassungslos stehen und starrte einen Moment auf die Flammen, die sich rasend schnell durch den Holzboden fraßen.

»Beeil dich, Tumpy«, drängte Carrie, Josephines Kosenamen aus ihrer frühen Kindheit benutzend, »bevor das ganze Haus lichterloh brennt.«

Josephine vermochte sich kaum von dem Feuer loszureißen. Kurz glaubte sie, ein weißes Gesicht, zu einer hassverzerrten Fratze verzogen, vor dem Fenster aufblitzen zu sehen. Ihre Eltern schoben sie und ihre Geschwister durch die Hintertür auf die vertrocknete Grasfläche hinter ihrer Baracke, wo sie sich zwischen dichten Büschen verbargen, und sie sahen schockiert, dass in der ganzen Straße Häuser brannten. Rauchschwaden hingen dick und beißend in der Nachtluft. Ihre Geschwister husteten und schluchzten abwechselnd. Nur Josephine weinte nicht. Entsetzt und stumm beobachtete sie mit weit aufgerissenen braunen Augen durch die Lücken der Häuser hindurch, wie der Mob aus unzähligen weißen Männern durch die Straße walzte. Die grölende Meute trug Fackeln und Gewehre. Überall flohen die Menschen aus ihren Behausungen und schrien um Hilfe, während Schüsse durch die Nacht peitschten. Vereinzelt heulten Menschen auf, als seien sie verwundet worden.

»Weiter«, keuchte Carrie und schlang schützend die Arme um ihre Kinder. »Wir müssen weiter, sonst entdecken sie uns.«

Halb zerrten, halb trugen sie und Arthur die jüngeren Kinder und führten sie tiefer in das Dickicht aus Bäumen und Büschen am Rand von Boxcar Town, um sich dort zu verstecken. Die Schritte ihrer nackten Füße raschelten im Gras, ebenso wie die von mehreren Nachbarn, die ebenfalls in dem kleinen Wäldchen Zuflucht suchten.

Josephine kam langsam hinterher. Immer wieder drehte sie sich zu dem Gemetzel um, das in ihrem Wohnviertel wütete. Die Flammen knisterten und knackten in den ärmlichen Holzhütten, Dächer fielen lautlos in sich zusammen. Die Behausungen von Hunderten von Nachbarn wurden unwiederbringlich zerstört. Das wenige Hab und Gut, das sie besaßen, vom Feuer verschlungen.

»Sie zerstören unser Haus …!« Margaret zitterte am ganzen Körper, so sehr schrie und weinte sie.

Carrie versuchte, sie zu beruhigen, indem sie sie nah an sich zog. »Pscht, Kleines, nicht so laut, sonst entdecken sie uns hier noch.«

»Warum?«, flüsterte Josephine. Sie fühlte sich wie gelähmt, unfähig, zu begreifen, was in dieser Nacht vor sich ging.

Arthur rieb sich mit seinen rußbedeckten Händen über das feuchte Gesicht. »Die Weißen hassen uns einfach. Als ob wir keine Menschen wie sie wären.«

Josephines Blick war noch immer starr auf die in Flammen aufgehenden Hütten geheftet. Sie spürte die Hitze des Feuers auf ihrer Haut und vernahm die verzweifelten Schreie derer, die ihre Wohnungen nicht rechtzeitig verlassen hatten oder von Schüssen getroffen zusammenbrachen. »Aber warum, Arthur?«

»Keine Ahnung«, antwortete ihr Stiefvater düster. »Vielleicht haben sie Angst, wir würden ihnen die Jobs wegnehmen. Dabei habe ich in den letzten Jahren überhaupt keine Arbeit gefunden.« Er sank auf die Knie, presste sich die Hände vor die Augen und begann, geräuschlos zu weinen.

Josephine schlang die Arme um sich, als würde sie trotz der sengenden Hitze der Flammen frieren. Wie durch einen Nebel hörte sie ihre Familie und ihre Nachbarn schluchzen und wehklagen. In ihr tobten Wut, Unverständnis und Angst, die so verzehrend wie das Feuer waren, so schwarz wie die Asche, die der leichte Wind zu ihr trug. Wieso wurden sie so verabscheut, als so minderwertig betrachtet? Sie gehörten doch ohnehin schon zu den Ärmsten der Armen; und heute Nacht waren ihnen das letzte bisschen Besitz und die Dächer über ihren Köpfen genommen worden. Das letzte bisschen Würde war im dicken Rauch um sie herum davongeschwebt.

Josephine war zwar erst elf Jahre alt, doch sie hatte die

vage Ahnung, dass die Gräueltaten, die sie in dieser Nacht erlebte, sie noch lange in ihren Träumen verfolgen würden.

Teil I: Die schwarze Venus (1925–1936)

I ran away from home. I ran away from St. Louis, and then I ran away from the United States of America because of that terror of discrimination, that horrible beast which paralyzes one's very soul and body.

Ich bin von zu Hause weggelaufen. Ich bin aus St. Louis weggelaufen, und dann bin ich aus den Vereinigten Staaten von Amerika weggelaufen, wegen dieses Terrors der Diskriminierung, dieses schrecklichen Biests, das die ganze Seele und den Körper lähmt.

Josephine Baker

1

September 1925

Josephine saß nur mit Unterwäsche bekleidet auf dem zerschlissenen Teppich ihres Zimmers, das sie möbliert gemietet hatte. Neben ihr stand eine Schüssel mit Zitronensaft. Sie tränkte einen Baumwolllappen in der hellgelben Flüssigkeit und betupfte sich damit sorgfältig Arme, Beine, Dekolleté und Gesicht. Diese Prozedur, die sie seit Wochen allabendlich ausführte, nahm mindestens eine Dreiviertelstunde in Anspruch. Müssten nicht bald mal Erfolge zu sehen sein? Sie streckte beide Arme aus und hielt sie in das trübe Licht der Stehlampe.

»Immer noch genauso braun wie am Tag meiner Geburt«, murmelte sie missmutig vor sich hin. »Das ist wohl vergebene Liebesmüh.« Frustriert warf sie den nassen Lappen in die Schüssel, sodass der Zitronensaft aufspritzte, und gab den ausgepressten Zitronenschalen, die verstreut auf dem Teppich lagen, einen Tritt. Obwohl Zitronen eine bleichende Wirkung nachgesagt wurde, konnte sie tun, was sie wollte, ihre Haut wurde einfach nicht heller.

Draußen wurde es bereits dunkel, doch durch das offene Fenster drangen noch die Geräusche der Straße und die milde Luft herein. Es war Samstagabend, der Tag, an dem im New Yorker Stadtteil Harlem am meisten los war. Die Straße unter dem Backsteinhaus, in dem sie ihr Zimmer hatte, vibrierte vor Energie. Der Lärm der Automobile vermischte sich mit den aufgeregten Stimmen der Menschen, die sich ins Nachtleben stürzten. Noch ein, zwei Stunden, dann würde in den Klubs die Hölle los sein. Die Sänger, Jazzmusiker und Darsteller der exotischen Revuen, die gerade der letzte Schrei waren, würden von einem ausgelassenen Publikum gefeiert.

Josephine schaute flüchtig auf die Uhr. Sie hatte noch Zeit. Die Show, in der sie auftrat, würde erst gegen Mitternacht beginnen.

Sie warf sich einen Morgenmantel über und ging zum Tisch, auf dem ein angefangener Brief an ihre Familie in St. Louis lag. Sie tunkte den Füllfederhalter in die Tinte, kaute dann jedoch lediglich darauf herum, unschlüssig, was sie schreiben sollte.

»Ach, was soll's. Mutter weiß, dass ich im Schreiben nicht gut bin«, dachte sie und verzichtete kurzerhand darauf, den Briefbogen mit ein paar persönlichen Zeilen zu füllen, und beschriftete ihn lediglich mit den Worten »von Josephine«. Zusammen mit ein paar Banknoten, die sie von ihrer Gage abgezweigt hatte, schob sie ihn in einen Umschlag. Ihre Handschrift war krakelig und ungelenk, denn sie hatte als Kind nur unregelmäßig die Schule besucht. Mit sieben Jahren hatte sie angefangen, bei einer streng dreinblickenden Frau am Rande von Boxcar Town in St. Louis als Haushaltshilfe zu arbeiten, bis diese ihr als Strafe für eine Unachtsamkeit – sie hatte versehentlich Wasser überkochen lassen – die Hand verbrüht hatte; mit acht Jahren hatte sie sich ein paar Dollar bei einem kinderlosen Ehepaar verdient, bei ihnen geputzt und gekocht, bis ihr der Mann zu nahe gekommen war und die Frau sie hinausgeworfen hatte.

Josephine riss sich aus ihren Kindheitserinnerungen und klebte den Brief zu; sie würde ihn auf dem Weg zum *Plantation Club* einwerfen. Ihre Familie, die noch immer bitterarm war, konnte jeden Cent gebrauchen.

»Josephine! Bist du so weit?« Ethel Waters, die im Zimmer nebenan wohnte und mit ihr zusammen im Klub auftrat, pochte an die Tür. Anders als Josephine war sie nicht nur Hintergrundtänzerin, sondern so etwas wie der Star der Show – sie durfte die Einzelnummern singen.

»Ja, ja, ich komme schon«, brummte Josephine und schlüpfte in ihr Kleid.

Als sie in den dämmrigen Flur trat, musterte Ethel sie neugierig. Sie war zehn Jahre älter als die neunzehnjährige Josephine und hatte viel mehr Bühnenerfahrung. »Sag mal, du riechst so … zitronig …?«

Josephine machte eine wegwerfende Handbewegung. »Mein Abendritual mit Zitronensaft, du weißt schon.«

Ethel kicherte. »Hast du es immer noch nicht aufgegeben? Ich glaube, du müsstest schon jeden Tag stundenlang im Saft baden, um eine winzige Nuance heller zu werden.«

»Lach du nur«, beklagte sich Josephine, während sie auf die Straße traten und in Richtung der 126. Straße gingen, wo sich der *Plantation Club* befand. »Du bist der Star des Klubs, für dich ist das wahrscheinlich alles nicht so wichtig. Aber ich bin lediglich die kleine Tänzerin aus der letzten Reihe ... Niemand findet ein schwarzes Mädchen schön. Eine schöne Frau hat immer weiß zu sein.«

Ethel seufzte. »Ich weiß. Aber die Hautfarbe kann man nicht ändern.«

Bald hatten sie den *Plantation Club* erreicht. Tiefe Dunkelheit hatte sich herabgesenkt und sich wie ein Mantel über das biskuitbraune Backsteingebäude mit den Rundbögen über Türen und Fenstern gelegt. Die bunten Glasfenster strahlten hell von innen und wirkten warm und einladend wie ein Leuchtturm in der Nacht.

Josephine und Ethel steuerten gerade auf den Nebeneingang zu, der dem Personal vorbehalten war, als eine Gruppe junger weißer Leute, die bereits reichlich angeheitert schienen, sie anrempelte. Die jungen Frauen, typische Flapper mit kurzen Röcken, langen Perlenketten und stark geschminkten Gesichtern, sahen sie abfällig an. Eine junge Frau, die ihre kurzen blonden Haare in modische Wellen gelegt trug, blies Josephine den Rauch ihrer Zigarette ins Gesicht.

»Tom«, sagte sie schrill zu ihrem Begleiter, der in einem makellosen Smoking steckte. »Seit wann dürfen *Neger* in den Klub?«

Josephine verkrampfte sich innerlich, obwohl sie Szenen wie diese beinahe täglich erlebte. Als ob sie es tatsächlich darauf anlegte, ein solches Lokal als Gast zu betreten! Der

Gedanke war abwegig, auch wenn es sie insgeheim wurmte, dass sie nicht die gleichen Rechte wie die Weißen besaß.

Der Begleiter der jungen Frau grinste. »Keine Angst, Honigschnute, die beiden arbeiten bestimmt nur hier. Vielleicht putzen sie.«

»Ach so. Du hast recht.« Die Gruppe lachte und polterte durch den Haupteingang.

Josephine stampfte hinter Ethel, die lediglich die Achseln zuckte, durch die Tür fürs Personal. Missmutig folgte sie ihrer Freundin in die Garderobe, in der sich bereits einige andere Tänzerinnen ihrer Truppe auf den Auftritt vorbereiteten, und setzte sich auf ihren üblichen Platz. Im Geiste ging sie mögliche deftige Antworten durch, die sie der blonden Frau hätte geben können, doch diese hätten nur zu einem Jobverlust geführt, das war ihr klar.

Mit hektischen Handbewegungen trug sie weißen Puder auf und klopfte ihn in ihre Gesichtshaut.

»Der Puder macht auch keine Weiße aus dir«, meinte Ethel amüsiert.

Josephine stellte die Puderdose so unsanft auf den Tisch, dass es nur so stäubte, und begann, Pomade in ihr kurzes schwarzes Haar einzuarbeiten, sodass es glatt an ihrem Kopf anlag. »Ich will auch gar nicht weiß sein. Aber etwas Respekt für uns wäre schön.«

Bessie, eine der anderen Tänzerinnen, die gerade in ihr knappes Bühnenkostüm schlüpfte, stieß einen erheiterten Laut aus. »Träum weiter, Kindchen.«

Josephine verdrehte die Augen. »Pass bloß auf, vielleicht

wird mein Traum eines Tages Wirklichkeit. Was weißt du schon?«

»Nicht streiten, Mädels«, forderte Ethel sie auf, während sie sich die Wimpern schwarz tuschte. »Manche Dinge sind einfach, wie sie sind. Aber mal was ganz anderes: Denkt ihr bitte alle daran, nach der Show nicht einfach zu verschwinden? Der Boss hat uns angewiesen, uns alle noch mal in der Garderobe zu versammeln. Wir bekommen hohen Besuch.«

»Wer das wohl sein mag?« Josephine zupfte ihr leichtes Bühnenkostüm zurecht, das reichlich nackte Haut zeigte. Ihr machte das nichts aus, sie mochte es, wenn die Aufmerksamkeit des Publikums bewundernd auf ihren schimmernden, schlanken Beinen lag.

In diesem Moment erschien der Klubbesitzer George in der Tür, dem mafiöse Verbindungen nachgesagt wurden – was in dieser Branche nicht unüblich war –, und winkte die Tänzerinnen hektisch herbei. »Auf was wartet ihr, um Himmels willen? Ihr seid dran, das Publikum wird langsam ungeduldig. Ihr sitzt seelenruhig hier herum und schwatzt!«

»Reg dich ab, die Leute haben schließlich Geld bezahlt, um uns zu sehen.« Ungerührt ordnete Ethel die seidenen Bahnen ihres Kleides. »Dann werden sie es auch verkraften, ein paar Minuten zu warten.«

George knirschte mit den Zähnen, und Josephine kicherte in sich hinein. Wie immer war sie die Letzte in der Reihe der Revuegirls, die die Bühne betrat. Blendend helle Scheinwerfer richteten sich auf sie und die anderen Mädchen, sodass sie das elegante Interieur des *Plantation Club* mehr erahnen konnte, als dass sie etwas sah. Kellner im

Smoking huschten mit voll beladenen Tabletts zwischen den mit edlen, weißen Tüchern gedeckten Tischen umher und versorgten das Publikum mit Getränken und Speisen.

Ethel begann zu singen, ihre dunkle, samtene Stimme erfüllte den Raum. Sofort erstarben sämtliche Gespräche an den Tischen, und die Zuhörer lauschten gebannt. Im Hintergrund tanzten die Revuegirls, schwangen im Rhythmus der Musik die Arme, ließen die Hüften kreisen und drehten die Knie abwechselnd nach innen und außen. Sinnlichkeit und Erotik hingen wie eine die Köpfe des Publikums vernebelnde schwere Wolke im Raum.

Josephine hatte darüber hinaus noch eine ganz besondere Rolle in der Truppe inne: die der Ulknudel. Ihre Position war stets am rechten Ende der aufgereihten Mädchen, wo ihre einstudierten Albernheiten nicht zu übersehen waren. Als Ethel ihr Lied beendet hatte und sich in die Tanzenden einreihte, die in rasantem Tempo den Charleston darboten, zog Josephine Fratzen, streckte dem Publikum die Zunge heraus, schielte lustig und stolperte hinter den anderen Mädchen her. Wie jedes Mal tobte das Publikum vor Begeisterung, quittierte ihre Darbietung mit Getrampel und ausgelassenem Gelächter. Josephine sog den Beifall auf wie süßen Nektar – hier auf der Bühne konnte sie sein, wie sie wirklich war, hier konnte sie zeigen, was in ihr steckte. Draußen auf der Straße war sie nichts weiter als eine unerwünschte Schwarze, die von den Weißen als wertlos und schmutzig angesehen, oft sogar beschimpft wurde. Bereits als kleines Mädchen, als sie in Großmutters alten Roben und Hüten für die Nachbarschaft aufgetreten war, wusste sie, dass dies ihr vorgezeichneter Weg war. Sie war geboren, um zu tanzen.

Nach der Show verließ sie trunken vom Beifall die Bühne und folgte Ethel und den anderen Tänzerinnen durch den düsteren Flur in Richtung der Garderobe. Im Schatten einer Tür lehnte ein weißer Gast, rauchte eine Zigarre und taxierte sie durch den dichten Qualm hindurch. Josephine spürte, wie seine Augen über ihren Körper hinwegglitten. Dann wandte er sich abrupt ab, murmelte, die Zigarre zwischen den Zähnen: »*Negerschlampe*«, und ging in den Gastraum zurück.

Mit trotzig erhobenem Kinn betrat sie die Garderobe und begann, sich mit unsanften Bewegungen abzuschminken. Mit Männern hatte sie bisher keine allzu guten Erfahrungen gemacht. Kurz wanderten ihre Gedanken zu den beiden männlichen Exemplaren zurück, die in ihrer Vergangenheit eine Rolle gespielt hatten. Trotz ihrer zarten neunzehn Jahre war sie bereits zweimal verheiratet gewesen. Mit dreizehn hatte sie den fast gleichaltrigen Willie Wells geheiratet. Ihre Mutter Carrie hatte der Verbindung zugestimmt, weil sie insgeheim auf bessere Lebensbedingungen für sie gehofft hatte; die kurze Ehe – die illegal gewesen war, da auch in Missouri Kinderehen verboten waren – endete mit einem gewaltigen Streit zwischen den beiden Halbwüchsigen, woraufhin Willie auf Nimmerwiedersehen verschwunden war. Mit fünfzehn hatte sie den Eisenbahnangestellten Willie Baker geehelicht, ihn aber bald verlassen, um nach New York zu gehen und es hier auf die Bühne zu schaffen. Von Willie war ihr nichts geblieben außer dem Nachnamen – Baker. Sie hatte ihre Ex-Ehemänner noch keinen einzigen Tag vermisst. Die Rolle der zurückhaltenden Hausfrau hatte sie nicht interessiert.

Sie schreckte aus ihren Gedanken auf, als Klubbesitzer George in die Mitte der Mädchen trat und in die Hände klatschte. Mit einem Mal herrschte Stille unter den Mädchen, und alle beobachteten neugierig die teuer gekleidete Weiße, die hinter ihm stand. In ihrem schwarzen Abendkleid mit kostbaren Perlen um den Hals strahlte sie eine natürliche Eleganz aus. Das musste der angekündigte hohe Besuch sein, schoss es Josephine durch den Kopf. Was wollte die so selbstbewusst wirkende Brünette, die wohl Mitte dreißig sein musste, inmitten der schwarzen Revuemädchen? Ihre Haut war zart und hell wie eine Perle.

»Mädchen«, verkündete George und klatschte nochmals in die Hände. »Darf ich euch unseren Gast vorstellen? Das ist die von mir überaus geschätzte Mrs Caroline Regan! Sie ist eine bekannte Förderin der Künste und verkehrt in den besten Häusern New Yorks! Und sie hat ein überaus verlockendes Angebot in der Tasche!«

Mrs Regans Lippen zuckten erheitert angesichts dieser euphorischen Worte. Josephine und die anderen Tänzerinnen musterten sie neugierig. Was verschlug diese offenbar gut situierte Frau in die stickige Garderobe des *Plantation Club*?

»Guten Abend, die Damen«, ergriff Caroline Regan leichthin das Wort. »Oder sollte ich besser Guten Morgen sagen, hinsichtlich der fortgeschrittenen Stunde? Ich habe mir mit meinem Mann die Show angesehen – und zwar nicht zum ersten Mal. Ihre Darbietung war wie immer grandios.«

Josephine spähte verstohlen auf die Uhr und gähnte verhalten. Es war drei Uhr in der Nacht. Hoffentlich kam diese Mrs Regan bald auf den Punkt, sie sehnte sich nach ihrem Bett.

»Mein Mann – er wartet draußen in unserer Limousine – ist als Handelsattaché in der amerikanischen Botschaft in Paris angestellt. Momentan verbringen wir unseren Urlaub zu Hause, doch wir brechen bald wieder nach Frankreich auf.« Während Caroline Regan sprach, ließ sie ihren Blick über die Tänzerinnen gleiten, so als wolle sie sie abschätzen. Diesen sah man zunehmend ihre Erschöpfung an. Ethel konnte sich kaum noch aufrecht halten und war auf ihrem Hocker zusammengesunken.

»Lange Rede, kurzer Sinn. Die Winter in Paris können schrecklich lang sein, wenn sich der eigene Ehemann vor lauter Arbeit kaum noch zu Hause aufhält. Deshalb habe ich mir ein Projekt in den Kopf gesetzt: Ich möchte in Paris eine schwarze Revue auf die Beine stellen. Die Revue Nègre! Ich liebe alles Dunkle, Exotische! Ein passendes Theater für die Vorführungen habe ich bereits gefunden. Mir fehlen nur noch schwarze Tänzerinnen! Tänzerinnen wie Sie!«

Mit einem Schlag schien alle Müdigkeit aus den Gesichtern der Revuegirls gewichen. Interessiert hingen sie an den Lippen der Mäzenin.

»Meine Güte!«, flüsterte Ethel beeindruckt. »Das ist ja mal 'ne Nummer.«

Caroline Regan lächelte, während sie einen Moment

lang Josephine ansah. Sie hatte gemischte Gefühle. Eine Revue, in Paris? Wo lag Frankreich überhaupt genau? Sie war zu früh von der Schule abgegangen, um geografische Grundkenntnisse gewonnen zu haben, war sich aber sicher, dass Paris am anderen Ende der Welt lag.

»Das ist eine einzigartige Chance, Mädels«, ermunterte George die Gruppe. »Macht euch um den Klub keine Sorgen. Ich kann ein paar Monate ohne euch auskommen, an meiner Tür stehen jeden Tag neue Tänzerinnen Schlange und suchen ein Engagement.«

Caroline Regan ging ein paar Schritte durch den Raum und blieb vor Ethel stehen. »Sie singen die Soli, nicht wahr? Ihre Stimme ist wundervoll. Wie heißen Sie?«

»Ethel.«

»Ethel. Ich möchte Sie auf jeden Fall in Paris dabeihaben. Sie dürfen weiterhin die Solonummern singen.«

Aufgeregt verfolgten die restlichen jungen Frauen den Wortwechsel. Ethel bemühte sich sichtlich um ein Pokerface und fragte gelassen: »Wie viel springt dabei für mich heraus?«

»Dreihundert Dollar pro Woche.«

»Fünfhundert, und ich bin dabei.«

Josephine stockte der Atem über Ethels Kühnheit. Zwar war ihre Freundin im *Plantation Club* eine angesehene und beliebte Sängerin, aber stand es ihr zu, derart ungeniert Forderungen zu stellen?

Caroline Regan blieb genauso liebenswürdig wie zuvor. »So viel kann ich nicht zahlen, es tut mir leid, Ethel. Fünfhundert Dollar sprengen mein Budget.«

»Fein.« Ethel drehte der Besucherin den Rücken zu und fuhr in aller Seelenruhe fort, sich abzuschminken. Im Raum war nicht das leiseste Geräusch zu hören.

»Nun gut.« Mrs Regan wandte sich Josephine zu, die auf einmal ganz klamme Hände bekam. »Es hat mir gefallen, wie Sie den Clown gespielt haben …«

»Josephine.«

»Josephine. Ihr Auftritt war lustig und hat das Publikum begeistert. Ihre komödiantische Art kommt bestimmt auch in Paris gut an. Was meinen Sie?«

»Ich …« Ein Sturm verschiedenster Gedanken wirbelte durch Josephines Kopf. Offenbar war Frankreich sehr weit weg, und sie konnte kein Wort Französisch! Wie sollte sie da mit ihren neunzehn Jahren allein zurechtkommen? Sie würde noch weiter von ihrer Familie in St. Louis weg sein, als sie es jetzt schon war.

»Ich könnte Ihnen einhundertfünfzig Dollar die Woche zahlen«, schlug die Besucherin vor.

Noch immer sprudelten die Gedanken wild durch ihren Kopf. Sollte sie es wagen?

Caroline Regan schien ihr Zögern auf ihre Art zu interpretieren. »Na gut. Zweihundertfünfzig pro Woche, aber das ist das Ende der Fahnenstange. Einverstanden?«

»Einverstanden«, murmelte Josephine überrumpelt. Zweihundertfünfzig Dollar! Sie würde ihrer Mutter einen größeren Betrag schicken können als im Moment.

»Sie werden Frankreich lieben«, sagte Mrs Regan warm, bevor sie sich dem nächsten Mädchen zuwandte. »In Frankreich ist es ganz anders als hier in Amerika. Die Menschen sind viel offener und freier. Da interessiert es wenig, ob man weiß oder schwarz ist. Die Franzosen werden Sie herzlich willkommen heißen.«

Ganz langsam begriff Josephine, was dies für sie bedeuten könnte. In Frankreich würde sie frei sein, freier als in Amerika. Anscheinend schauten die Franzosen niemanden schief an, nur weil er eine dunkle Hautfarbe hatte. So ganz vermochte sie Caroline Regans Worten noch nicht zu glauben, aber sie war bereit, das Wagnis einzugehen.

»Wann ist die Abreise?«, fragte sie heiser.

»Willkommen in meiner Truppe, Josephine. In zehn Tagen legt unser Schiff ab.« Zufrieden wandte sich Mrs Regan den restlichen Mädchen zu. »Wer möchte noch Paris kennenlernen?«

Mit einer bunt zusammengewürfelten Schar aus fünfundzwanzig Tänzerinnen und Tänzern verließ die »Berengaria« zehn Tage später den Hafen von New York in Richtung Europa. Josephine stand mit Bessie, ihrer Mitstreiterin aus dem *Plantation Club*, und dem Tänzer Joe Alex, mit dem sie sich in Paris die Bühne teilen sollte, an Deck und zog sich ihr Umschlagtuch aus grober Baumwolle enger um die Schultern. Nicht nur die herbstliche Kühle und der scharfe Wind, der über das Wasser pfiff, verursachten ihr Gänsehaut, sondern auch die grün aufragende Freiheitsstatue. Majestätisch zog das riesige Passagierschiff daran vorüber. Josephine starrte das berühmte Monument gebannt an, dann wandte sie abrupt das Gesicht ab.

»Was nützt einem die Freiheitsstatue, wenn man als

Schwarze nicht wirklich frei ist in diesem Land? Wenn mir die Türen der meisten Restaurants, Hotels und Geschäfte verschlossen bleiben, weil ich die Weißen nicht mit meinem dunklen Gesicht belästigen darf?«

Bessie versuchte, ihren Hut auf dem Kopf zu behalten, den eine Windbö in die Luft zu heben drohte, und legte Josephine ihre freie Hand auf den Arm. »Ich bin mir nicht sicher, ob man Mrs Regans Worten Glauben schenken darf, dass in Frankreich alles besser ist. Vielleicht war Ethels Entscheidung, in New York zu bleiben, die vernünftigere.«

»Wenn man nur immer im Voraus wüsste, was sich als richtig oder falsch erweisen wird«, murmelte Josephine. Einen Moment lang dachte sie an Ethel zurück. Der Abschied von der Kameradin und Zimmernachbarin war ihr nicht leichtgefallen.

Joe lehnte sich lässig an die Reling. »Bald werden wir selbst herausfinden, ob an ihren Worten was Wahres ist. Wie sieht's aus, Mädels, wollen wir uns mal unsere bescheidenen Unterkünfte ansehen?«

Bevor Josephine ihm und Bessie auf das Zwischendeck folgte, wo sie untergebracht waren, schaute sie noch ein letztes Mal zum Festland, das sich langsam entfernte. Bald würde das Schiff nur noch von grauem Wasser und dem wolkenverhangenen Himmel umgeben sein, und Amerika würde zu einem Stück Vergangenheit verblassen, zu einer Erinnerung, die einen schalen Geschmack hinterließ.

2

September 1925

Da die »Berengaria« ein amerikanisches Schiff war, wurden die Passagiere an Bord strikt nach Hautfarbe getrennt. Caroline Regan und ihr Gatte bewohnten eine luxuriöse Suite mit Meerblick auf dem Oberdeck, während die ausnahmslos schwarzen Tänzerinnen im Zwischendeck, in das kein Funken Tageslicht hereindrang, in engen Kabinen zusammengepfercht waren. Josephine war während der gesamten Überfahrt übel von der stickigen Luft, und nachdem sie bei einem Rundgang verstohlen die Rettungsboote gezählt und festgestellt hatte, dass sie niemals für alle Passagiere reichen würden, plagten sie jede Nacht Albträume. Man brauchte nicht viel Fantasie, um sich auszumalen, dass die wenigen Rettungsboote ausschließlich weißen Reisenden vorbehalten sein würden; diese Gewissheit ließ sie im Schlaf schreckliche Bilder von untergehenden Schiffen sehen, und ihr war, als hörte sie die Todesschreie von Ertrinkenden.

Außerhalb der Proben für die Revue Nègre, die Caroline Regan tagsüber auf dem Schiff abhielt, kauerte Josephine sich in ihrer Kabine auf dem schmalen Bett zusammen, schob die staubige graue Decke ans Fußende und las im trüben Licht in der abgenutzten Lesefibel aus ihrer Schulzeit. Unermüdlich fuhr ihr Zeigefinger an den Buchstaben und einfachen Wörtern entlang, während sie versuchte, sich die Schreibweise einzuprägen.

»Josephine!« Wie ein Wirbelwind stürmte Bessie, mit der sie ihr Lager teilte, herein.

Blitzschnell ließ Josephine die Fibel unter der mottenzerfressenen Decke verschwinden; niemand sollte sehen, mit was sie sich beschäftigte, denn es war ihr peinlich, dass ihre Schulbildung solche Lücken hatte. »Josephine! Das französische Festland ist in Sicht! Hast du gehört? Man kann Frankreich schon sehen!«

Josephine sprang von ihrem Bett auf. »Wirklich? Gott sei Dank habe ich alles gepackt.«

Bessie lachte. »Na ja, es dauert schon noch ein bisschen, das Schiff legt nicht gleich in den nächsten fünf Minuten an.«

Einige Stunden später bewegte sich die fünfundzwanzigköpfige Tänzerschar wie Entenküken hinter Caroline Regan und ihrem Gatten die Gangway herunter. Es war inzwischen Ende September, und die Luft roch herbstlich frisch. Möwen zogen schreiend ihre Kreise über dem normannischen Hafen. Josephine und Bessie sahen sich um und konnten kaum glauben, dass sie endlich in Frankreich waren. Sie fühlten sich nur schwer imstande, die vielen neuen Eindrücke und französischen Satzfetzen, die sie an jeder Ecke hörten, in sich aufzunehmen. Caroline Regan hatte für alle Taxis organisiert, die sie zum Bahnhof bringen sollten, von wo aus sie nach Paris weiterreisen würden.

»Taxis!«, flüsterte Josephine Bessie zu, während sie sich auf die Rückbank eines Wagens schoben. Es war das erste Mal überhaupt, dass sie in einem Auto fuhr. »Ich glaub, ich bin gestorben und im Himmel gelandet!«

Der Taxifahrer drehte sich zu ihnen um, schob seine Mütze höher und grinste sie an. »Mesdemoiselles …«

Als er ihnen noch zuzwinkerte, brach Bessie in albernes Gekicher aus, doch ein Rippenstoß von Josephine ließ sie verstummen. »Benimm dich nicht wie ein Schulmädchen.«

Doch auch sie war überwältigt, ja fassungslos. Sie, die sich in den USA nicht einmal auf eine Parkbank setzen durfte, an der ein Schild »Whites Only« prangte, wurde in Frankreich wie eine Königin im Taxi umhergefahren!

Es warteten an diesem Tag noch mehr Überraschungen auf sie. In Paris angekommen, hatte Mrs Regan für die ganze Gruppe Zimmer in einem Hotel reserviert. Als Josephine die Unterkunft, die sie sich mit Bessie teilen würde, betrat, war sie zum ersten Mal in ihrem Leben sprachlos. Es war ihr nicht leichtgefallen, das Hotel überhaupt zu betreten – in Amerika wäre sie als Schwarze sofort unsanft hinausbefördert worden –, aber die zwei Betten mit der weißen weichen Bettwäsche, die luftigen Gardinen vor den hohen Fenstern und die zierlichen Schränke jagten ihr einen Moment lang richtiggehend Angst ein. Angst, dass dieser Luxus sich als Traum entpuppen könnte, aus dem sie jeden Moment aufwachen würde.

Bessie, die ihren Koffer achtlos auf den Teppich geworfen hatte, begriff schneller, welche unerwartete Pracht sich ihnen darbot. »Himmlisch, Josie! Wir werden leben wie Gott in Frankreich! Zum Glück haben wir Mrs Regans Angebot ohne zu zögern angenommen. Wenn Ethel wüsste, was ihr hier entgeht.« Wie ein Wirbelsturm rotierte Bessie durch das Zimmer, und nachdem sie alle Schubladen inspiziert hatte, riss sie eine weiß gestrichene Tür auf, die zu einer angrenzenden Kammer führte.

»Ein Badezimmer!«, erklang ihr begeistertes Kreischen. »Eine Badewanne! Ich glaub's nicht.«

Josephine folgte ihr neugierig. Beim Anblick der gusseisernen Badewanne drängten sich ihr Erinnerungen an ihre Kindheit in Missouri auf. Einmal wöchentlich – meistens samstags – hatte ihre Mutter Carrie in allen Töpfen, die sie besaßen, Wasser erhitzt, um es in den hölzernen Waschzuber zu gießen, den ihr Stiefvater Arthur in die Küche wuchtete. Allein das Erwärmen des Wassers hatte Stunden gedauert. Zuerst durften die Eltern darin baden, danach die jüngeren Geschwister und zu guter Letzt Josephine. Als ältestes Kind musste sie am längsten warten, was sie immer geärgert hatte.

Als sie nun ihre Hand über das kühle Metall der Badewanne gleiten ließ, gedankenversunken und andächtig, überkam sie immer mehr das diffuse Gefühl, es in ihrem kurzen Leben zu etwas gebracht zu haben. Sie durfte in Paris, einer sagenumwobenen europäischen Stadt, in einem luxuriösen Hotel wohnen, hatte ein Badezimmer zur Verfügung und ein bequemes Bett, das sie mit niemandem teilen musste. Noch dazu verdiente sie zweihundertfünfzig Dollar die Woche mit einer Arbeit, die sie liebte. Tanzen war ihr Leben.

So langsam dämmerte ihr, welch ein Glückspilz sie war, und in ihrem plötzlich wiederkehrenden jugendlichen Übermut sprang sie auf ihr Bett, dass die Federn nur so quietschten.

Zusammen mit Bessie brach sie in albernes Gekicher aus. Die Freundin ergriff eines der dicken Kissen und schleuderte es auf sie, und im Nu war eine ausgelassene Kissenschlacht im Gange.

»Wir werden leben wie zwei Prinzessinnen«, keuchte Josephine, als sie erneut ein Kissen mitten ins Gesicht traf.

»Und ob!«, quiekte Bessie. »Ich werde das Hotel nie wieder verlassen.«

Die Kissen flogen, bis es laut an die Tür klopfte. Erschrocken hielten beide inne. Die Furcht, wegen des Lärms vom Hotelpersonal in die Schranken gewiesen und hinausgeworfen zu werden, lähmte sie.

Schließlich kroch Josephine vom Bett und öffnete die Tür vorsichtig einen Spaltbreit. »Ach, du bist es nur, Joe«, murmelte sie erleichtert.

Ihr designierter Tanzpartner musterte die zerwühlten Bettdecken und die Kissen, die im ganzen Hotelzimmer verstreut lagen. »Manche Leute wissen, wie man sich amüsiert«, sagte er süffisant. »Ihr schreit das ganze Hotel zusammen, aber das scheint hier in Frankreich niemanden zu stören. Wie zwei Vögel, die zum ersten Mal das Nest verlassen haben.«

»Das sind wir ja auch!«, entgegnete Josephine, nur mühsam das Lachen unterdrückend, während Bessie erneut haltlos loskicherte.

Joe verdrehte die Augen. »Ihr solltet herunterkommen. Unten im Salon gibt es eine Stärkung, und danach geht's ab ins Theater zur ersten Probe. Also los, schält euch aus den Decken.«

Eilig ordneten sich Josephine und Bessie ihre zerzausten Haare und zogen ihre Kleider zurecht, um Joe nach unten zu folgen. Und wieder wähnte sich Josephine wie in einem Film. Im Salon saß bereits ein Großteil der anderen Tänzerinnen an gedeckten Tischen und trank Kaffee aus zierlichen Porzellantassen. Auf silbernen Platten befanden sich köstliche Kuchenstücke.

Auf der Türschwelle blieb Josephine stehen, ihre Füße schienen wie festgewachsen. Joe gab ihr einen Stoß in die Seite. »Na los, worauf wartest du?«

»Aber …« Hilflos sah Josephine sich um, fast als rechnete sie damit, auf der Stelle von einem Ober des Raumes verwiesen zu werden. In Amerika wäre sie verjagt worden, sobald sie zu lange vor der Schaufensterscheibe eines edlen Cafés das bunte Gebäck betrachtet hätte. Da tauchte Mrs Regans wohlwollendes Gesicht vor ihr auf. Sie berührte Josephine am Arm und machte eine einladende Geste. »Kommen Sie nur herein, keine Scheu. Ich sehe Ihnen an, dass Sie gedanklich noch in Amerika sind. Machen Sie sich von allen Fesseln frei, die Sie zu Hause eingeengt haben.«

»Ja«, stammelte Josephine, »ich versuche es, aber es ist alles so ungewohnt für mich … In Amerika wäre es ein Skandal, wenn Schwarze in einem Hotel wohnen und ungeniert Kuchen essen würden …«

»Hier in Frankreich ist alles anders«, beruhigte Caroline Regan sie. »Die Franzosen sind ein lockeres, offenes Volk. Haben Sie schon einmal von dem Motto gehört, das von der Französischen Revolution herrührt? Liberté, Egalité, Fraternité.«

»Freiheit, Gleichheit, Brüderlichkeit«, murmelte Joe, der dem Gespräch ebenfalls interessiert lauschte.

Caroline Regan schmunzelte. »Und nun ran ans Kuchenbuffet. Die Tarte aux pommes ist köstlich.«

Am späten Nachmittag begab sich die Gruppe erstmals zum *Théâtre des Champs-Élysées* in der Avenue Montaigne, wo die Revue Nègre in zehn Tagen ihre Premiere haben sollte. Die Straße wirkte prachtvoll, trotz des Regens, der lautlos auf die Erde fiel und die Verkehrsgeräusche der Automobile dämpfte. Caroline Regan wies die Tänzerinnen und Tänzer auf die mit weißem Marmor verblendete Fassade des Theaters hin, die trotz des regnerischen Wetters und des grau verhangenen Himmels aussah wie aus feinem Zucker. Hoch über ihren Köpfen befanden sich wunderschöne Statuen von halb nackten Männern und Frauen, mit Blättern umrankt. Die Gruppe staunte wie kleine Kinder, die in einem fernen Traumland gelandet waren – was für sie ja auch irgendwie der Wahrheit entsprach.

»Das ist schon ’ne andere Nummer als der gute alte *Plantation Club* in Harlem, was?«, flüsterte Josephine Bessie zu, die verzückt nach oben starrte, um jedes Detail ihres künftigen Arbeitsplatzes in sich aufzunehmen.

»Das ist wohl wahr, Josie. Obwohl das *Plantation* auf seine Art auch wirklich elegant ist.«

Auch das Innere des Theaters war beeindruckend. Eine prachtvolle Kuppel spannte sich über ihre Köpfe, und überall standen vergoldete Skulpturen. Mrs Regan ließ ihnen etwas Zeit, sich umzusehen, dann führte sie die Truppe in einen der großen Säle, wo sie bereits ein weißer dunkelhaariger Mann erwartete. Er war leger gekleidet und trug Gymnastikschuhe, so als wolle er gleich auf die Bühne springen und anfangen zu tanzen. Neugierig musterte er jedes einzelne Mitglied der Tanzgruppe und bedeutete ihnen, sich auf den blank gewienerten Boden der Bühne zu setzen.

»Bonjour, bonjour, mes chères danseuses et mes chers danseurs«, begann der Mann enthusiastisch. »Je suis si heureux que ...«

Josephine starrte ihn nur verständnislos an, natürlich verstand sie kein einziges Wort Französisch. Auch den anderen waren Fragezeichen ins Gesicht geschrieben. Mrs Regan unterbrach den Wortschwall des Franzosen heiter. »Ich bin so frei und übernehme: Das ist Jacques Charles, euer Choreograf für die nächsten Wochen. Jacques ist sehr erfahren! Er hat unter anderem am viel beschworenen *Moulin Rouge* gearbeitet. Ich denke, zusammen mit Jacques werden wir eine grandiose Show auf die Beine stellen.«

Jacques hatte während ihrer Worte lebhaft genickt. »Exactement, ma chère Caroline. Bevor wir anfangen, die Regeln«, begann er mit starkem Akzent. »Ich erwarte totale

Ergebenheit! Bedingungslosen Gehorsam! Keine Albernheiten! C'est clair?«

Josephine konnte nur mit Mühe ein Kichern unterdrücken, der Choreograf erschien ihr allzu komisch. »Haben Sie verstanden?«, donnerte er plötzlich, direkt vor ihr stehend.

Sie beeilte sich, beflissen zu nicken.

Caroline Regan verabschiedete sich, und Jacques teilte das Ensemble in mehrere Kleingruppen auf, die nacheinander Anweisungen erhielten und zum ersten Mal zusammen tanzen sollten. Josephine und Joe Alex sollten den Anfang machen. Mit baumelnden Beinen saßen sie auf dem Bühnenrand und versuchten, sich auf Jacques' französisch-englischen Redeschwall zu konzentrieren. Der Choreograf wandte sich ihnen zu: »Sie spielen die Lustige, nicht wahr?«

Josephine zuckte die Achseln. »Ja schon, in Harlem war ich immer die Drollige am Ende der Reihe, die Fratzen geschnitten hat und alle zum Lachen brachte. Aber auf Dauer würde ich viel lieber singen, Monsieur ... Meinen Sie, das geht? Könnte ich nicht nur tanzen, sondern auch singen?«

Josephine hörte, wie Joe an ihrer Seite scharf die Luft einsog, während der Choreograf sie anstarrte, als habe sie den Verstand verloren. »Mademoiselle Bakaire ...«, begann er mit hochgezogenen Augenbrauen. »So heißen Sie doch, oder? Ich muss sagen, Ihr Wunsch ist schon ein bisschen ungeheuerlich. Für den Gesang haben wir la très belle Mademoiselle Maud de Forest – sie wird nachher zu uns stoßen. Eine begnadete Solokünstlerin. Sie dagegen sind ... wie soll ich sagen? Der Clown.«

Josephine seufzte. »Na gut. Einen Versuch war es wert.«

Jacques wedelte unwirsch mit den Händen, so als sei er der Meinung, genug Zeit mit Unwichtigem verschwendet zu haben. »Mademoiselle Bakaire, Monsieur Alex – Ihr Part wird der Danse Sauvage sein. Der wilde Tanz.« Er drehte sich im Kreis, vollführte auf lasziv langsame sinnliche Art einige Tanzbewegungen, bis er schließlich mit einem katzenhaften Sprung wieder vor den beiden landete.

»Sehr exzentrisch«, bemerkte Joe. Josephine hörte die Ratlosigkeit, die aus seinen Worten sprach; wie sie konnte er mit dieser Art von Tanz nicht allzu viel anfangen.

»Freut mich, dass es Ihnen gefällt. Das französische Publikum liebt das Exotische, wissen Sie?« Jacques wandte sich ab und wühlte in einer schweren Holzkiste, in der sich die Bühnenkostüme befanden. »Ich habe schon mal die Kostüme besorgt. Monsieur Alex – voilà.« Er reichte dem Tänzer nichts weiter als ein mit Federn geschmücktes Leinentuch. »Um die Hüften binden, genau. Die übrige Kleidung muss natürlich weg.«

Joe schlang sich das Tuch um und sah an sich herunter, als versuche er, sich vorzustellen, wie er gänzlich ohne Kleidung, nur mit dem Federtuch geschmückt, aussehen würde.

»Mademoiselle ...« Jacques gab Josephine ein knappes Höschen, das kaum ihre Pobacken bedeckte und an dem Federn in schrillem Pink festgenäht waren.

Mit spitzen Fingern hielt sie das Teil in der Hand. »Ist das alles?«

Jacques nickte. »C'est tout.«

Hinter Josephines gerunzelter Stirn braute sich ein Sturm zusammen. Zunächst war sie sich nicht sicher, ob der

Choreograf sie nicht veralbern wollte. Ein derart dürftiges Unterteil ... Gab es ein Oberteil? Doch an seinem ernsten Ausdruck erkannte sie, dass sie wirklich dermaßen leicht bekleidet auftreten sollte. Ganz Paris würde ihren blanken Busen sehen! Doch das würde sie nicht mit sich machen lassen. Zwar war sie auch in New York alles andere als züchtig bekleidet aufgetreten, aber das hier war noch einmal etwas ganz anderes. Sie wäre praktisch nackt.

Hitze stieg ihr in den Kopf. Mit zitternden Lippen schleuderte sie das knappe Höschen auf den Boden, dass sich die rosa Federn aufstellten. »Das können Sie vergessen, Mr Charles. Nicht mit mir. Ich trete nicht splitternackt vor Hunderten oder Tausenden Zuschauern auf. Meine Mutter würde der Schlag treffen, wenn sie das wüsste.«

Sie spürte, wie Joe neben ihr nervös mit den Füßen scharrte, aber das war ihr egal.

»Ganz schön vorlaut, Mademoiselle«, murrte Jacques und sah sie missbilligend an. »Haben Sie vorhin nicht zugehört? Ich verlange Gehorsam von meinen Tänzern! Absolut und bedingungslos! Wenn ich mich ständig auf irgendwelche albernen Diskussionen einlasse, bringe ich nie eine Show zustande!«

»Ich mach das aber nicht«, murmelte Josephine und wandte sich ab, damit niemand die Tränen sah, die ihr vor lauter Frust in die Augen schossen. Halb nackt zu tanzen war eine abwegige Vorstellung für sie und noch dazu eine große Enttäuschung. Seit sie wusste, dass sie in einem altehrwürdigen Pariser Theater auftreten durfte, hatte sie insgeheim von wundervollen Roben aus Samt und Seide geträumt. Und nun das. Ihr ganzer Traum drohte, in sich zusammenzufallen wie ein Kartenhaus.

»Stell dich nicht so an«, raunte ihr Joe zu, doch sie verzog unwillig den Mund.

»Du hast gut reden. Deine wichtigen Teile sind durch das Tuch verhüllt. Meine nicht.«

»Also?«, fragte Jacques ungeduldig und tippte mit dem Fuß auf. »Entscheiden Sie sich, Mademoiselle Bakaire. Wollen Sie hier auftreten oder nicht? Oder soll Madame Regan Ihnen ein Billet für das nächste Schiff nach Amerika besorgen?«

»Ich …« Frustration und Bitterkeit schnürten Josephine die Kehle zu, gepaart mit Hilflosigkeit. Was sollte sie tun? Ihren Traum an dieser Stelle für gescheitert erklären und wie ein geschlagenes Hündchen nach Hause zurückkehren in der Hoffnung, wieder einen Tanzpart im *Plantation Club* zu ergattern? »Ich werde auf keinen Fall nackt tanzen, da können Sie sich auf den Kopf stellen, ich …«

Ihr unübersehbares Elend schien den Choreografen zu erweichen. »Versuchen wir doch Folgendes«, schlug er vor. »Sie hören auf mich, ziehen das Federkostüm an, das Ihnen bestimmt hervorragend steht, und proben den Danse Sauvage mit Ihrem Partner. Am zweiten Oktober ist die Premiere. Ich verlange nur eine einzige Performance von Ihnen. Eine einzige, am zweiten Oktober. Wenn es Sie dann immer noch so anwidert, Ihre makellose Figur zu zeigen, fahren Sie nach Hause.«

Jacques hob das Federhöschen vom Boden auf und reichte es Josephine, was ihr wie ein Friedensangebot erschien. Seufzend ergriff sie den dünnen Stoff. Was blieb ihr auch anderes übrig? Sich weiterhin zu weigern, halb nackt aufzutreten, hieße, all ihre Hoffnungen wie die Scherben einer zersplitterten Blumenvase zusammenzukehren und in den Müll zu werfen. Sie war zu weit gekommen, um das zu riskieren.

»Der ganze Saal ist brechend voll«, flüsterte Bessie, die bereits vollständig für die Bühne zurechtgemacht war und heimlich durch die dicken samtenen Vorhänge spähte. »Unzählige Leute ... Männer wie Frauen, und sie sehen alle aus, als ob sie zu einem Ball gingen oder zu einer Gala, Josie. Die Männer tragen Smoking und die Frauen die teuersten Kleider ...«

»Komm sofort hinter dem Vorhang hervor!«, wies Jacques Bessie zurecht, während er mit langen, nervösen Schritten im dunklen Raum hinter der Bühne auf und ab ging.

Caroline Regan lächelte beruhigend. »Es wird schon alles schiefgehen. Ihr habt zehn Tage lang geprobt und euer Bestes gegeben. Hals- und Beinbruch!«

»Danke«, murmelte Joe nicht sehr überzeugt und nahm Josephine bei der Hand. In wenigen Minuten würde die bekannte Sängerin Maud de Forest in Gesellschaft der Hintergrundtänzerinnen singen, danach wären Joe und Josephine mit ihrem Danse Sauvage an der Reihe. Josephine versuchte, tief Luft zu holen, um ihren schnellen Puls zu beruhigen. Noch stand sie im Dunkeln. Würde sie es schaffen, unbefangen auf die Bühne zu treten und sich in ihrer ganzen Nacktheit zu präsentieren? Sie hatte sich so gut es ging herausgeputzt. Ihre schlanken Glieder hatte sie mit Öl eingerieben, um sie zum Schimmern zu bringen, und ihre kurzen schwarzen Haare lagen wie ein glänzender Helm um ihren Kopf.

Wie benebelt bekam Josephine mit, wie Maud und die Revuegirls auf die Bühne traten, um zu performen. Danach brandete tosender Beifall auf, Maud und die Mädchen zogen sich in die Garderobe zurück. Nun war es an ihr und Joe, ins gleißende Scheinwerferlicht der Bühne zu treten.

»Viel Glück, Josie«, hörte sie Bessie noch flüstern, sowie ein gepresstes »Bonne chance« von Jacques.

Wie in Zeitlupe kletterte sie auf Joes Rücken und schlang die Beine um ihn, damit er sie wie in den Proben auf die Bühne trug. Die Musik aus dem Hintergrund war hypnotisch, fesselnd und ließ das gebannte Publikum in absoluter Stille zurück. Sie spürte jedes einzelne Augenpaar auf ihrer Haut ruhen.

In der Mitte der Bühne ließ Joe sie von seinem Rücken gleiten, sie kam leichtfüßig auf dem Boden auf, und gemeinsam versanken sie in den wilden, sinnlichen Rhythmen ihres Tanzes. Sie bewegten in schnellen, harmonischen Bewegungen Arme und Beine, Hände und Füße, alles an ihnen wurde hin- und hergeschwungen, ein Feuer entfesselter Erotik. Später würde Jacques ihnen erzählen, dass ein fasziniertes Raunen durch das Publikum gegangen war, das dergleichen noch nie gesehen hatte, dass Worte wie »Sensationell!« und »Grandios!« gerufen wurden; doch von alledem bekam Josephine nichts mit, sie tanzte und tanzte, vollführte den Tanz ihres Lebens, genoss es, im Mittelpunkt des Saales zu stehen und den Bann zu spüren, unter dem die Zuschauer standen. Ihre Nacktheit war ihr völlig gleichgültig, ja, sie fragte sich, wieso sie sich anfangs so dagegen gesträubt hatte. Sie fühlte sich wie eine Raupe, die ihr Leben lang in einem Kokon geschlummert hatte, um in dieser Nacht zu feurigem Leben zu erwachen.

»Bravo! Bravissimo!«, jubelten am Ende der Darbietung die Zuschauer. Viele erhoben sich sogar von ihren Plätzen und gaben ihnen stehende Ovationen. Völlig überwältigt verbeugte sich Josephine an Joes Hand wieder und wieder und starrte in die begeisterte Menge. Sie konnte kaum glauben, dass sie, Josephine Baker, ein armes Mädchen aus Boxcar Town in St. Louis, in der Weltstadt Paris solche Begeisterungsstürme hervorrufen konnte. Aber in dieser Nacht, so schien es ihr, war alles möglich, heute wurden Träume wahr.

Auch ihre komödiantische Nummer, die später am Abend folgte, kam beim Publikum gut an. Die Zuschauer grölten und klatschten begeistert, als sie schielend über die Bühne stolperte, die Knie nach außen und innen verdrehte, als hätte sie abwechselnd O- und X-Beine. Als sie die Bühne endlich alle verließen und sich in der Garderobe versammelten, wurde jedem ein Glas mit Champagner in die Hände gedrückt.

Jacques wirbelte Josephine herum, sodass ihr Champagner in alle Richtungen spritzte, und küsste sie auf ihre Haare. »Was habe ich gesagt, Joséphine? Du bist grandios angekommen, und alle lieben dich! Dein Federkostüm war ein voller Erfolg!«

»Ja, du hattest recht«, rief Josephine lachend, die Arme um seinen Hals geschlungen.

»Und, wie sieht es nun aus?«, fragte der Choreograf und sah sie mit blitzenden Augen an. »Wir hatten ja einen Deal. *Eine* Performance, habe ich gesagt, und wenn du noch immer nicht glücklich bist, kannst du nach Amerika zurückreisen.«

Josephine sah strahlend in die Runde, alle Gesichter waren erwartungsvoll auf sie gerichtet. »Quatsch nicht so viel, Jacques, füll lieber mein Glas noch mal auf.« Ringsum erklangen Gelächter und Beifallsrufe.

Die Truppe feierte die ganze Nacht, erst in den Morgenstunden, als Paris, bleich und von herbstlichem Dunst umgeben, endlich zur Ruhe kam, kehrten sie ins Hotel zurück. Nach wenigen Stunden Schlaf kamen Josephine und Bessie zu Croissants und Kaffee in den Speisesaal, wo Mrs Regan sie bereits mit einem Stapel Morgenzeitungen erwartete. Auch ihr war die lange Nacht anzusehen.

»Wir haben hervorragende Kritiken«, berichtete sie, und ihre sonst so blasse, zarte Haut war rosig vor Glück. »Man lobt uns über den grünen Klee. Mauds Gesang war himmlisch, schreiben die Zeitungen, und dein Tanz, Josephine, umwerfend.«

Josephine, die sich ihren Teller mit Croissants und Butter beladen hatte, setzte sich zu ihr und einigen anderen Mädchen an den Tisch. »Was schreiben die Kritiker genau?«

Mrs Regan sah sie voller Stolz an. »Sie schreiben, dass du weit mehr bist als nur die Ulknudel, die über ihre eigenen Füße stolpert und Grimassen schneidet. Ein Kritiker schreibt sogar, dass du dich durch deinen Tanz zu jener Schwarzen Venus erhoben hast, die der berühmte französische Schriftsteller Baudelaire in seinen Gedichten beschreibt. Die Schwarze Venus ist ein hinreißendes, zauberhaftes Wesen. So wie du.«

Bessie gab Josephine einen liebevollen Stoß in die Seite. »Das hättest du dir vor Jahren, als du in St. Louis den reichen Leuten ihren Küchenboden geschrubbt hast, nicht träumen lassen, oder?«

Josephine nickte mit vollem Mund. »Wahrhaftig nicht, da hast du recht. Noch vor einigen Wochen wurde ich in Harlem als *Negerschlampe* bezeichnet, und nun bin ich so was wie ein Star ...« Verwundert, so als könne sie es selbst nicht glauben, hielt sie beim Kauen inne, ihr Blick verlor sich in der Ferne. Doch dann holte diese Welle heißen Triumphes sie wieder ein, schlug wie eine alles verschlingende Woge über ihr zusammen und trug sie, verloren in Tagträumen, davon. Die Gewissheit, dass sie unbesiegbar war, dass sie alles schaffen konnte, was sie sich vornahm, ergriff Besitz von ihr. Paris hatte sie wohlwollend aufgenommen, und sie würde alles daransetzen, alle Chancen zu nutzen, die sich ihr boten.

3

November 1925

»Keine Angst, Albert, du bekommst dein Essen gleich.« Josephine strich kurz über die rosige Haut des Schweins, das sie sich seit Kurzem als Haustier hielt, und eilte zur Tür ihres Hotelzimmers. Es klopfte bereits zum zweiten Mal.

Josephine zog ihren mit blutroten Blumen bestickten Seidenkimono enger um sich, um zu verbergen, dass sie darunter lediglich Unterwäsche trug.

»Mrs Regan!«, rief sie eine Sekunde später überrascht, als sie ihre Gönnerin vor sich sah. Sofort bemühte sie sich um einen neutralen Gesichtsausdruck. Hoffentlich hatte Mrs Regan den jungen Mann nicht gesehen, der wenige Momente vorher ihr Hotelzimmer verlassen hatte. Mrs Regan entging nichts.

»Ich störe doch nicht?«, fragte sie mit hochgezogenen Augenbrauen und schob sich ins Zimmer. Ihr Hut war feucht vom Nebel. Es war inzwischen November, die goldenen Herbsttage waren längst vorüber und hatten einem bleischweren grauen Himmel Platz gemacht, der wie eine be-

drückende Glocke über Paris hing. M[illegible]
ren von der Kälte draußen gerötet, un[illegible]
wollenen Kostüm wirkte sie wie imme[illegible]
gant. »Habe ich Halluzinationen, oder [illegible]
ein Schwein, Josephine?«

Josephine beugte sich hinab und tä[illegible]
Haustier. »Ja. Es lebt bei mir. Es heißt [illegible]
traumhaft süß?«

Mrs Regan sah sie an, als läge ihr eine heftige Erwiderung auf der Zunge, die sie jedoch des lieben Friedens willen hinunterschluckte. »Wenn es sein muss. Ein Schwein als Haustier ist zumindest originell. Aber sag mir – hattest du Besuch, meine Liebe? Ich habe einen jungen Mann im Flur gesehen.«

Josephine ließ sich durch den unbeschwerten Tonfall nicht täuschen. Sie wusste, dass Mrs Regan ihre zunehmende Schar an männlichen Bewunderern kaum gutheißen würde. »Ach, das war bloß Michel. Er ... hat mir die Post gebracht.«

»Soso, die Post.« Mrs Regan ließ sich auf dem geblümten Samtsofa nieder und ließ ihren Blick durch das Zimmer schweifen. Vor wenigen Tagen war Josephine aus ihrem ursprünglichen Hotel, in dem sie mit den anderen Tänzerinnen und Tänzern gewohnt hatte, in diese kleinere Unterkunft übergesiedelt. Hier hatte sie mehr Freiheiten und musste ihr Zimmer mit niemandem mehr teilen. Die hohen Fenster gaben die Sicht auf das Künstlerviertel Montmartre frei, und Josephine wurde nie müde, dem bunten Treiben in zuzusehen, den lebhaften Plaudereien zu lau- … aus den Klubs und Cabarets drangen.

… in Stückchen Obst, Mrs Regan?« Josephine beugte … ch vor, wobei ihr Kimono aufklaffte und ihre Haut zeigte, und reichte ihrem Besuch die Schale mit aufgeschnittenem Obst. Auf dem Weg zum Theater machte sie täglich halt vor einem der zahlreichen Delikatessenläden, um sich mit Leckereien zu versorgen. Sie genoss jeden Bissen davon und versuchte gleichzeitig, die Erinnerung daran, wie sie als Kind in St. Louis die Abfälle betuchter Leute durchwühlt hatte, um etwas Essbares aufzutreiben, zu verdrängen. Aber manche Erinnerungen verließen einen nie, suchten einen immer wieder heim, so schmerzlich und demütigend sie auch waren. Sie kostete ein goldgelbes saftiges Stück Ananas und ließ es auf der Zunge zergehen. Die exotische Frucht gehörte zu ihren neuesten Entdeckungen – sie hatte vorher noch nie davon gehört.

»Danke.« Mrs Regan nahm sich ebenfalls ein Stückchen, dann betrachtete sie Josephine mit einer Mischung aus Wohlwollen und Besorgnis. »Ich wünschte, du wärst mit dem Rest der Truppe zusammen in eurem ersten Hotel geblieben. Dann wärst du nicht so allein wie hier.«

»Dann wäre ich unter Aufsicht, meinen Sie«, bemerkte Josephine mit vollem Mund.

Mrs Regan verkniff sich ein Schmunzeln. »Du nimmst wie immer kein Blatt vor den Mund. Aber ja, du hast recht. In dem Hotel, in dem der Rest der Truppe wohnt, würden wir eher mitbekommen, was du so treibst. Immerhin bist du erst neunzehn Jahre alt, Josephine, und völlig allein, ohne

Familie, in einem fremden Land. Paris liebt dich, keine Frage, du bist der unangefochtene Star der Revue Nègre, aber was mir – und Jacques übrigens auch – ein bisschen Sorgen macht, ist, dass du immer mehr Starallüren zu entwickeln scheinst.« Caroline Regan begutachtete missbilligend Albert, das Schwein, das sich schmatzend über einen Teller mit Kartoffelschalen hermachte, die sie der Küche abgeschwatzt hatte. In diesem Moment flatterte aus dem Badezimmer ein scheinbar riesiges Ungetüm mit kirschroten und pflaumenblauen Federn herbei, zog ein paar Flugbahnen durchs Zimmer und verfehlte nur knapp Mrs Regans braune Haare, die sie sorgsam aufgesteckt hatte. Sie stieß einen kleinen Schrei aus. »Was ist das, um Himmels willen?«

Josephine war der Zwischenfall keineswegs peinlich, im Gegenteil, sie freute sich, Mrs Regan einen weiteren ihrer neuen Mitbewohner vorstellen zu können. »Keine Angst, Mrs Regan«, sagte sie beruhigend, wobei sie vor Zuneigung strahlte. »Das ist nichts weiter als ein Papagei. Ist er nicht prächtig? So bunt und fröhlich und farbenfroh? Ich versuche gerade, ihm Sprechen beizubringen. Natürlich Französisch. Finden Sie nicht, dass ich inzwischen viel dazugelernt habe, seit wir in Frankreich sind? Ich verstehe inzwischen fast alles, und das Sprechen klappt auch immer besser.«

»Ja, in der Tat«, bestätigte Mrs Regan zerstreut, während sie misstrauisch den Papagei beobachtete, der sich auf dem Fensterbrett niederließ. Dann wandte sie sich wieder Josephine zu und fixierte sie ernst. »Meine Liebe – verstehst du denn nicht, was ich versuche, dir klarzumachen? Du wirst immer exzentrischer. Deine ständig wachsende Anzahl von

Männerbekanntschaften, denk nicht, das bekomme ich nicht mit. Und dann lebst du hier ganz allein mit diesen exotischen Tieren … Merkst du denn nicht, dass das Zimmer sehr unangenehm riecht? So wie in einem Stall. Was kommt als Nächstes?«

Josephine erheiterte die Unterhaltung; was sollte verwerflich daran sein, mit Tieren zusammenzuleben? »Was als Nächstes kommt? Eine Schlange wahrscheinlich, ich habe mich schon erkundigt. Ich hätte so gerne eine. Aber keine Angst, Mrs Regan, ich würde sie in ein Terrarium legen, wenn Besuch kommt. Sie würde nicht durch das Zimmer kriechen.«

Mrs Regan schnaubte bitter.

Josephine erkannte, dass ihrer Gönnerin ihr ausgefallener Lebensstil wirklich missfiel. Das machte ihr das Herz ein wenig schwer, denn sie legte viel Wert auf Mrs Regans Meinung. Überhaupt war sie ihr unendlich dankbar, dass sie ihr die Chance gegeben hatte, in Paris zum Showstar zu werden. »Wissen Sie, Mrs Regan«, lenkte sie leise ein, »ich liebe Tiere deshalb so sehr, weil sie einen nie enttäuschen. Nicht, wie Menschen es tun. Ich wurde in Amerika oft schlecht behandelt. Die Leute, für die ich als Kind arbeiten musste, damit wir nicht verhungerten, haben mich geschlagen oder mir ins Gesicht gespuckt, und ich musste auf der Erde im Dreck sitzen und das essen, was sie übrig gelassen hatten … «

Caroline Regans Züge wurden weich bei diesen Worten, und Josephine fügte kaum hörbar hinzu: »Und deshalb sind Tiere mir so wichtig. Sie sind liebevolle und dankbare Geschöpfe. Ihnen ist egal, wie ich aussehe. Tiere machen keine Unterschiede zwischen den Menschen.«

»Das verstehe ich.« Mrs Regan seufzte, zog aber gleichzeitig ihren Kopf ein, da der Papagei zum nächsten Rundflug ansetzte. »Aber du solltest trotzdem versuchen, ein bisschen auf dem Boden zu bleiben, Josephine. Ich weiß, das fällt schwer. Du wurdest über Nacht zum Star. Da ändert sich vieles. Du hast nun mehr Geld, als du dir je erträumt hast, habe ich recht?«

Josephine nickte mit vor Stolz glühenden Wangen.

»Trotzdem. Versuch, nicht alles mit beiden Händen zum Fenster herauszuwerfen.« Caroline Regans vielsagender Blick schweifte über die zahlreichen Pelze und kostbaren Abendkleider, die Josephine offenbar achtlos auf ihr Bett geworfen hatte. Im nächsten Moment zuckte sie zusammen, da Albert einige Kartoffelschalen im Maul über den Teppich trug und auf ihre blank gewienerten Schuhe fallen ließ.

»Mache ich nicht«, entgegnete Josephine trotzig, während sie sich bückte und die Schalen zusammenklaubte, nicht, ohne Albert hinter den Ohren zu streicheln. So langsam fragte sie sich, ob Mrs Regan nur gekommen war, um ihr die Leviten zu lesen. Jetzt missfiel es ihr auch noch, dass sie sich schöne Kleider kaufte! »Ich schicke meiner Familie in St. Louis jede Woche Geld. Außerdem – Sie haben es doch selbst gesagt, ich bin nun mal ein Star. Hunderte von Menschen kommen jeden Abend ins *Théâtre des Champs-Élysées*, um mich zu sehen. Ich wurde bereits auf der Straße angesprochen und um Autogramme gebeten!« Eine heiße Welle des Triumphes erfasste sie, stieg ihr zu Kopf, als hätte sie Champagner getrunken. »Da darf ich mir doch schöne Sachen gönnen, oder nicht, Mrs Regan? Zugegeben, das ist alles noch ein bisschen seltsam für mich …« Sie bemerkte selbst, dass ihre selbstbewusste Fassade zu bröckeln begann und ihr plötzlich Tränen hinter den Lidern brannten. »Wissen Sie, ich begreife selbst nicht, wie das alles passieren konnte. Wie aus mir, einem einfachen schwarzen Mädchen aus Missouri, von einem Tag auf den anderen jemand wurde, der von allen bejubelt wird.«

Mrs Regan legte ihr beschwichtigend eine Hand auf den Arm. »Das kann ich sehr gut nachvollziehen, mein liebes Mädchen. Entschuldige, wenn ich vielleicht ein bisschen forsch zu dir bin. Ich mache mir Sorgen um dich, weil du dich in den letzten Wochen so verändert hast, aber wahrscheinlich brauchst du einfach Zeit, um in deine neue Rolle hineinzufinden.«

Josephine wischte sich über die Augen, nahm Albert hoch und drückte ihn an sich, als wäre er ein Kuscheltier. »Kann sein.«

Caroline Regan streckte ihren Rücken durch. »Eigentlich bin ich gar nicht gekommen, um mit dir über deine charakterliche Entwicklung zu sprechen«, an dieser Stelle zwinkerte sie Josephine zu, »sondern über etwas ganz anderes.«

»Warum haben Sie sich die ganze Tirade dann nicht gespart?«

Ihre Gönnerin lachte. »Werde nicht frech. Also, es geht um Folgendes: Die Spielzeit der Revue Nègre endet bald. Jacques und ich planen für die Zeit danach eine Europatour.«

Strahlend wartete sie auf Josephines Reaktion, die wenig enthusiastisch ausfiel.

»Eine Europatour? Wo soll's denn hingehen?«

»Wir haben Angebote für Brüssel, Berlin und Moskau.«

Josephine staunte. »Meine Güte!«

»Nicht wahr? Joe, deine Freundin Bessie und die anderen Tänzerinnen haben bereits alle zugesagt. Sie können es kaum erwarten, auf Tour zu gehen und neue, aufregende Städte zu entdecken. Im Dezember werden wir starten.«

Josephine kaute unschlüssig auf ihrer Unterlippe herum. »Ich weiß nicht, Mrs Regan ... Ich glaube, ich möchte lieber hierbleiben.«

Mrs Regan, die anscheinend mit Josephines sofortiger Zustimmung gerechnet hatte, gefror der wohlwollende Ausdruck im Gesicht. »Aber warum denn, um Himmels willen?«

Josephine streckte die Hand aus, woraufhin der Papagei, der bis jetzt auf der Deckenlampe geschaukelt hatte, im Sturzflug auf sie zukam und auf ihr landete. »Ich möchte lieber in Frankreich bleiben. In den wenigen Wochen, die ich hier bin, ist Frankreich mir bereits mehr zur Heimat geworden, als es Amerika jemals war. Paris und seine Menschen haben mich mit offenen Armen empfangen und einen Star aus mir gemacht! Ich will nirgendwo sonst hin.«

»Das verstehe ich gut, Josephine. Aber es wäre ja nur für wenige Wochen. Danach stellen wir hier in Paris mithilfe von Jacques eine neue Show auf die Beine. Und bedenke – wenn du dich hier rarmachst, wirst du von den Parisern nur umso begeisterter wieder empfangen werden. Dein Stern am Showhimmel wird noch höher steigen.«

Josephine nahm sich einen weiteren Ananaswürfel und biss gedankenversunken hinein. Mrs Regans Worte leuchteten ihr ein, wahrscheinlich sollte sie das Angebot annehmen. Und was schadete es, noch mehr von Europa zu sehen zu bekommen? Vielleicht würde sie auch im Ausland die Bühnen im Sturm erobern?

4

März 1926

Mit Schwein Albert an der Leine und ihren Freunden Joe Alex und Bessie im Schlepptau betrat Josephine das *Chez Bricktop*. Der Nachtklub war ihr Stammlokal, seit sie letzten Herbst nach Paris übergesiedelt war. Teure Kandelaber tauchten den Raum mit den modischen Möbeln in weiches Zwielicht und ließen die Konturen der eleganten Ober verschwimmen, die mit silbernen Tabletts herumeilten. Je später die Stunde, desto heißer ging es hier zu. Der Gastraum war stets so überfüllt, dass sich die Tanzenden nur Haut an Haut bewegen konnten, Champagner floss in nie endenden Strömen, das Orchester spielte die neuesten Hits, und viele Prominente gaben hier ihr Geld mit vollen Händen aus. Ab und zu kam es in der alkoholgeschwängerten Atmosphäre auch zu Meinungsverschiedenheiten oder Schlägereien unter den zumeist reichen weißen Gästen, doch die Klubbesitzerin Ada Smith, von Freunden liebevoll Bricktop genannt, setzte dem stets resolut ein Ende.

Josephine entdeckte Bricktop, die ihr in den letzten Monaten zu einer Art mütterlicher Freundin geworden war, auf ihrem üblichen Platz hinter der Kasse, winkte ihr bereits vom Eingang her überschwänglich zu und rief: »Bricky! Meine liebe Bricky, wir sind wieder da!«

Die pummelige Gestalt der Nachtklubbesitzerin glitt sogleich von ihrem Barhocker. Strahlend lief sie den Neuankömmlingen entgegen und fiel allen dreien um den Hals, wobei sie einen Bogen um Albert machte, der auf dem Boden nach Krümeln zu schnüffeln schien.

»Wie schön! Ihr seid wieder in Paris! Das müssen wir feiern. Champagner!«, rief sie einem der befrackten Kellner zu, der sogleich davoneilte, um eine Flasche und langstielige Kelche zu bringen. »Auf euch, meine Süßen, ihr müsst mir alles über eure Tournee erzählen!«

Sie setzten sich in eine Nische, die durch einen schweren dunkelroten Samtvorhang vom Rest des Klubs abgetrennt war. Es roch nach Zigarren und starkem Parfüm. Bricktop musterte Albert, der sich neben ihren Füßen niederließ, naserümpfend.

»Musste das Vieh auch wieder mit, Josie?«

Josephine grinste. »Aber natürlich, Bricky, Albert ist mein Baby.«

»Sei froh, dass sie nicht noch ihre Schlange und ihren Papagei und ihre weißen Mäuse mitbringt, die sie neuerdings hält«, warf Joe seufzend ein, woraufhin Bessie in Gekicher ausbrach.

»Na, ich will mal nicht so sein. Ich bin froh, euch nach den vielen Wochen wiederzusehen.« Bricktop sah sie liebevoll an. Es trennten sie zwar nur zehn Jahre von ihren jungen

Gästen, doch in Paris galt sie als Mutterfigur aller Künstler, die regelmäßig bei ihr einkehrten. In früheren Jahren war sie in Städten wie Chicago und New York ebenfalls als Revuetänzerin aufgetreten, bevor der berühmte Komponist Cole Porter sie als Unterhalterin für seine legendären Partys in Paris engagiert hatte. Inzwischen verdiente sie ihr Geld mit mehreren eigenen Klubs. Josephine liebte Bricktop, weil sie so viel Wärme und Freundlichkeit ausstrahlte und für jeden ein offenes Ohr hatte. Sie war ebenfalls schwarz, aber dafür sommersprossig – eine seltene Kombination –, und hatte ihre lockigen Haare in einer dunklen Rotschattierung gefärbt, was ihr ihren Spitznamen – Brick wie Backstein – eingebracht hatte.

»Wir haben dir was mitgebracht«, sagte Josephine stolz und zog aus ihrer kleinen Abendtasche ein paar Zeitungsausschnitte heraus. Bricktop beugte sich im Dämmerlicht der Nische darüber.

»Was soll ich damit? Die Zeitungsartikel sind ja alle auf Deutsch, das kann ja kein Mensch verstehen!«

Joe nickte belustigt. »Das haben wir Josie auch gesagt, aber sie ist so stolz auf ihre unvergleichlichen Erfolge im Ausland, dass sie die Berichte unbedingt jedem zeigen muss.«

Die Schlagzeilen der Zeitungsberichte waren allesamt riesengroß gedruckt und endeten mit Ausrufungszeichen. Darunter sah man grobkörnige Bilder von Josephine und Joe, wie sie auf der Bühne ihren Danse Sauvage tanzten.

»Unsere Truppe hat den Berlinern in Nullkommanichts

die Köpfe verdreht«, berichtete Bessie mit glühenden Wangen. »Nacht für Nacht wurden wir bejubelt und gefeiert!«

»Josephine bekam sogar ein großzügiges Angebot, dauerhaft in Berlin aufzutreten«, fügte Joe hinzu.

Bricktop staunte und schenkte allen Champagner nach. »Da habt ihr ja wahrhaftig Furore gemacht. Eure Mrs Regan wird stolz auf euch gewesen sein, was? Und du wolltest diese Chance, in Berlin zu bleiben, nicht annehmen, Josie? Ich habe gehört, in Berlin ist das Nachtleben noch wilder und dekadenter als hier bei uns.«

Josephine schüttelte energisch den Kopf. »Ich würde mein geliebtes Paris niemals dauerhaft verlassen. Paris hat mich zu dem gemacht, was ich bin.«

»Und schau dich nur an«, bemerkte Bricktop und sah an Josephines teurem schwarzen Abendkleid aus feinster Seide, über dem sie eine edle Nerzstola trug, herab. An ihren Ohrläppchen und an den Ringfingern funkelten Diamanten. »Auf der Bühne bist du ja so gut wie gar nicht bekleidet, dafür scheinen deine Kleider im echten Leben immer eleganter und kostbarer zu werden. Als Star verdient man nicht schlecht, was?«

»Sie zeigt halt gerne, was sie hat«, ließ Bessie sich vernehmen. Sie selbst hatte es nicht aus der Reihe der Hintergrundtänzerinnen geschafft und war finanziell um einiges schlechter gestellt als Josephine. »Allerdings ist Josie auch äußerst großzügig. Das Kleid, das ich trage, hat Josie mir spendiert.«

»Das finde ich sehr nett von dir«, wandte sich Bricktop beeindruckt an Josephine, die Albert unter dem Tisch ein paar Karottenstücke, die sie in ihrer Clutch mit sich herumtrug, zusteckte.

Es machte ihr Spaß, ihren Freunden gelegentlich Geschenke zu machen, aber sie fand allmählich, dass genug geredet worden war. Eigentlich war sie zum Tanzen und Champagnertrinken hergekommen, sie wollte nach ihrer Rückkehr nach Paris mal wieder so richtig über die Stränge schlagen und sich bis zum Morgengrauen amüsieren. Vielleicht fand sie nachher auf der Tanzfläche noch einen geeigneten Partner, mit dem sie den Charleston tanzen konnte? »Genug geplaudert, wir wollten doch tanzen, oder?«

»Aber wir sind doch gerade erst gekommen und haben Bricktop noch gar nicht alles erzählt«, wandte Bessie ein, wobei sie über ihren mit Pailletten bestickten Kragen strich.

»Seid friedlich, meine Lieben.« Bricktop schenkte zum dritten Mal Champagner nach. Der Ober im schwarzen Frack und mit der Fliege um den Hals hatte längst eine neue Flasche gebracht. »Wie geht es jetzt weiter mit euch, nachdem eure Europatour beendet ist?«

»Nun, Mrs Regan und Jacques Charles arbeiten an einem neuen Bühnenprogramm«, brachte Joe die Klubbesitzerin auf den neuesten Stand.

»Die Proben beginnen in den nächsten Tagen.« Bessie musterte Josephine mit fast bedauerndem Ausdruck. »Unsere gefeierte Schwarze Venus ist leider nicht mehr mit von der Partie.«

»Was? Wieso nicht, Josie?« Bricktop schaute irritiert von einer zur anderen.

Josephine winkte ab, als sei es keine große Sache, dass

sie nicht mehr mit ihrer Truppe auftrat. »Ich habe den Vertrag mit Mrs Regan gekündigt und ein Angebot von Paul Derval angenommen. Derval von den *Folies Bergère*, den kennst du doch, oder?«

Bricktop nickte. Natürlich kannte sie den Direktor der berühmten Musikhalle, so wie alle anderen Prominenten in Paris auch.

»Er bringt ein neues Stück auf die Bühne, ›La Folie du Jour‹. Mein Part darin ist noch tausendmal heißer und erotischer als in der Revue Nègre. Derval sagt, damit werde ich noch bekannter und noch berühmter. Könnt ihr euch das vorstellen?« Wie immer, wenn sie von ihren beruflichen Erfolgen sprach, spürte sie ein Feuer in sich brennen, angefacht von ihrer Leidenschaft und ihrem Stolz. Andere mochten sie vielleicht als ein bisschen arrogant bezeichnen, aber sie gönnte sich dieses Gefühl und versicherte sich immer wieder selbst, dass es ihr nach ihrer harten Kindheit zustand.

»Mrs Regan hat es nicht gut aufgenommen, dass Josie ohne Vorwarnung gekündigt hat und sie ohne Ersatz sitzen ließ.« Bessie schaute irritiert unter den Tisch, wo Albert ihre feinen Pumps anzuknabbern schien. »Lass das, du Schwein.«

»Ich kann mir vorstellen, dass Mrs Regan nicht gerade erbaut war«, stimmte Bricktop Bessie trocken zu. »Was sagst du dazu, Joe? Immerhin bist du Josies Partner auf der Bühne.«

Joe zuckte die Achseln. »Was soll ich sagen? Josie und ich sind ein eingespieltes Team. Natürlich finde ich es schade, wenn sie unsere Truppe verlässt und ich mich auf eine neue Partnerin einstellen muss. Aber ich kann auch verstehen, dass sie neue Wege einschlagen möchte. Jeder Künstler kommt ab und zu an diesen Punkt.«

»Trotzdem.« Bessie schüttelte verständnislos den Kopf. »Besonders nett ist es nicht, uns zu verlassen, Josie, vor allem, wo du Caroline Regan so viel zu verdanken hast. Ohne sie wärst du nie ein Star geworden.«

Josephine zog den schweren Samtvorhang zur Seite, um aus ihrer Nische in den Gastraum sehen zu können. »Ihr habt schon recht«, murmelte sie. »Aber wie Joe sagt, manchmal muss man etwas Neues wagen, um nicht zu stagnieren. Manchmal ist es gut, die Truppe zu wechseln, um neuen Herausforderungen entgegenzutreten und sich zu verbessern. Ich glaube, dass ich mehr kann, als mir im Moment abverlangt wird. Mrs Regan versteht das, ich habe lange mit ihr gesprochen, und sie hat mich ohne Groll gehen lassen.«

»Ich denke, du wirst dich schon richtig entschieden haben«, stimmte Bricktop ihr zu. »Letztendlich geht es im Leben immer darum, neue Erfahrungen zu machen.«

»Genau! Und nun lasst uns tanzen! Wir sind doch hergekommen, um uns zu amüsieren, ihr trüben Tassen.«

Joe und Bessie schälten sich hinter dem Tisch hervor und verschwanden im wilden Gemenge auf der Tanzfläche, doch Josephine wurde von einer lauten Gruppe weißer Klubgänger abgelenkt, die unter unaufhörlichem weinseligen Gelächter die Ober herumkommandierten. Im Mittelpunkt war ein attraktiver dunkelblonder Mann um die dreißig, der eine teure Anzughose und Weste trug, das Jackett hatte er abgelegt. Josephine hatte in den letzten Monaten einen Sinn für kostspielige Bekleidung entwickelt. Seine Begleiter hingen an seinen Lippen, während er lautstark Anekdoten zum Besten gab. Josephine konnte nicht umhin mitzuhören: »Es war halb vier am Morgen, und wir hatten so viel gefeiert und waren so betrunken, dass wir einfach in diesem Brunnen baden mussten ...«, erzählte er, woraufhin seine Begleiter erheitert brüllten, »und irgendwann schlug ein Gendarm auf und fragte, was wir hier machten, und ich antwortete: Das sehen Sie doch, wir nehmen ein Bad, um auszunüchtern ...«

Seine restlichen Worte gingen in tosendem Gelächter unter. Gebannt hing Josephines Blick an dem jungen Mann, während sie zerstreut ihr Schwein streichelte. »Wer ist das, Bricky?«

Bricktop zuckte die Achseln. »Ein gewisser Francis Scott Fitzgerald. Angeblich eine ganz große Nummer im Literaturbetrieb. Er hat wohl ein Buch geschrieben, das einschlug wie eine Bombe. Nun wohnt er an der Riviera, manchmal auch in Paris, und versucht, einen neuen literarischen Coup zu landen. Er kriegt aber offenbar nichts mehr auf die Reihe. Wie du siehst, trinkt er sich mit seinen illustren Freunden um den Verstand. Fitzgerald ist wie ein Nachtfalter, er taumelt von Party zu Party. So wie du.«

In diesem Moment begegneten sich Josephines und Fitzgeralds Blick. Seine Augen waren von einem tiefen Blau, sie vermochte sich nicht mehr davon zu lösen. Sie verspürte das Bedürfnis, mit ihm zu tanzen. Wie sich wohl sein Körper an den ihren geschmiegt anfühlen würde? Die Nacht war noch jung.

Bricktop gab ihr einen unwirschen Klaps auf den Arm. »Schmink ihn dir ab, Josie! Dahinten kommt seine Frau, Zelda, eine gefeierte Südstaatenschönheit.«

Tatsächlich stieß in diesem Moment eine grazile, helle, elfengleiche Frau mit kurzen, modisch gewellten Haaren, im typischen Look der Flapper, zu der Männergruppe. Sofort überblickte sie die Situation, schoss einen tödlichen Blick auf Josephine ab und nahm angewidert das Schwein zur Kenntnis, das die Schnauze unter das lange Kleid seiner Herrin gesteckt hatte. Der Schriftsteller wandte sich von Josephine ab.

»Lass die Finger von ihm«, beschwor Bricktop sie. »Er ist nichts für dich. Genauso wenig wie die anderen Männer, die du nur für eine Nacht aufgabelst. Ich glaube, du fühlst dich zu jedem hingezogen, der ein teures Hemd trägt, aber es geht im Leben auch um andere Dinge.«

»Schon gut, meine liebe Bricky.« Josephine legte voller Zuneigung einen Arm um ihre Freundin, sah sich aber zugleich suchend im Raum um. Irgendjemand ließ sich bestimmt finden für ein paar aufregende Stunden auf der Tanzfläche – und danach.

5

Oktober 1926

Die *Folies Bergère* waren um einiges mondäner als das *Théâtre des Champs-Élysées*. Im maurischen Stil erbaut, wirkte das Gebäude von außen imposant wie ein Opernhaus, obwohl im Innern vor allem leichte Unterhaltung gezeigt wurde, Operetten, Revuen, Zaubershows, alles gemischt mit einem gehörigen Schuss Erotik. Die Revue »La Folie du Jour«, in der Josephine der unangefochtene Star war, war so erfolgreich wie kaum ein anderes Stück zuvor. Stunden, bevor sie auf die Bühne trat, waren alle Karten restlos ausverkauft – und das täglich seit der Premiere. Es befriedigte Josephine, eine sehr ansehnliche Gage zu bekommen; noch immer schickte sie ihrer Familie in St. Louis regelmäßig Schecks, hielt sich in ihren Briefen aber stets bedeckt darüber, woraus ihre Arbeit denn genau bestand. Ihre Mutter musste nicht wissen, dass sie kaum bekleidet auf der Bühne stand. Carrie hatte lediglich vage Vorstellungen von einer Tanztruppe, die sie sich wahrscheinlich in opulenten Kostümen ausmalte.

Auch an diesem Abend ging es um zehn Uhr los. Die Uhr

zeigte bereits fünf vor, doch Josephine befand sich noch immer in ihrer Garderobe; dies war eine der Annehmlichkeiten, die sie als leuchtender Stern der *Folies Bergère* genoss: Sie musste sich ihre Garderobe mit niemandem mehr teilen. Dementsprechend lebte sie ihre Unordnung voll und ganz aus. Josephines Straßenkleidung lag achtlos auf einem Haufen, ihr Bühnenkostüm, das so knapp war, dass es in eine geschlossene Faust passte, hing über einem Stuhl. In Unterwäsche saß sie auf dem Boden und fütterte ihre beiden Katzen mit Futter aus einer Dose.

»Lasst es euch schmecken, ihr zwei Süßen«, sagte sie und strich den Tieren liebevoll über das Fell. Als es an die Tür klopfte, hatte sie kaum Zeit, »Herein« zu rufen, denn schon stürmte Paul Derval, der Besitzer des Musikhauses, aufgebracht herein. Sein Smoking wirkte etwas derangiert, und der Zylinder saß schief auf seinen braunen Haaren.

Er schnaufte. »Josephine, wo bleibst du denn schon wieder! In drei Minuten geht der Vorhang auf! Der Saal ist gerammelt voll. Und du ...«, erbittert wies er auf das Durcheinander an Kleidern und auf die vielen Tiere, die sich in der Garderobe tummelten, » ... und du sitzt hier und fütterst deinen Zoo, als ob nichts wäre.«

Josephine ließ ihren Blick über ihre Tierschar schweifen – in einem Terrarium lag ihre Boa constrictor, weiße Mäuse flitzten unter dem Frisiertisch umher, Albert, das Schwein, schnüffelte nach Essbarem, und der Papagei flog mit einem Wellensittich von Schrank zu Schrank. Sofort überkam sie das Bedürfnis, ihre Tiere in Schutz zu nehmen.

»Die Tiere haben Hunger«, verteidigte sie sich. »Tiere

sind wie Babys, man kann ihnen nicht einfach sagen: ›Warte, bis in zwei Stunden die Show vorbei ist, dann bekommst du was.‹ Das würden sie nicht verstehen. Ihre Bedürfnisse müssen sofort befriedigt werden.«

»Ich bereue den Tag, an dem ich dir erlaubt habe, deine Menagerie vom Hotel in meine Musikhalle umzusiedeln. Das ist der reinste Saustall hier, überall raschelt oder flattert oder schnüffelt etwas.«

»Die Tiere sind meine Familie«, sagte Josephine. »Außer ihnen habe ich niemanden. Und sie brauchen mich. Und da ich nur zum Schlafen ins Hotel gehe und die meiste Zeit hier verbringe, ist es einfach praktischer, sie hier zu halten.«

Derval stöhnte resigniert auf, doch Josephine schürzte mit leisem Trotz die Lippen. Die Tiere waren ihr Ein und Alles. Und mochte sie auch das Image des etwas überdrehten, exzentrischen Stars haben, so waren es doch gerade die Tiere, die ihr wenigstens ein Stück weit Halt gaben in ihrem chaotischen Leben. Jemanden zu umsorgen bedeutete ein Stück Normalität für sie. »Nicht wahr, Albert, dir gefällt es hier auch besser als im Hotel? Hier ist es nicht so langweilig, hier bekommst du alles mit.«

Wie zur Bestätigung sah Albert mit seinen glänzenden kleinen Äuglein zu Derval hoch, welcher entnervt schnaufte.

»Als ob es für ein Schwein – ein gewöhnliches Hausschwein – eine Rolle spielen würde, in welcher Umgebung es sich befindet!«

»Natürlich tut es das – Albert ist sehr sensibel«, erwiderte Josephine überzeugt. »Und die anderen Tiere auch. Sieh dir Miezi und Madame Leroc an …«, sie deutete auf die beiden Katzen, die auf den Garderobentisch gesprungen waren und sich vor dem Spiegel das Fell leckten, »die zwei Hübschen sind wahre Diven. Es gefällt ihnen hier in meiner Garderobe ebenfalls viel besser als in meinem tristen Hotel. Ich musste sie schon einige Male aus meinen Puderdosen ziehen!«

»Wie auch immer«, knirschte Derval, »jetzt ist sowieso keine Zeit, darüber zu diskutieren. Es ist drei Minuten nach zehn, eigentlich solltest du jetzt auf der Bühne stehen, dabei bist du noch nicht mal angezogen.«

»Och, in das knappe Bananenröckchen bin ich schnell geschlüpft«, erwiderte sie lässig.

Doch Derval ging nicht darauf ein. »Josephine, so geht das nicht. Jeden Tag bist du zu spät. Das Publikum wartet. Gestern saßen die Fitzgeralds zusammen mit Hemingway in der ersten Reihe, letzte Woche war der Maler Picasso da. Fast jeden Abend muss ich erst die Ersatztruppe tanzen lassen, die ich wohlweislich in der Hinterhand habe. Aber auf Dauer funktioniert das nicht. Etwas mehr Disziplin bitte!«

Während er sprach, war Josephine ungeniert aus ihrer Unterwäsche geschlüpft und in das Bananenröckchen gestiegen, das in Paris mittlerweile einen legendären Ruf innehatte. Sprach man von Mademoiselle Baker, hatte man unweigerlich das Röckchen im Sinn, das aus wenig mehr als einem um die Hüfte geschlungenen Gürtel mit sechzehn daran befestigten Gummibananen bestand, die beim Tanzen wild umherschwangen. »So. Fertig. Dreißig Sekunden hat das gedauert. War das deine Predigt wert, Paul?«

Derval seufzte und schob sie vor sich her aus dem Raum,

sich vergewissernd, dass die Garderobentür richtig geschlossen war. »Ich träume manchmal nachts davon, dass deine Vögel oder Katzen oder – Gott bewahre! – das Schwein auf die Bühne gelangen und es zu tumultartigen Zuständen im Saal kommt …! Das sind wahre Albträume, glaub mir.«

Josephine lachte und ließ Derval stehen.

Wie jeden Abend johlte die Menge, als sie nach einer kurzen Aufwärmphase hinter den Kulissen auf Händen und Füßen krabbelnd auf die Bühne kam und sich in alle Richtungen verbog. Sie verschlang ihre Glieder ineinander, als seien sie aus Knetmasse. Die Bananen wackelten und bebten, und sie tanzte sich in einen Rausch, war wie in Trance, mitgerissen vom Rhythmus der Musik. Das Publikum kreischte vor Begeisterung, stampfte mit den Füßen und schrie haltlos nach mehr.

Als die Show zu Ende war, nahm Derval sie in seine Arme und küsste sie überschwänglich auf die Wangen. Seine Schimpftirade von vorhin war längst vergessen, so wie immer. »Du bist die Beste, Josie. Was täte ich nur ohne dich. Ganz Paris liegt dir zu Füßen.«

Josephine lächelte. »Siehst du? Und dafür darf ich gerne etwas schludrig sein, nicht wahr, Paul? Du musst nicht immer so mit mir schimpfen.«

Derval stieß einen tiefen Seufzer aus und fuhr sich mit der Hand durch sein unordentliches braunes Haar. »Manchmal machst du mich einfach wahnsinnig, dann kann ich nicht anders.«

»Wollen wir mal einen Blick ins Foyer riskieren?«, fragte sie, in Gedanken bereits wieder woanders.

»Unbedingt.«

In der von kristallenen Leuchtern erhellten Eingangshalle standen Angestellte hinter eigens aufgebauten Verkaufstischen, auf denen Produkte mit dem Aufdruck *Josephine Baker* auslagen. Diesen Werbetrick hatten sich Paul Derval und seine Berater vor Kurzem ausgedacht – und er funktionierte. Die feine Pariser Gesellschaft drängte sich um die Tische und kaufte Parfüms und Cremes, die Josephines Namen trugen. Beliebt waren auch dunkelhäutige Puppen, die bis auf ein winziges gelbes Röckchen nackt waren. Die Damen der feinen Gesellschaft erwarben diese gern für ihre Töchter, war doch alles Exotische zurzeit der letzte Schrei. Am besten verkaufte sich *Bakerfix*, eine Pomade, die versprach, die Haare zu glätten. Josephine benutzte sie selbst, um sich ihre kurzen Haare so eng an den Kopf zu kitten, dass es aussah, als trüge sie eine schwarze Badehaube.

Derval und Josephine beobachteten heimlich hinter einem dunklen Vorhang das übermütige Verkaufstreiben.

»Sieh nur, wie sich diese feinen Damen um die letzte Puppe streiten«, raunte Derval fasziniert. »Deine Produkte verkaufen sich wie warmes Baguette, du wirst steinreich. Nicht, dass du mit deinen Shows nicht bereits ein Vermögen anhäufen würdest.«

Josephine lächelte. Ihr gefiel die Vorstellung, ihr Geld stetig zu vermehren. Zum einen konnte sie sich jedes Kleidungs- oder Schmuckstück, das sie in einem Schaufenster sah, ohne mit der Wimper zu zucken kaufen. Auf der Bühne trug sie einen Hauch von nichts, aber im echten Leben war sie eine der am elegantesten gekleideten Frauen von Paris.

Zum anderen war ihr Vermögen ein sanftes Ruhekissen und erfüllte sie mit tiefer Befriedigung. Nie wieder wollte sie so arm und bedürftig leben wie in ihrer Kindheit, nie wieder hungern, nie wieder auf der Straße übernachten, nie wieder aus Not mit irgendeinem Mann von der Straße verheiratet werden. Allein der Gedanke daran war unerträglich. Jeder Centime, jeder Franc besänftigte ihre Angst.

Es schmerzte sie, dass ihre Mutter den großzügigen Betrag, den sie ihr jeden Monat schickte, nicht in mehr Lebensqualität investierte. *Danke, wir brauchen nichts,* schrieb Carrie ihr in jedem Brief und blieb mit Arthur, Richard, Margaret und Willie Mae weiterhin in einem baufälligen, engen Haus ohne Elektrizität in einem ärmlichen Stadtviertel wohnen, wie die Geschwister ihr berichtet hatten. Was sie mit dem Geld anstellte, blieb Josephine ein Rätsel. Wie sie ihre Mutter kannte, hortete sie es einfach in einem Strumpf, den sie unter ihrer schäbigen Matratze versteckte.

»Vielleicht solltest du noch Führungen durch deinen Garderoben-Zoo anbieten und Eintrittsgelder fordern. Die Leute würden sich bestimmt gerne deine Vögel und die Schlange und die Mäuse und das andere Getier ansehen«, zog Derval sie auf und riss sie aus ihren Gedanken.

»Sehr witzig.« Josephine versetzte ihm einen spielerischen Rippenstoß. Sie betrachtete noch einmal die Leute, die sich kaufwütig um die Ausstellungstische scharten. Ihr fiel ein Mann auf, der einen eleganten Anzug mit Hut trug. Mit seinen dunklen Haaren, den dunkelbraunen Augen und der leicht gebräunten Haut wirkte er wie ein Spanier oder ein Italiener. Auf jeden Fall war er sehr attraktiv und machte einen distinguierten Eindruck – was wohl auf den Spazierstock mit Elfenbeingriff und das Monokel zurückzuführen war, das er sich vor ein Auge geklemmt hatte. Er mochte ungefähr Mitte dreißig sein.

Josephine fand ihn auf Anhieb anziehend; vielleicht, weil er nicht wie ein typischer Pariser aussah und trotzdem so kultiviert wirkte. Er entdeckte sie in ihrem Versteck hinter dem Vorhang und zwinkerte ihr zu. Sie fühlte sich ertappt, lächelte ihm dann aber zu. Ihr fiel auf, dass er nicht wie andere Männer versuchte, einen Blick auf ihren Körper zu erhaschen, sondern ihr klar und ruhig in die Augen sah. Sie fühlte sich hypnotisiert, so als sei er einer der Zauberer, die in den *Folies Bergère* auftraten.

»Du solltest dich in deine Garderobe zurückziehen, bevor dich jemand entdeckt und dich wegen eines Autogramms bestürmt«, mahnte Derval und zog resolut den Vorhang vor ihr Sichtfeld. Josephine bedauerte es, die Sicht auf den geheimnisvollen Mann versperrt zu bekommen, doch dann zuckte sie mit den Schultern. Es war nur ein Mann. Sie hatte ohnehin vor, nachher noch im *Chez Bricktop* zu tanzen und reichlich Champagner zu trinken. Sie würde in dieser Nacht noch auf ihre Kosten kommen, da war sie sich sicher.

Die nächtliche Oktoberluft war kühl und belebend, feiner Nebel umhüllte die prächtigen Platanen, doch die hell erleuchteten Fenster der vielen Nachtklubs und Cabarets in Montmartre verdrängten den Trübsinn des heraufziehenden Herbstes. Josephine, nun in ein maßgeschneidertes, smaragdgrün schimmerndes Abendkleid mit tiefer Taille gekleidet, das sich unten in viele schimmernde Falten legte, stieg mit einigen Revuetänzerinnen ihrer Show aus dem Taxi, in das sie sich gequetscht hatten. Bereits im Wagen war viel Alkohol geflossen, und eines der Mädchen war nun recht grün um die Nase, weil ihr übel war. Josephine schloss sich der Truppe gern an, um abends die Bars abzuklappern. Wie es ihrer alten Tanzgruppe und Mrs Regan wohl ging? Wehmut überkam sie.

Das Taxi hielt vor *Chez Bricktop* und warf den Schwarm Mädchen aus. Josephine holte noch einmal tief Luft, bevor sie die verrauchte und von aufdringlichen Parfüms wie Moschus, Rosenwasser und Nelken geschwängerte Bar betrat. Die anderen Tänzerinnen kümmerten sich um die Kollegin, die aussah, als würde sie sich gleich übergeben, und Josephine flüchtete sich zu Bricktop an die Bar.

»Schön, dass du da bist, Liebes«, begrüßte sie die Besitzerin herzlich und küsste sie auf die Wangen.

»Jemand Interessantes da heute Abend?«, fragte Josephine und beobachtete die Menschenmenge auf der Tanzfläche und an den mit feinem weißen Leinen bedeckten Tischen, an denen exklusive Spezialitäten wie Russische Eier, Lachsmousse-Törtchen und in Speck eingewickelte Austern serviert wurden.

»Nun setz dich erst mal hin, und komme an, Josie. Du hast doch mit Sicherheit einen anstrengenden Auftritt hinter dir.« Bricktop schnippte unauffällig mit den Fingern, und einer der wie aus dem Ei gepellten Kellner brachte einen sonnengelben Algonquin Cocktail für Josephine.

»Danke.« Josephine sog einen Schluck des süßen, nach

Ananas und Whiskey schmeckenden Getränks durch den Strohhalm ein. Im Grunde hatte Bricktop recht; sie hatte den Tag mit Proben und einer kräftezehrenden Bühnenshow am Abend verbracht und fühlte sich müde. Ihre Muskeln schmerzten. Doch ihr allgegenwärtiger Lebenshunger hätte es ihr nie erlaubt, nach der Show nur ins Hotel zurückzukehren und sich schlafen zu legen. Sie fühlte sich innerlich unruhig und getrieben, das Leben bis zur Neige auszukosten. Ihre Karriere konnte früher, als ihr lieb war, zu Ende sein, das war vielen Stars passiert. Sie wusste, dass sie sich nicht ewig auf ihren Körper verlassen konnte. Deshalb galt es, alles mitzunehmen, was möglich war.

Sie ahnte, dass Bricktop sich Sorgen machte, sie könne eines Tages ausbrennen. Um ihre Befürchtungen nicht noch mehr anzufeuern, zwang sie sich, auf ihrem Barhocker sitzen zu bleiben und langsam ihren Cocktail zu trinken, bevor sie sich ins Getümmel stürzen würde. Das Orchester auf der im Schatten liegenden Bühne spielte so laute Jazzmusik, dass man kaum sein eigenes Wort verstehen konnte. Manchmal klangen die Töne so schräg, dass sie sich zu überschlagen schienen, dann wirkten sie wieder ungeahnt harmonisch. Auf der Tanzfläche tanzte ein Liebespaar aus zwei Frauen eng umschlungen. Über ihren ondulierten Haarschöpfen schwebte eine Wolke aus Zigarrenrauch, die von den Herren in Smokings ringsum stammte, die das ungewöhnliche Paar fasziniert anstarrten. Die Ober kämpften sich durch die ausgelassene Menge hindurch, wurden häufig angerempelt und verschütteten dann einen Teil der knallbunten Cocktails, die sie auf ihren Tabletts balancierten, was aber niemanden zu stören schien.

»Josie!« Plötzlich stand eine zierliche, feingliedrige Asiatin vor ihr, die an einem Side Car, einem angesagten Cocktail mit Cognac und Zitronensaft, nippte.

»Miki, wie schön, dass du da bist!« Josephine begrüßte die Japanerin mit Küsschen rechts und links auf die weiß gepuderte Wange. »Wo ist denn deine bessere Hälfte?«

Miki verzog das Gesicht. »Er führt im Hinterraum wieder Geschäftsverhandlungen.«

Miki und ihr Ehemann Haruki frequentierten dieselben Klubs wie Josephine, deshalb waren sie sich bereits vor einiger Zeit über den Weg gelaufen. Da Haruki, der als Konsul an der japanischen Botschaft in Paris tätig war, jede Gelegenheit nutzte, mit Geschäftsmännern, die ihm nützlich sein konnten, in Kontakt zu treten, hatte Miki immer öfter die Nähe zu Josephine gesucht. Mittlerweile waren sie eng befreundet.

Seite an Seite schauten sie in das ausgelassene Treiben. »Wir beiden sind die exotischsten Gestalten heute Abend«, merkte Miki an. Josephine wusste sofort, was sie meinte. Die Japanerin mit ihrem ebenholzfarbenen glänzenden Haar, das sie kunstvoll hochgesteckt trug, und dem reich bestickten weißen Kimono stach genauso aus der Menge wie sie selbst als dunkelhäutige Frau.

»Und auch die interessantesten«, fügte Josephine hinzu, und sie kicherten beide. Sie unterhielten sich noch eine Weile über die neuesten Revuen und Geschäfte in der Stadt, bevor Haruki auftauchte und Miki in Beschlag nahm.

Josephine lehnte sich zurück und trank noch einen Schluck. F. Scott Fitzgerald, seine Frau Zelda, die zarte Südstaatenblüte, und ihr Gefolge waren ebenfalls wieder zugegen. Verstohlen trat Josephine ein wenig näher an sie heran und hörte, wie der Schriftsteller gegen die Musik anschrie und eine Geschichte zum Besten gab. Wortreich beschrieb er, wie er und seine Frau betrunken auf dem Dach eines Taxis gesessen hatten und durch das nächtliche Paris kutschiert worden waren.

Zelda, die Josephine mit unverhohlener Abneigung anstarrte, sprach sie plötzlich an. »Na, wo haben Sie denn heute Abend Ihr Schwein gelassen? Ich dachte, es sei Ihr treuer Begleiter.«

Es verwunderte Josephine, dass die Frau des berühmten Schriftstellers das Wort an sie richtete.

»Albert zieht einen ruhigen Abend dem Getümmel hier vor«, antwortete sie leichthin und trat ein wenig abseits. Als Josephines Blick weiterschweifte, erstarrte sie innerlich, so überrascht war sie. Ihr war, als durchzucke sie ein Stromstoß. Sie fing sich aber gleich wieder und lächelte erfreut. Der Fremde aus den *Folies Bergère* stand am Rande der Tanzfläche, lässig auf den Elfenbeingriff seines Spazierstocks gestützt. Auch er hatte sie entdeckt, und über die tanzenden und feiernden Menschen hinweg sahen sie sich an. Er bahnte sich seinen Weg zu ihr durch die Menge.

»Nicht schon wieder dieser Möchtegern«, murmelte Bricktop verdrossen. Josephine ignorierte die Freundin und sah dem Unbekannten entgegen.

»Mademoiselle Baker«, sagte er, als er endlich vor ihr

stand, nahm ihre Hand und küsste sie galant. Die zarte Berührung elektrisierte sie geradezu. »Ich war hingerissen von Ihrer Vorstellung vorhin in ›La Folie du Jour‹. Sie sind eine wahre Diva.«

Aus dem Augenwinkel heraus bemerkte Josephine, dass Bricktop das Gesicht verzog, so als hielte sie die Worte für leeres Gesäusel. Sie beachtete ihre Freundin nicht weiter und wandte sich dem anziehenden Fremden zu. »Danke schön, das ist sehr freundlich von Ihnen.«

»Darf ich mich vorstellen? Ich bin Giuseppe Abatino, aber meine Freunde nennen mich Pepito.«

»Schön, Sie kennenzulernen, Pepito.« Josephine musterte eingehend seine Gesichtszüge, doch auch von Nahem sah er sehr attraktiv aus. Seine dunklen Augen waren tief und melancholisch, und sie fragte sich, was dieser Mann wohl schon alles gesehen haben mochte. Mit seinem modischen Schnauzbart und dem weichen Filzhut war er der Inbegriff eines Dandys.

»Wollen wir uns nicht setzen, Mademoiselle Baker? Zwei Algonquin Cocktails, bitte«, wies er Bricktop an, die die Bestellung an einen Kellner weitergab. Sie setzten sich an den Tisch, der am weitesten von Fitzgerald und seinen Bewunderern entfernt war, die noch immer die halbe Bar mit ihren Geschichten unterhielten.

»Woher kommen Sie?«, fragte Josephine. Sie stützte die Ellenbogen auf dem Tisch auf und kam Pepito sehr nahe. Bei dem Lärmpegel im Klub hätten sie sich sonst kaum unterhalten können. »Ihr Französisch klingt ein wenig … speziell.«

Pepito nickte. »Ich bin Italiener. Zurzeit besuche ich einen Cousin, der in Paris lebt.«

»Ach so, Sie sind nur vorübergehend hier.« Josephine war sich selbst des enttäuschten Tonfalls bewusst, der in ihrer Stimme lag.

»Nicht unbedingt.« Pepito drehte den Stiel seines Kristallglases zwischen den Fingern, wobei er Josephine sehr genau beobachtete. »Wenn es mir hier gefällt, bleibe ich vielleicht länger. Anreize, meinen Aufenthalt auszudehnen, gibt es in Paris genug.« Mit einem charmanten Lächeln beugte er sich noch näher an sie heran, so nah, dass sich ihre Gesichter fast berührten.

»Das sehe ich auch so«, erwiderte sie schlagfertig. »Paris hat so viel zu bieten, so viele interessante Persönlichkeiten. Wollen wir tanzen?«

Pepito nickte, bot ihr galant seinen Arm und führte sie auf die Tanzfläche, wo sie sich Haut an Haut bewegten. Hut und Jackett hatte er am Platz zurückgelassen, die Ärmel hochgekrempelt, und auch der Stock war offenbar nur ein modisches Accessoire. Er bewegte sich leichtfüßig und beschwingt. Da die Nacht inzwischen sehr fortgeschritten war, spielte das Orchester keine flotten Charlestonklänge mehr, sondern war zu sanfteren, verhaltenen Tönen übergegangen. Josephine atmete Pepitos herbes Rasierwasser ein und spürte den glatten Stoff seines Anzugs unter ihren Fingern; sie fühlte sich von ihm angezogen wie eine Motte vom Licht, und die innere Unruhe, die sie am Anfang des Abends verspürt hatte, löste sich auf wie Nebel, der von den ersten Sonnenstrahlen eines frühen Morgens berührt wird.

Als sich Pepito für ein paar Minuten entschuldigte, schlenderte Josephine zu Bricktop, die nach wie vor hinter der Kasse die Stellung hielt. Sie strich sich die verschwitzten Haare aus der Stirn und setzte sich zu ihrer Freundin.

»Du scheinst dich ja prächtig zu amüsieren«, bemerkte Bricktop.

Josephine entging der tadelnde Unterton nicht. »Ja, in der Tat. Pepito ist ein wundervoller Mann. So aufmerksam und höflich und charmant.«

»Ich würde ihn mit anderen Attributen versehen«, brummte Bricktop. »Ich kenne den Cousin, den er in Paris besucht, und habe schon so einiges über ihn gehört. Halt dich von ihm fern, Josie, dieser Mann ist nichts für dich. Er ist nichts als ein Angeber.«

Josephine lachte. Bricktop hörte sich an wie ihre Mutter, die sie früher vor allem und jedem gewarnt und in allem nur Gefahren gesehen hatte. »So? Woher willst du das wissen, Bricky?«

Bricktop verschränkte die Arme vor der Brust und starrte finster vor sich hin. »Schieb es auf meine Menschenkenntnis. Dadurch, dass ich einen Klub wie diesen führe, komme ich jeden Abend mit unzähligen Menschen jeglicher Couleur zusammen. Da entwickelt man schnell ein Gespür dafür, wie der Einzelne tickt. Der gute Pepito – Gott, was für ein lächerlicher Name für einen erwachsenen Mann – ist nicht ganz sauber.«

Josephine stöhnte innerlich auf. Sie wünschte, Bricktop

würde mit ihren altjüngferlichen Unkenrufen aufhören und Pepito möge wiederkommen, damit sie weitertanzen konnten. Mit unüberhörbarer Ironie in der Stimme fragte sie: »Was meinst du mit ›nicht ganz sauber‹? Wäscht er sich nicht richtig?«

Bricktop fand ihren Einwurf nicht witzig. »Ich halte ihn für einen Hochstapler. Ich habe gehört, dass er sich als Grafen bezeichnet. Den Grafen von d'Abatino!«

Josephine horchte interessiert auf. »Ein Graf? Tatsächlich?« Die Vorstellung, mit einem Angehörigen des europäischen Adels anzubandeln, gefiel ihr.

Doch Bricktop schnaubte nur. »Wer's glaubt, wird selig. Er ist arm wie eine Kirchenmaus. Er ist nicht etwa in einem Hotel abgestiegen, wie es sich für einen Adeligen geziemt, sondern haust bei seinem Cousin in dessen Einzimmerabsteige.«

»Was du wieder zu wissen glaubst.« Josephine wollte das alles nicht hören. Erstens glaubte sie Bricktop nicht, denn auch diese kannte Pepito wohl kaum näher, und zweitens kam er gerade zurück und sah ihr so liebenswürdig und warmherzig entgegen, dass sie ihm überallhin gefolgt wäre.

»Mademoiselle?« Pepito verneigte sich formvollendet und streckte ihr seine Hand entgegen. »Noch ein Tänzchen?«

Josephine strahlte ihn an. »Aber gern, Monsieur le Comte.«

6

Dezember 1926

Pepito füllte zwei Champagnerflöten, dann schlüpfte er wieder zu Josephine unter das Laken. Draußen herrschte tiefste Nacht, und vor den Fenstern des Hotelzimmers wirbelten Schneeflocken wild umher, die im Licht der Gaslaternen gespenstisch wirkten. Aufgrund des Wetters hatte Josephine ausnahmsweise keine Lust verspürt, nach der Show durch die Klubs und Bars zu ziehen, und war mit Pepito gleich ins Hotel zurückgekehrt.

»Auf uns«, sagte Pepito und küsste sie, bevor sie beide am Champagner nippten. »Und auf deine großen Erfolge. Auf dass du noch berühmter wirst, als du es ohnehin schon bist.«

Josephine lachte; es war bereits das dritte Glas Champagner, und sie fühlte sich reichlich beschwipst. Doch sie liebte dieses schwimmende Gefühl im Kopf, den weichen Filter, den der Alkohol über alles legte.

Ein kleines braunes Wesen hangelte sich mit langen Armen vom Lampenschirm, wo es eine Zeit lang herumgeschaukelt war, zum Bett und sprang auf die weichen Kissen.

»Hoppla«, bemerkte Pepito erschrocken. Schnell brachte er sein Glas in Sicherheit und stellte es auf den Nachttisch.

Josephine hingegen nahm den Affen in die Arme und wiegte ihn liebevoll wie ein Baby. Mit großen braunen Augen sah er sie treu an. »Komm her, Binky, mein süßes Äffchen.«

Der Affe war ihre neueste tierische Errungenschaft. Da er ihr erklärter Liebling war, durfte er abends mit nach Hause ins Hotel, während die anderen Tiere im Theater bleiben mussten. Die Zimmermädchen waren nicht allzu erfreut über den Neuzugang, dessen Hinterlassenschaften überall zu finden waren. Josephine bemühte sich zwar, diese zu entsorgen, trotzdem wirkte der Teppich recht schmutzig, und die Vorhänge und Lampenschirme hingen stets schief, da sie als Klettergerüste herhalten mussten.

Pepito betrachtete sie belustigt. »Du solltest ein echtes Baby haben, Josie, so wie du den Burschen bemutterst.«

»Ja, nicht wahr?« Josephine strahlte ihn an, doch zu ihrem Leidwesen ging er nicht weiter darauf ein. Seit sie und Pepito sich vor acht Wochen kennengelernt hatten, war ihre Beziehung rasant fortgeschritten. Anfangs hatte Pepito jede ihrer Vorstellungen besucht und ihr hinterher glühende Liebesbriefe und rote Rosen in die Garderobe geschickt. Das war Paul Derval und den Hintergrundtänzerinnen natürlich nicht verborgen geblieben, und sie musste sich manchen Spott anhören. Im Grunde schmeichelte es ihr, so im Mittelpunkt zu stehen. Fast jede Nacht gingen sie und Pepito nach Ende der Vorstellung aus, tanzten bis zur Erschöpfung, tranken, bis sich ihnen der Kopf drehte, und landeten hinterher meistens in Josephines Hotel. Pepito hatte hervorragende Manieren – natürlich hatte er das, er war ja schließlich ein Adliger! – und behandelte sie mit größtem Respekt, so als sei sie eine teure Porzellanpuppe, auf die man gut aufpassen und die man beschützen musste. Das imponierte ihr. Noch nie in ihrem Leben hatte ein Mann sie spüren lassen, wie kostbar sie für ihn war; die meisten Männer hatten bisher nur ihren verführerischen Körper auf der Bühne gesehen und hatten sich nicht weiter für ihren Charakter interessiert. Für diese Männer war sie gut genug für eine aufregende Nacht, aber mehr nicht. Zugegeben, Josephine hatte bis jetzt diese Arrangements bevorzugt. Es war eine hedonistische und berauschende Zeit, und sie genoss sie in vollen Zügen.

Bisher hatte es ihr gereicht, ab und an einen austauschbaren Mann mit auf ihr Zimmer zu nehmen, zuweilen auch eine Frau, um sich zu holen, wonach ihr Körper verlangte. Aber die Unruhe in ihr war stetig gewachsen – und der Wunsch, mehr zu wollen. Und was sie mit Pepito hatte, war mehr. Es war eine Beziehung voller Zärtlichkeit und Zuneigung. Josephine spürte, dass es ihr guttat, innerlich zu entspannen. Noch war Binky ihr Baby, aber sie konnte sich gut vorstellen, mit Pepito eine Familie zu gründen.

Pepito legte den Kopf auf dem Kissen ab und starrte an die stuckverzierte Zimmerdecke. »Ich bin froh, dass wir heute mal nicht ausgegangen sind. *Chez Bricktop* ist ja ein wunderbarer Nachtklub und man trifft dort immer auf ein paar Berühmtheiten, aber die gute Frau geht mir langsam auf die Nerven.«

»Bricky?« Josephine stützte sich auf einen Ellenbogen und sah Pepito forschend ins Gesicht, während sie mit der freien Hand das Äffchen liebkoste. »Aber wieso? Bricky ist eine der freundlichsten und aufrichtigsten Personen, die ich kenne.«

»Mag sein. Aber diesen miesepetrigen Gesichtsausdruck, sobald sie uns beide sieht, kann ich nicht mehr ertragen. Was kümmert es sie, ob wir ein Paar sind oder nicht?«

Josephine gab ihm im Stillen recht. Bricktop hatte ihr in letzter Zeit öfter ins Gewissen geredet und sie davon zu überzeugen versucht, dass Pepito nicht der geeignete Partner für sie sei. Sie hatte sie sogar einmal im Hotel aufgesucht, um sie unter vier Augen zu sprechen. Vielleicht war Bricktop neidisch auf sie, weil sie sich neben ihrer großartigen Karriere noch einen charmanten Grafen geangelt hatte? Das Gespräch hatte bald ein kühles Ende gefunden, trotzdem stimmte es Josephine traurig, mit ihrer Freundin im Unreinen zu sein.

»Ich wünschte, sie würde sich für uns freuen und uns unser Glück gönnen.«

»Lass uns einfach andere Klubs besuchen«, schlug Pepito vor.

»Okay.« Der Affe hüpfte davon und kletterte auf der Fensterbank herum, kratzte an der Scheibe und starrte in die Schneeflocken, die immer dichter vom Himmel herabtanzten. Josephine schmiegte sich an Pepito und küsste seine nackte Brust, doch er schob sie kurzerhand weg und rief enthusiastisch: »Oder …«, als habe er gerade einen Geistesblitz gehabt.

»Oder wir eröffnen selbst einen Klub!«

Josephine lachte schallend. »Ja natürlich. Josephine Baker, der Star der Revue ›La Folie du Jour‹, eröffnet mal kurz nebenbei einen Nachtklub.«

»Ich meine es ernst.« Pepito setzte sich auf und sah sie derart intensiv an, dass ihr klar wurde, dass er keinen Scherz machte. »Ein eigener Klub. Wir könnten ihn zum Beispiel *Chez Joséphine* nennen, mit einem Accent, auf französische Art. Die Leute werden in Strömen kommen, ganz Paris wird dir die Bude einrennen. Wer möchte seine Abende nicht in Gesellschaft eines gefeierten Bühnenstars verbringen?«

Josephine sah bereits einen elegant ausgestatteten Nachtklub vor sich: die glitzernden Dekorationen, die edlen Stühle, Tische mit weißen Decken, Leuchter aus Kristall, und natürlich würden nur die reichsten und bekanntesten Bürger von Paris und exklusive internationale Gäste in ihrem Klub verkehren. »Ich könnte in meinem eigenen Klub auftreten und singen! Derval lässt mich ja nur tanzen, dann könnte ich endlich meinen Traum verwirklichen und singen!«

»Genau!« Pepito nahm ihre Hand und drückte sie. »Ein eigener Nachtklub wäre eine famose Geldanlage. Wieso sollen wir unser Geld anderen Klubbesitzern in den Rachen werfen, wenn wir genauso gut ein eigenes Lokal eröffnen können? Auf diese Idee müssen wir trinken.«

Nochmals füllte Pepito die Champagnerflöten auf, dann

stießen sie an und küssten sich. Pepito schmeckte süß nach Alkohol, und Josephine spürte, wie das Verlangen nach ihm sie innerlich mit Wärme füllte.

»Ich bin so froh, dass wir zwei zueinandergefunden haben«, flüsterte sie, noch den Geschmack seiner Lippen auf ihren, »und dass wir so viel mehr als nur ein Liebespaar sind. Du bist hiermit als mein Manager eingestellt.«

Pepito lachte pflichtschuldig über ihren Scherz, und Josephine kam der Gedanke, dass er sich längst selbst als ihr Manager betrachtete. »Glaub mir, Josie, wir zwei können deinen Reichtum ins Unermessliche steigern. Dafür werde ich sorgen.«

Pepito machte Nägel mit Köpfen. Josephine verließ sich bei der Suche nach einem geeigneten Gebäude für den Klub und den zu treffenden Entscheidungen vollkommen auf ihn. Wieso hätte sie es auch nicht so halten sollen? Pepitos Ziel war es, ihr Vermögen sinnvoll anzulegen und zu vermehren; dass er dabei selbst nicht zu kurz kam, war für sie selbstverständlich, schließlich waren sie ein Paar.

Es dauerte nur wenige Tage, bis Pepito ein leer stehendes Lokal in der Rue Fontaine im Künstlerviertel Montmartre gefunden hatte. Investoren, die ihnen zu dem nötigen Startkapital verhalfen, waren kein Problem. Josephine hatte so viele zahlungskräftige Bewunderer, die meisten davon ältere Männer mit respektablen Berufen, dass sie sich geradezu überschlugen, ihr zu helfen. Ein weißhaariger Arzt, der jeden Samstagabend in der ersten Reihe der *Folies Bergère* saß, steuerte den größten Betrag bei.

Den Klub richteten sie nach der neuesten Mode ein. Von der Decke hingen kristallene Lüster, ansonsten gab es viel dunkles Holz, schwere kirschrote Vorhänge, die gerafft an den Fenstern hingen und dem Raum das düstere Ambiente verliehen, das gerade in Mode war, und riesige Gemälde aufstrebender Künstler. Ihre finanzielle Sorglosigkeit beschleunigte die Einrichtung der Bar erheblich, und sie setzten den Tag der Eröffnung auf Mitte Dezember fest.

Die Auseinandersetzung mit Bricktop nagte derweil an Josephine. Zudem hatte sie Angst, ihre Freundin könne in ihr nun eine Konkurrenz für ihren eigenen Nachtklub sehen. Bricktop hatte mit Sicherheit von ihren Plänen für das *Chez Joséphine* gehört.

Kurz vor der Eröffnung im Dezember verließ sie in der Mittagspause während der Proben die *Folies Bergère* und nahm sich ein Taxi zum *Chez Bricktop*. Ein eisiger Dezemberwind ließ sie frösteln, als sie ausstieg, zumal sie nur rasch in ein dünnes Kleid geschlüpft war. Menschen in dicken Mänteln, viele in Pelze gekleidet, die Hände in wärmenden Muffs vergraben, eilten an ihr vorbei. Ein leichter Schneeregen hatte eingesetzt und ließ den Tag grau und düster erscheinen. Kaum zu glauben, dass dieses Pflaster in der Nacht zu einem leuchtenden Treffpunkt der Nachtschwärmer und Künstler wurde.

Bricktop stand hinter der Bar und polierte Gläser. Josephine hatte den Raum noch nie bei Tageslicht gesehen. Alle Fenster zur Straße waren geöffnet, um mit der frostigen Luft die Schwaden von Rauch und Parfüm zu vertreiben, die noch von der vergangenen Nacht im Raum hingen.

»Hallo, Bricky.«

Bricktop, die ein einfaches schwarzes Kleid trug, sah auf und lächelte, wenn auch etwas traurig. »Hallo, Josie. Das ist aber eine schöne Überraschung. Einen Kaffee?«

Josephine nickte und schwang sich auf einen Barhocker am Tresen. Bald stellte Bricktop eine dampfende Tasse Kaffee vor ihr ab. Sie legte ihre klammen Finger um das Porzellan und versuchte, sich zu wärmen.

»Du hast dich lange nicht mehr sehen lassen«, bemerkte Bricktop und hielt ein Glas ins Licht, um es auf Flecken zu überprüfen.

»Ja, ich war sehr beschäftigt. Das heißt, Pepito und ich.« Der Grund, warum sie so lange nicht bei Bricktop eingekehrt waren, war zwar ein anderer, aber das musste sie ihrer Freundin ja nicht unter die Nase reiben.

Bricktop nickte ruhig. »Ja, ich weiß. Ich habe gehört, dass ihr einen eigenen Nachtklub aufmacht. Das *Chez Joséphine*.«

»Stört dich das?«, platzte Josephine heraus. »Ich meine, hast du Angst, dass wir Konkurrenten für dich werden?«

»Nein.« Bricktop klang beruhigend, doch ihr Gesichtsausdruck war nicht froh. »Das ist schon in Ordnung.«

»Ich möchte nicht, dass mein Klub eine Konkurrenz zu deinem ist. Ich möchte dir keine Gäste abspenstig machen«, versicherte Josephine und sah ihre Freundin bittend an.

»Schon gut. Hier in der Gegend reiht sich ein Nachtklub an den anderen, und überall gehen berühmte Gäste ein und aus. Dein Lokal wird mich schon nicht in den Ruin treiben.«

»Danke, Bricky. Ich bin froh, dass du es so gelassen

siehst.« Josephine nahm einen großen Schluck Kaffee, der im kalten Raum schnell abgekühlt war. »Pepito war sich sicher, dass du sauer auf mich bist.«

Bei der Erwähnung des Namens Pepito verdunkelte sich Bricktops Gesicht. »Pepito scheint ja einen großen Einfluss auf dich zu haben. War dieser Klub seine Idee?«

»Ja. Aber ich hätte auch selbst darauf kommen können, einen eigenen Klub zu eröffnen. Es gibt kaum eine bessere Möglichkeit, viel Geld zu verdienen. Du weißt, wovon ich rede, nicht wahr?«

Bricktop stimmte in Josephines Gelächter nicht mit ein. »Ich finde immer noch, dass dieser Mann nicht gut genug für dich ist. Du liegst ihm zu Füßen, und was tut er? Er nutzt dich aus. Du bist erst zwanzig, er ist fast doppelt so alt. Du bist noch so jung und hast dein ganzes Leben noch vor dir. Er manipuliert dich nur. Diesen Klub will er doch nur auf die Beine stellen, weil er auch damit verdient. Du beteiligst ihn an allem, oder?«

»Natürlich«, brauste Josephine auf. Sich wieder einmal vor Bricktop rechtfertigen zu müssen machte sie wütend. Bricktop war lediglich zehn Jahre älter als sie, sie war nicht ihre Mutter! Carrie hingegen war hin und weg gewesen, als Josephine ihr geschrieben hatte, dass sie mit einem italienischen Grafen zusammen war, so wie man das erwarten würde. »Ich werde nicht von ihm beeinflusst. Wer wie ich das Leben von der harten Seite kennengelernt hat, lässt sich so schnell nichts vormachen. Außerdem sind wir füreinander bestimmt, wahrscheinlich werden wir heiraten! Natürlich teilen wir alles, auch das Geld, das ich verdiene!«

Bricktop ließ ihr Geschirrtuch sinken und starrte sie entsetzt an. »Heiraten? Bist du von allen guten Geistern verlassen, diesen unaufrichtigen Kerl zu heiraten?«

Betreten machte Josephine einen Rückzieher. »Noch ist es nicht so weit. Ich rechne damit, dass er mir bald einen Heiratsantrag macht. Vielleicht zu Weihnachten.«

»Soso, du rechnest damit.« Bricktop ließ sich hinter dem Tresen ebenfalls auf einen Barhocker sinken, als sei sie plötzlich sehr erschöpft. »Das sind doch alles Hirngespinste, Josie. Der Mann ist ein Lügner. Nie im Leben ist er ein Graf. Und stell dir mal vor, du heiratest ihn tatsächlich – wie stellst du dir dein weiteres Leben mit ihm vor? Willst du die brave Ehefrau spielen und die Kinder hüten, während er sich in eurem Klub vergnügt?«

Josephine biss sich auf die Lippen. »Ja natürlich«, brachte sie trotzig hervor. Bricktops Fragerei ging ihr gegen den Strich. Fast bereute sie es, hergekommen zu sein.

Bricktop lachte so schallend, dass ihr eine Träne die Wange herabrollte. »Du als brave Ehefrau und Mutter? Du würdest es keinen einzigen Tag zu Hause aushalten, du bist doch für die Bühne gemacht! Du brauchst das Scheinwerferlicht und den Beifall wie die Luft zum Atmen! Du brauchst es, von den Menschenmassen umjubelt zu sein. Alles andere bist nicht du.«

»Woher willst du denn das wissen? Vielleicht stecken noch andere Seiten in mir, die du noch nicht kennst!«, entgegnete Josephine wütend und rutschte von ihrem Hocker. Sie war nicht hergekommen, um sich Vorwürfe anzuhören.

»Diese Seiten hast du bis jetzt gut verborgen.« Bricktop sah mit einem Mal müde und traurig aus.

»Wie auch immer. Jedenfalls muss ich jetzt gehen. Vielleicht möchtest du ja mal hereinschauen, wenn mein Klub eröffnet ist.«

»Das werde ich gewiss machen«, erwiderte Bricktop leise.

Josephine fühlte sich wie eine Königin. Ihr eigener Nachtklub feierte an diesem Abend Eröffnung. Es war alles bereit, alles fertig. Einige ihrer neuen Mitarbeiter brachten noch die letzten Gläser auf Hochglanz und kühlten die Getränke.

»Da steht noch eine Flasche Gin, würden Sie sich bitte darum kümmern?«, fuhr sie einen Kellner an, der zusammenzuckte und sich sofort diensteifrig die Flasche schnappte. Ein anderer junger Mann, der gerade ihren Weg kreuzte, stolperte über ein Kabel und ließ ein Tablett mit zehn polierten Gläsern fallen. Klirrend landete alles auf dem Boden, die Gläser zersplitterten in tausend Scherben.

Josephine spürte, wie ihr das Blut in den Kopf stieg, und ehe sie sich versah, herrschte sie den Kellner an: »Können Sie nicht aufpassen, Sie Trampel?«

»Tut mir leid, Madame, Entschuldigung.« Mit hochrotem Kopf beeilte sich der Angestellte, die Splitter zusammenzufegen. Ein Blutstropfen löste sich von seinem Daumen und tropfte auf die Scherben.

»Der Schaden wird Ihnen vom Lohn abgezogen.« Josephine spürte selbst, dass sie überzogen reagierte, doch schon seit jeher neigte sie dazu, ihr Temperament nicht zurückzuhalten. Sie war einfach nervös, vielleicht lag es daran. Sie und Pepito hatten alles Menschenmögliche getan, um den Klub mit dem neuesten Chic auszustatten und in der ganzen Stadt Werbung zu machen, aber man konnte ja nie wissen, ob das *Chez Joséphine* wirklich ein Publikumsmagnet werden würde.

Sie spürte, wie sich von hinten kräftige Arme um ihre Taille legten. »Noch nicht eröffnet, und schon führst du ein strenges Regiment«, tadelte Pepito liebevoll. »Du hast den armen Jungen beinahe zum Weinen gebracht.«

Josephine schmiegte sich an seinen Hals. »Schon gut, ich ziehe ihm die Kosten für den Schaden nicht vom Lohn ab. Ach, ich bin nur so furchtbar aufgeregt. Meinst du, alles wird gut laufen?«

»Natürlich, mein Schatz.«

»Werden wir genug Geld einnehmen, dass sich das ganze Unternehmen lohnt?«

Pepito nickte. »Ich bin sicher, dieser Klub wird eine Goldgrube.«

»Gut.« Josephine betrachtete versonnen ihre Hand, an der ein Ring aus Platin mit einem ovalen Smaragd, umkränzt von kleinen Diamanten, glitzerte. Diesen hatte sie sich erst vor zwei Wochen selbst geschenkt. »Dann gehe ich gleich morgen bei Cartier in der Rue de la Paix vorbei und besorge mir diesen wunderschönen Trinity-Ring, den ich gestern im Schaufenster gesehen habe. Den gönne ich mir.«

Pepito presste kurz die Lippen zusammen, doch dann lächelte er wieder. »Mach das, mein Schatz. Aber gib nicht allzu viel für Schmuck und Garderobe aus. Wir wollen ja, dass unser Vermögen mehr und nicht weniger wird.«

Josephines Sorgen, es würde am Abend niemand kommen, erwiesen sich als unbegründet. Bereits Stunden vor der offiziellen Eröffnung drängten sich die Pariser vor der Tür und reckten neugierig die Hälse, um einen Blick in den Klub der legendären Revuetänzerin Josephine Baker zu erhaschen.

Ganz die Diva, öffnete sie Schlag zehn Uhr die Tür und präsentierte sich strahlend in einem schneeweißen Abendkleid, das ihre Schultern frei ließ und hervorragend mit ihrer Haut kontrastierte. Einen Schritt hinter ihr stand Pepito im Smoking, das Monokel ins Auge geklemmt, um die sich hereindrängende Schar unter die Lupe zu nehmen. In einem Kinderstühlchen hinter der Bar saß Binky, der Affe, und verdrückte gerade eine Banane. Auch Schwein Albert war zugegen, das mit seiner rosa Schnauze den Boden hinter der Bar auf der Suche nach etwas Essbarem absuchte.

»Willkommen im *Chez Joséphine!*«, verkündete sie feierlich, dann trat sie zur Seite und ließ die Besucher herein, die sich begeistert murmelnd umsahen und das Interieur lobten.

Paul Derval, der Direktor der *Folies Bergère*, überreichte ihr einen riesigen Strauß Rosen und zog sie an sich. »Viel Glück mit deinem Klub, Josie. Aber nicht zu viel feiern, hörst du? Morgen früh um zehn wird wieder geprobt.«

Josephine lachte. »Ich werde da sein. Mach dir keine Sorgen, ich bekomme alles unter einen Hut. Die Proben, dann die Vorstellung in deinen heiligen Hallen, und danach komme ich hierher. Wer braucht schon Schlaf?«

Derval seufzte gespielt. »So jung müsste man noch mal sein.«

Auch Josephines ehemalige Förderin Caroline Regan stand mit ihrem Mann in der Schlange derer, die hereingelassen werden wollten.

»Viel Glück, meine liebe Josephine. Ich wünsche dir, dass der Klub ein voller Erfolg wird.«

Es war Josephine ein bisschen peinlich, dass ihre Gönnerin, die sie so kühl abserviert hatte, ihr so selbstlos gegenübertrat. Sie bemühte sich um einen unbefangenen Gesichtsausdruck, um ihre Verlegenheit zu überspielen. »Danke für Ihren Besuch, mischen Sie sich unters Volk. Ich hoffe, Sie nehmen es mir nicht mehr übel, dass ich mich seinerzeit so plötzlich von Ihrer Truppe verabschiedet habe.«

Caroline Regan schüttelte beschwichtigend den Kopf. »Nein, das ist längst vergessen, Josie. Wenn man bedenkt, welch wahnsinnige Erfolge du gerade feierst, hast du dich damals genau richtig entschieden.«

»Ich bin froh, dass Sie das auch so sehen«, erwiderte Josephine dankbar.

Anschließend begrüßte sie noch einige andere Bekannte, unter denen sich auch bekannte Politiker und Diplomaten befanden. Natürlich war auch Miki Sawada, die Frau des japanischen Konsuls, zugegen, die sie in den letzten Monaten nicht nur sporadisch in Nachtklubs getroffen hatte, sondern mit der sie sich auch gelegentlich am Nachmittag getroffen hatte, um die Geschäfte zu durchstöbern.

»Reizend siehst du aus in deinem Kimono«, sagte Josephine und küsste sie auf die Wangen.

Miki schüttelte lächelnd den Kopf. »Du bist der unangefochtene Star des Abends, Josie.«

Sogar einige Berühmtheiten betraten den Klub im Laufe des Abends, auch wenn Josephine manche von ihnen nur aus Zeitungsberichten kannte. Weit nach Mitternacht trat eine etwa fünfzigjährige kleine Frau ein, die sich neugierig umsah. Eine Wolke widerspenstiger Locken umgab ihren Kopf wie ein Heiligenschein, obwohl sie ganz und gar keine Heilige war, wie Paul Derval ihr zuraunte. »Das ist Colette, die berühmte Schriftstellerin! Die hat es faustdick hinter den Ohren.«

Josephine wandte sich ihm fasziniert zu. »Wieso?«

»Sie liebt es zu schockieren. Jetzt ist sie natürlich nicht mehr die Jüngste, aber vor einigen Jahren noch ist sie gerne oben ohne aufgetreten. Man sagt ihr zahllose Affären nach – mit Männern und mit Frauen.«

»Interessant«, bemerkte Josephine mit funkelnden Augen und lächelte der Schriftstellerin zu, die auf sie zukam.

»Glückwunsch, mein Kind! Der Klub ist genau nach meinem Geschmack«, begrüßte Colette sie. Ihre Lippen waren sehr rot geschminkt, und sie roch nach Puder und Parfüm. »Ich glaube, ich werde öfter kommen.«

»Nur zu«, grinste Josephine. »Ich würde mich freuen.«

»Darf ich Sie um einen Tanz bitten?«, fragte Colette und zwinkerte ihr zu.

»Warum nicht?«

Josephine folgte Colette auf die volle Tanzfläche. Euphorische Körper tanzten in fast andächtigem Rausch den Charleston, allein, zu zweit oder zu mehreren. Die Band spielte die neuesten Hits, wie »Black Bottom Stomp« von Jelly Roll Morton, »East St. Louis Toodle« von Duke Ellington oder »Heebie Jeebies« von Louis Armstrong. Alles war möglich dieser Tage. Frauen tanzten mit Frauen, Männer mit Männern, und bei manchen Individuen konnte man schlecht sagen, welchen Geschlechts sie waren. Das ist Paris, dachte Josephine glücklich, als die nackte verschwitzte Haut ihrer Arme Colettes kühl gepuderten Körper berührte.

Natürlich floss der Alkohol in Strömen, es war immer jemand an ihrer Seite, der ihr Champagner nachschenkte. Bald fühlte sich Josephine, als sei sie körperlos, als schwebe ihr Kopf in einem schwindelerregenden Vakuum. Sie amüsierte sich prächtig und genoss die Berührungen Colettes, die zugleich zudringlich und aufregend erotisierend waren.

Ab und an schob sich Pepito in ihr Blickfeld. Seine Miene war nicht allzu glücklich, die Eifersucht schien wie in seine Züge gemeißelt. »Hör endlich auf, so innig mit der Lesbe zu tanzen«, raunte er ihr heiser zu.

»Aber es macht mir solchen Spaß«, säuselte Josephine beschwipst, woraufhin Colette einen Lachanfall bekam.

»Nicht witzig«, knurrte Pepito. »Außerdem wolltest du doch heute Abend deine Premiere als Sängerin geben, oder? Aber dazu bist du wohl zu betrunken.«

»Unsinn«, flötete Josephine, obwohl sie sich fühlte, als ob der Boden Wellen schlagen würde. »Für die Bühne bin ich nie zu betrunken. Sag der Musikkapelle, sie sollen mal kurz aufhören zu spielen, damit ich mich selbst ansagen kann.«

Sie brach in haltloses Gelächter aus, raffte aber ihr langes Kleid zusammen, um in Richtung Bühne zu taumeln.

»Zeig allen, was du kannst, Süße«, feuerte Colette sie an. »Du bist die Königin der Nacht!«

Wenige Momente später stand Josephine auf ihrer eigenen Bühne, vom Scheinwerferlicht geblendet. Sie ließ ihre Augen über die Menge der Zuhörer schweifen, auch wenn es ihr schwerfiel, jemanden zu fokussieren. Dies hier war ihr wahr gewordener Lebenstraum, so ein kleiner Schwips hielt sie nicht auf. Mrs Regan hielt ihr ein Wasserglas hin, welches sie dankbar entgegennahm.

»Ich habe eine Nachricht an Monsieur Derval, Direktor der berühmten *Folies Bergère*«, begann sie und prostete ihrem Chef mit dem Wasserglas zu. »Ich kann nicht nur im Bananenröckchen tanzen und den Clown spielen, ich kann auch singen! Ob Sie's glauben oder nicht, Monsieur!«

Die Menge brach in schallendes Gelächter aus, und Derval, der am Rand der Bühne stand, lächelte gutmütig.

Josephine gab der Band ein Zeichen, damit sie wie abgesprochen anfingen, die richtigen Rhythmen zu spielen. Dann erhob sie ihre Stimme und sang. Sie trug gefühlvoll und weich die Hits vor, die Maud de Forest in der Revue Nègre gesungen hatte. Sie senkte die Wimpern und genoss das Gefühl, dass alle Blicke im Raum auf sie gerichtet waren, dass ihr Gesang das Einzige war, was man vernahm. Sie wünschte sich so sehr, nicht nur zu tanzen, sondern auch zu singen. Pepito hatte sie darin bestärkt, nicht nur als halb nackte Tänzerin aufzutreten, sondern nach mehr zu streben. Sie sehnte sich danach, eine kultivierte, im eleganten

Abendkleid auftretende gefeierte Sängerin zu sein. Heute Abend war der erste Schritt in diese Richtung.

Das Publikum schrie und tobte vor Begeisterung, als ihr kleines Konzert beendet war. Erschöpft trat sie von der Bühne. Sowohl Pepito als auch Colette umarmten und küssten sie voller Zuneigung. Nachdem sie ihren Erfolg mit reichlich Champagner begossen hatten, tanzten sie zu dritt. Josephine spürte zu ihrer Rechten den heißen Atem Pepitos, zu ihrer Linken drang ihr das mit Schweiß vermischte Parfüm Colettes in die Nase.

»Lass uns heiraten«, stieß Pepito hervor.

Josephine starrte ihn an. Sie sah nur noch verschwommen, der Alkohol hatte seine ganze Wirkung entfaltet; trotzdem erkannte sie, dass Pepitos dunkle Augen voller Wärme auf ihr ruhten. Der Abend war bereits ein durchschlagender Erfolg gewesen, doch nun fühlte sie sich wie im Himmel. Sie würde heiraten. Sie würde diesen aufmerksamen, gebildeten Mann heiraten. Sie liebte ihn und war sich sicher, dass sie den Rest ihres Lebens mit ihm verbringen wollte. Sie würden das erfolgreichste Ehepaar in Paris werden. Dank seiner Idee, einen Nachtklub zu eröffnen, war sie der Star des Abends. Einer Karriere als Sängerin stand nun gewiss nichts mehr im Weg. Und sie würden eine Familie gründen. Außer ihren geliebten Tieren hätten sie Kinder, die sie umsorgen und denen sie Liebe schenken würden. Ihr Leben wäre fortan ein einziger Traum.

»Knorke Idee«, sagte sie salopp, »das ziehen wir durch.«

Er sah sie erstaunt an, hatte er doch eine überschwänglichere Reaktion erwartet, nicht ein paar leichthin geäußerte

Worte. Doch da fiel ihm Josephine ungestüm um den Hals, küsste ihn auf die Wangen, die Lippen und den Hals und tupfte sich die Tränen weg, die an ihren Wimpern hingen. »Ja, ja, ja, lass uns heiraten, Liebster! Lass uns von nun an immer zusammenbleiben! Ich bin so glücklich.«

»Noch mehr Champagner«, rief Colette in den Raum. »Bring uns jemand Champagner! Wir werden feiern, dass sich die Balken biegen!«

Josephine legte einen Arm um Pepito, den anderen um Colette, und sie tanzten übermütig zu den flotten Klängen der Kapelle. Ihre neue Freundin beugte sich ganz nah zu ihr und flüsterte ihr ins Ohr: »Du wirst Gräfin, Süße, Gräfin!«

Vom schwarzen Kind aus dem Armenviertel zu einer italienischen Gräfin – Josephine wurde schwindlig bei dieser Vorstellung. Was konnte man sich mehr wünschen im Leben?

7

Juni 1927

Josephine saß in ihrer Garderobe in den *Folies Bergère* und puderte sich sorgfältig das Gesicht. Durch das offen stehende Fenster drang die milde Luft der Sommernacht herein. Es war noch nicht ganz dunkel, noch herrschte dieses verheißungsvolle Zwielicht, das die länger werdenden Schatten und die lila Wolken hervorbrachten. Der samtige Duft von Rosen schwebte im Raum, wie an jedem Abend war jede freie Fläche der Garderobe vollgestellt mit Blumensträußen, die sie von ihren Bewunderern bekommen hatte.

Josephine ölte sich ihre nackten Brüste ein, damit ihre Haut glänzte, und schlüpfte in ihr knappes Bananenröckchen. In diesem Moment platzte Paul Derval herein, eine lange Papierrolle in der Hand. Das Schwein Albert sah mit seinen schwarzen Knopfaugen neugierig zu ihm hoch, und Binky, der Affe, der an der Gardinenstange herumkletterte, hielt einen Moment inne, um nichts zu verpassen. Derval musterte die Tiere irritiert, versuchte aber, ihre Anwesenheit zu verdrängen, und strahlte Josephine an. »Voilà!«, rief er mit kaum verhülltem Stolz und rollte ein langes Plakat auseinander. »Schau, was ich hier habe, Josie!«

Aufmerksam studierte sie das Hochglanzpapier, auf dem eine stilisierte Version von ihr zu sehen war. Die um ihren Körper baumelnden Bananen durften natürlich nicht fehlen. Plakate wie dieses hingen in der ganzen Stadt, um die Zuschauer anzuziehen. Nur die Aufschrift war neu. Binky sprang mit einem Satz zu ihr und landete auf ihrem Schoß, um sich ebenfalls das Plakat anzuschauen; fast schien es, als könne er die Schrift entziffern.

»In der Hauptrolle: Josephine Baker, die Gräfin von Abatino«, entzifferte Josephine. Sie verbiss sich den Kommentar, dass sie noch nicht rechtmäßig verheiratet war, auch wenn Pepito dies nicht so genau zu nehmen schien und sie überall als seine Ehefrau vorstellte. Sie musste heute Abend noch einmal mit ihm bezüglich eines Hochzeitstermins sprechen. So langsam wurde sie wirklich ungeduldig. »Tolles Plakat, Paul, wirklich.«

»Nicht wahr?« Derval riss ein altes Plakat, das Josephine zur Dekoration an die Wand gehängt hatte, ab und befestigte das neue mit Klebestreifen. »Seit sich herumgesprochen hat, dass du eine Gräfin bist, ist der Saal noch voller, ist dir das auch aufgefallen? Die Leute sitzen sogar auf den Treppenstufen!«

»Sehr gut«, bemerkte Josephine zufrieden, noch immer das Plakat betrachtend. Albert stupste mit seiner weichen Schnauze gegen ihre Knöchel, als fordere er sie auf, das Bild ebenfalls gezeigt zu bekommen. Einen Moment lang hielt sie es ihm hin.

»Es war ein kluger Schachzug von dir, mit deinem Grafen die Ehe einzugehen. So ziehen wir auch die hochnäsigen Adeligen an, die sich normalerweise zu fein für unsere Shows sind. Und ein Adelstitel macht dich noch interessanter, Josie, du wirst dadurch zu einer Art schwarzer Prinzessin.«

Josephine lächelte zerstreut und nahm sich noch einmal vor, mit Pepito Klartext zu reden. Seit Dezember letzten Jahres waren sie nun bereits verlobt, so langsam mussten sie mal zu Potte kommen! Sie wollte sich nicht mehr länger mit seiner Ausrede abspeisen lassen, dass ihre Heirat keine Eile habe, sie wären schließlich noch ein ganzes Leben lang zusammen.

Nach Ende ihrer Aufführung im *Folies Bergère* um Mitternacht versorgte sie rasch Binky und Albert, zog sich eines ihrer zahllosen Abendkleider aus raschelnder Seide an und ließ sich im Taxi durch die laue Sommernacht zum *Chez Joséphine* bringen. Dort war wie jede Nacht die Party in vollem Gange, die Menschen tanzten, tranken und aßen die ausgewählten Speisen. Josephine hatte sämtliche ihrer Lieblingsdelikatessen auf die Karte setzen lassen, wie zum Beispiel Cordon Bleu, Shrimps-Pastete, Beef Tartare oder Spaghetti mit roter Paprikasoße. Sie rauschte in die Bar, ohne nach links oder rechts zu schauen.

»Wir müssen reden«, verkündete sie Pepito, der hinter dem Tresen stand und Cocktails mixte.

Er sah sie verwundert an. »Worüber?«

»Über ein längst überfälliges Thema.« Sie nahm ihn an der Krawatte und zog ihn in den unbeleuchteten Gang zwischen dem Lokal und der Küche, wo man lediglich gedämpftes Geschirrklappern und die Musik der Band in abgeschwächter Form hörte. »Seit einem halben Jahr reden wir vom Heiraten – wann leitest du endlich alles in die Wege? Paul Derval hat völlig neue Plakate drucken lassen, auf denen ich als Gräfin angekündigt werde! Dabei bin ich ja noch gar keine!«

»Liebes.« Pepito stützte sich mit der einen Hand an der Wand ab, mit der anderen zeichnete er zärtlich Josephines Mund nach. Sie blieb stocksteif stehen und funkelte ihn in einer Mischung gleichermaßen aufgebracht, hoffnungsvoll und ein bisschen ängstlich an. Was, wenn er sie eigentlich gar nicht heiraten wollte? Nicht mehr? Vielleicht war sein Vorschlag zu heiraten nur dem Alkohol geschuldet gewesen? Furcht umklammerte ihr Herz, gleichzeitig regte sich so etwas wie Widerstand in ihr. Nicht mit mir, hämmerte es in ihrem Kopf.

»Ja, ich höre?« Sie verschränkte die Arme vor der Brust und schürzte die Lippen.

»Wir werden so bald wie möglich heiraten. Mit meiner adeligen Herkunft ist das nicht so einfach, das habe ich dir doch erklärt. Ich musste erst alles mit meiner Familie besprechen und die ganzen Dokumente aus Palermo anfordern, die man für eine Heirat braucht.«

»Und dazu haben die letzten sechs Monate nicht gereicht?«, fragte sie unversöhnlich.

Pepito seufzte. »Nein, leider nicht. Die italienischen Mühlen mahlen langsam.«

»Und was gedenkst du dagegen zu tun? Dieser Zustand

kann sich doch nicht bis in alle Ewigkeit hinziehen.« Sie merkte, dass ihre Vorbehalte dahinschmolzen wie Eis in der Sonne. Pepito sah sie so zärtlich an, dass sie nicht anders konnte, als ihn zu lieben.

»Es sollte eigentlich eine Überraschung sein, mein Schatz, aber ich habe für morgen Nachmittag eine Pressekonferenz anberaumt, um die breite Öffentlichkeit über unsere Pläne zu informieren. Ich habe mich bereits vor Wochen darum gekümmert, weil ich dachte, bis heute alle notwendigen Schriftstücke aus Italien zu haben. Ich ging davon aus, wir wären längst verheiratet ...«

»Und was machen wir jetzt?«, rief sie schrill. Konnte eine Pressekonferenz noch so kurzfristig abgesagt werden?

»Keine Panik.« Pepito klang so beruhigend, als habe er noch ein Ass im Ärmel. »Wir erzählen der Presse einfach, wir hätten bereits heimlich geheiratet. So sind alle zufrieden. Die Zeitungen haben ihre Geschichte und wir unsere Ruhe. Niemand wird dich mehr mit Fragen belästigen, wann es denn endlich so weit ist.«

»Hm.« Josephine war nicht überzeugt. Irgendetwas störte sie an dieser Vorgehensweise. Wieder überfielen sie Zweifel, ob Pepito ein echtes Interesse daran hatte, sie zu ehelichen. Vielleicht wollte er die Reporter an der Nase herumführen, um weiter unbekümmert den Status quo aufrechtzuerhalten? War seine Liebe zu ihr vielleicht doch nicht so groß? Wollte er sich möglicherweise gar nicht binden, sondern nur auf der Welle ihres Erfolgs mitschwimmen? Doch sie schüttelte die unangenehmen Gedanken ab. »Also gut. Aber kümmere dich darum, dass deine Papiere endlich nach Frankreich geschickt werden.«

»Natürlich.« Pepito küsste sie sanft, und sie gingen wieder in den Klub zurück.

Auf der Pressekonferenz am nächsten Tag erzählte Josephine den versammelten Journalisten, wie schön die Zeremonie gewesen sei und wie ihr Hochzeitskleid angeblich ausgesehen hatte. Sie hatte die Details mit Pepito besprochen, aber trotzdem war ihr ganz schlecht von den Lügen. Warum waren sie noch nicht richtig verheiratet? Sie hätten doch auch mit der Pressekonferenz abwarten können, bis endlich diese vermaledeiten Dokumente aus Italien angekommen waren! Stattdessen musste sie nun die Reporter beschwindeln; sie erzählte irgendeinen Unsinn über eine Trauung, die angeblich an ihrem einundzwanzigsten Geburtstag in den Räumen der amerikanischen Botschaft stattgefunden hätte ...

Zwei Tage später, als auf allen Titelseiten die Schlagzeile prangte: »Josephine Baker heiratet heimlich italienischen Grafen!«, kam Bricktop weit nach Mitternacht ins *Chez Joséphine*. Seit ihrer Auseinandersetzung letzten Dezember hatten sie sich beide Mühe gegeben, wieder aufeinander zuzugehen. Bricktop schien genauso viel an der Freundschaft zu liegen wie Josephine.

»Bricky!«, rief Josephine und umarmte ihre Freundin. »Was verschlägt dich hierher?«

Bricktop lächelte, doch ihre Gesichtszüge blieben angespannt. »Ich habe die Verantwortung für ein halbes Stündchen an meinen Oberkellner abgegeben. Ich wollte ...« Sie zögerte, als bereite es ihr Unbehagen, ihr Anliegen auszusprechen. »Ich wollte dir nur kurz zu deiner Hochzeit gratulieren, ich habe es heute Mittag in der Zeitung gelesen. Warum hast du nicht vorher Bescheid gesagt? Ich hätte euch doch gerne ein Geschenk gekauft. Also: Herzlichen Glückwunsch euch beiden.«

»Danke!« Josephine strahlte. Sie war seit der Pressekonferenz am Vortag noch so in ihrer Rolle als glücklich Verheiratete gefangen, dass sie sich erst wieder ins Gedächtnis rufen musste, dass es ja noch gar keine Hochzeit gegeben hatte. Rasch klärte sie Bricktop auf.

Diese war vor Entsetzen einen Moment sprachlos. »Josie! Das ist nicht dein Ernst! Ihr habt der Presse vorgespielt, ihr wärt verheiratet, seid es aber gar nicht? Das war Pepitos Idee, oder?«

»Was spielt es für eine Rolle, wessen Idee es war?« Josephine zwang sich, nicht allzu ungeduldig zu klingen. Was hatte es für einen Sinn, die ganze Geschichte wieder aufzuwärmen?

Bricktop schüttelte den Kopf. »Ich fasse es nicht. Diese heimliche Traumhochzeit war nichts anderes als Quatsch, welchen ihr den Reportern aufgetischt habt. Und du glaubst doch diesen Unsinn nicht, Pepito hätte es im letzten halben Jahr nicht geschafft, seine Papiere zusammenzubekommen? Er hätte ja durchaus selbst in seine Heimat fahren können, um alles zu besorgen! Dank dir hat er inzwischen ja genug Geld für eine Reise nach Italien.«

In Josephine regte sich leiser Ärger. Gerade hatte sie noch beinahe selbst geglaubt, verheiratet zu sein – den Reportern etwas vorzuspielen hatte ihr zwar widerstrebt, doch hatte sie sich unerwartet gut in ihre Rolle hineingefunden, ihre Scharade hatte sich fast echt angefühlt –, nun riss Bricktop sie wieder unsanft auf den Boden der Tatsachen zurück und versuchte, ihr Pepito madig zu machen. »Wir werden heiraten, Bricky«, sagte sie fest. »Ob es früher oder später geschieht, weiß ich nicht – aber wir werden definitiv heiraten.«

Bricktop schnaubte. »Das glaube ich erst, wenn es so weit ist. Ich denke, Pepito hat erreicht, was er will – offiziell ist er dein liebender Gatte, aber in Wahrheit kann er dich ewig schmoren lassen. Und über das Lügengebilde seiner angeblich adeligen Herkunft muss ich kein Wort verlieren, ich habe dir oft genug meine Meinung gesagt.«

»Warum siehst du immer nur das Schlechte in den Menschen, Bricky?«, murrte Josephine, doch Bricktop lachte nur bitter.

Am nächsten Tag führte Pepito Josephine ins *Ritz* an der Place de Vendôme zum Mittagessen aus. Die Junisonne schien wärmend durch die hohen Fenster und zeichnete helle Lichtkringel auf die Tischdecke. Einige fein gekleidete Damen und Herren machten an ihrem Tisch halt, gratulierten dem Grafenpaar zur Hochzeit und baten Josephine um ein Autogramm. Sie liebte es, erkannt zu werden und mit ihren Bewunderern zu plaudern. Mit einem schelmischen Blitzen in den Augen schrieb sie unter ihr übliches Josephine den Zusatz »Gräfin von Abatino«. Ihrer schwungvollen Handschrift sah man nicht mehr an, dass sie sich das

Schreiben erst in Paris selbst angeeignet hatte; die Lese- und Schreibübungen, die sie sich mit ihrer alten Fibel, die sie aus Amerika mitgebracht hatte, beigebracht hatte, hatten sich wirklich gelohnt. Niemand merkte ihr ihre mangelnde Schulbildung noch an.

Die Leute bedankten sich begeistert, während Pepito nachsichtig schmunzelte.

»Was?«, fragte sie unschuldig. »Du hast schließlich der Presse erzählt, wir wären verheiratet.«

»Schon gut. Es amüsiert mich nur, wie gut du deine Rolle ausfüllst.«

Als sie nach dem opulenten Essen ins Freie traten, erwartete sie eine Gruppe Reporter, die offensichtlich auf der Lauer gelegen hatte. Mit gezückten Notizblöcken umringte sie Josephine und Pepito.

Josephine sah ihnen freundlich entgegen; im Gegensatz zu anderen Stars, die sich von der Presse bedroht fühlten und um ihre Privatsphäre fürchteten, wechselte sie immer gerne ein paar Worte mit Journalisten. Schließlich war sie in den Zeitungen bisher immer in den höchsten Tönen gelobt worden.

»Guten Tag, Messieurs«, grüßte sie und achtete darauf, sich möglichst vorteilhaft hinzustellen, denn schon blitzten die Lichter der Kameras auf.

Ein Reporter mit braunem Hut wandte sich direkt an Pepito. »Monsieur, wir haben Kenntnis darüber erlangt, dass Ihre Heirat mit Mademoiselle Baker erstunken und erlogen ist. Sie sind gar nicht verheiratet. Was sagen Sie dazu?«

Josephine erstarrte innerlich. Sie fühlte sich plötzlich

wie mit Eiswasser übergossen und klammerte sich an Pepitos Arm fest, der ebenfalls einen verkrampften Eindruck machte. Doch er ging gleich zum Angriff über. »Wie können Sie es wagen, mir so eine Ungeheuerlichkeit zu unterstellen! Natürlich sind wir verheiratet, haben Sie auf der Pressekonferenz nicht zugehört?«

»Und ob wir verheiratet sind! Wie können Sie das in Zweifel ziehen?«, warf auch Josephine pikiert ein. Sie identifizierte sich inzwischen so mit ihrer Rolle als adelige Ehefrau, dass es ihr zuweilen schwerfiel, zwischen Wahrheit und Dichtung zu unterscheiden.

Der Reporter lächelte süffisant. »Weil wir Beweise haben. Sie sagten auf der Pressekonferenz, Sie hätten an Mademoiselle Bakers einundzwanzigstem Geburtstag Anfang Juni in der amerikanischen Botschaft geheiratet. Nun, ich wurde heute dort vorstellig und redete mit einem Mitarbeiter. Er bestätigte mir, dass es keine Hochzeit gab. Weder Anfang Juni noch sonst irgendwann.«

»Gehen Sie mir nicht auf die Nerven, Sie Schmierfink«, giftete Pepito. »Zugegeben, unsere Hochzeit war nicht ganz echt. Sie war ein Werbegag! Das ist gang und gäbe im Showbusiness! Aber davon verstehen Sie mit Ihrem mickrigen kleinen Reporterleben natürlich nichts.«

»Stimmt das?«, wandte sich ein anderer Reporter nun an Josephine. »Das alles war lediglich ein Werbegag?«

Josephine kochte innerlich vor Wut über Pepito, der sie in diese missliche Lage gebracht hatte. Zu Hause würde sie ihm gehörig den Kopf waschen. »Natürlich, Monsieur. Ob Plakate mit meinem Konterfei in der ganzen Stadt hängen oder ein paar werbewirksame Geschichten in den Zeitungen zu lesen sind – das ist doch einerlei. Als Star muss man im Gespräch bleiben.«

»Können wir jetzt gehen?«, brummte Pepito sauer und wollte sich mit seinem Spazierstock bereits den Weg frei bahnen.

»Nein, eine Sache noch.« Der Wortführer im braunen Anzug fixierte Pepito ernst. »Wir haben noch etwas herausgefunden. Wir haben einen Mitarbeiter unserer Zeitung nach Sizilien geschickt, um Nachforschungen über Sie anzustellen, *Monsieur le Comte.*«

Die letzten drei Worte äußerte er mit solcher Verachtung, dass es Josephine ganz flau im Magen wurde. Was kam denn jetzt noch? Reichte es nicht, sie durch die Enthüllung bloßzustellen, dass ihre Heirat ein Lügengespinst war?

»Lassen Sie mich mit Ihren an den Haaren herbeigezogenen Geschichten in Ruhe!« Pepito tobte inzwischen; sein leicht gebräuntes Gesicht nahm eine ungesunde Rotfärbung an, so als würde er gleich platzen. »Ich verklage Sie, wenn Sie Lügen über mich verbreiten!«

»Lügen sind wohl eher Ihr Metier«, entgegnete der Reporter ungerührt. »Geben Sie es zu, Sie sind in Wirklichkeit gar kein Graf. Sie sind ein einfacher Maurer aus Sizilien, der nicht einen Centime auf der hohen Kante hat. Wussten Sie das, Mademoiselle Baker?«

»Sie irren sich. Mein Verlobter ist tatsächlich ein Graf, wir werden demnächst zu seinem Anwesen reisen. Und jetzt hören Sie endlich auf, uns zu belästigen.« Sie hakte sich bei Pepito unter, scheuchte die Reporter mit einer Handbewegung aus dem Weg und schritt betont aufrecht davon. Innerlich jedoch war ihr elend zumute; der Zusammenstoß mit den Reportern kratzte an ihrer Würde, sie fühlte sich schutzlos und verletzt.

Kaum war die Tür ihres Hotelzimmers zugeschlagen, explodierte Josephine. Sie nahm das Erstbeste, was sie in die Finger bekam – es war eine Blumenvase mit Rosen –, und schleuderte sie in Pepitos Richtung. »Du verlogener Schuft, du elender Mistkerl!«, schrie sie.

Pepito duckte sich. Die Vase prallte neben ihm gegen die Wand und zerbarst in Scherben. Bräunliches Blumenwasser lief in Rinnsalen von der Tapete, die Blumen landeten mit geknickten Köpfen auf dem Teppich. Binky, der gerade auf dem Kleiderschrank saß und sich lauste, sah zu ihnen herüber. Der Affe schien sehr erschrocken über die Szene, die sich ihm darbot, und stieß klagende Geräusche aus.

»Bist du verrückt? Mach doch nicht so ein Spektakel! Wir sind nicht allein im Hotel!«

»Das ist mir völlig egal!«, tobte Josephine und nahm einen Gebäckteller vom Tisch. Er verfehlte Pepito nur um Haaresbreite. »Wer ist hier verrückt? Wer hat diese verdammten Lügen erfunden? Warum hast du mich dazu gebracht, auf der Pressekonferenz zu lügen? Du siehst doch, was dabei herausgekommen ist! Ich wurde völlig gedemütigt! Wenn die Leute morgen die Schlagzeilen lesen, verhöhnt mich ganz Paris!«

Der Affe hüpfte auf langen Armen und Beinen zu Josephine und hängte sich ihr verstört um den Hals. Josephine wiegte ihn beruhigend hin und her, während sie ihre Tirade fortsetzte. Vor Wut zitterte sie am ganzen Körper, so als habe sie Schüttelfrost. »Du hattest nie vor, mich zu heiraten, gib es zu! Ist es, weil ich schwarz bin? Bist du im Grunde auch einer von denen, die gerne mit einer Schwarzen ins Bett steigen, sich zum Heiraten aber zu schade sind?«

»Unsinn!« Pepito rieb sich erschöpft die Augen und sank auf die Couch. Er wirkte wie ein Häufchen Elend. »Ich liebe dich doch.«

So leicht ließ sich Josephine nicht besänftigen. »Wer's glaubt. Noch dazu bist du nicht nur ein Mistkerl, sondern auch ein Hochstapler! Warum lügst du aller Welt vor, du seist adelig? Ein Graf! Ich könnte mich totlachen, wenn es nicht so traurig wäre!« Sie lief im Zimmer auf und ab, Binky in den Armen, der sich die Ohren zuhielt, und redete sich immer mehr in Rage. »Bricktop hatte von Anfang an recht. Sie warnte mich gleich am Tag unseres Kennenlernens vor dir und sagte, du seist so adelig wie sie und ich. Ein völlig armer Maurer, der keine Lust auf Arbeit hat, das bist du!« Diese Feststellung ließ wieder solchen Zorn in ihr hochkochen, dass sie zu einem vergoldeten Kerzenleuchter griff und ihn in Pepitos Richtung schleuderte.

»Nun ist es aber genug! Wie behandelst du mich denn?«, beschwerte sich Pepito und wich Albert aus, der ihm um die Beine strich und seine Schnürsenkel beschnüffelte.

»So, wie du es verdienst!«, brüllte sie. »Was glaubst du denn, wie es jetzt für mich weitergeht? Denkst du, meine Karriere übersteht diesen Skandal? Mein Image ist beschädigt! Im schlimmsten Fall will mich keiner mehr auf der

Bühne sehen, ich bin abgemeldet, ich diene nur noch dem Gespött der Leute ... Ich werde alles verlieren!« Sie sank vor Pepito auf die Knie und begann, so heftig zu schluchzen, dass ihr ganzer Körper zuckte.

Pepito strich ihr über die Haare. »Es tut mir wirklich leid, Josie. Alles. Es ist alles mein Fehler, das gebe ich zu. Aber ... mir hat es einfach Spaß gemacht, den reichen Mann zu mimen, in eine andere Rolle zu schlüpfen als die des unbedeutenden Maurers ... Glaube mir, ich weiß, wie es ist, arm zu sein ...«

Josephine heulte verzweifelt auf. »Ich doch auch, Pepito! Deshalb habe ich auch solche Angst, alles zu verlieren, was ich mir erarbeitet habe! Den Ruhm und das viele Geld, das ich verdiene. Ich hätte es mir nie träumen lassen, einmal so reich und berühmt zu sein! Meine wunderschönen Kleider und mein wertvoller Schmuck und meine lieben Tiere. Ich überlebe es nicht, wenn ich alles abgeben und als gescheiterte Existenz nach Amerika zurückkehren muss!«

»Hör auf, den Teufel an die Wand zu malen«, murmelte Pepito. »So weit wird es nicht kommen.«

»Was weißt du denn schon?«, warf sie ihm tränenüberströmt an den Kopf und sammelte ein paar Kartoffelschalen auf, die Albert auf dem Teppich verstreut hatte. Sie hielt sie dem Schwein hin. »Und jetzt gehst du am besten, ich kann deinen Anblick heute nicht mehr ertragen.«

Pepito sah sie gekränkt an. »Aber Josephine, du kannst mich doch nicht einfach hinauswerfen? Wo soll ich denn heute Nacht schlafen?«

»Das ist mir egal«, gab sie unwirsch zurück. »Als angeblicher Graf verfügst du sicherlich über genügend Mittel, um dir in irgendeinem Hotel ein Zimmer zu nehmen.«

Pepito verzog das Gesicht, offensichtlich gekränkt über ihren sarkastischen Tonfall. Doch er schien einzusehen, dass er diesen Kampf verloren hatte. Er griff nach seinem Hut, blieb noch einen Moment unschlüssig stehen und murmelte: »Bis morgen«, bevor er das Zimmer verließ. Josephine überkam erneut ein Weinanfall, doch Binky drückte seinen Kopf an ihre Brust, um sie zu trösten.

In dieser Nacht lag Josephine lange wach. Immer wieder ging ihr der Streit mit Pepito durch den Kopf; noch immer war sie sehr wütend auf ihn und seine Scharade, sie ärgerte sich jedoch auch über sich selbst, dass sie trotz anfänglicher Bedenken mitgespielt hatte. Wieso hatte sie das getan? Vielleicht, weil sie sich insgeheim so sehr danach sehnte, Pepitos Frau zu sein? Hatte sie gehofft, durch ihr Mitwirken an der erfundenen Geschichte Pepito rascher dazu zu bringen, sich um die eigentliche Hochzeit zu kümmern? Schon wieder rannen Tränen ihre Wangen herab. Zum Glück lag Albert leise grunzend auf dem Bettvorleger, und Binky klammerte sich im Schlaf an sie, sonst hätte sie sich noch einsamer und verlorener gefühlt.

»Ob er mich wirklich liebt?«, überlegte sie laut. »Oder bin ich für ihn nur eine Versorgungsquelle? Eine wohlhabende Frau, die ihn finanziert?«

Binky schien ihr zuzuhören und jedes Wort zu verstehen. Seine Gesichtszüge wirkten so weise und klug, dass sie sicher war, er würde genau begreifen, um was es ging. Leider konnte Binky ihr keinen zufriedenstellenden Rat geben. Sie zog unter der Decke die Knie an und schmiegte sich an das Fell des Affen. »Aber eigentlich hilft Pepito mir, meinen Wohlstand zu mehren. Er hat mit mir den Klub eröffnet, er verschafft mir Werbeauftritte und neue Engagements. So wie es ein richtiger Manager auch tun würde.«

Wieder glaubte sie, ihr Herz würde brechen. Die Überzeugung, dass Pepito es eigentlich gut mit ihr meinte und sich für ihre Karriere einsetzte, gewann über ihre Zweifel die Oberhand.

Als der Morgen graute, fühlte sie sich müde und kraftlos. Sie vermisste Pepito ein bisschen und fragte sich, ob er kommen würde, um sich mit ihr zu versöhnen.

»Was meinst du?«, murmelte sie ins warme Fell Binkys. »Sollen wir ihn reinlassen, wenn er auftaucht?« Der Affe sah sie mit treuherzigen braunen Augen an.

Tatsächlich klopfte es kaum zwei Stunden später. Josephine saß noch im Bett, ein Tablett mit heißer Schokolade und ofenwarmen Croissants vor sich.

»Herein«, rief sie, während sie die Tiere mit Krümeln des Backwerks fütterte.

Pepito erschien in der Tür, unsicher, ob er willkommen war. Auch er schien eine kurze Nacht gehabt zu haben, denn er hatte dunkle Schatten unter den Augen, war unrasiert und der Anzug zerknittert. »Darf ich hereinkommen?«, fragte er ungewohnt schüchtern. Er trug einen großen Strauß roter Rosen bei sich, den er ihr zaghaft überreichte.

»Danke.« Josephine nahm die Blumen entgegen und

legte sie auf dem Nachttisch ab, bemüht, reserviert zu klingen, obwohl sie sich über die Geste freute.

Pepito deutete auf die Bettkante. »Darf ich?«

»In Ordnung«, gab sie nur zurück.

Er setzte sich, was gar nicht so einfach war, da Albert noch immer den Bettvorleger belagerte. »Also ... ich habe eine Idee, Josie.«

Sie zog eine Grimasse. »Verschon mich mit deinen Ideen, die haben mir nichts als Unglück gebracht.«

»Nein, wirklich, hör mir zu.« Pepito rückte näher an sie heran und nahm ihre Hände in seine. »Lass uns eine Weile verschwinden. Fortgehen. Lass uns auf Europatour gehen.«

»Mit dir gehe ich nirgendwohin. Du musst nicht denken, ich hätte dir verziehen. Ich bin immer noch sauer auf dich«, begehrte Josephine auf, um es ihm nicht zu leicht zu machen. Doch sie war neugierig geworden. Ihre Wut auf Pepito bröckelte allmählich dahin. Sie musste sich eingestehen, dass sie seine Lügengeschichten nur allzu gerne unterstützt hatte. Hatte sie es nicht ein wenig genossen, als Gräfin aufzutreten, auch wenn sie die ganze Zeit gewusst hatte, dass sie keine war? Sie hatte die Wahrheit einfach verdrängt.

Pepito lächelte vorsichtig. »Du liebst mich doch noch, oder?«

Josephine tupfte sich die Augen ab. »Du hast meine Liebe nicht verdient!«

Tatsächlich konnte sie sich ein Leben ohne ihn nicht mehr vorstellen. Sie waren zusammengewachsen, fast wie ein richtiges Ehepaar, trafen alle Entscheidungen gemeinsam. Er war ihr Geliebter und ihr Berater, und ohne ihn hätte sie sich verloren gefühlt. Auch wenn sie ihn aus Stolz nun nicht mehr heiraten würde, selbst wenn er sie auf Knien anflehte, was jedoch unwahrscheinlich war. Das Kapitel »Heirat« war für sie erledigt.

»Hör zu.« Pepitos braune Augen ruhten auf ihr. »Wir verlassen Paris für eine Weile und nehmen Engagements im Ausland an. Dann wächst Gras über die ganze Sache, und du wirst umso stürmischer empfangen, wenn du wieder zurückkommst. Dann kannst du deine Karriere mit neuem Schwung wieder aufnehmen.«

»Hm.« Josephine versuchte, sich skeptisch zu geben, doch Pepitos Vorschlag klang ganz vernünftig.

»Und noch was: Während wir unterwegs sind, besorge ich dir Sprach- und Benimmlehrer, die dich unterrichten. Am Ende der Reise werden dein Französisch, deine Tischmanieren und Konversationskünste tadellos sein. Du wirst als Revuetänzerin im aufreizenden Bananenröckchen abreisen und als vollendete Dame zurückkommen. So, als ob du wirklich eine Gräfin wärst! Auch ich bin zwar kein richtiger Adeliger – aber schau mich an: Meine Umgangsformen sind tadellos. Das habe ich mir alles von hochherrschaftlichen Familien, für die ich in jungen Jahren gearbeitet habe, abgeschaut. Und auch du kannst es schaffen, dein Auftreten zu perfektionieren.«

Josephine blinzelte Pepito misstrauisch an. »Sag mal – warum willst du mich unbedingt verändern? Genüge ich dir so, wie ich bin, nicht? Bin ich dir nicht gut genug?« Sie spürte, wie erneuter Groll sie überrollte.

Pepito seufzte. »Das habe ich niemals gesagt. Ich denke

nur, dass es deiner Karriere förderlich wäre, dein Erscheinen und deine Umgangsformen etwas aufzupolieren.«

»Ich weiß nicht, was ich von dieser Idee halten soll.« Josephine zog Binky an sich, der nach Streicheleinheiten verlangte. »Du brauchst auch nicht zu glauben, dass ich dir nach dem Debakel gestern so einfach verzeihe und mit dir ins Ausland reise, als ob nichts vorgefallen wäre. Mir wäre es recht, eine Zeit lang Abstand zu dir zu haben, bis ich weiß, wie es weitergehen soll. Und nun lass mich bitte allein. Ich bin todmüde und möchte noch eine Runde schlafen.« Sie bettete den Kopf auf ihr Kissen und schloss die Lider, um Pepito zu signalisieren, dass das Gespräch beendet war.

»Ach, Josie.« Pepito klang wie ein enttäuschter kleiner Junge. »Warum hältst du mich so hin? Du weißt doch, dass ich es nicht böse gemeint habe, als ich vorschlug, unsere Hochzeit vorzutäuschen. Verzeih mir doch.«

Verdrossen zog sich Josephine die Decke bis zum Kinn. »Was weiß ich, wie du das gemeint hast. Im Moment erscheinst du mir wie ein Fremder. Und jetzt soll ich noch Benimmunterricht nehmen!«

»Nun sei doch nicht beleidigt«, versuchte Pepito, sie umzustimmen, doch sie drehte sich von ihm weg und bestand darauf, dass er sie allein ließ.

Sie gab am Empfang des Hotels Bescheid, keine Besucher mehr zu ihr vorzulassen. Sie wollte Pepito im Moment einfach nicht sehen. Die verschiedensten Emotionen tobten in ihr. Noch immer kränkte es sie, dass Pepito – der ja selbst ein einfacher Maurer war! – ihr Unterricht in gutem Benehmen und Konversation geben lassen wollte; hatte sie nicht längst das Image des armen Mädchens aus St. Louis' Schwarzenviertel abgestreift? Das Pariser Publikum hatte sie die letzten Jahre regelrecht gefeiert – was bildete er sich ein, sie so abzuwerten?

Es wurde eine schwere Woche für Josephine. Sie ging kaum aus, schaute nach ihren Auftritten lediglich kurz in ihrem Klub vorbei, immer ein wenig bange, ob Pepito zugegen sein würde. Zum Glück schien er ihr aus dem Weg zu gehen, sie hätte seinen Anblick auch kaum ertragen.

Kurz nach Mitternacht lag sie bereits im Bett, und trotz des Unmuts, der in ihr brodelte, ertappte sie sich dabei, wie sie sich nach Pepito sehnte, nach seinem warmen Körper, seinen blitzenden intelligenten Augen, seinen Vorschlägen, die er ihr unterbreitete.

War seine Idee, Paris für eine Weile den Rücken zu kehren und ins Ausland zu gehen, vielleicht gar nicht so dumm gewesen? Auf diese Weise hätte sie zumindest vor der Presse ihre Ruhe, die sie in den unpassendsten Momenten aufspürte und über die angebliche Heirat auszufragen versuchte.

»Wenn ich doch nur mit Bricky darüber reden könnte!«, seufzte Josephine und starrte in die Dunkelheit. Binky, der mittlerweile Pepitos Platz in ihrem Bett eingenommen hatte, schlang einen langen, haarigen Arm um sie. »Aber sie würde nur sagen, dass sie mich von Anfang an vor Pepito gewarnt habe.« Vielleicht irrte sie sich in Bezug auf die Freundin, aber ihr Stolz ließ es nicht zu, Bricktop zu besuchen und ihr das Herz auszuschütten. Außerdem – obwohl sie noch immer wütend auf Pepito war, war sie nicht bereit, sich anzuhören, wie Bricktop ihn noch weiter schlechtmachte.

War dies ein Zeichen, dass sie ihn noch genauso liebte wie zuvor? Ihre Augen füllten sich mit Tränen, und sie spürte das Fellgesicht Binkys, der sich an sie drückte. In diesem Moment hätte sie alles dafür gegeben, dass es Pepito gewesen wäre, der mit ihr das Bett teilte.

»Danke, Binky«, flüsterte sie, »du hast mir sehr bei meiner Entscheidung geholfen.«

Sie würde Pepito wieder in Gnaden aufnehmen. Sie beide gehörten zusammen, und sie hatte es satt, unter ihrer Einsamkeit zu leiden. Und war es nicht im Grunde eine gute Idee, durch Benimm- und Sprachunterricht ihr Image zu ändern? Die Aussicht, nach einer Auslandsreise als Grande Dame nach Frankreich zurückzukehren, erschien ihr mit einem Mal sehr verlockend.

»Man muss sich weiterentwickeln im Leben«, raunte sie Binky zu, obwohl er inzwischen in einen leichten Schlaf gefallen war. »Wer auf der Stelle tritt, kommt nicht weiter.«

Am nächsten Morgen ließ sie Pepito eine Nachricht zukommen, dass sie ihn am Abend in ihrem Nachtklub erwartete. Er erschien bereits eine Viertelstunde vor der Zeit. Sie stellte fest, dass er blass und etwas verhärmt aussah, so als habe ihm die Trennung ebenso zugesetzt wie ihr.

»Ich bin so froh, dass du wieder mit mir sprichst«, seufzte er und ließ sich auf einem Hocker vor der Bar nieder. »Vertragen wir uns endlich wieder?«

Sie wollte es ihm nicht zu einfach machen und musterte ihn mit hochgezogenen Augenbrauen. »So schnell geht das leider nicht. Möglicherweise war deine Idee, eine Auslandstournee zu unternehmen und ... und mich auch in persönlicher Hinsicht weiterzubilden, gar nicht so verkehrt ...«

»Nicht wahr?«, fiel er ihr eifrig ins Wort.

Betont langsam gab sie Gin, Orangensaft, Grenadine und Absinth in einen Mixer und schüttete noch ein bisschen Zuckersirup dazu, um einen Monkey Gland zu mischen. »Trotzdem. Vielleicht sind deine Ideen etwas unrealistisch. Was soll aus meinem Klub werden, wenn ich einige Wochen weg bin? Ich kann ihn unmöglich schließen.«

»Wir stellen einen Manager ein, der das *Chez Joséphine* in unserer Abwesenheit führt.«

Sie musterte ihn misstrauisch. »Du hast im Kopf schon alles durchgeplant, was?«

»Natürlich«, erwiderte er und lächelte hoffnungsvoll, »du bist also einverstanden? Werden wir Europa unsicher machen und alles, was war, hinter uns lassen?«

Die Wärme, mit der er sie ansah, ließ sie endgültig dahinschmelzen. Hatte sie ihn nicht lange genug hingehalten? Sie beschloss, nicht mehr länger nachtragend zu sein und positiv in die Zukunft zu schauen. »Einverstanden.«

Pepito wirkte mit einem Mal sehr erleichtert. Er beugte sich über den Tresen, um sie zu küssen, was sie gerne geschehen ließ. »Und nun lass uns anstoßen, unser Plan muss gefeiert werden!«

8

Januar 1928

»Wir sind bald da.« Pepito nahm sein Monokel ab und rollte seine Zeitung zusammen, in der er die letzte Stunde gelesen hatte. Der Zug ratterte an Feldern vorbei, auf denen noch Schneereste lagen. Die Bäume waren kahl und reckten ihre Äste wie dürre Spinnenbeine dem federgrauen Winterhimmel entgegen. »Es sieht wieder nach Schnee aus.«

Josephine interessierte das Wetter im Moment wenig. Ihre Aufregung wuchs, als die Landschaft vor den Zugfenstern städtischer und belebter wurde. Bald würden sie am Ziel sein. »Du musst dich sofort nach unserer Ankunft um meine Kisten mit den Bühnenkostümen und meinen übrigen Kleidern kümmern«, wies sie Pepito an. »Es darf keine einzige verloren gehen.«

»Was bei vierzig Kisten keine leichte Aufgabe ist«, bemerkte Pepito ironisch.

»Sorg einfach dafür, dass nichts schiefgeht.« Josephine hatte diese Reise kaum erwarten können. Am liebsten hätte sie sie sofort nach ihrer Versöhnung mit Pepito angetreten, aber natürlich musste Pepito erst Kontakt zu ausländischen Konzerthallen und Musikhäusern aufnehmen, Verhandlungen über Gagen führen und einen Zeitplan erstellen. So kam es, dass sie erst Monate später ihre Reise antreten konnten.

Ihr erstes Etappenziel war Wien. Mit einem etwas flauen Gefühl im Magen überlegte Josephine, wie die Österreicher sie wohl aufnehmen würden. In der letzten Zeit hatte sie sich zu Hause in Paris sehr bedeckt gehalten, um nicht wieder negativ aufzufallen. Dennoch hatte sich das Publikum nach dem Skandal um die erfundene Hochzeit etwas ausgedünnt. Bricktop war ihr trotz aller Befürchtungen, sie würde ihr Vorhaltungen machen, eine zuverlässige Freundin gewesen, die sich selbstlos um sie gekümmert und ihr Mut gemacht hatte, dass sich alles wieder zum Guten wenden würde. Josephine war ihr dankbar gewesen, dass sie ihr nicht vorgeworfen hatte, nicht auf ihre Warnungen vor Pepito gehört zu haben.

Der Schaffner öffnete quietschend die Tür ihres Abteils und verkündete, dass sie in wenigen Minuten in Wien einfahren würden.

Josephine straffte sich und rückte ihren Hut mit dem kleinen Schleier gerade. Ihr Reisekostüm, das sie sich eigens für diesen Zweck hatte maßschneidern lassen, wirkte äußerst elegant und ließ sie wie eine Frau von Welt erscheinen.

»Meine Güte!« Pepito pfiff durch die Zähne, als der Zug im Hauptbahnhof ruckelnd zum Halten kam und er durch die Scheibe sah. »Sieh dir das an!«

Josephine spähte ebenfalls auf den Bahnsteig, auf dem sich Heerscharen von Bewunderern versammelt hatten.

Eine bunt gewürfelte Menschenmasse hielt Banner mit der Aufschrift *Willkommen in Wien, liebe Josephine!* hoch, viele Personen hatten prächtige Blumensträuße in den Armen, die sie ihr wohl überreichen wollten. Im Chor schrien sie: »Josephine! Josephine!«

»Oh mein Gott, das ist ja wunderbar.« Josephine spürte, wie sich auf ihren Armen vor Fassungslosigkeit eine Gänsehaut bildete. Sie war erleichtert, dass sie in Wien so euphorisch willkommen geheißen wurde, denn sie hatte sich Sorgen gemacht, dass ihr ihr in letzter Zeit etwas angekratzter Ruf auch hier vorauseilte.

Pepito nickte ihr zufrieden zu, der Schaffner hielt ihr galant die Tür auf, und sie stieg in graziösen Schritten die wenigen Stufen auf den Bahnsteig herab, wo sie vom Meer ihrer Bewunderer verschlungen wurde. Rosen wurden ihr in die Arme gedrückt, liebevoll verpackte Schachteln mit Mozartkugeln und andere Geschenke. Kleine Mädchen, die von ihren Müttern herausgeputzt worden waren, küssten ihr die Hand und knicksten, während die Menge weiterhin in ohrenbetäubendem Stakkato *Josephine! Josephine!* skandierte.

Sie glaubte, von innen heraus zu glühen, so gerührt war sie. »Danke, tausend Dank!«, rief sie und warf Kusshände in die Luft.

Ein offiziell aussehender Mann im karierten Anzug schob sich zu ihnen. Der Fremde lupfte seinen Hut. »Gestatten Sie, gnädige Frau? Gnädiger Herr? Mein Name ist Luitpold Stadelmayr, ich komme vom *Johann-Strauss-Theater*, wo Sie uns mit Ihren Tanz- und Gesangsdarbietungen beehren.«

Sie begrüßten sich herzlich, dann versuchte Stadelmayr, sie durch die Menschenansammlung zu schleusen. Pepito nahm Josephine die unzähligen Blumensträuße und Pralinenschachteln ab.

»Schön, dass uns hier solch eine begeisterte Stimmung entgegenschlägt«, sagte Pepito. Vom Himmel schwebten inzwischen lautlose Schneeflocken und blieben fein wie Puderzucker auf dem Boden liegen.

»Ja, in der Tat«, bestätigte Stadelmayr, doch wirkte sein Gesicht etwas betreten, so als habe er noch etwas hinzuzufügen. »Nun gut, gehen wir erst mal vors Bahnhofsgebäude. Eine Droschke wartet auf uns.«

Josephine und Pepito warfen sich einen fragenden Blick zu, doch vor dem Gebäude wurde ihnen klar, wieso Stadelmayr sich unwohl fühlte. Hunderte von dunkel gekleideten Menschen marschierten im Gleichtakt die Straße heran, auch sie trugen Banner vor sich her, doch war auf ihnen zu lesen: *Auftrittsverbot für unmoralisches Gesindel!*

Josephines Hals zog sich zu, sodass sie kaum noch atmen konnte. Hilfe suchend wandte sie sich an Pepito und Stadelmayr, aber auch diese sahen mit versteinerten Gesichtern dem Aufmarsch entgegen.

»Weg mit der schwarzen Teufelin!«, schrie die aufgebrachte Gruppe. »Sie soll ihre anstößige, widerliche Show woanders abziehen, aber nicht bei uns!«

»Was geht hier vor sich?«, stammelte Josephine, dann brach sie ab. Ihr war, als habe man ihr den Boden unter den Füßen weggezogen, so schockiert war sie.

Stadelmayr räusperte sich. »Schenken Sie den Leuten

keine Beachtung, Madame. Sie gehören einer Szene an, die sich in Österreich und Deutschland leider immer mehr ausbreitet. Nationalsozialisten, ein kunstverachtendes, gehässiges Pack, das alles verabscheut, was es nicht kennt. Nehmen Sie es nicht persönlich.«

»Nicht persönlich nehmen?« Ungläubig starrte sie ihn an, ihre Stimme war gegen ihren Willen laut und brüsk geworden. »Wie soll ich es denn sonst nehmen? Dieser ganze Aufmarsch gilt allein meiner Person, oder steht auf den Bannern etwa Luitpold Stadelmayr?«

»Reg dich nicht auf«, versuchte Pepito, sie zu beruhigen. Doch auch er war sehr blass geworden. »Lass uns zum Theater fahren.«

Die hasserfüllte Gruppierung verharrte auf der gegenüberliegenden Straßenseite und schrie »Schwarze Hexe!« und »Kehr zurück in den Busch, wo du herkommst!«.

Stadelmayr half Josephine beim Einsteigen in die Pferdedroschke. »Keine Sorge, Madame. Es gibt in Wien leider Meinungen wie diese, aber ich versichere Ihnen, sie sind nicht in der Mehrheit. Wien ist eigentlich wunderbar weltoffen! Eine großartige Stadt, Sie sollten ihr eine Chance geben. Bitte lassen Sie sich nicht von dieser ungehobelten Meute abschrecken. Die meisten Wiener freuen sich sehr auf Ihre Auftritte. Sämtliche Vorstellungen, die Sie geben werden, sind bereits restlos ausverkauft. Die Leute haben die Kassahäuschen so bestürmt, dass wir sogar noch Stehplätze auf der Treppe verkauft haben.«

»Na, siehst du«, versuchte Pepito, Josephine zu beschwichtigen, doch sie schaute nur mit zusammengepressten Lippen aus dem Fenster. Bald kam das *Johann-Strauss-Theater* in Sicht. Umherwirbelnde Schneeflocken verbargen die barocke Fassade, aber sie konnte noch erkennen, wie prunkvoll und imposant das fünfstöckige Schauspielhaus war, die Vorderfassade elegant gerundet. Auf der Mauerbrüstung des Daches erhob sich eine antike Gestalt in Siegerpose. Josephine entdeckte vor dem Gebäude unzählige Plakate in Schaukästen, die ihre Revue »Schwarz auf Weiß« ankündigten.

Stadelmayr eilte um den Wagen herum, um Josephine die Stufen der Droschke hinunterzuhelfen. In dem Moment, als sie ihren Fuß auf das Pflaster setzte, begann ein ohrenbetäubendes Glockenläuten, das von sämtlichen Kirchen der Stadt zugleich zu kommen schien. Während Josephine an der Seite von Pepito und Stadelmayr das Theater betrat und sich in der Eingangshalle umsah, selbst als sie sich den riesigen Bühnensaal anschaute, hielt das Läuten an. Es klang eindringlich und anklagend.

Pepito lauschte unbehaglich, bis Josephine den Lärm schließlich nicht mehr ertragen konnte. »Was soll dieses andauernde Gebimmel?«, wandte sie sich verwirrt an Stadelmayr. »Mir klingeln ja bereits die Ohren. Ist Wien so katholisch, dass es endlos läutet?«

Stadelmayr wand sich vor Verlegenheit. »Tja, also, ich ... Ich will Sie nicht belügen, gnädige Frau. Sämtliche Kirchen Wiens haben sich zusammengeschlossen, um gegen Sie vorzugehen. Mit dem Glockenläuten wollen die Priester die Wiener Bevölkerung davon abhalten, Ihre angeblich so sündige Revue anzuschauen.« Er betonte das Wort *sündig* und lachte gekünstelt. Wohl schien er sich nicht in seiner Haut zu fühlen.

»Tatsächlich«, bemerkte Josephine nur trocken. Mit den Klängen der Kirchenglocken vermischten sich allmählich andere Geräusche, anhaltende Sprechchöre und das Getrampel Hunderter von Füßen, die näher kamen.

Pepito wurde noch bleicher. »Um Himmels willen, sind das etwa wieder diese Demonstranten von vorhin? Verfolgen sie uns?«

»Sieht ganz so aus.« Stadelmayr schaute nervös aus dem Fenster.

»Können diese Leute hier eindringen? Können sie das Theater stürmen?« Josephines lebhafte Fantasie malte sich bereits kriegsähnliche Zustände innerhalb des barocken Prunkbaus aus.

Stadelmayr schüttelte den Kopf. »Nein, keine Sorge, alle Eingänge sind verriegelt. Wenn Sie mich kurz entschuldigen, rufe ich die Polizeiwache an. Ich habe bereits im Vorfeld eine Vereinbarung mit dem Polizeipräsidenten getroffen, dass Sie im Notfall Personenschutz erhalten. Ich glaube, dieser besondere Fall ist jetzt eingetreten.«

Josephine starrte ihm fassungslos hinterher. Polizeischutz! Was war das für eine Welt? Gleichzeitig kamen Erinnerungen an die Oberfläche, die sie nur zu gern unter Verschluss hielt; doch heute konnte sie sie einfach nicht verdrängen. Jene Nacht in St. Louis vor vielen Jahren, in der sie als Elfjährige den Überfall von unzähligen Nachbarn miterlebt hatte, stand wieder so deutlich vor ihr, als sei es gestern gewesen. Auch damals waren die Weißen als ungezügelter Mob anmarschiert und hatten in Chören geschrien.

Pepito drehte erregt seinen Hut in den Händen. »Josie, wenn dir bange zumute ist und du zurück nach Paris willst …«

Josephine schüttelte energisch den Kopf. »Da kennst du mich aber schlecht! Ich lasse mich doch nicht von diesen elenden Spießern vertreiben! Jetzt erst recht! Und wenn die denken, ich würde nur im Bananenrock vor ihnen herumhüpfen, haben sie sich geirrt. Nur für mein Röckchen hätte ich keine vierzig Kisten gebraucht. Nein, ich werde in Roben singen, die einer Königin würdig sind!«

Drei Tage nach ihrer Ankunft fand ihr erster Auftritt statt. Obwohl sie auch sonst nie ganz frei von Lampenfieber war, fühlte sie sich dieses Mal besonders nervös. Sie wünschte, sie hätte ihre Tiere, zumindest Binky oder Albert, mit auf die Reise genommen. Niemand vermochte sie so zu beruhigen wie die beiden.

»Bist du aufgeregt?«, flüsterte Pepito, der hinter sie trat. Entgegen ihrer sonstigen Gewohnheit war Josephine an diesem Abend überpünktlich und stand bereits Minuten vor Eröffnung der Revue hinter dem noch zugezogenen Bühnenvorhang.

Sie biss sich auf die Lippen und zupfte an ihrem cremefarbenen Satinkleid, das keinerlei Einblicke auf ihr Dekolleté gewährte; kleine stoffüberzogene Knöpfe gingen ihr bis zum Hals. »Ja. Aber ich werde es hinbekommen.«

»Natürlich wirst du das. Du siehst wundervoll aus«, sagte

Pepito und nahm ihre Hand. »Eine vollendete Dame. Glaub mir, die wenigen Lehrstunden, die du bereits in Sachen Auftreten und Stil hattest, haben sich jetzt schon ausgezahlt.«

»Danke«, murmelte Josephine und lauschte den Geräuschen, die aus dem sich füllenden Zuschauersaal zu ihnen drangen. »Aber was nützt mir ein formvollendetes Auftreten, wenn die Leute mich ablehnen, weil sie eine Schwarze Hexe in mir sehen?«

»Das werden sie nicht«, bekräftigte Pepito, doch in ihren Ohren klang er alles andere als überzeugend. »Sie werden dich lieben, genauso wie in Paris.«

Die letzten Sekunden verbrachte sie in einer Art schwindelndem Taumel, bis der Vorhang aufging und sie nach draußen auf die blank gewienerte Bühne trat. Das Publikum applaudierte höflich, wenn auch verhalten. Während sie wartete, dass die Musik des Orchesters einsetzte, versuchte sie, die dunklen Gedanken aus ihrem Kopf zu vertreiben. Die Wiener kennen dich noch nicht, sprach sie sich innerlich gut zu, du musst ihnen erst zeigen, was du kannst.

Da begannen die ersten Klänge der Musiker, und Josephine erhob ihre Stimme. Im Vorfeld hatte sie sich dazu entschieden, auf ihre erotischen Darbietungen zu verzichten, und sang deshalb »Pretty Little Baby«, ein getragenes, stimmungsvolles, gefühlsbetontes Lied. Nach und nach spürte sie, wie sich die Starre des Publikums löste, wie die Zuschauer im Takt mitwippten und gebannt an ihren Lippen hingen. Vor Erleichterung wurde ihr ganz flau, doch sie ließ sich nichts anmerken. Am Ende brandete begeisterter Applaus auf, der dem der Pariser Zuschauer in nichts nachstand.

Glücklich verbeugte sie sich. Sie hatte es auch in Wien geschafft.

9

Dezember 1929

Josephine hörte von Weitem das Knirschen von Autoreifen auf dem gekiesten Zufahrtsweg und öffnete erwartungsfroh die doppelflügelige Tür ihres neu erworbenen Domizils. Es war Bricktop, die aus dem Fenster des Taxis fröhlich winkte. Auch sie schien aufgeregt zu sein, war es doch das erste Mal, dass sie Josephine auf ihrem Anwesen Le Beau Chêne, etwa fünfzehn Meilen von Paris entfernt, besuchte. Den Namen verdankte das um neunzehnhundert erbaute Herrenhaus den unzähligen Eichen, die ihre kahlen Äste dem dunstigen Winterhimmel entgegenstreckten.

»Bricky!« Noch bevor das Taxi zum Stehen gekommen war, riss Josephine die Tür auf. Bricktop lachte und schälte sich in ihrem schwarzen Mantel, von dem sich die rot gefärbten krausen Haare flammend abhoben, aus dem Auto, um Josephine um den Hals zu fallen. Wann hatten sie sich zum letzten Mal gesehen? Es war eine gefühlte Ewigkeit her, da Josephine sehr lange auf Tour gewesen war und zwei

Filme gedreht hatte – *La Sirène des Tropiques* und *Le Pompier des Folies Bergère.*

»Mein Gott, du wohnst ja in einem richtigen Schloss«, murmelte Bricktop hingerissen und legte den Kopf in den Nacken, um die riesige Backsteinvilla mit den Türmchen, die von spitzen Dächern gekrönt wurden, zu bewundern. »Ein wahr gewordener Traum! Und dieser sagenhafte Park!«

»Im Sommer, wenn alles blüht, wird er noch viel schöner aussehen«, versprach Josephine. Es tat ihr gut, von ihrer Freundin bewundert zu werden. Sie war die letzten beiden Jahre mehr auf Tour als in Paris gewesen und hatte dabei ein kleines Vermögen verdient. Egal, wo sie aufgetreten war, ob in Wien, Prag, Budapest, Zagreb oder Amsterdam, war sie umjubelt worden. Sie war stolz, dass sie eine der meistbezahlten Tänzerinnen und Sängerinnen der Welt war – trotz ihrer Herkunft. Sie hatte endlich ihr Geld in ein eigenes Zuhause investiert. Es fühlte sich gut an, nicht mehr in einem Hotelzimmer zu wohnen, so luxuriös die Räumlichkeiten auch stets gewesen waren. Zudem hatte ihre ständig wachsende Tierschar hier viel mehr Auslauf und konnte besser gehalten werden. Gerade stromerte Albert durch den Garten, wie immer auf der Suche nach etwas Essbarem. Wie sehr sie ihn und die anderen Tiere während ihrer Europatour vermisst hatte!

Josephine führte Bricky in den großzügigen Salon, in dem eine Hausangestellte bereits Kaffee und kleine Törtchen angerichtet hatte.

»Setz dich, meine Liebe.«

Doch Bricktop blieb erst einmal stehen, um sich staunend umzusehen. Der Raum war im Stil von Ludwig XIV. gestaltet, wie ihr versichert wurde. Überall hatte Josephine mannshohe Ölmalereien an den Wänden angeordnet und den Salon mit goldgefassten Spiegeln, mit grünem Samt bezogenen Sitzmöbeln und teuren Teppichen einrichten lassen. Sie hatte in ihren jungen Jahren bereits viel von der Welt gesehen, aber der opulente Stil der französischen Könige hatte es ihr am meisten angetan.

»Das Haus ist unglaublich, Josie.« Bricktop setzte sich so vorsichtig auf eines der Sofas, das auf zierlichen Füßen vor einem Kamin stand, als hätte sie Angst, etwas kaputt zu machen, und nahm sich eines der Törtchen. »Man könnte wirklich meinen, hier wohnt eine Königin. Und du siehst auch aus wie eine.«

Josephine sah zufrieden an ihrem pflaumenblauen Kostüm herunter. »Es ist mir sehr wichtig, mich angemessen zu kleiden. Schließlich will ich eine ernst zu nehmende Künstlerin sein und nicht mehr das junge Ding, das halb nackt und Grimassen schneidend über die Bühne turnt. Das ist passé.«

»Du wirkst so überzeugend und selbstsicher, als ob du bereits mit einem goldenen Löffel im Mund aufgewachsen wärst«, murmelte Bricktop mehr zu sich selbst.

»Das bin ich eben nicht«, erwiderte Josephine mit Nachdruck, und ein ernster Ausdruck stahl sich in ihr Gesicht. »Deshalb kann ich den Luxus, in dem ich heute lebe, umso mehr schätzen.«

»Das glaube ich dir gerne. Ich bin so froh, dass du wieder da bist, Josie. Was sage ich, ganz Paris ist überglücklich, dass du wieder da bist! Ich habe gehört, deine Vorstellungen sind für die nächsten Wochen restlos ausverkauft, und das *Chez Joséphine* läuft, als gäbe es dort den Champagner umsonst.«

Josephine nickte. »Ja. Man kann Pepito vieles vorwerfen, aber seine Idee vor zwei Jahren, die Stadt eine Weile hinter uns zu lassen, sodass der Skandal in Vergessenheit geraten konnte, hat sich als hervorragend erwiesen.«

»Und jetzt erzähl mal, Josie. Deine Tourneen – wie sind sie verlaufen, was hast du alles erlebt?« Bricktop konnte ihre Neugier kaum noch zügeln.

»Nun ja, wie du weißt, liebe Bricky, haben wir zuerst eine ausgedehnte Europatour unternommen – Wien, Amsterdam, Moskau und viele weitere Orte. Überall wurde ich empfangen wie eine Königin, die Musikhäuser waren überfüllt von Menschen, die mir zujubelten, doch in jeder Stadt stieß ich auch auf heftige Proteste. Leute demonstrierten gegen meine freizügigen Auftritte und verdammten meine angeblich mangelnde Moral.«

Bricktop hing an ihren Lippen. »Das tut mir leid zu hören. Und wie war es diesen Sommer? In Südamerika?«

Während sie in ein Sahnetörtchen biss, wanderten Josephines Gedanken zurück zu den vergangenen Sommermonaten. Allein die Schiffsreise nach Buenos Aires war sehr viel angenehmer verlaufen als jene, mit der sie vor vier Jahren von New York nach Paris gekommen war. Selbstverständlich waren sie und Pepito erster Klasse gereist.

»Ich bin mit falschen Erwartungen in Argentinien angekommen«, gestand sie nachdenklich. »Ich war bisher immer der Meinung gewesen, dass Schwarze vor allem in den USA diskriminiert werden, doch ich musste erkennen, dass es in Südamerika nicht anders ist. Auch dort gab es jahrhundertelange Sklaverei. Egal, wo ich aufgetreten bin, ob in Argentinien, Chile oder Brasilien, wurde ich zwar einerseits gefeiert, andererseits erwarteten mich überall Menschenaufläufe, die mich beschimpften. Manchmal schrien Zuschauer Beleidigungen auf die Bühne oder warfen mit Tomaten nach mir.«

Bricktop sog scharf die Luft ein. »Mein Gott, Josie, das ist ja absolut schrecklich.«

»In Buenos Aires schleuderte jemand sogar Feuerwerkskörper in meine Richtung. Als sie eine Elle vor mir explodierten, dachte ich, mir würde das Herz stillstehen.« Dass der laute Knall sie an den Überfall in St. Louis erinnert hatte, der sie noch manchmal in ihren Albträumen verfolgte, verschwieg sie.

»Und wie hast du reagiert? Hoffentlich hast du die Bühne schnurstracks verlassen?« Bricktop presste sich eine Hand an die Brust, so sehr schockierte sie die Erzählung.

Josephine schüttelte mit einem grimmigen Lächeln den Kopf. »Natürlich nicht, Bricky. Was denkst du denn? Meinst du, ich hätte klein beigegeben? Nie im Leben. Ich habe meine Show durchgezogen bis zur letzten Sekunde.«

»Meine Güte, Josie, dich schreckt gar nichts ab, oder? Eigentlich solltest du nicht singen und tanzen, sondern dich als Aktivistin für die Bürgerrechte einsetzen.«

»Vielleicht mache ich das ja eines Tages«, schmunzelte Josephine. »Aber da muss sich noch einiges ändern in der

Gesellschaft. Wo gibt es weibliche Stimmen in der Politik? Weder hier in Europa noch in den USA, und von *schwarzen* weiblichen Stimmen ganz zu schweigen.«

»Da hast du wohl recht.«

»Auf jeden Fall muss sich etwas ändern – warum sollen dunkelhäutige Menschen schlechter angesehen sein als weiße? Wieso wird uns, zumindest in den USA, der Zutritt zu Cafés und Restaurants und zu den meisten Berufen verwehrt? Sind wir nicht alle gleich, gehören wir nicht alle zur gleichen Familie – dem Menschengeschlecht?« Josephine heftete ihre funkelnden braunen Augen auf Bricktop, woraufhin diese heftig nickte.

»Mich brauchst du nicht zu überzeugen, meine Liebe. Mein *Chez Bricktop* läuft zwar tadellos, und ich habe durchaus ein gutes Einkommen – aber nur, weil sich die Bar in Paris befindet. Du kannst mir glauben, dass ich in Amerika auch sehr oft verschmäht oder verachtet wurde. Undenkbar, dass ich in West Virginia, wo ich geboren wurde, einen Klub hätte eröffnen können, in dem sich die Crème de la Crème der Kunstszene die Klinke in die Hand gibt.«

Ihr Gespräch wurde von Pepito unterbrochen, der mit Geschäftspapieren beladen hereinkam und einen tadelnden Blick auf Josephine warf, die sich genüsslich die Sahne von den Fingern leckte.

»Was ist?«, fragte Josephine gespielt unbefangen, doch Pepito schwieg gereizt. Vor Bricktop würde er Josephine nicht wegen ihrer Manieren tadeln.

Josephine ignorierte ihren Mann und stand auf. »Komm, Bricky, ich zeige dir das Haus und den Park, hast du Lust?«

»Aber immer doch.« Sie ließen Pepito zurück und schlenderten durch die Zimmer – dreißig an der Zahl –, die alle sehr opulent eingerichtet waren, manche im Stil des Sonnenkönigs, manche mit Artefakten der amerikanischen Ureinwohner geschmückt, in anderen wiederum standen Ritterrüstungen wie in einer Burg.

»Ist dein Verhältnis zu Monsieur le Comte etwas angespannt, oder kommt mir das nur so vor?«, zog Bricktop sie auf.

Josephine stöhnte leise. »Ganz ehrlich, Bricky, Pepito geht mir auf die Nerven. Jede Woche fährt er hier mit allen möglichen Lehrmeistern auf, die meine Sprache geschliffener machen oder mein Benehmen verbessern sollen. Glaub mir, ich weiß inzwischen, wie sich eine Dame benimmt, allerdings darf ich mir doch, wenn ich ohne Publikum zu Hause bin, noch die Sahne von den Fingern schlecken, oder?«

Bricktop kicherte. »Ich finde es lustig, dass Pepito so vornehm tut, wo er doch selbst nur ein einfacher Maurer ist.«

Josephine stimmte ihr im Stillen zu und führte ihre Freundin hinaus in den opulenten Garten.

Die Pflanzen waren karg und frosterstarrt, doch in den Gehegen, die für die Tiere angelegt waren, herrschte lebhaftes Treiben. Josephines neueste Errungenschaft waren Schildkröten, und auch ihr Affe Binky hatte Spielgefährten bekommen, die sich in einem großräumigen Kletterhaus von Seil zu Seil schwangen, als handelte es sich um Lianen im Urwald. Sogar ein Gepard schlich durch ein weitläufig angelegtes Gehege. Josephine entfernte liebevoll ein paar Tannennadeln, die sich zwischen Alberts Ohren verfangen hatten; anscheinend war er wieder durchs Unterholz gestrichen.

»Aber es war doch auch dein Ziel, als Künstlerin und Frau ernst genommen zu werden«, griff Bricktop das Gespräch wieder auf. »Da ist es doch auch in deinem Interesse, wie eine formvollendete Dame zu wirken. Du kannst es Pepito nicht zum Vorwurf machen, wenn er dir Benimmunterricht erteilen lässt.«

Josephine winkte ungeduldig ab. »Natürlich. Mich stört auch vielmehr seine zunehmende Schulmeisterei. Vielleicht verbringe ich einfach zu viel Zeit mit ihm. Wenn man fast jede Minute zusammen ist, ödet man sich zwangsläufig irgendwann an, oder? Und dann seine Eifersucht!« Sie verzog entnervt das Gesicht. »In São Paulo lernte ich einen erfolgreichen Architekten namens Le Corbusier kennen, einen sehr attraktiven und charmanten Mann. Wir haben uns ein bisschen amüsiert, und er hat mich nackt gezeichnet ... Pepito ist fast an die Decke gegangen.«

»Na ja, sei ehrlich, ihr hattet bestimmt euren Spaß miteinander, oder?« Um Bricktops Lippen zuckte ein Lächeln.

»Natürlich. Charles-Édouard ist ein unterhaltsamer Mensch. Und ich bin sehr freiheitsliebend, ich mag es nicht, wenn mich jemand einengt. Pepito nimmt mir die Luft zum Atmen.« Die Tage an Bord des Schiffes waren ihr trotz des Luxus, der dort herrschte, in unguter Erinnerung geblieben. Sie hätte sich dort so gerne mit neuen Bekanntschaften wie Charles-Édouard Le Corbusier amüsiert und die Nächte durchgetanzt, doch Pepito hatte ihr mit seinem missmutigen und eifersüchtigen Benehmen einen Strich durch die Rechnung gemacht.

Inzwischen waren sie an einem Goldfischteich angekommen, der in ein Marmorbecken eingelassen war. Bricktop war hingerissen von der Idylle des Anwesens. »Es ist alles so wunderschön, Josie. Du hast dir hier ein wahres Paradies geschaffen. Um noch einmal auf Pepito zurückzukommen: Eure Beziehung ist reichlich kompliziert. Er scheint ein sehr schwieriger Mensch zu sein.«

»Ich weiß nicht.« Josephine ermüdete das Thema »Pepito« wie so oft – was sollte es bringen, die Eigenarten ihres Lebensgefährten zu ergründen? Das machte das Zusammenleben auch nicht einfacher. Rasch kam sie auf etwas anderes zu sprechen. »Dahinten liegen meine Felder. Im Moment ist Winter, aber ich möchte dort Kartoffeln, Zwiebeln und Salat anbauen.«

Bricktop musterte sie einen Moment ungläubig, dann lachte sie laut. »Du und Gemüse anbauen! Tut mir leid, dass mich das erheitert, Liebes, aber ich kann mir dich überhaupt nicht als Bäuerin im Kittelkleid vorstellen, die in Gummistiefeln auf dem Feld steht.«

Josephine runzelte die Stirn. »Warum nicht? Man kann doch im Leben mehrere Dinge anpacken. Es schlagen zwei Seelen in meiner Brust. Ja, ich gehöre auf die Bühne, und ich liebe es, ein Star der Nacht zu sein, aber ich kann doch in meiner übrigen Zeit ein häusliches, ländliches Leben führen, oder nicht? Komm, ich zeige dir noch mein Gewächshaus. Ich habe gerade begonnen, Orchideen zu züchten.«

Bricktop schaute Josephine mit neu erwachtem Respekt von der Seite an. »Du bist wirklich immer für eine Überraschung gut, Josie.«

10

März 1936

Lediglich im Salon brannte noch Licht, in den übrigen Räumen von Le Beau Chêne herrschte tiefste Finsternis. Es war bereits drei Uhr in der Frühe, und die Dienstboten waren vor Stunden schlafen gegangen. Josephine ließ ihren kostbaren Nerz von den Schultern gleiten und fing Binky auf, der ihr im Dunkeln in die Arme hüpfte und sich an sie schmiegte.

»Mein süßer Schatz«, flüsterte sie in sein duftendes Fell. »Es ist wieder sehr spät geworden, ich weiß. Ich gehe gleich zu Bett, und dann darfst du zu mir unter die Decke schlüpfen.«

Nach ihrer Rückkehr aus Südamerika hatte Josephine die Varietétheater wie die *Folies Bergère* endgültig hinter sich gelassen, um in gediegeneren Häusern wie dem *Casino de Paris* aufzutreten. Das dortige Publikum verlangte weniger nach Nacktheit und spektakulären Tänzen als nach kultivierten Gesangsdarbietungen. Josephines einstiges Image als wilde, hemmungslose Tänzerin war inzwischen völlig verblasst. Sie hatte es geschafft, sich als gefeierte Sängerin im eleganten

Abendkleid neu zu erfinden. In jeder Vorstellung sang sie ihren größten Hit »J'ai deux amours«, mit dem sie vor sechs Jahren erstmals Furore gemacht hatte. Das Lied war eine Hommage an ihre beiden Heimatorte: St. Louis und Paris. Zugegeben, ihr Französisch war mittlerweile perfekt und weitaus geschliffener als ihre eigentliche Muttersprache. Mit St. Louis verband sie außer der Tatsache, dass ihre Familie dort lebte, fast nichts mehr.

Josephine schickte den Affen schon mal die geschwungene Treppe hinauf – er wusste genau, wo ihr Schlafzimmer war – und ließ den Abend noch einmal Revue passieren, um den Moment, in dem sie Pepito gegenübertreten musste, hinauszuzögern. Sie liebte es, im *Casino de Paris* aufzutreten, wo so illustre Gäste wie die Könige von Schweden, Dänemark und Siam im Publikum saßen und ihr Blumensträuße und Einladungen zu Banketten in die Garderobe schickten.

Josephine atmete tief durch und öffnete die Tür zum Salon. Rauchschwaden waberten ihr entgegen. Pepito saß, an einer Zigarre ziehend, über einen Wust aus Unterlagen gebeugt. Er hatte es sich in den letzten Jahren mehr und mehr zum Lebenszweck gemacht, Josephines Karriere zu fördern und wie ein Spürhund nach neuen rentablen Projekten zu suchen. Das Thema »Heirat« hatten sie seit dem damaligen Skandal tunlichst vermieden – Josephine hatte mittlerweile auch kein Interesse mehr daran.

»Reichlich spät, meine Liebe«, grummelte er mit der Zigarre zwischen den Zähnen und streifte sie mit einem tadelnden Blick. »Hast du dir schon wieder ein neues Abendkleid gekauft?«

Josephine zupfte verdrossen an den Fransen ihres todschicken nachtblauen Kleides. Es machte sie wütend, von Pepito kontrolliert zu werden und sich vor ihm rechtfertigen zu müssen. Schließlich war sie diejenige, die ein Vermögen nach Hause brachte, nicht er.

»Was dagegen?«, fragte sie.

Pepito wandte sich ab und beugte sich wieder über seine Papiere. »Eigentlich schon. Du wirfst das Geld mit beiden Händen zum Fenster heraus. Dieses Anwesen verschlingt Unsummen. Ich hoffe, deine Verschwendungssucht wird dir eines Tages nicht zum Verhängnis.«

»Meine Erfolge, mein Geld, meine Entscheidungen«, antwortete sie nur spitz und warf sich auf eine samtbezogene Chaiselongue.

»Mit wem warst du heute aus?«

Josephine zwang sich, ruhig zu bleiben. Aus Pepitos Worten klang deutlich seine Eifersucht heraus. Es ärgerte sie, jeden Abend vor ihm Rechenschaft ablegen zu müssen. Früher hatten sie gemeinsam die Nächte durchgefeiert und durchgezecht, aber diese Zeiten waren vorbei. Er zog es vor, am Schreibtisch über Verträgen zu brüten. Warum gönnte er ihr die Abwechslung nicht einfach? Er wusste doch, dass sie kein Stubenhocker war, der die Abende nach ihren Auftritten auf dem Sofa zubrachte.

»Der Maharadscha von Kapurthala saß heute Abend im Publikum und bat darum, nach der Vorstellung etwas vom Pariser Nachtleben gezeigt zu bekommen«, berichtete sie widerwillig. »Ich habe ihn ins *Chez Joséphine* mitgenommen, wo wir zusammen gegessen haben. Anschließend ist noch meine liebe Freundin Miki dazugekommen, und wir haben alle ein bisschen getanzt.«

»Soso.« Pepito klang verstimmt. »Und unsereins sitzt den ganzen Abend hier und sucht nach Möglichkeiten, deine Karriere voranzutreiben. Aber nun gut. Undank ist der Welt Lohn. Vielleicht könnten wir dir mal wieder eine Filmrolle beschaffen. Deine letzten beiden, *Zouzou* und *Princesse Tam-Tam*, brachten dir ja großen Erfolg und viel Geld ein.«

»Gerne.« Josephine verbarg ein Gähnen, eigentlich war sie todmüde. Doch obwohl ihr Lebensgefährte sie zu bevormunden versuchte, interessierten sie seine Vorschläge bezüglich ihrer Arbeit doch sehr. Sie wollte jede – wirklich jede – Chance wahrnehmen, ihren Ruhm auszubauen und ihr Einkommen zu vergrößern. Sie hing mit jeder Faser ihres Herzens an ihrem Luxusleben, und wahrscheinlich hatte Pepito recht, dass sie manchmal über ihre Verhältnisse lebte. »Ich bin offen für alles. Schau dich mal nach Filmproduzenten um.«

Pepito machte sich noch eine Notiz. »Mach ich. Und ich habe noch eine andere Idee.«

»Was?« Sie wollte nur noch in ihr Bett, das Binky sicherlich schon vorgewärmt hatte.

»Amerika«, sagte Pepito mit ausdruckslosem Gesicht. Dann zuckte er zusammen und hielt sich den Bauch, als habe er plötzlich Schmerzen.

»Was ist los? Geht es dir nicht gut?«

Pepito presste die Hand gegen den Magen und schüttelte gequält den Kopf. Bald wich der verstörte Ausdruck aus seinem Gesicht, und er fuhr fort, als sei nichts gewesen: »Du bist in den letzten Jahren durch Europa und Südamerika gereist. Die USA fehlen noch auf unserer Liste. Überall hast du es geschafft, überall wirst du gefeiert, nur nicht in deinem eigenen Heimatland. Sollten wir das nicht ändern?«

Josephine zögerte. Ein Gewitter an Gedanken explodierte in ihrem Kopf. Angst, es in Amerika nicht zu schaffen. Zu scheitern, weil die Leute keine Schwarze auf der Bühne sehen wollten. Der ehrgeizige Wunsch, ihrer ursprünglichen Heimat zu zeigen, was aus ihr geworden war. Dem kleinen schwarzen Mädchen aus Boxcar Town, das in Frankreich jeden Abend die Hallen füllte und mit Königen verkehrte. Und nicht zuletzt brennendes Heimweh, nach so langer Zeit das Land wiederzusehen, in dem sie aufgewachsen war.

Sie setzte sich aufrecht auf die Chaiselongue, ihre Müdigkeit war wie weggeblasen. »Du hast absolut recht, Pepito. Wir sollten nach Amerika reisen.«

Pepito besorgte Josephine mit bewundernswerter Schnelligkeit ein Engagement für die berühmten *Ziegfeld Follies* in New York. Diese Revue war den Pariser *Folies Bergère* nachempfunden, und Josephine würde die erste schwarze Frau sein, die dort auftreten durfte. Kurze Zeit später checkten sie an Bord des Luxusschiffes »Normandie« ein.

Als Josephine am ersten Tag auf See den eleganten Salon des Atlantikliners aufsuchte, traf sie dort unerwartet auf eine alte Bekannte: die Schriftstellerin Colette. Ihre Haare standen wie immer in tausend wirren Löckchen ab wie bei einer Pusteblume, sie trug ein extravagantes Kleid und Unmengen von Armbändern um die Handgelenke.

»Oh wie schön, du fährst auch nach New York?« Nach der überschwänglichen Begrüßung sank Colette in ihren Ohrensessel und bestellte Champagner für sie. Binky, der mit von der Partie war, saß auf Josephines Schoß und versuchte, nach dem Glas zu greifen, das sie vorsorglich zur Seite schob.

Stolz erzählte sie von ihren geplanten Auftritten bei den *Ziegfeld Follies*.

»Ein herrliches Leben führst du, mein Kind. Ich wünsche dir viel Glück, die Amerikaner sind ja sehr zurückgeblieben, was ihre Haltung gegenüber dunkelhäutigen Menschen betrifft. Aber du wirst sie um den Finger wickeln.«

Josephine war sich da nicht so sicher. Trotz ihrer Vorfreude war sie reichlich aufgeregt und unsicher, wie sie wohl empfangen werden würde. Auf jeden Fall fieberte sie dem Abstecher zu ihrer Familie in St. Louis entgegen, den sie fest in ihren Zeitplan eingerechnet hatte.

»Ist Monsieur le Comte auch an Bord?«, stichelte Colette. Josephine unterdrückte ein Schmunzeln; natürlich hatte die Schriftstellerin den damaligen Skandal um Pepitos Hochstapelei mitbekommen und konnte es mit ihrer spitzen Zunge nicht lassen, darauf anzuspielen.

»Ja natürlich. Er hat sich in der Kabine hingelegt, es geht ihm nicht so gut. Das kommt in letzter Zeit öfter vor.«

»Was hat er denn, der Gute?«, fragte Colette und hielt dem Ober ihre Sektschale zum Nachfüllen hin.

Josephine zuckte mit den Schultern. »Ich weiß es wirklich nicht. Obwohl ich zugeben muss, ganz froh zu sein, mal fünf Minuten für mich zu haben.«

»Ist die große Liebe inzwischen erkaltet?«, fragte Colette süffisant und brachte ihre Handtasche in Sicherheit, für die Binky sich ein wenig zu sehr interessierte.

»Das kann ich dir gar nicht so genau sagen. Wir haben uns auseinandergelebt. Er managt mich und kümmert sich um alles, und ich hätte gerne ein Kind von ihm«, Josephine strich sich über ihren flachen Bauch, »doch dies ist bis jetzt noch nicht passiert. Und neuerdings ist ihm dauernd schlecht. Ich frage mich, ob das bloß eine Ausrede ist, damit er seine Ruhe haben kann.«

Frustriert nippte Josephine an ihrem Champagner. Colette legte ihr vertraulich ihre Hand auf den Oberschenkel, sodass ihre goldenen Armbänder leise klimperten. »Keine Sorge, meine Liebe, wenn du dich einsam fühlst, besuche mich gerne in meiner Kabine. Wir beide werden schon etwas Zerstreuung finden. Spaß kannst du auch ohne den guten alten Grafen haben«, zwinkerte sie.

Mit Colette als Gesellschaft und Binky, der an Bord für so manchen Lacher unter den Passagieren sorgte, war die Überfahrt schnell vorbei. Als sie in New York ankamen, war Pepito wieder so weit von seiner Übelkeit genesen, dass er einige Schiffsjungen anweisen konnte, die zahlreichen Kisten und Louis-Vuitton-Schrankkoffer mit Josephines Bühnenoutfits an Land zu bringen. Trotzdem war seine Gesichtsfarbe noch ungesund grün.

Josephine bemühte sich, hocherhobenen Hauptes über die Gangway an Land zu schreiten, doch innerlich war sie aufgewühlt. Der Lärm, die Menschenmassen am Hafen, das amerikanische Stimmengewirr – alles hier war viel größer und Respekt einflößender als in Paris. Von der langen Schiffsreise schien ihr Gleichgewichtssinn etwas durcheinandergebracht, und ihr war, als schwanke der Boden unter ihren Füßen. Die Luft roch salzig und nach Abgasen, am Himmel ballten sich dicke rußschwarze Wolken zusammen, als gäbe es gleich einen Frühlingsschauer. Auch Binky schien verunsichert über die neue Umgebung und klammerte sich an ihren Hals.

Kaum hatte sie einen Fuß an Land gesetzt, bestürmten sie Reporter und schossen Fotos von ihr und dem Affen, mit Colette und Pepito im Hintergrund. Fragen prasselten auf sie ein wie Hagelkörner.

»Wie fühlen Sie sich, nach so langer Zeit wieder amerikanischen Boden zu betreten?«

»Sind Sie glücklich, wieder in Ihre alte Heimat zurückzukehren?«

»Glauben Sie, als erste Schwarze mit den *Ziegfeld Follies* Erfolg zu haben?«

»Warum haben Sie Amerika so lange den Rücken gekehrt?«

Josephine fühlte sich regelrecht erschlagen. Sie spürte, wie Colette ihr ermutigend die Hand auf den Rücken legte, setzte ein strahlendes Lächeln auf und sagte gespielt inbrünstig: »Es ist wundervoll heimzukehren.«

Doch tief in ihrem Inneren fühlte sie sich noch immer wie das kleine schwarze Mädchen, dessen Zuhause vom wütenden Mob in Flammen gesteckt worden war. Auf dem

Schiff hatte sie Zeitungen zwischen die Finger bekommen, die über ihre bevorstehenden Auftritte berichteten.

»Was möchte Miss Baker in den USA?«, war in einem Artikel zu lesen. »Sie betont in jedem Interview, dass Frankreich ihre wahre Heimat ist und sie keine Absichten hegt, irgendwann einmal zurückzukehren.« In einem anderen Blatt stand: »Die Franzosen mögen Miss Bakers höchst frivole Auftritte amüsieren, wir Amerikaner ziehen ernsthaftere Unterhaltung vor.« Josephine versuchte, ihre Unsicherheit abzustreifen. Colette hatte ihr geraten, jegliche unbegründete Kritik an sich abperlen zu lassen.

Die ersten Tropfen fielen, als sie ein bekanntes Gesicht in der Masse erspähte. Es war Miki Sawada, ihre japanische Freundin, deren Mann jahrelang in Paris als Konsul tätig gewesen war. Vor Kurzem war er von der japanischen Regierung nach New York geschickt worden.

»Miki! Ist das schön, ein bekanntes Gesicht zu sehen!« Josephine umarmte die Freundin mit den blassen Zügen und den kunstvoll aufgesteckten Haaren, die glänzten wie dunkles Kirschholz. Heute hatte ihre Freundin, die einen schützenden Regenschirm über sie hielt, auf ihren geliebten Kimono verzichtet und sich in westlichem Stil gekleidet.

»Und dich erst! Und du hast dir Gesellschaft mitgebracht.« Miki bestaunte Binky, der versuchte, den Schirm in die Hände zu bekommen. Sie hatte ein Taxi organisiert, das zuerst Colette an ihrer Unterkunft absetzte, dann Pepito und Josephine zu ihrem Hotel, dem *St. Moritz*, brachte, in dem sie von Paris aus telegrafisch Zimmer reserviert hatten. Das Hotel lag am Central Park, es war erst vor wenigen Jahren erbaut worden. Mit seiner schwarz-gelben Markise, die sich vor den Fenstern des zugehörigen *Café de la Paix* über den Bürgersteig wölbte, wirkte es auf Josephine trotz des französischen Namens durch und durch amerikanisch.

In der Lobby meldete Pepito sie an, woraufhin dem Concierge die Züge entgleisten. Mit einer Mischung aus Abneigung und Verwirrung musterte er Josephine, wandte sich jedoch rasch von ihr ab.

»Nun, ich fürchte, es gibt ein kleines Problem.«

»Welches?«, fragte Pepito müde, während es aus Josephine ungeduldig herausplatzte: »Sind die Zimmer etwa noch nicht fertig? Ich bin sehr erschöpft von der langen Reise.«

Der Concierge presste die Lippen zusammen und sprach zu Pepito, als sei Josephine nicht anwesend. »Sir, das *St. Moritz* ist ein erstklassiges Hotel. Wir müssen auf unseren Ruf achten. Als Sie per Telegramm eine Suite buchten, war mir nicht klar, dass ...«

»Dass ich schwarz bin?«, entfuhr es Josephine ungläubig, während es Pepito offensichtlich die Sprache verschlagen hatte.

»So ist es.« Der Concierge nickte, wobei er noch immer Pepito und Miki ansah, Josephine jedoch ignorierte. »Wir nehmen keine Schwarzen in unserem Hause auf. Das müssen Sie verstehen. Wir haben viele sehr konservative Gäste, die einfach schockiert wären, eine farbige Person hier zu sehen, geschweige denn, unter demselben Dach wohnen zu müssen.«

Josephine starrte den Concierge fassungslos an. Sie

fühlte sich, als hätte man ihr ins Gesicht geschlagen. Doch war es ihr in den USA jemals anders ergangen? Hatte sie etwas anderes erwartet? Nichts hatte sich hier geändert. Bloß war sie nicht mehr das unbedarfte junge Ding von einst, das widerspruchslos alles hinnahm.

Sie straffte sich, um möglichst groß und aufrecht zu wirken. »Wissen Sie, wen Sie vor sich haben, Mister?«

Der Hotelangestellte zuckte die Achseln.

»In Frankreich bin ich eine gefeierte Sängerin, einer der größten Stars! Keine Frau wird in Frankreich so gut bezahlt wie ich! Ich bin Josephine Baker, einstmals *Schwarze Venus* genannt!«, zischte sie, vor Empörung bebend.

»Das mag sein«, räumte der Concierge ein. »Aber wir sind hier in Amerika. Hier gelten andere Gesetze. Ich muss Sie bitten, das Hotel zu verlassen. Ihr Begleiter darf selbstverständlich bleiben.«

Pepito trat unwohl von einem Fuß auf den anderen. »Nun, also, ich ...«

»Nun mach schon deinen Mund auf, und sag etwas Sinnvolles«, herrschte Josephine ihn an.

»Wenn es nun mal nicht geht, Josie!« Pepito gab ein so erbärmliches Bild ab, dass sie sich angewidert von ihm abwandte.

Da mischte sich Miki in die Unterhaltung ein. »Es wäre mir eine Ehre, dich bei mir zu Hause als Gast begrüßen zu dürfen«, sagte sie schüchtern.

Josephine spürte, wie ihre Hände zitterten. »Es wird mir wohl nichts anderes übrig bleiben. Vielen Dank, Miki, für deine Großzügigkeit. Ich möchte mich wirklich nicht aufdrängen, aber ich befürchte, ein anderes Hotel, das einigermaßen akzeptabel für mich wäre, würde mich auch nicht aufnehmen.«

Miki neigte lächelnd den Kopf. »Keine Sorge, ich freue mich über deine Gesellschaft.«

»Wenn Sie nun bitte ...«, begann der Concierge und deutete mit dem Kinn auf einige wartende Gäste im Hintergrund. Beleibte, gut gekleidete Weiße, die Josephine mit verächtlichem Gesichtsausdruck musterten.

»Keine Angst, ich belästige die gute Gesellschaft nicht weiter mit meiner Anwesenheit«, stieß Josephine erbittert hervor und musterte den Concierge hoheitsvoll.

»Und du, mein Lieber ...« Sie warf Pepito einen derart wütenden Blick zu, dass er noch blasser wurde, als er bereits war. »Ich wünsche dir einen guten Aufenthalt im St. Moritz. Eine Bitte: Halt dich in der nächsten Zeit von mir fern. Ich kann deine Visage nicht mehr ertragen.«

Sie zitterte noch immer vor Wut. Wie konnte Pepito es wagen, nicht zu ihr zu stehen? Wie konnte er sie öffentlich auflaufen lassen, statt sie zu unterstützen? Seit wann war er ein so jämmerlicher Feigling? Sie drehte sich auf dem Absatz herum, Miki im Schlepptau, und rauschte in Richtung Ausgang, wo sie sich ein letztes Mal umdrehte. »Und sorg dafür, dass meine Koffer zu Mikis Wohnung gebracht werden, und zwar zügig.«

Verbissen gab sich Josephine den Proben hin. Anders als in Paris, wo sie gerne lang ausschlief und dann ausgiebig frühstückte, stand sie im Morgengrauen auf, fuhr mit der Untergrundbahn ins *Winter Garden Theatre* und probte eisern ihre Gesangsschritte und die Bewegungen, die sie auf der Bühne ausführen würde. Sie wollte es einfach auch in den USA schaffen, wollte auch hier, in ihrer einstigen Heimat, zeigen, was sie konnte, und die Zuschauer begeistern. Die Vorstellung, hier nur Mittelmaß zu sein und mit entmutigenden Kritiken wieder nach Frankreich zurückzukehren, beängstigte sie.

Bevor die Tournee begann, reiste Josephine für einige Tage nach Missouri, um ihre Familie wiederzusehen. Ihre Mutter brach vor Wiedersehensfreude weinend zusammen; auch ihre Schwester Margaret und ihr Bruder Richard betrachteten sie immer wieder ungläubig. Ihre Familie konnte nicht recht fassen, was aus ihr geworden war. Es war eine Sache, in Briefen von ihrem Erfolg zu lesen, eine andere, Josephine in ihrem edlen, maßgeschneiderten Kostüm vor sich zu sehen.

»Elf Jahre ist es her«, stieß Carrie hervor und schnäuzte sich. »Ich erkenne dich kaum wieder, Tumpy – du bist eine Dame geworden.«

»Verdienst du mit deinen Tänzen so viel, dass du dir solch teure Kleider leisten kannst?«, fragte Margaret stirnrunzelnd. Sie selbst trug ein einfaches Kleid aus verschlissener Baumwolle und hielt sich als Küchenhilfe über Wasser, während Richard mit Gelegenheitsarbeiten sein Geld verdiente.

»Aber ja.« Geduldig beantwortete Josephine alle Fragen, mit denen ihre Familie sie bestürmte. Es wunderte sie nicht, dass sie sich nicht vorstellen konnten, wie sie in Paris lebte.

In ihren Augen war sie sicherlich noch immer ein einfaches Revuemädchen aus der letzten Reihe, obwohl sie ihnen mehrfach in ihren Briefen geschildert hatte, dass sie inzwischen als Solokünstlerin auf der Bühne stand und sehr erfolgreich war. Sie schaute sich verstohlen in dem ärmlichen Haus um. Durch die Tür sah sie in ein Schlafzimmer, in dem die Betten wackelig und die Gardinen verschlissen schienen. In der Ecke stand ein Nachttopf, der zu Josephines Entsetzen offensichtlich noch in Gebrauch war, da jegliche sanitären Anlagen fehlten. Sie war froh, Binky bei Miki gelassen zu haben, denn es wäre ihr ein Gräuel gewesen, wenn der Affe den Topf ungeniert in Augenschein genommen hätte. »Ich verdiene so gut, dass ich mir ein großes Anwesen und Bedienstete leisten kann.«

»Bedienstete …« Carrie schüttelte den Kopf. Sie fragte nicht weiter nach, und Josephine vermutete, dass der Begriff ihr Vorstellungsvermögen so weit überstieg, dass sie sich nicht weiter damit auseinandersetzte.

Auch ihr Bruder Richard starrte sie nur an, als könne er mit ihren Worten nichts anfangen. Er erinnerte sie so sehr an ihren Stiefvater Arthur, dass sich die Trauer wie ein Kloß in ihrer Kehle festsetzte. Natürlich hatte ihr Carrie damals, als Arthur gestorben war, sofort geschrieben. Auch vom Tod ihrer kleinen Schwester Willie Mae hatte sie sie sogleich unterrichtet. Trotzdem traf es sie wie Messerstiche, wie sehr die beiden geliebten Menschen in dieser Runde fehlten. Sie versuchte, rasch an etwas anderes zu denken, denn der Gedanke an den Tod ihrer kleinen Schwester trieb ihr bittere Tränen in die Augen: Sie war an den Folgen einer schiefgelaufenen Abtreibung in einem schmutzigen Hinterhof gestorben. Josephine biss fest die Zähne zusammen, um Herr ihrer Emotionen zu werden.

»Ma«, wandte sie sich an Carrie. »Das Geld, das ich euch jeden Monat schicke ... Das kommt doch bei euch an, oder?«

»Natürlich«, erwiderte ihre Mutter verwundert. »Wieso fragst du?«

»Nun, weil ...« Nochmals ließ Josephine ihren Blick über die ärmliche Einrichtung schweifen. »Ich hatte eigentlich gehofft, ihr würdet das Geld in schöne Möbel, in Annehmlichkeiten wie ein Wasserklosett oder in Renovierungen investieren.«

Richard feixte. »Da kennst du unsere Mutter schlecht. Sie versteckt das Geld in ihrem Sparstrumpf.«

»Genau!«, begehrte Carrie auf. »Für schlechte Zeiten.«

»Sind die Zeiten nicht schlecht genug für euch?«, seufzte Josephine.

Kurz entschlossen schaute sie sich nach zum Verkauf stehenden Häusern um und schleppte ihre Angehörigen wenige Tage später zur Besichtigung des vielversprechendsten Hauses mit. Es lag in einem Schwarzenviertel, das jedoch um einiges ansehnlicher und gepflegter war als Boxcar Town oder die Gegend, in der die Familie zurzeit lebte. Carrie war hellauf begeistert, denn das Haus war geräumig, in neuwertigem Zustand und modern ausgestattet, sie wollte aber nichts davon hören, es von ihrer Tochter gekauft zu bekommen.

»Stell dich nicht so an, Mutter«, fertigte Josephine sie ungeduldig ab. Sie hatte keinerlei Verständnis dafür, dass man sich zieren konnte, ein solches Geschenk anzunehmen. »In diese feuchte Bruchbude kehrt ihr mir auf keinen Fall zurück.«

Als Josephine dann noch dem Verkäufer den Preis von zwanzigtausend Dollar in bar auf den Tisch blätterte, standen ihrer Familie die Münder offen.

»Tumpy«, stieß Carrie bebend hervor, »woher ... woher hast du so viel Geld? Hoffentlich ist das kein Falschgeld?«

Josephine seufzte nur. Erneut wurde ihr klar, dass ihre Familie nicht den leisesten Schimmer davon hatte, wie berühmt sie in Europa war und wie viel Geld sie verdiente. Es lag einfach außerhalb ihres Horizonts, dass man nicht von der Hand in den Mund lebte.

»Josephine!« Ein über das ganze Gesicht strahlender Mann stürmte in ihre Garderobe im *Winter Garden Theatre*. Im ersten Moment starrte sie ihn perplex an, dann dämmerte ihr, wer da vor ihr stand. Das Theater befand sich im selben Gebäude wie der *Plantation Club*, und es war niemand Geringeres als George, ihr einstiger Chef, der sie so begeistert begrüßte. Josephine erinnerte sich lebhaft an jenen Tag, an dem George vor Jahren den Besuch von Caroline Regan angekündigt und sie in die Garderobe der Revuetruppe, deren Teil Josephine gewesen war, gebracht hatte. »Zum Glück habe ich hier im Haus meine Beziehungen, sonst hätte man mich nicht zu dir vorgelassen.«

»George!« Josephine ließ ihren Pudertiegel und die Quaste fallen und erhob sich, um ihm in die Arme zu fallen. »Ist es denn zu glauben, nach so vielen Jahren?«

»Ja, lang ist es her, Kleine«, sagte er und schnäuzte sich vor Rührung. »Ich habe deinen Werdegang in den Zeitungen verfolgt – du bist ein richtiger Star geworden, Josie! Wer hätte das für möglich gehalten, als du damals mit neunzehn Jahren jeden Abend als Ulknudel hinter den anderen Revuegirls auf die Bühne gestolpert bist! Wunderschön bist du anzusehen, ganz die feine, reiche Dame.«

»Ja, ich habe einen weiten Weg hinter mir, seit Mrs Regan mich damals engagiert hat, um für die Revue Nègre nach Paris zu gehen.« Bilder vergangener Tage spülten über sie hinweg, und sie lächelte beim Gedanken an ihre erste Zeit in Frankreich, in der sie noch kein Wort Französisch gesprochen hatte. »Paris hat mir Erfolg gebracht, wäre ich in New York geblieben, wäre nie etwas aus mir geworden. Amerika bietet schwarzen Mädchen keine Chancen.«

»Wohl wahr«, seufzte George. »Aber jetzt will ich dich nicht länger aufhalten. Ich sehe dich später auf der Bühne, ich habe mir natürlich eine Eintrittskarte gekauft.«

Sie umarmten sich noch einmal herzlich, dann arbeitete Josephine an ihrem Make-up weiter.

An einer Kleiderstange hing ein farbenprächtiger, eigens in Indien bestellter Sari, denn es war Teil ihrer Rolle, als indische Prinzessin auf die Bühne zu schreiten. Sorgfältig malte sie sich einen dicken schwarzen Punkt zwischen die Augenbrauen, während ihre Gedanken zu Pepito abdrifteten. Sogleich bemühte sie sich, sich auf ihren bevorstehenden Auftritt zu konzentrieren. Sie hoffte inbrünstig, die New Yorker würden sie gut aufnehmen. Dass Stars wie Fred Astaire, George und Ira Gershwin und Barbara Hutton heute

Abend im Saal sitzen würden, machte sie nur noch nervöser. Als sie in den Sari schlüpfte, öffnete sich leise die Tür, und Pepito trat herein, verhuscht wie ein Gespenst. Er steckte in seinem besten Anzug und hatte in der kurzen Zeit, in der sie sich nicht gesehen hatten, offenbar stark abgenommen. Seine Wangen waren eingefallen und die Haut wächsern.

Josephine verschränkte abweisend die Arme vor der Brust. Noch immer trug sie ihm bitter nach, dass er im Hotel nicht einen Funken Loyalität ihr gegenüber gezeigt hatte. »Habe ich dich eingeladen? Was willst du hier?«

»Nun sei nicht so unversöhnlich, Josie«, bat er und streckte ihr als Friedensangebot eine Hand hin, die sie geflissentlich übersah.

»Ich hoffe, du fühlst dich wohl im *St. Moritz*«, sagte sie spitz, während sie sich ihren Schmuck anlegte. »Ich dachte, mich klar ausgedrückt zu haben, als ich sagte, du sollst mir nicht mehr unter die Augen kommen.«

Pepito sank kraftlos auf einen Stuhl. »Ich bin immer noch dein Manager, wenn du auch sonst keinen Wert mehr auf mich legst.«

»Wundert dich das? Warum hast du im Hotel nicht für mich gekämpft, du feiger Wurm?« Obwohl sie sich vorgenommen hatte, gelassen zu bleiben, begann ihr Temperament bereits wieder überzuschäumen. »Denkst du, du scharwenzelst zur Premiere bei mir an, und alles ist wieder gut?«

Pepitos Gesichtsausdruck wirkte gequält, sodass sie in ihrer Schimpftirade innehielt. »Was ist mit dir, bist du krank? Oder gibst du dich nur so kränkelnd, um mich versöhnlich zu stimmen?«

»Ich habe möglicherweise eine Magenverstimmung«, murmelte Pepito, »keine Ahnung. Ich war noch nicht beim Arzt, weil ich, auch wenn du es mir nicht glauben willst, Tag und Nacht gearbeitet habe. Für dich und für diese Show. Genau wie du will ich, dass du auch in den USA brillierst. Da die Zeitungen dich aber bereits im Vorfeld kritisiert haben, habe ich mir etwas einfallen lassen.«

Josephine warf die Schmuckschatulle, aus der sie eine schwere goldene Halskette genommen hatte, ärgerlich auf ihren Frisiertisch und stöhnte. »Nicht schon wieder. Du weißt, dass mich deine sogenannten Ideen nicht mehr interessieren. Was hast du dir für einen Schwachsinn einfallen lassen, sag schon!«

»Ich habe ein paar arbeitslose Schauspieler engagiert, die im Publikum sitzen und begeistert Beifall klatschen sollen.«

Josephine starrte Pepito ungläubig an, dann erfasste sie eine solche Wut, dass sie ihren Lebensgefährten am Handgelenk packte. »Das ist ... das ist unglaublich! Tickst du noch richtig? Meinst du, das fällt nicht auf? Wie kannst du mir so etwas antun – das wird unweigerlich herauskommen, und dann stehe ich wieder in einem sehr schlechten Licht da!«

Unbehaglich schüttelte er sich los. »Mein Plan wird aufgehen, warte es nur ab. Wenn meine Jungs lautstark applaudieren, reißen sie bestimmt das übrige Publikum mit.«

»Aber das möchte ich nicht!«, versuchte sie verzweifelt,

ihm klarzumachen. »Ich möchte kein gekauftes Publikum! Ich will mir meinen Erfolg ehrlich verdienen. Ich möchte, dass die Leute applaudieren, weil sie von mir begeistert sind, und nicht, weil sie von dir dafür bezahlt werden.«

Josephine wischte sich die Hände an einem Handtuch ab, als seien sie durch die Berührung mit Pepitos Handgelenk schmutzig geworden. »Ich habe dich zwar nie offiziell als meinen Manager eingestellt, aber eins lass dir gesagt sein: Du bist fristlos entlassen.«

Sie ließ ihn stehen und setzte sich wieder vor den Spiegel, um sich das Gesicht nachzupudern, das vor Aufregung zu glänzen begann. Sie musste sich unbedingt beruhigen; in diesem aufgewühlten Zustand konnte sie unmöglich auf die Bühne treten.

Mit gesenktem Kopf und auf leisen Sohlen verließ Pepito die Garderobe.

Die Show lief tatsächlich mehr schlecht als recht. Zwar fühlte sich Josephine, nachdem sie den Streit in eine hintere Ecke ihres Bewusstseins geschoben hatte, ganz in ihrem Element, sang hingebungsvoll und bestach durch ihr glamouröses Erscheinungsbild, doch merkte sie selbst, dass die Akustik des Raumes ihre Stimme verschluckte und nicht in die hintersten Reihen trug. Nach der Aufführung ertönte aus den meisten Reihen gemäßigter Applaus. Nur George in der zweiten Reihe und einige junge Männer im Hintergrund des Saales forderten lautstark eine Zugabe. Georges Loyalität rührte sie, doch die Begeisterung der trampelnden Burschen war ihr regelrecht peinlich – mit Sicherheit handelte es sich um das Publikum, das Pepito angeheuert hatte.

Nervös saß sie am nächsten Morgen mit Miki beim Frühstück und studierte die Morgenzeitungen. In keiner fand sich ein gutes Wort über ihren Auftritt.

»Hör dir das an!«, rief sie ungehalten und stellte ihre Kaffeetasse so ungestüm ab, dass die braune Flüssigkeit überschwappte und sich über ihren Bagel ergoss. »Ich fasse es nicht! *Bakers Stimme ist zu dünn für den großen Vorstellungssaal* im Winter Garden Theatre, *ihr Tanz mutet interessant, aber völlig talentlos an!*«

»Oh mein Gott«, flüsterte Miki fassungslos.

»Dieser Widerling der *New York Times* schreibt: *Die vor Jahren emigrierte* Miss Baker *scheint ihre amerikanischen Wurzeln vollkommen vergessen zu haben, sie erscheint wie ein seltsames, künstlich frankophiles Geschöpf …«* Josephine knüllte die *New York Times* zusammen und pfefferte sie auf den Fliesenboden. »Vielleicht fragen sich diese Schmierfinken mal, warum ich Amerika verlassen habe – vielleicht liegt es daran, wie man hier mit schwarzen Ladys umspringt? Ein Franzose würde eine Dame niemals so beleidigen, und selbst wenn, dann würde er es auf charmante Art tun.«

»Ich weiß«, murmelte Miki so mitgenommen, als sei sie für alles verantwortlich. »Es tut mir so leid, Josie.«

»Und was schreibt dieses Schundblatt?« Josephine riss die letzte verbleibende Zeitung vom Tisch und las die Kritik über ihren Auftritt, zerriss sie dann jedoch wutbebend.

»Was ist?«, fragte Miki ängstlich.

»Sie haben es herausgefunden«, stieß Josephine hervor, während Tränen aus ihren Augen quollen. »Die Zeitung hat herausgefunden, dass Pepito Schauspieler bezahlt hat, um mir zu applaudieren: *Hat die in Europa angeblich so berühmte Baker es nötig, Statisten zu engagieren, die Beifall klatschen? Ist sie selbst der Meinung, so schlecht zu sein, dass sie beim Publikum nicht auf Gefallen stößt?* Verdammt, jetzt ist alles aus, Miki, jetzt bin ich wieder mal das Gespött der Leute.«

»Das ist nur eine unbedeutende kleine Zeitung«, versuchte Miki, sie zu trösten. »Die liest kaum jemand.«

»An allem ist nur dieser unglückselige Pepito schuld«, schäumte Josephine, klaubte alle Zeitungen zusammen, stampfte mit den Füßen darauf herum, um sie dann in den Mülleimer zu stopfen. »Ich werde ihm eine Nachricht in seine Luxusbleibe schicken. Er soll mit dem nächsten Schiff zurück nach Europa reisen, ich kann es nicht ertragen, auf demselben Kontinent zu sein wie er!« Sie schluchzte bitterlich. Sie war in Amerika, ihrer einstigen Heimat, gescheitert, mehr noch, Pepito hatte sie durch seine Aktion mit dem bezahlten Publikum lächerlich gemacht. Sie würde hier nie wieder Boden gewinnen, war sie sich sicher. Ihr war, als bröckelte gerade ein großes Stück ihrer Selbstsicherheit, ja ihrer ganzen Welt ab und ließ sie unvollständig und gebrochen zurück.

Miki schlang den Arm um sie und versuchte, sie mit leisen Worten aufzumuntern, aber Josephine war untröstlich.

Trotz aller Kritik zog Josephine ihr Bühnenprogramm eisern durch und saß ihre Zeit in New York ab. Sie war kein Mensch, der jemals aufgab. Von Pepito hörte sie nichts mehr, sie bekam nur über Bekannte mit, dass er wohl tatsächlich nach Frankreich zurückgekehrt war.

Der Frühling war gerade in einen heißen, feuchten Sommer übergegangen, als sie ein Telegramm von Bricktop aus Paris erreichte. Sie teilte ihr mit, dass Pepito gestorben war. Er hatte an einem spät entdeckten Krebsleiden gelitten, was er ihr verheimlicht hatte.

Pepito schwerer Krankheit erlegen – tut mir so leid – teile dir Termin für Begräbnis mit – Bricky, lautete der kurze Text, der Josephine so traf, dass sie zitternd zu Boden sank.

Erschüttert sagte Josephine alle restlichen Engagements in New York ab und reiste sofort nach Europa zurück. Ihr war, als hätte man ihr das Herz herausgerissen. Zwar hatte sie Pepito in der letzten Zeit verflucht, doch er war viele Jahre lang ihr Gefährte gewesen. Ihr engster Freund. War es richtig gewesen, ihn in letzter Zeit so abweisend zu behandeln? Und hätte ihr nicht auffallen müssen, wie krank er gewesen war? Wäre er noch am Leben, wenn sie aufmerksamer gewesen wäre und ihn frühzeitig zum Arzt geschickt hätte? Die Vorwürfe quälten sie die gesamte Überfahrt nach Europa so sehr, dass sie keine Nacht Schlaf fand.

Seinem Begräbnis, das auf dem Friedhof von Neuilly stattfand, wohnten außer ihr und Bricktop lediglich jener Cousin bei, den Pepito vor zehn Jahren ursprünglich besucht hatte, und eine aus Italien angereiste Schwester. Als Josephine erstickt in ihr Taschentuch weinte, wurde ihr klar, dass sie ohne ihn völlig auf sich allein gestellt war, und zwar in jeder Hinsicht. Abgesehen von dem Zwischenfall mit dem Hotel in New York hatte er immer zu ihr gehalten, sich immer um alles gekümmert, alle organisatorischen Angelegenheiten von ihr ferngehalten, damit sie sich auf ihre Auftritte konzentrieren konnte. Inzwischen war sie fest davon überzeugt, dass er in New York nur deshalb nicht um ein Zimmer für sie gekämpft hatte, weil er zu krank und schwach dazu gewesen war.

Ihm hatte sie es zu verdanken, dass es ihr gelungen war, sich ein kultivierteres Image aufzubauen. Er war ihr so manches Mal auf die Nerven gegangen, doch sie hatte ihn geliebt. Bereits vor der Reise nach Amerika war er sterbenskrank gewesen, und sie hatte ihn zunehmend unfreundlich behandelt und nichts mehr von ihm wissen wollen. Das schlechte Gewissen quälte sie so sehr, dass sie sich kaum vorstellen konnte, je wieder glücklich zu werden im Leben.

»Asche zu Asche und Staub zu Staub«, murmelte der Priester, und Josephine krümmte sich vor Schmerz. Pepito war ihr Anker gewesen, ihr Leuchtturm in der Nacht. Sie fühlte sich haltlos. Von nun an musste sie der Welt allein entgegentreten.

Teil II: Der heimliche Krieg (1939 – 1944)

C'est la France qui m' a fait ce que je suis, je lui garderai une reconnaissance éternelle. (...) Ne suis-je pas devenue l'enfant chérie des Parisiens? Ils m' ont tout donné, en particulier leur cœur. Je leur ai donné le mien. Je suis prête, capitaine, à leur donner aujourd'hui ma vie.

Frankreich hat mich zu der gemacht, die ich bin, und ich werde ihm immer dankbar sein. (...) Bin ich nicht das Lieblingskind der Pariser geworden? Sie haben mir alles gegeben, vor allem ihre Herzen. Und ich habe ihnen meins gegeben. Ich bin bereit, Kapitän, ihnen heute mein Leben zu schenken.

Josephine Baker

1

September 1939

Die Äste der im Sonnenlicht gebadeten Eichen von Le Beau Chêne bewegten sich sanft in der Spätsommerbrise und warfen zitternde Schatten in den Salon. Im Gegensatz zu draußen, wo es noch angenehm warm war, so als wolle sich der Herbst mit aller Macht noch etwas zurückhalten, war es hinter den dicken Backsteinmauern des Anwesens bereits kalt geworden. Dennoch lag Josephine leicht bekleidet auf der Chaiselongue. Sie trug einen seidenen Morgenmantel im japanischen Kimonostil, ein Geschenk ihrer Freundin Miki, der so weit aufklaffte, dass man die nackte Haut ihrer Schultern und Brüste sah.

»Wie lange muss ich noch so unbeweglich daliegen?« Sie versuchte, nicht zu gähnen, und schielte sehnsüchtig auf die Schale mit Schokoladenkeksen auf dem Tisch. Doch sie durfte sich um keinen Zentimeter bewegen, da sie ihrer neuen Bekanntschaft, der mexikanischen Künstlerin Frida Kahlo, Modell saß.

Frida, die konzentriert die Stirn runzelte, ganz in ihr

Porträt versunken, schmunzelte für einen Moment, und ihre Züge wurden weicher. Der Männeranzug, den sie bevorzugt trug, verlieh ihr ein maskulines Aussehen, wenn sie auch die glänzend schwarzen Haare auf die kunstvolle, traditionelle Art ihres Heimatlandes hochzustecken pflegte. Josephine hatte die berühmte Malerin, die für eine Ausstellung ihrer Bilder nach Paris gekommen war, in ihrem Nachtklub kennengelernt, seitdem hatten sie sich mehrere Male getroffen und angefreundet. Josephine fand Frida faszinierend, sie hatte noch nie eine Frau getroffen, die sich so freizügig und unbeeindruckt von der öffentlichen Meinung gab. »Ein bisschen musst du schon noch stillhalten, Josie.«

Frida legte kurz den Pinsel ab, brachte ihn sowohl vor Binky als auch vor den im Raum umherfliegenden Papageien in Sicherheit und nahm sich einen Keks. Im Vorbeigehen berührte sie leicht Josephines nackte Schulter, eine verstohlene Geste, bei der Josephine ganz warm wurde und ein tief in ihr vergessenes Verlangen weckte. Sie und Frida harmonierten auf vielen Ebenen miteinander. Sie sehnten sich beide nach Kindern, doch blieb ihnen dieser Wunsch verwehrt. Beide fühlten sich nicht ausschließlich zu Männern hingezogen.

Im Hintergrund lief unaufhörlich das Radio, wie in so vielen Häusern heutzutage, denn aufgrund der politischen Lage in Europa, die einem Pulverfass glich, erwartete man jederzeit schlechte Nachrichten. Vor zwei Tagen war das deutsche Heer in Polen einmarschiert, und nun rechneten sie angespannt damit, dass die Situation noch weiter eskalierte.

»Meinst du, dass Krieg ausbricht?«, fragte Josephine nachdenklich, während sie sich bemühte, regungslos zu bleiben. »Vielleicht bleibt es nicht dabei, dass die Deutschen Polen besetzt haben. Womöglich wollen sie mehr.«

»Wer weiß das schon«, murmelte Frida. »Ich kenne mich mit europäischer Politik nicht aus, aber nach dem, was ich bisher über Hitler gehört habe, schreckt er vor nichts zurück.«

Josephine bewegte ihre Hand kaum merklich, um ein loses Haar abzustreifen, was Frida allerdings nicht entging.

»Nicht bewegen. Ich weiß, Modellsitzen ist furchtbar langweilig«, räumte die Malerin ein und setzte sich wieder vor die Staffelei. Sie unterhielten sich auf Englisch; Josephine liebte Fridas mexikanischen Akzent. »Vor allem für jemanden wie dich, der vor Energie nur so überschäumt und ständig in Aktion ist. Unterhalten wir uns noch ein bisschen. Ich will alles über dich wissen.«

Ihr begehrlicher Blick schweifte über ihr Modell, wohl wissend, dass Josephine sich genauso von ihr angezogen fühlte.

»Ich bin froh, dass du mich auf andere Gedanken bringst, Frida«, seufzte Josephine. »Ich glaube, ich habe eine Pechsträhne, die seit mindestens drei Jahren anhält. Erst Pepitos Tod, plötzlich war ich völlig verloren und einsam, das waren harte Monate. Ich muss zugeben, wir hassten uns manchmal mehr, als wir uns liebten, aber als ich an seinem Grab stand, ist mir aufgefallen, wie wichtig er für mich war. Ich hatte ihn für selbstverständlich gehalten, und erst auf seiner Beerdigung, auf der ich allein über seinem Sarg weinte, ist mir klar geworden, dass mir gute Freunde fehlen. Dabei kenne ich so viele Menschen! Künstler, Politiker, sogar Könige! Aber niemanden davon würde ich guten Gewissens meinen Freund nennen wollen. Da sind nur Bricky und Miki, aber Miki ist inzwischen nach Japan zurückgekehrt.«

Frida nickte mitfühlend, ohne die Augen von der Leinwand zu nehmen. »Ich verstehe dich so gut, Josie. Aber nach Pepitos Tod bist du ja zum Glück nicht lange allein geblieben.«

Josephine wehrte liebevoll Binky ab, der von hinten ihren Hals umschlang und sich an sie schmiegte. »Jetzt nicht, Liebling, ich muss doch stillsitzen. Du hast recht, Frida.« Sie sah aus dem Fenster in den Park und dachte, wie friedlich er wirkte, wenn die Sonne goldene Sprenkel auf die Blätter warf. Ihre Gedanken verloren sich in Erinnerungen an Jean Lion, den Mann, dem sie sich nach Pepitos Tod zugewandt hatte. »Nachdem ich aus New York zurückgekehrt und ein Engagement im *Casino de Paris* eingegangen war, hat Jean jeden Abend in der ersten Reihe gesessen. Er hat mir Geschenke in die Garderobe geschickt, Einladungen zum Essen, und er ist ständig im *Chez Joséphine* aufgetaucht. Ich war zu der Zeit noch sehr aufgewühlt von Pepitos Verlust.«

»Verständlich«, murmelte Frida und fügte dem Porträt einen zarten Pinselstrich hinzu.

»Jean ist ein sehr gut aussehender Mann, sportlich, reich, liebenswürdig, ein wenig jünger als ich. Ich habe angefangen, mit ihm auszugehen. Er war völlig anders als Pepito. Bodenständig, er hat sein Geld mit ehrlicher Arbeit verdient. Er hat mir so gutgetan.«

»Klingt schön«, warf Frida ein. »Vorsicht, nicht bewegen, es dauert noch ein wenig. Sag dem neugierigen Affen bitte, er soll mich in Ruhe malen lassen.«

Josephine lachte und rief nach Binky, der sofort wieder zu ihr hüpfte und sich ans Fußende der Chaiselongue kauerte. »Ich habe seinen Heiratsantrag sofort angenommen. Wir waren auf einer Wellenlänge. Jean konnte vollkommen nachvollziehen, was es heißt, anders zu sein, denn Jean ist Jude. Auch er hat im Laufe seines Lebens oft schlechte Erfahrungen gemacht oder ist herablassend behandelt und beschimpft worden. Das hat uns verbunden.«

»Was ist schiefgelaufen?«

Josephine fühlte den altbekannten Schmerz in sich aufwallen, der ihr täglicher Begleiter war. »Natürlich haben wir Kinder gewollt, eine Familie. Schon mit Pepito hätte ich gerne ein Kind gehabt. Weißt du, ich liebe Kinder. Sie sind so dankbare und liebevolle Geschöpfe, so voller Ehrlichkeit. Und ich hätte so viel Liebe zu geben. Ich besuche regelmäßig ein Waisenhaus in der Nähe, um den Kindern Spielzeug und Kleider zu schenken. Das gibt mir so viel, Frida. Wenn die Kleinen mich mit leuchtenden Augen ansehen oder wenn sie mit mir schaukeln oder herumtoben wollen, dann fühle ich mich wie ein anderer Mensch. Erfüllt. Glücklich.«

»Wenn du wüsstest, wie ich mit dir fühle«, sagte Frida leise. »Seit meinem Busunfall damals bin ich unfruchtbar. Es ist schwer, das zu verarbeiten. Zum Glück habe ich meine Kunst, in die ich mich retten kann. Dürfte ich nicht malen, hätte ich schon den Verstand verloren.«

Josephines Herz zog sich zusammen. Sie war bereits selbst mehrfach kurz davor gewesen, den Verstand zu verlieren. »Ich bin zwar schwanger geworden, aber ich habe das Baby verloren. Doch das Schlimmste daran ist …« Sie kämpfte gegen die heftige Trauer an, die in ihr brannte, und konnte einen Moment nicht weitersprechen. » … der Arzt hat mir eröffnet, ich könne überhaupt keine Kinder bekommen. Meine Gebärmutter sei von Geburt an deformiert. Ich könne zwar schwanger werden, jedoch keine Schwangerschaft zu Ende bringen.«

»Wie bei mir.« Frida hielt einen Moment inne. »Das tut mir sehr leid.«

»Ja.« Josephine blinzelte gegen die Tränen an, die ihr in die Augen schossen. »Von da an ist es bergab gegangen. Sowohl Jean als auch ich haben uns in die Arbeit gestürzt, um zu vergessen. Dabei sind wir immer weiter auseinandergedriftet, ohne es zu merken. Und irgendwann war nicht mehr genug an Gefühlen da, um unsere Ehe zu retten.«

»Und jetzt lebt ihr getrennt«, sagte Frida und setzte einen letzten Pinselstrich. »Gleich fertig. Ich verstehe dich so gut, Josie. Auch ich bin gerade von Diego geschieden worden, und ich weiß, wie es ist, plötzlich wieder allein zu sein. Auch wenn ich froh bin, den Mistkerl endlich los zu sein. Seine ewige Untreue war unerträglich. Ich bin froh, dass ich dich getroffen habe. Ich denke, wir beiden werden eine wundervolle Zeit miteinander haben.« Sie lächelte Josephine an, und Verlangen funkelte in ihren dunklen Augen.

Josephine wurde warm vor Vorfreude. »Wer weiß? Weißt du, eine gute Sache hat die Ehe mit Jean doch gehabt. Durch die Heirat habe ich die französische Staatsbürgerschaft bekommen. Ich bin jetzt eine waschechte Französin. Diese Gewissheit tut gut, vor allem, wenn ich an meinen letzten unglückseligen Aufenthalt in Amerika vor drei Jahren denke. Amerika, nein danke.«

»Dem kann ich nur zustimmen! Mir gefällt Paris auch viel besser als Amerika. Ich bin jetzt fertig. Du kannst dir das Bild nun anschauen«, verkündete Frida und begutachtete zufrieden ihr Werk. Josephine erhob sich ächzend, denn ihre Glieder fühlten sich alle taub an, nachdem sie so lange hatte stillsitzen müssen. Sie trat zu der Malerin und betrachtete staunend das Bild, das in sehr kräftigen Farben Josephines ausdrucksstarke Gesichtszüge und die Andeutung des Morgenmantels zeigte.

»Mein Gott, das sieht ja aus wie ich«, murmelte Josephine hingerissen. »Nur viel besser.«

In diesem Moment kam Albert schlammbedeckt in den Salon und ließ sich grunzend zu Josephines Füßen nieder. Sie war froh, sich wieder bewegen zu dürfen, und streichelte seinen Kopf. »Wo bist du gewesen, du Schlingel? Hast du dich wieder im Matsch gewälzt?«

»Nachher ist ein Großputz fällig, fürchte ich.« Belustigt deutete Frida auf die Spuren, die Albert auf dem Teppich hinterließ. Doch dann wurde sie plötzlich ernst und wies auf das Radiogerät.

Die flotte Jazzmusik war verstummt, und ein Nachrichtensprecher verlas mit ernster Stimme eine eilige Meldung. Die beiden Frauen kauerten sich neben das Radio, um besser zu hören. Die Nachricht schockierte sie so, dass sie noch

Minuten später regungslos auf der Stelle verharrten: Frankreich und Großbritannien hatten Deutschland nach dem Überfall auf Polen den Krieg erklärt.

»Wir sind im Krieg«, murmelte Josephine und erwachte aus ihrer Starre. Binky, der wohl spürte, dass sich die Atmosphäre im Salon merklich verdüstert hatte, klammerte sich an sie und sah mit seinen großen braunen Augen zu ihr auf. »Frankreich ist im Krieg.«

Nun kehrte auch in Frida Leben zurück. Erschüttert schlug sie sich die Hände vor das Gesicht und begann, im Raum auf und ab zu gehen, bis sie kurz darauf abrupt vor Josephine stehen blieb und deren Hände ergriff. »Josie, es hilft nichts. Ich kann unter diesen Umständen nicht bleiben, ich werde so schnell wie möglich nach Mexiko zurückreisen.«

Josephine nickte wie betäubt.

»Das verstehst du doch, Josie, oder? In Frankreich wird die Situation bald sehr brenzlig werden, und ich habe Angst, möglicherweise kein Schiff mehr zu bekommen. Wer weiß, was noch alles geschieht.«

»Das verstehe ich, natürlich musst du sofort die Heimreise antreten.« Josephine hörte sich sonderbar gepresst an. Sie schlang die Arme um sich, denn ein heftiges Beben hatte von ihrem Körper Besitz ergriffen. Die Verkündigung des Krieges erschütterte sie. Welche Auswirkungen würde Krieg mit Deutschland auf ihr Leben in Paris haben? Auf ihre geliebten Tiere, auf Le Beau Chêne? Was würde mit ihren Shows und dem *Chez Joséphine* geschehen? Wie wäre es um ihre Finanzen bestellt, wenn sämtliche Auftritte wegfielen und niemand mehr die Muße haben würde, ihre Bar zu besuchen? Würden die Männer, die eine Rolle in ihrem Leben spielten, wie Jean oder ihre Kollegen im *Casino de Paris*, eingezogen werden? Was war mit ihrem Co-Tänzer Frédéric Rey, mit dem sie zuletzt in den *Folies Bergère* aufgetreten war? Musste er sich als Jude Sorgen machen? Ihre Gedanken wirbelten wild umher. Ihr wurde plötzlich so schwindelig, dass sie sich am Kamin festklammern musste, um nicht zu fallen. Sie hatte die dunkle Vorahnung, Frankreich stünde am Abgrund.

2

Juni 1940

Es war bereits Abend, doch die Sommerhitze flimmerte noch über der Landschaft; die Felder und Wiesen rund um das Anwesen wirkten verbrannt und ausgetrocknet, hier in der Dordogne schienen die Sommermonate erbarmungsloser zu sein als in Paris.

»Sind Sie sicher, Madame?« Ihr Hausmädchen Paulette, das trotz des Wetters in einem adretten schwarzen Kleid mit weißer Rüschenschürze steckte, hielt ihr zwei leere Champagnerflaschen hin.

Lange ist es her, dachte Josephine beim Anblick der Flaschen mit einem Stich im Herzen, dass sie in ihrem Nachtklub sorglos die Nächte durchgezecht, getanzt und sich vergnügt hatte, zuletzt mit Frida Kahlo. Doch diese hatte Frankreich vor Monaten überstürzt verlassen und war nach Mexiko zurückgekehrt. Am Anfang des Krieges war Josephine noch regelmäßig im *Casino de Paris* aufgetreten, doch je weiter der Krieg voranschritt, desto seltener wurden die Vorstellungen. Die Pariser hatten andere Sorgen.

Ihre eleganten Roben und ihre kostbaren Schmuckstücke, die einst ihr ganzer Stolz gewesen waren, hingen nun nutzlos im Schrank oder waren in Kartons verstaut. Seitdem verrichtete sie ihre Tätigkeiten in einem einfachen Baumwollkleid, sodass sie nicht von den Bäuerinnen zu unterscheiden war, die in Castelnaud-la-Chapelle, dem Dorf bei ihrem neu erworbenen Château, wohnten. Wenn jemand sie mit der einstigen Diva verglichen hätte, hätte er sie wohl kaum erkannt. Die Vorstellung erheiterte Josephine, was in diesen Tagen selten geschah.

Dann bemerkte sie, dass das Hausmädchen noch auf eine Antwort wartete und ungeduldig von einem Fuß auf den anderen trippelte. »Ja, ich bin sicher. Such alle leeren Flaschen zusammen, die du finden kannst, im Keller müssen auch noch etliche sein. In der Garage befüllen wir sie mit Benzin und lagern sie in meinem Auto.« Josephine hatte sich von einem Mechaniker aus dem Dorf ein Fass Benzin liefern lassen, dessen Inhalt sie nun in handliche Flaschen füllen wollte, um auf einer möglichen Flucht vor den Deutschen immer einen vollen Tank zu haben. Wenn es hart auf hart käme, wäre unterwegs sicherlich kein Benzin mehr zu bekommen.

»Wenn Sie meinen«, murrte Paulette. Die Aufgabe war nicht nach ihrem Geschmack.

»Und ob ich das meine«, versetzte Josephine unwirsch. »Setz dich in Bewegung, junge Dame! Ich habe dir vorhin schon erklärt, dass wir jederzeit fluchtbereit sein müssen. Noch haben sich die Deutschen nicht im Süden ausgebreitet, aber wir wollen es nicht darauf ankommen lassen, oder?«

»Nein, Madame«, beeilte sich Paulette zu sagen.

»Wenn wir das Benzin umgefüllt haben, hilfst du mir, die wichtigsten Habseligkeiten in Koffer zu packen. Ein paar Kleidungsstücke, unverderbliche Vorräte, Wasser. Das verstauen wir alles in meinem Automobil. Wenn die Nazis anrücken, sind wir sofort startbereit.«

Paulette nickte verdrossen. »Ich glaube aber trotzdem nicht, dass es so weit kommt.«

Josephine stöhnte über so viel jugendliche Naivität. »Dir ist entgangen, dass die Deutschen in Paris einmarschiert sind, oder? Lebst du in den Wolken? Wie lange wird es dauern, glaubst du, bis sie sich im Rest des Landes ausbreiten? Ein Glück, dass ich Paris rechtzeitig verlassen habe und Le Beau Chêne so schnell verkaufen konnte.«

Das Hausmädchen, das sie erst vor Tagen eingestellt hatte und das sich unter ihrem früheren Anwesen nichts vorstellen konnte, gähnte verhalten, sodass Josephine sie rasch zur Ordnung rief. »So, genug gefaulenzt. Ich bezahle dich nicht fürs Rumstehen. An die Arbeit.«

Paulette machte sich widerwillig an die Arbeit, und Josephine ging in ihr Schlafzimmer. Ihr neues Zuhause, Les Milandes, war um einiges größer und noch imposanter als Le Beau Chêne. Im Gegensatz zu ihrer früheren Villa lebte sie nun in einem fast fünfhundert Jahre alten Château mit Türmen und Giebelfenstern, das einem Märchen zu entstammen schien. Von einem herrlichen, terrassenförmig angelegten Park umgeben, befand es sich südlich des Flusses

Dordogne im gleichnamigen Département. In friedlicheren Zeiten hätte sie sich in dem Schloss wie eine Königin gefühlt, doch nun, einsam und allein in einem im Krieg befindlichen Land, hatte sie gerade genug Energie für die existenziellen Angelegenheiten.

Auf ihrem Nachttisch lag ein oft gelesenes Telegramm ihrer Mutter, das sie vor zwei Wochen erreicht hatte. *Komm nach Hause*, hatte Carrie gefleht, *bleib nicht allein in Frankreich, wer weiß, was noch alles Schlimmes passiert …*

»Auf keinen Fall«, murmelte Josephine vor sich hin, während sie zwei einfache Röcke in einen Koffer packte und dazu passende Blusen suchte. »Wie stellt sie sich das vor? Ich kann doch in einem Moment wie diesem meine Heimat nicht zurücklassen.« Hausschwein Albert erschien und quiekte jämmerlich. »Du hast Hunger, was, Albert? Ich auch. Keine Sorge, nachher bekommst du was, aber der Notfallkoffer hat Vorrang.«

Sie erinnerte sich schmerzhaft an die endlos scheinende Karawane aus allen erdenklichen Gefährten – Lieferwagen, Automobilen, Motorrädern, Fahrrädern, ja sogar Schubkarren –, mit denen die Pariser in den letzten Wochen ihre geliebte Hauptstadt fluchtartig verlassen hatten. Die wichtigsten Habseligkeiten zu Bündeln verschnürt, waren sie zu Hunderttausenden in Richtung Süden geflohen, der nicht von den Deutschen besetzt war. Ein Nachrichtensprecher hatte gerade diesen Morgen verkündet, dass von den ursprünglich fünf Millionen Parisern nur noch siebenhunderttausend in der Stadt verweilten.

Das Telefon in der Eingangshalle läutete und riss Josephine aus ihren düsteren Gedanken. Sie hastete die imposante Treppe hinunter und riss den Hörer von der Gabel.

»Josephine? Bist du das?«, vernahm sie wie aus der Ferne die dünne Stimme ihrer Freundin Bricktop, denn es rauschte und knackte in der Leitung.

»Bricky!« Josephine war heilfroh, gleich nach ihrem Einzug ins Schloss eine Telefonleitung beantragt zu haben. Briefe dauerten einfach zu lang und waren in diesen Zeiten nicht mehr so zuverlässig, und man wusste nie, wer mitlas. Sie hatte die letzten Nächte wach gelegen aus Sorge um Bricktop. Diese hatte sich geweigert, Paris zu verlassen. »Wie geht es dir? Ich mache mir solche Sorgen um dich. Warum hast du nicht auch das Weite gesucht, bevor die Deutschen eingefallen sind? Les Milandes ist riesig, weißt du, du könntest hier zehn Zimmer für dich allein haben.«

»Das ist lieb von dir, Josie«, drang Bricktop verzerrt durch die Leitung. »Aber ich habe es nicht über mich gebracht, meinen Klub zu schließen. Das *Chez Bricktop* ist mein Lebenswerk, mein Ein und Alles.«

»Ich weiß«, erwiderte Josephine leise, während sie Albert streichelte, der um ihre Beine strich. »Aber hier geht es um Sicherheit. Womöglich sogar um Leben und Tod. Die Deutschen mögen keine Schwarzen, wie soll das auf Dauer gut gehen? Bitte verlasse Paris, solange es noch geht.«

Bricktop seufzte tief. »Wahrscheinlich hast du recht. Ich warte die nächsten Tage ab und schaue, wie sich die Lage entwickelt. Ich habe Freunde in Mexiko, zu denen ich notfalls reisen könnte.«

»Denk darüber nach«, bat Josephine inständig. »Und

jetzt erzähl mir, wie die Lage in Paris ist. Hat sich die Stadt sehr verändert, seit die Deutschen einmarschiert sind?«

»Das kann man wohl sagen. Am ersten Tag sind sie mit ihren Kampfflugzeugen über den Arc de Triomphe geflogen, endlose Schleifen haben sie gezogen, um jedem zu demonstrieren, dass sie jetzt da sind. Als ob das nicht längst jeder mitbekommen hätte. Im Triumphzug sind sie die Champs-Élysées entlangmarschiert, so Beifall heischend, als würden sie erwarten, dass die paar Franzosen, die geblieben sind, ihnen gratulieren würden.«

Mit ihrer lebhaften Fantasie konnte Josephine sich Bricktops Beschreibungen bildlich vorstellen. Die Härchen an ihren Armen stellten sich auf vor Entsetzen, als ihr bewusst wurde, was aus ihrer geliebten Heimatstadt, in der sie ein glamouröses, unbeschwertes Leben geführt hatte, geworden war. Ein düsterer Ort des Schreckens. »Oh mein Gott, ich bin wirklich froh, dass ich Paris verlassen habe, als die Deutschen sich genähert haben. Es würde mir das Herz zerreißen, sie mit ihren schweren Stiefeln durch mein vertrautes Montmartre stampfen zu sehen.«

»Am zweiten Tag ist gleich eine Abordnung in meinem Klub aufgeschlagen«, fuhr Bricktop bedrückt fort. »Sie haben mir genaue Anweisungen gegeben, wie die Cocktail- und die Speisekarte ab sofort auszusehen haben. Ich muss alles auf Deutsch schreiben. Sie sind sehr unfreundlich gewesen und haben mich verächtlich gemustert. Und da ist noch etwas ... Fast täglich verschwinden Menschen, teilweise Bekannte, manchmal auch nur Leute, die ich vom Sehen kenne. Allesamt Juden. Sie sind einfach nicht mehr da, es halten sich zwar Gerüchte, dass sie von den Nazis weggebracht werden, aber niemand weiß, wohin oder was mit ihnen geschieht.«

»Bricky!«, sagte Josephine eindringlich, während sie Albert sanft von ihren Füßen schob, da er versuchte, ihre Schuhe anzuknabbern. »Das ist entsetzlich. Bitte denke an dich! Es ist hinreichend bekannt, dass die Nazis nicht nur Juden, sondern auch Schwarze verabscheuen. Verschwinde aus Paris! Keiner weiß, was noch passieren wird.«

»Du hast recht«, gab Bricktop niedergeschlagen zu. »Wer klug ist, sieht zu, dass er Land gewinnt. Gestern habe ich Frédéric Rey getroffen, einen deiner ehemaligen Tanzpartner. Er hat sein Bündel geschnürt und sich auf den Weg nach Marseille gemacht, um nach Nordafrika zu entkommen. Als Jude möchte er nicht darauf warten, bis die Deutschen ihn in die Finger bekommen. Er tat mir so leid.«

Ein oder zwei Momente blieb es still in der Leitung; Josephine wurde es immer hoffnungsloser zumute. Dann, als sie bereits glaubte, die Verbindung sei abgebrochen, meldete Bricktop sich kaum hörbar wieder zu Wort. »Ich sollte nach Mexiko zu meinen Freunden reisen. Aber es tut so weh, das *Chez Bricktop* einfach zu schließen und zurückzulassen. Der Klub ist mein ganzes Leben, ich habe so unendlich viel Zeit und Liebe hineingesteckt, von Geld ganz zu schweigen.«

»Überlege nicht zu lange, was du machen wirst«, riet Josephine. »Jeder Tag zählt. Und sag mir Bescheid, wie du dich entscheidest.«

»Sicher«, antwortete Bricktop mutlos. »Pass du auch gut auf dich auf, Josie. Es sind gefährliche Zeiten.«

3

September 1940

Kaum hatte es aufgehört zu regnen, kam bereits die Herbstsonne wieder hinter den Wolken hervor und wärmte Josephines Rücken. Sonnentupfen tanzten auf dem Teich und huschten wie glühende Kringel über die üppigen Pflanzen. Konzentriert kniete Josephine auf dem nassen Gehweg und suchte nach Schnecken, bevor diese sich wieder verzogen. Ihre Enten, die um den Teich herumwatschelten, liebten Schnecken, und da sie ohnehin nichts zu tun hatte, kroch sie nun seit geraumer Zeit durch den Park und legte sorgsam eine gefundene Schnecke nach der anderen in einen Korb.

»Keine Angst, ihr bekommt gleich eure Delikatesse«, verkündete sie den Enten, die aufgeregt schnatterten. »Da vorne sehe ich noch eine, und da ist eine in der Pfütze …«

Zwischendurch sah sie auf ihre Taschenuhr. Sie erwartete einen Besucher, einen Mann namens Jacques Abtey, der vor Tagen angerufen und aus mysteriösen Gründen darauf bestanden hatte, unbedingt unter vier Augen mit ihr sprechen zu müssen.

Besucher waren selten geworden in den letzten Monaten. Seit Ausbruch des Krieges trat Josephine kaum noch als Sängerin auf und verbrachte fast ihre gesamte Zeit auf ihrem Schloss. Manchmal begriff sie selbst kaum, wie sich ihr Leben in kürzester Zeit so sehr hatte wandeln können. Vor einem Jahr noch war sie allabendlich im *Casino de Paris* aufgetreten, als glamouröse Diva gefeiert. Nun kümmerte sie sich hauptsächlich um ihre Tiere und beobachtete das Geschehen in Frankreich, bereit, jederzeit fliehen zu können, falls die Deutschen sich nicht mit der Nordhälfte Frankreichs zufriedengeben konnten.

Außer ihrem Hausmädchen Paulette und Hilfskräften aus dem Dorf, die für die Garten- und Putzarbeiten kamen, war sie völlig allein und hatte nur ihre Tiere als Gesellschaft. Das war eine neue und bedrückende Erfahrung für sie. Ihr ganzes Leben war sie von Bewunderern und Anhängern umgeben gewesen, umschwärmt wie eine Bienenkönigin von ihrem Volk. Sie hatte nie Probleme gehabt, Gesellschaft zu finden, auch wenn es nur für eine Nacht war. Nun lag sie in den Nächten einsam in ihrem Himmelbett und lauschte der Stille. Sie war heilfroh, dass Bricktop auf sie gehört und nach Mexiko abgereist war. Wenigstens musste sie sich um sie keine Sorgen mehr machen. Aber somit war ihre letzte Freundin in unerreichbarer Ferne.

»Ich glaube, ich höre ein Auto. Dann ist jetzt Schluss mit den Delikatessen«, teilte sie den Enten mit. Die Tiere waren ihre ersten Gesprächspartner an diesem Tag, auch wenn die Kommunikation etwas einseitig war. Sie erhob sich von den Knien, servierte den Enten die Schnecken und klopfte sich die feuchten Erdkrümel vom Kleid. Es war alt und zerschlissen, doch für wen sollte sie sich hier auf dem Land herausputzen? Es herrschte schließlich Krieg. Es gab für sie Wichtigeres in diesen Tagen, als sich um ihr Erscheinungsbild zu kümmern. Das Make-up und die edlen Kleider kamen ihr wie ein Traum aus vergessenen Tagen vor.

Ein alter Renault fuhr die Auffahrt zum Schloss entlang, sodass das Wasser der Regenpfützen aufspritzte. Mit gemischten Gefühlen folgte Josephine dem Auto hoch zum Schloss. Der Fahrer würgte den Motor abrupt ab, dann stieg er aus. Ein Mann in ihrem Alter. Eine gut aussehende Erscheinung, stellte Josephine fest, groß gewachsen und blond. Mit durchdringenden blauen Augen musterte er Josephine, dann sagte er zögernd: »Ich habe einen Termin mit Madame Baker. Können Sie mich zu ihr führen?«

Amüsiert stellte Josephine fest, dass er sie wohl für eine Haushälterin hielt. Sein Blick ruhte auf ihrem altmodischen grauen Kleid, das vom Schneckensammeln schmutzig geworden war, und streifte ihre rustikalen Schuhe, an denen nasse Erde klebte. »Ich fürchte, das geht nicht, Monsieur, denn Madame Baker steht bereits vor Ihnen.«

»Oh«, entfuhr es ihm erschrocken, dann fuhr er sich hilflos mit der Hand durchs Haar und suchte nach Entschuldigungen. »Verzeihen Sie, ich dachte nur, weil …«

»Schon gut. Ich verstehe, dass ich zurzeit etwas anders wirke als auf der Bühne. Der Krieg treibt auch dem letzten Showstern die Starallüren aus.«

Er lachte. Es schien ihm zu gefallen, wie unprätentiös sie

sich gab und dass sie sich selbst nicht so ernst zu nehmen schien.

»Darf ich mich vorstellen? Mein Name ist Jacques Abtey.«

»Das sagten Sie bereits am Telefon. Ich bin gespannt, was Sie mit mir besprechen wollen. Wollen wir uns auf die Terrasse setzen?«

Er nickte und folgte ihr auf die Terrasse, die nach dem Regenguss nun wieder in heiterem Sonnenschein lag. Albert lag faul auf den Steinfliesen und beobachtete einen Käfer, der vor ihm krabbelte.

»Sie haben ein Schwein?«, fragte Jacques Abtey verwundert. »Das nenne ich mal ein exotisches Haustier.«

»Schweine sind wunderbare Tiere«, versicherte Josephine und rief nach Paulette. »Wische bitte die Möbel trocken, und bring uns Limonade«, wies sie das Hausmädchen an, das atemlos erschien.

»Jawohl, sofort, Madame«, keuchte Paulette und musterte den Fremden heimlich.

Kurze Zeit später saß Josephine mit Jacques Abtey bei Holunderlimonade am Tisch.

Sie konnte ihre Neugier kaum noch bezähmen. »Nun, was gibt es so Wichtiges?«

Abtey ließ seine Augen über das weitläufige Anwesen und den Schlosspark gleiten. »Zuerst müssen Sie mir versichern, dass Sie verschwiegen sind. Kein Wort von dem, was ich Ihnen erzähle, darf diese Terrasse verlassen, verstehen Sie?«

Josephine lachte erheitert. »Sie tun ja gerade so, als gehe es um Fragen der nationalen Sicherheit.«

An seinem ernsten Gesichtsausdruck erkannte sie, dass sie genau ins Schwarze getroffen hatte. »Tatsächlich? Was wollen Sie von mir? Und welche offizielle Funktion bekleiden Sie, Monsieur?«

Abtey sah sie durchdringend an, als wolle er bis auf den Grund ihrer Seele dringen. »Versichern Sie mir bitte zuerst, dass Sie absolutes Stillschweigen bewahren werden.«

»Nun gut. Ich verspreche Ihnen, Ihre Geheimnisse zu wahren.« Ein mulmiges Gefühl ergriff sie, doch gleichzeitig war sie neugierig. Die ganze Angelegenheit wirkte sehr mysteriös, und es ging mit Sicherheit um Kriegsgeschäfte – in diesen Tagen ging es kaum noch um etwas anderes. Aber sie wusste auch, dass offizielle Angelegenheiten in diesen Tagen auch sehr gefährlich sein konnten.

»Machen Sie es nicht so spannend, und erzählen Sie. Wer sind Sie? Was wollen Sie von mir?«

»Dazu komme ich gleich. Vorher möchte ich Ihnen gern eine Frage stellen«, wich Abtey aus. »Wie stehen Sie zu den Nazis? Wie stehen Sie zu dem, was in Frankreich vor sich geht?«

Josephine sah ihn funkelnd an. »Wie ich zu den Nazis stehe? Was ist das für eine Frage? Ich hasse und verabscheue sie, das ist doch klar. Wie kann man jemanden gut finden, der Menschen in Angst und Schrecken versetzt, Minderheiten verfolgt – wer weiß, was sie mit den ganzen Juden anstellen, die sie bei Nacht und Nebel wegbringen? Europa ist ein Schlachtfeld! Ich habe Angst um alle, die ich kenne, selbst um meine Familie, auch wenn es nicht so aussieht, als würden die Staaten mit in den Krieg hineingezogen werden.

Dieser Hitler ist so irrsinnig, dass man mit den unmöglichsten Entwicklungen rechnen muss.«

»Gut.«

»Habe ich Ihre Frage zufriedenstellend beantwortet?«

»Das haben Sie.« Er ging aber nicht auf ihren humorvollen Ton ein. »Ich arbeite für die Résistance.«

Josephine nahm einen großen Schluck Holunderlimonade, da ihre Kehle sich plötzlich trocken anfühlte. »So was in der Art habe ich mir schon gedacht.«

»Haben Sie von General Charles de Gaulle gehört?«

»Natürlich.« Josephine verschluckte sich und hustete heftig. Eben noch hatte sie Schnecken für ihre Enten gesammelt, und nun wurde sie mit den Aktivitäten des Geheimdienstes und des Widerstands konfrontiert! Ihr Herz pochte so laut, dass sie glaubte, Abtey würde es hören.

»De Gaulle ist unser führender Kopf. Viele Franzosen haben sich mit der Besatzung abgefunden, aber nicht er. Von London aus organisiert er den Widerstand. Meine Aufgabe – und die meiner Mitstreiter – ist es, so viele Informationen wie möglich über die Nazis zu sammeln. Truppenbewegungen, Invasionspläne, einfach alles. Die unbedeutendste Kleinigkeit kann im wahrsten Sinne des Wortes kriegsentscheidend sein.«

Josephine hörte aufmerksam zu und schenkte Abtey Limonade nach. Vom Park her trabte ihr Gepard Chiquita heran und strich um ihre Beine. Gedankenversunken streichelte sie ihn. Albert, dem der Gepard offenbar nicht geheuer war, verließ seinen Ruheplatz auf den Steinfliesen und stahl sich davon.

Abtey stutzte einen Moment und starrte erst das sich entfernende Schwein, dann die Raubkatze an. »Erst ein Schwein, dann ein Gepard? Haben Sie hier einen Zoo?«

»So in etwa.« Josephine beugte sich vertraulich vor. »Das ist ja alles schön und gut, aber was hat das alles mit mir zu tun? Warum erzählen Sie das einer Sängerin, die ihren Ruhm und ihren Glamour in Paris gelassen hat und nun hier die Tage in Gummistiefeln zählt, bis der Krieg vorbei ist?«

»Ich halte Sie nicht für einen Menschen, der herumsitzt und abwartet, Madame. Ich habe Erkundigungen über Sie eingezogen. Überall sagte man mir, Sie haben eine ungebändigte Energie, wenn ich das so salopp sagen darf.«

Josephine lachte schallend.

»Sie haben sich zwar in die Dordogne zurückgezogen, aber untätig waren Sie seit Ausbruch des Krieges ja nicht«, fuhr Abtey fort. »Wie ich hörte, haben Sie sich in Paris beim Roten Kreuz engagiert und Essen und warme Decken an Flüchtlinge verteilt.«

»Ja, das stimmt.« Josephine dachte kurz an die Zeit zu Kriegsausbruch zurück, als sie noch auf Le Beau Chêne gelebt hatte. In diesen seltsamen Monaten nach Fridas Abreise, in denen der Krieg noch unwirklich, nicht greifbar gewirkt hatte, war sie abends im *Casino de Paris* aufgetreten, tagsüber hatte sie als Helferin beim Roten Kreuz gearbeitet. Diese Zeit erschien ihr im Nachhinein wie ein verschwommener Traum; sehr viel war seitdem passiert. »Wollen Sie mich wieder als Rotkreuzschwester anheuern?«

Abtey schüttelte ernst den Kopf. »Nein. Lassen Sie mich ganz offen sein. Frankreich steht am Rande des Abgrunds.

Die Deutschen haben den Norden eingenommen, damit werden sie sich aber nicht zufriedengeben. Wir müssen etwas tun.«

Josephine fühlte sich zunehmend verwirrt. Sie zermarterte sich das Gehirn darüber, was Abtey von ihr wollte. »Was kann ich tun?«

»Die Résistance sucht nach Menschen, die Verbindungen haben. Wir haben bereits einige Künstler, Schauspieler und Musiker rekrutiert. Diese sind normalerweise viel unterwegs, bewegen sich im ganzen Land, weil sie Auftritte oder Ausstellungen haben. Deshalb sind sie nicht so verdächtig wie andere Personen, wenn sie plötzlich ihre angestammte Region verlassen. Kein Mensch käme auf die Idee, Josephine Baker führe etwas Geheimes im Schilde, wenn sie nach Bordeaux oder Lissabon oder Marseille fährt, um dort einen Gastauftritt zu haben, nicht wahr?«

»Nein, wohl nicht«, gab Josephine zu und liebkoste das weiche Fell des Gepards, der es sich zu ihren Füßen bequem gemacht hatte.

»Sehen Sie? Und kein Mensch käme auf den Gedanken, dass Sie möglicherweise den Auftrag haben, auf Ihren Reisen Informationen zu sammeln, die wichtig für den Widerstand sind.«

»Ich brauche einen kleinen Moment.« Josephine stützte den Kopf in die Hände und versuchte zu verarbeiten, was Abtey ihr gerade darlegte. Tausend Fragen wirbelten in ihr umher, wie Motten, die sie nicht zu fassen bekam. »Wie stellen Sie sich das vor, ich meine, ich bin nur eine Tänzerin und

Sängerin, ich habe keinerlei militärisches Wissen, ich kenne mich doch überhaupt nicht aus!«

»Nicht so laut, bitte«, beschwor Abtey sie und sah zur Terrassentür. Sie war zwar geschlossen, aber man konnte den Schatten Paulettes dahinter erkennen; anscheinend wischte sie gerade Staub.

»Schon gut, ich bin leise«, beschwichtigte Josephine ihn. »Auch wenn ich nicht glaube, dass von meinem Dienstmädchen eine Gefahr ausgeht. Dazu ist sie zu einfältig. Also, wie kann ich Ihnen helfen?«

Abtey sah sie fest an. »Sie sind berühmt, Madame Baker. Jeder bewundert und achtet Sie.«

Außer in Amerika, schoss es ihr durch den Kopf. Doch darum ging es hier nicht.

»Sie haben Verbindungen zu vielen einflussreichen Leuten. Saßen nicht immer auch Politiker, Diplomaten, sogar Staatsoberhäupter in Ihrem Publikum?«

»Ja natürlich«, bestätigte Josephine und dachte an all die Staatsmänner oder hochrangigen Militärs, egal, ob Franzosen oder Ausländer, zurück, die ihr all die Jahre Blumen in die Garderobe geschickt oder sie zum Essen eingeladen hatten. »Ich kenne einige.«

»Perfekt.« Abteys Augen funkelten zufrieden. »Um konkret zu werden: Wir bräuchten Sie als eine Art Spionin, die sich Zutritt zu gewissen Botschaften verschafft. Oder auch zu Würdenträgern im Inland, Bürgermeistern, Lokalpolitikern. Gehen Sie auf Cocktailpartys, singen Sie für die Herren. Plaudern Sie mit ihnen, seien Sie charmant, stellen Sie sich ein wenig naiv, und stellen Sie unbedarfte Fragen.

Wahrscheinlich erfahren Sie dabei das eine oder andere über das Vorgehen der Deutschen, das für die Résistance wichtig ist. Die Informationen werden dann umgehend zu General de Gaulle in London weitergeleitet. Können Sie mir insoweit folgen?«

»Ja.« Josephine holte tief Luft. »Auch wenn ich es noch nicht so ganz verstehe: Wie soll ich Informationen weitergeben? An wen?«

»Ich werde immer an Ihrer Seite sein«, erklärte Abtey, während er sich misstrauisch zum Château umwandte, aus dem ein Klirren zu hören war. »Sind Sie sicher, dass Ihr Dienstmädchen nichts mitbekommt?«

»Keine Sorge. Aber wir können gern noch leiser sprechen«, flüsterte Josephine.

»Wie gesagt, ich werde Sie auf Ihren Einsätzen begleiten. Die Informationen, die Sie erhalten, geben Sie sofort an mich weiter. Die Résistance ist stark vernetzt, ich habe mehrere Kontaktmänner. Die werden dafür sorgen, dass die Informationen in die richtigen Hände gelangen.«

Josephine schaute ihren sonderbaren Gast nachdenklich an. »Das ist wahrhaftig eine andere Aufgabe, als in Paris Suppe an die Flüchtlinge zu verteilen. Ich bin richtig überwältigt, dass Sie mir eine so wichtige Aufgabe zutrauen.«

»Das verstehe ich. Ich weiß, ich habe Sie gerade mit meinem Anliegen überfallen, wahrscheinlich fühlen Sie sich ein bisschen erschlagen.«

»Sie haben recht, Monsieur Abtey. Ich muss meine Gedanken erst mal ordnen.«

Josephine trank noch einen Schluck Limonade und

blickte über den Schlosspark. Am Himmel ballten sich wieder schwere Wolken zusammen, es würde gleich wieder regnen. Die Vögel flogen aufgeregt in ihren Volieren umher und piepsten laut durcheinander. Als spürten auch sie, dass etwas Neues, Unbekanntes in der Luft lag.

Auch Abtey starrte auf die spätblühenden Blumen in den kunstvoll angelegten Beeten und die drei Hunde, die einander jagend vorbeitollten. »Die Aufgabe kann Ihnen natürlich nicht vergütet werden. Es wäre ehrenamtlich.«

Josephine kicherte. »Ehrenamtlich in Verbindung mit Spionagetätigkeiten klingt gut. Als wäre es vergleichbar mit der Aufgabe, sich sonntags um den Blumenschmuck in der Kirche zu kümmern.«

Abtey deutete lediglich ein kurzes Lächeln an, dann fügte er hinzu: »Und ich muss wahrscheinlich nicht betonen, dass Ihre Aufgabe sehr, sehr gefährlich wäre. Lebensgefährlich. Wenn Sie auffliegen, erschießen die Deutschen Sie auf der Stelle.«

Trotz der warmen Temperaturen wurde es Josephine eiskalt. Natürlich war ihr klar, dass es alles andere als einfach werden würde, für die Résistance brauchbare Informationen zu beschaffen. Bei dieser Entscheidung standen nicht nur ihre Karriere und ihr finanzieller Wohlstand auf dem Spiel, sondern ihr Leben. Dann dachte sie an all die Juden, die laut Bricktop täglich auf geheimnisvolle Weise verschwanden und nicht mehr wiederkehrten. Konnte man dem Treiben der Nazis einfach so zusehen, ohne sich ihnen entgegenzustellen?

»Es herrscht Krieg, ich habe eigentlich keine Zeit, um

lange auf Ihre Entscheidung zu warten, Madame Baker, aber natürlich verstehe ich es, wenn Sie ein bisschen Bedenkzeit brauchen.«

In einem plötzlichen Moment der Klarheit, der dem rasenden Zug ihrer Gedanken ein Ende setzte, wusste Josephine, wie ihre Antwort ausfallen würde. Eigentlich hatte ihre Entscheidung von dem Moment an festgestanden, als Abtey zum ersten Mal das Wort Résistance erwähnt hatte.

»Ich brauche keine Bedenkzeit«, antwortete sie entschlossen. »Natürlich unterstütze ich den Widerstand, gar keine Frage.«

»Wirklich?« Überrascht beugte sich Abtey nach vorne. »Sind Sie sicher? Wollen Sie nicht wenigstens ein, zwei Tage darüber nachdenken?«

»Nein. Wissen Sie, als junge Frau war ich in Amerika ein Niemand. Dann kam ich nach Frankreich. Frankreich machte mich zu dem, was ich heute bin.« Ihre Augen glänzten, und an Abteys Gesichtsausdruck erkannte sie, dass ihre Worte, die tief aus ihrer Seele sprudelten, ihn beeindruckten. Eine Träne löste sich von ihren Wimpern, doch um ihren Mund lag ein entschlossener Zug. »Ich werde Frankreich bis an mein Lebensende dankbar sein. Die Pariser haben mich aufgenommen und mir alles gegeben, was ich brauchte. Sie haben mir ihre Herzen geschenkt, und ich habe ihnen meins dafür gegeben. Ich könnte Frankreich in dieser dunklen Zeit niemals im Stich lassen. Ich werde für Frankreich kämpfen, und wenn es mein Leben kostet, dann soll es so sein.«

Einen Moment herrschte Stille, nur unterbrochen von

den schrillen Rufen der Vögel in den Volieren. Die ersten dicken Regentropfen begannen, zu fallen und auf den Steinplatten der Veranda zu zerplatzen.

»Gut.« Abtey räusperte sich. An seiner belegten Stimme erkannte sie, dass ihre Worte ihn berührt hatten. »Ich danke Ihnen vielmals. Ich glaube, ich habe mit Ihnen die richtige Wahl getroffen.«

»Wann geht es los? Wie geht es weiter?«, fragte Josephine und stand auf, um den Limonadenkrug und die Gläser zum Schutz vor dem Regen nach drinnen zu bringen.

»Meine Kontaktleute haben in Erfahrung gebracht, dass die Portugiesen Wind von geheimen militärischen Vorhaben der Nazis bekommen haben. Ich werde versuchen, einen Besuch in der portugiesischen Niederlassung in Vichy zu arrangieren. Ich melde mich, sobald ich Näheres weiß.«

Abtey streckte ihr die Hand hin, und sie besiegelten ihre Zusammenarbeit mit einem festen Händedruck. Josephine fühlte sich mehr als bereit für ihre neue Aufgabe. Es erfüllte sie mit tiefer Zufriedenheit, den deutschen Gräueltaten nicht mehr tatenlos zusehen zu müssen, nicht mehr untätig vor dem Radio zu sitzen, sondern den Nazis etwas entgegenzusetzen. Sie hatte lange genug müßig in ihrem Schloss herumgesessen.

Die nächsten zwei Wochen vergingen für Josephine quälend langsam. Täglich wartete sie auf einen Anruf von Jacques Abtey mit Hinweisen zu ihrem ersten Einsatz, doch das Telefon blieb stumm. Der Spätsommer war nun endgültig zu Ende, und der Herbst kündigte sich mit Regenschauern und

Stürmen an, die durch den Park von Les Milandes fegten und die Tiere verstörten. Josephine schlenderte mit ihrem Gepard Chiquita an der Seite die gepflegten Pfade entlang und zupfte hier und da etwas Unkraut aus. Allmählich färbte sich das Laub der Bäume feuerrot und leuchtend gelb. Sie schlug den Weg in Richtung des Dorfes ein. Seit Abteys Besuch war es ihr zur Gewohnheit geworden, ihre Umgebung aufmerksam zu beobachten. Obwohl sie noch keinen offiziellen Einsatz gehabt hatte, hatte sie ihre Rolle bereits verinnerlicht. Da – der junge, blonde Mann, der vor dem Gemischtwarenladen herumlungerte und eine Zigarette rauchte, als habe er nichts zu tun? Da sie ihn nicht kannte, konnte er unmöglich aus Castelnaud-la-Chapelle sein. War das womöglich ein Deutscher, der die Gegend auskundschaftete? Sie musste umgehend Abtey informieren. Zum Glück hatte er ihr bei seinem Besuch eine Telefonnummer gegeben. Etliche Male hatte sie ihn bereits kontaktiert, um ihm von verdächtigen Personen zu berichten, doch stets hatte sich ihr Verdacht als haltlos erwiesen. Trotzdem – man konnte nie wissen; vielleicht handelte es sich bei dem Mann vor dem Laden dieses Mal tatsächlich um einen deutschen Spion, dem Einhalt geboten werden musste?

Kurz entschlossen trat sie den Rückweg an; in der Eingangshalle ihres Schlosses saß Paulette auf der Treppe und blätterte in einer Zeitschrift, die sie wer weiß wo aufgegabelt haben mochte, denn derlei Luxusgüter waren Mangelware.

»Nichts zu tun, Paulette?« Es ärgerte Josephine, dass ihre Angestellte noch nicht einmal ein schlechtes Gewissen zu haben schien, beim Faulenzen erwischt zu werden.

Wenigstens zuckte sie beim Klang von Josephines scharfem Tonfall ein wenig zusammen. »Mit Verlaub, Madame, aber außer Ihnen und mir wohnt hier niemand. Wir benutzen vielleicht drei von ... ich weiß nicht, vielleicht vierzig Zimmern? Soll ich die jeden Tag putzen und wienern? Wozu?«

Josephine setzte gerade an, sich diesen vorlauten Ton zu verbitten, als das Telefon läutete. Laut schrillte der Klingelton durch die Eingangshalle, hallte von Wand zu Wand. Sie stürzte zum Apparat und riss den Hörer von der Gabel.

»Ja?«

»Hier ist Jacques Abtey.«

Erleichtert lehnte sich Josephine gegen die Wand. »Monsieur! Ich habe auf Ihren Anruf gewartet! Haben Sie endlich einen konkreten Auftrag?«

»Madame Baker, ab sofort dürfen Sie mich als Ihren neuen Agenten betrachten. Ich habe Ihnen eine Einladung in die provisorische Portugiesische Botschaft in Vichy verschafft. Morgen Abend dürfen Sie erst singen – die Herrschaften sind ganz außer sich vor Freude, dass Sie sie mit Ihren Liedern unterhalten –, danach sind Sie herzlich zur anschließenden Cocktailparty eingeladen. Schaffen Sie es so kurzfristig, einen Auftritt vorzubereiten?« Abtey klang ganz sachlich und nüchtern, so als handelte es sich um keine große Sache.

Josephine fühlte sich fast ein wenig in ihrer Berufsehre gekränkt. »Natürlich schaffe ich das kurzfristig, wissen Sie, wie lange ich schon im Showbusiness bin?«

Abtey lachte rau. »Natürlich. Ich hole Sie morgen frühzeitig ab, wir werden einige Stunden für die Fahrt brauchen.«

»In Ordnung, ich werde bereit sein.«

Josephine beendete den Anruf und scheuchte Paulette auf, die ungeniert zugehört hatte. Sie ärgerte sich über sich selbst; sie musste unbedingt vorsichtiger sein, wenn sie mit Abtey sprach. Zwar war Paulette offensichtlich vollkommen in ihre Zeitschrift vertieft gewesen, aber man konnte ja nie wissen. »Husch, husch, deine ausgedehnte Pause ist vorbei. Bügle zuerst mein smaragdgrünes Abendkleid, dann bereite einen Korb mit Proviant vor. Ich verreise morgen früh und komme wahrscheinlich erst übermorgen wieder.«

Sie atmete tief durch, trat ans Fenster und schaute hinaus in den Park, über den ein heftiger Wind pfiff. Ihr fiel ein, dass sie Abtey nichts von ihrem Verdacht erzählt hatte, im Dorf könne sich ein deutscher Spion befinden. Das würde sie gleich morgen früh nachholen. Zufrieden drückte sie ihre Nase an die kühle Scheibe. Endlich war es so weit. Sie konnte ihre erste Mission kaum erwarten, sie brannte regelrecht darauf, etwas für ihr Land zu tun. Eine unendliche Energie schien sie von innen her zu befeuern, vergessen waren die Monate des Nichtstuns, die sie wie ein Einsiedler auf Les Milandes verbracht hatte.

Noch vor dem Morgengrauen wachte sie am nächsten Tag auf. Der Park und die Tiere schienen noch von dickem Nebel eingehüllt zu schlafen, nur Binky schmiegte sich liebevoll an sie, als sie eine Tasse Kaffee trank. In ihrem Magen grummelte es, die Aufregung setzte ihr zu. Doch sie schaffte es, ihr Nervenflattern halbwegs zu ignorieren. Sie war seit ihrem ersten Auftritt in Paris im *Folies Bergère* nicht mehr so nervös gewesen. Egal, welche Aufgabe sie heute erwartete, sie würde ihre Sache gut machen, dessen war sie sich sicher.

Bald hörte sie Abteys Renault die Auffahrt heraufkommen.

»Ich habe bei unserem gestrigen Telefonat vergessen, Ihnen etwas Wichtiges zu sagen«, begann Josephine, während sie durch die gewundenen Straßen der Dörfer fuhren. Sie berichtete von ihrem Verdacht, einen deutschen Spion gesichtet zu haben.

Zu ihrer Überraschung runzelte Abtey die Stirn. Sie hatte ein Lob über ihre Beobachtungsgabe erwartet, doch es schien keines zu kommen.

»Madame Baker«, setzte er an. »Wie oft haben Sie mich in den letzten beiden Wochen kontaktiert, weil Sie einen Deutschen oder einen Spion oder was weiß ich wen identifiziert zu haben glaubten? Geschlagene fünfmal musste ich einen Kollegen schicken, der die Leute überprüft hat. Einmal war der vermeintliche Spion der Cousin der Bäckersfrau, der die besetzte Zone verlassen hat, um bei ihr Unterschlupf zu suchen, ein anderes Mal handelte es sich um den neuen Dorfschullehrer, das dritte Mal ... Aber lassen wir das. Ich drücke es mal so aus: Da ist Ihr Temperament mal wieder mit Ihnen durchgegangen. Ich freue mich, dass Sie Ihre Aufgabe so ernst nehmen, dennoch sollten Sie Ihre Fantasie ein bisschen zügeln.«

Josephine blitzte ihn von der Seite an; es gefiel ihr nicht, gemaßregelt zu werden. Sie gab alles für ihre neue Aufgabe, und sie erwartete, dass man ihre Beobachtungen ernst nahm!

»Dann beschweren Sie sich hinterher nicht, wenn sich hier ein Nazi einnistet, ohne dass Sie es merken«, entgegnete sie spitz.

Abtey schmunzelte, was sie nur noch mehr aufbrachte. »Rücken Sie schon damit heraus, um was es heute Abend gehen wird«, forderte sie ihn unwirsch auf.

»Na gut. Wie bereits erwähnt, bin ich Ihr neuer Agent – Agent im Sinne von Manager, nicht Spion.« Josephine konnte sich trotz ihrer Verärgerung ein Lächeln nicht verkneifen.

»Mein Deckname ist Jack Sanders, ich bin Franko-Amerikaner. Ich werde Sie heute Abend in die Portugiesische Botschaft begleiten. Nach Ihrem Auftritt mischen wir uns unters Volk. Es wird ein portugiesischer Offizier zugegen sein, der angeblich im Besitz von Informationen über ein U-Boot der Deutschen sein soll, das diese gerade bauen. Er heißt João Gabriel Santos Almeida. Groß, schlank, Ende fünfzig. Ich werde Sie unauffällig auf ihn hinweisen, wenn es so weit ist. Die Informationen, die er besitzen soll, sind brisant und streng geheim. Ich habe von höchster Stelle den Auftrag, dass wir uns umhören und so viele Einzelheiten wie möglich in Erfahrung bringen.«

»In Ordnung. Und woher weiß die Résistance davon, dass die Portugiesen solch geheime Kenntnisse haben?«, fragte Josephine neugierig.

»Glauben Sie mir, wir haben überall unsere Kontakte. Aber es ist besser, wenn Sie nicht allzu genau darüber Bescheid wissen. So können Sie nicht versehentlich etwas verraten.«

»Das leuchtet mir ein.« Josephine schaute in die aufgehende Sonne, die die leere Straße vor ihnen in orangefarbenes Glühen tauchte. »Verlassen Sie sich auf mich, am Ende des Abends werde ich alles in Erfahrung gebracht haben, was es über dieses U-Boot zu wissen gibt.«

Abtey nickte zufrieden. »Und denken Sie dran – seien Sie so natürlich wie möglich, stellen Sie scheinbar beiläufige Fragen. Machen Sie dem Offizier gern schöne Augen, dann wird er sich geschmeichelt fühlen und viel offener sein.«

»Im Schöne-Augen-Machen habe ich jahrelange Übung.«

»Das glaube ich Ihnen sofort.« Um Abteys Mundwinkel zuckte es belustigt. »Falls Sie technische Daten zu sehen oder zu hören bekommen, notieren Sie sich bitte alles. Scheinbar nichtssagende Zahlen oder Abkürzungen vergisst man leicht. Gehen Sie unauffällig vor. Und tragen Sie die Notizen, die Sie sich machen, nicht in Ihrer Handtasche spazieren. Wir können jederzeit auf der Straße von Deutschen angehalten und einer Leibesvisitation unterzogen werden.«

»Keine Angst. Ich habe einen kleinen Schreibblock und einen Bleistift dabei, und ich werde die Notizen an meinen intimsten Stellen verbergen.« Sie sah Abtey süffisant an. Dieser lief unter seinem blonden Haarschopf rot an.

»Noch etwas. Da wir eng zusammenarbeiten, Sie als Sängerin, ich als Ihr Agent, sollten wir uns duzen. Einverstanden?«

»Gerne, Jack Sanders«, lächelte sie.

Es war ein seltsames Gefühl, nicht nach Paris zu fahren, das seit Jahren das Zentrum von Josephines Dasein war, sondern nach Vichy, das seit der Besetzung der Hauptstadt durch die Deutschen als französischer Regierungssitz diente. Es war kaum vorstellbar, dass dieser idyllische Kurort mit seinen Quellen, Parks und Badeanlagen, dem Casino und dem freundlich wirkenden Rathaus mit dem Kuppeltürmchen auf dem Dach nun als Hauptstadt einer so großen Nation dienen sollte. Dennoch war Josephine dankbar, nicht nach Paris zu fahren. Das *Chez Joséphine* oder das *Chez Bricktop* zu sehen, geschlossen, die Türen mit Brettern vernagelt, hätte sie unsagbar traurig gemacht.

Die Portugiesische Botschaft war ein bemerkenswertes Gebäude aus hellbraunem Sandstein mit Rundbögen über den Türen und Fenstern. Über einer steinernen Balustrade wehte die portugiesische Flagge im Herbstwind. Am Empfang wurden sie überprüft und mussten ihre Ausweisdokumente vorzeigen. Josephine, die Jacques über die Schulter schaute, erkannte, dass sein Ausweis auf Jack Sanders ausgestellt war.

Sie bekam einen Raum als Garderobe zugewiesen. Sie war froh, sich nach ihrer Ankunft frisch machen und in Schale werfen zu können.

»Gut siehst du aus«, meinte Jacques anerkennend, als sie sich in ihrem schillernden grünen Abendkleid, das sie zuletzt Ende der Dreißigerjahre bei ihren Auftritten in ihrem Nachtklub getragen hatte, zu ihm in einen Besucherraum gesellte. »Wunderschön.«

»Es ist ungewohnt, wieder so glamourös aufzutreten«,

murmelte Josephine und begutachtete sich in einem Wandspiegel. Ihre kurzen schwarzen Haare lagen in weichen Wellen am Kopf an, ihre Lippen glänzten in sattem, dunklem Rot, und ihr Goldschmuck hob sich glitzernd von ihrer Haut ab. Auch Jacques hatte sich umgezogen und sah in seinem schwarzen Anzug und mit ordentlich gescheitelten Haaren unerwartet anziehend aus.

Bald wurden sie von einem weiteren Bediensteten abgeholt und in die Gesellschaftsräume geführt, in denen die Party gefeiert werden sollte. Ein dunkelhaariger, distinguiert aussehender Mann mittleren Alters löste sich von den Gästen und kam auf sie zu. Ein jüngerer Mitarbeiter war an seiner Seite, um sie einander vorzustellen.

»Seine Exzellenz, darf ich Ihnen die berühmte Mademoiselle Baker vorstellen? Mademoiselle, Seine Exzellenz, Armando Humberto da Gama Ochôa, Botschafter von Portugal.«

»Meine liebe Madame Baker!« Der Botschafter küsste Josephine galant die Hand, dann begrüßte er auch Jacques. »Es ist mir eine solche Ehre, Sie auf unserem kleinen Fleckchen Portugal begrüßen zu dürfen!«

Josephine neigte erfreut den Kopf. »Die Freude ist ganz meinerseits. Vielen Dank für Ihre Einladung. Ich habe in den vergangenen Jahren viele Konzerte in Portugal gegeben, ich liebe Ihr Land.«

Da Gama Ochôa nahm Champagnerschalen vom Tablett eines Kellners und reichte jedem eine. »Auf Sie, Madame Baker, und Ihren Begleiter, Mr Sanders. Auf dass dieser schreckliche Krieg zu einem raschen Ende findet. Auch wenn es derzeit noch nicht so aussieht.«

»Es ist ungewohnt, in so einen beschaulichen Badeort zu kommen statt nach Paris«, merkte Josephine ernst an. »Aber auf jeden Fall scheint die Stimmung hier unbeschwerter als oben im Norden, wo die Deutschen jeden Zipfel der Stadt kontrollieren.«

Der Botschafter nickte zustimmend. »Die Lage im Norden ist bedrückend. Aber lassen wir uns den schönen Abend nicht verderben und wenden wir uns angenehmeren Dingen zu. Sie singen heute Abend für uns?«

»Es ist mir eine Ehre, Eure Exzellenz.«

Da Gama Ochôa klatschte in die Hände und sprach ein paar Worte zur Begrüßung aller, während Josephine an Jacques' Seite ihren Blick über die Anwesenden schweifen ließ. Jacques hatte sie auf der langen Autofahrt so gut es ging ins Bild gesetzt, welche Gäste auf der Cocktailparty anwesend sein würden. Es waren hauptsächlich Männer, die beeindruckende Ämter innehatten: Botschaftsangehörige, Handels- und Kulturattachés, Politiker und Offiziere, die meisten davon aus dem neutralen Portugal, einige jedoch auch aus Frankreich und Franco-Spanien. Die anwesenden Ehefrauen waren allesamt elegant gekleidet und frisiert. Mit einem leichten Nicken, das außer Josephine niemand wahrnahm, wies Jacques sie auf den Mann hin, mit dem sie sich heute Abend näher beschäftigen sollte: João Gabriel Santos Almeida, der hochrangige Angehörige des portugiesischen Militärs. Er war in seinen späten Fünfzigern und trug eine graue, mit Orden dekorierte Uniform. Seine dunklen Augen ruhten auf Josephine. Das war von Vorteil, denn wenn er jetzt schon Interesse an ihr bekundete, bevor sie überhaupt den Mund aufgemacht hatte, würde ihr Unterfangen nicht allzu schwer sein. Sie war guter Dinge.

»Bevor ich Sie alle noch mehr mit meiner Rede langweile«, fuhr der Botschafter fort, »kündige ich wohl besser unseren Stargast für heute Abend an. Es ist die wundervolle Josephine Baker! Wir sind Ihnen so dankbar, dass Sie es trotz der Umstände, die in Ihrem Land herrschen, auf sich genommen haben, eigens für uns nach Vichy zu reisen. Applaus bitte für Madame Baker!«

Die Anwesenden klatschten begeistert, auch Santos Almeida applaudierte laut. Sie wechselte kurz einen Blick mit Jacques.

Die Menge verteilte sich mit Champagnergläsern in den Händen an Stehtische, die überall im Raum standen. Für Josephine war eine Art provisorische Bühne neben einem Klavier vorgesehen. Sie sprach sich kurz mit dem Klavierspieler ab, dann begann sie ihren Auftritt. Die Gäste und die Botschaftsangehörigen lauschten hingerissen, als sie »Then I'll be happy«, »Aux Îles Hawaii«, »Pretty Little Baby« und »Rêves« sang. Zum Schluss folgte wie immer ihr größter Hit »J'ai deux amours«. Während die letzten Töne verebbten, bemerkte sie, dass sowohl Jacques als auch Santos Almeida und der Botschafter sichtlich ergriffen waren.

Letzterer trat sogleich zu ihr und überreichte ihr unter dem Beifall des kleinen Publikums einen Strauß Rosen. »Wundervoll, Madame Baker«, sagte er, »man wird geradezu in vergangene Zeiten versetzt, in bessere, unbeschwerte Zeiten … Aber sagen Sie mir, wofür stehen die zwei Lieben aus ›J'ai deux amours‹? Für Ihr Heimatland Amerika und Paris?«

Josephine schüttelte den Kopf. »Nicht mehr. Als ich das Lied vor zehn Jahren zum ersten Mal sang, schon. Aber mittlerweile verstehe ich den Text anders. Meine zwei Lieben sind Paris und Frankreich.«

Sie wechselte noch ein paar Worte mit dem Botschafter, dann mischte sie sich unter die Gäste. Sie ließ es wie einen charmanten Zufall aussehen, dass sie mit dem grauhaarigen Militär ins Gespräch kam.

»Ich kann die mit Ei empfehlen«, wandte sich der General an sie, als sie die sorgfältig angerichteten Häppchen betrachtete. »Oder die mit Hühnchen.«

»Danke für den Tipp«, antwortete Josephine liebenswürdig und bediente sich. »Mmh, Sie haben recht – köstlich. Ich bin richtig ausgehungert nach der langen Fahrt.«

Ihr Tischnachbar stützte das Kinn auf die Hand und betrachtete sie interessiert. »Ja, richtig, Armado hat es erwähnt. Sie haben Paris verlassen und sind aufs Land gezogen, richtig, Madame Baker?«

Sie nickte. »Ja, ich lebe in der Dordogne. Und Sie, General? Die Anrede ist doch korrekt, oder? Ich kenne mich nicht aus.« Sie beugte sich ein wenig nach vorne, um seine zahlreichen Orden an der Uniform zu begutachten.

»In der Tat. Darf ich mich vorstellen?«, fragte er und verbeugte sich leicht. »Ich bin João Gabriel Santos Almeida.«

»Sehr erfreut, General. Machen Sie Urlaub in Vichy?« Im Hintergrund erspähte sie Jacques, der bei den Getränken herumstand und sie unauffällig beobachtete. Im Geiste überlegte sie fieberhaft, wie sie das Thema so lenken konnte, dass sie die gewünschten Informationen bekam.

»Urlaub?« Santos Almeida stieß ein raues Lachen aus. »Wohl kaum. Ein Mann in meiner Position kann sich in diesen Zeiten keinen Urlaub erlauben.«

Josephine bemühte sich, möglichst unbefangen zu wirken, rückte ein wenig näher an ihn heran und fragte neugierig: »Aber soviel ich weiß, ist Portugal ein neutrales Land, das nicht ins Kriegsgeschehen verwickelt ist, nicht wahr? Sind Sie trotzdem so involviert in das, was sich im Rest Europas abspielt?«

Sie biss in ihr Appetithäppchen und sah ihn vertrauensselig und treuherzig an. Auf der Bühne hatte sie diesen Ausdruck oft zur Schau gestellt, um als verführerisches, doch durch und durch aufrichtiges Geschöpf zu wirken. Sie glaubte, so etwas wie ein begehrliches Funkeln bei ihm wahrzunehmen. Einen Moment schaute er auf ihre dunkelrot geschminkten Lippen, dann auf die zarte Wölbung ihres Dekolletés.

»Portugal ist nicht involviert, trotzdem sind wir wachsam. So ein Krieg kann schnell eskalieren und über die Grenzen des Denkbaren hinaus neutrale Länder mit anstecken.«

»Wie verstehen Sie es, wachsam zu sein?« Sie bemühte sich, verwirrt zu wirken, so wie in einer ihrer Rollen im Film.

Der General lächelte, sie hoffte, dass er ihre naive Art erfrischend fand. Er kam noch näher, sodass sich ihre Schultern berührten, und schlug einen vertraulichen Tonfall an. »Ich gebe zu, ein Mann meiner Position trägt viel Verantwortung für die Sicherheit seines geliebten Landes. Ich habe so einige Kenntnisse über die Kriegsgeräte der Deutschen gesammelt. Waffen, Panzer, U-Boote.«

Ein Kellner kam vorüber und bot ihnen nochmals Champagner an. Santos Almeida ließ sich noch einmal nachfüllen. Josephine hatte den Eindruck, dass er bereits reichlich beschwipst war. »Wirklich?«, flüsterte sie beeindruckt. »Deutsche Waffen und U-Boote?«

Er nickte gewichtig. Als sie näher nachfragen wollte, schlenderte jedoch ein französischer General heran, der Santos Almeida in ein langes Gespräch über Lissabon verwickelte, das er vor ein paar Jahren besucht hatte. Josephine entschuldigte sich und ging zu Jacques, der am Fenster stand und an seinem Glas nippte.

»Wie läuft es?«, raunte er ihr zu.

Josephine schaute in die sich lebhaft unterhaltende Runde. »Gut.«

Da die Botschaftsgattin auf sie zukam, die sie mit Fragen zu ihrer Bühnenkarriere überschüttete, wandte sie sich von Jacques ab. Erst später am Abend bot sich die Gelegenheit, ihr Gespräch mit Santos Almeida wiederaufzunehmen. Offenbar hatte er dem Alkohol inzwischen noch stärker zugesprochen, denn er hatte sich auf einem Sofa niedergelassen und seine Krawatte gelockert.

»Sie haben mich vorhin neugierig gemacht«, begann Josephine charmant und deutete fragend auf das Sofa.

»Setzen Sie sich doch, meine Liebe.« Der General klopfte einladend auf die Sitzfläche neben sich. »Worüber haben wir uns vorhin unterhalten?«

»Sie haben mir gerade von den Kriegsgeräten der Deutschen erzählt«, half Josephine ihm auf die Sprünge und rückte so nah an ihn heran, wie es noch schicklich war. Sein Atem roch nach Alkohol und Ei.

Er beugte sich vertraulich zu ihr, nicht ohne einen Einblick in ihren Ausschnitt zu erhaschen. »Stellen Sie sich vor, meine Teuerste, wir haben Beweise dafür, dass die Deutschen in Bremen eine heimliche U-Boot-Produktion begonnen haben. Es soll sich um reine Wunderboote handeln.«

»Wunder-U-Boote?«, wiederholte sie ehrfürchtig.

»Technisch sehr fortgeschrittene U-Boote, mit denen die Deutschen den Flotten der Alliierten sehr zusetzen könnten.«

»Und Sie wissen, wo diese gebaut werden? Das ist doch sicher streng geheim!«

»Natürlich halten sie das unter Verschluss«, bestätigte Santos Almeida. »Aber wir Portugiesen haben unsere Wege, an Informationen zu gelangen. Mir sind Aufklärungsbilder in die Hände geraten, die die Schiffswerft Weser in Bremen zeigen. Angeblich werden dort nur herkömmliche Schiffe gebaut, aber aus den Bildern kann man schließen, dass dort U-Boote gefertigt werden, still und heimlich.«

»Sehr beeindruckend, dass Sie dies alles wissen! Sie müssen wahrlich ein großer General sein«, schmeichelte Josephine.

»Denken Sie? Natürlich sind diese Informationen streng vertraulich, meine Liebe. Lassen Sie uns das Thema wechseln und von angenehmeren Dingen sprechen. Über Sie zum

Beispiel. Über Ihr Schloss und das Landleben.« Er zwinkerte ihr zu, lallte jedoch leicht.

»Selbstverständlich. Ich liebe mein Château und das Land. Es ist ein starker Kontrast zu Paris, aber das beschauliche und ruhige Leben ist gut für mich. In meinem Park habe ich Platz für alle meine Tiere. Darf ich von ihnen erzählen?«

Der General nickte mit glasigen Augen und ließ sich sein Glas nachfüllen. Sie berichtete ausführlich von Albert, Binky, Chiquita und allen anderen Tieren auf ihrem Anwesen.

»Klingt ausgesprochen interessant«, murmelte Santos Almeida am Ende ihrer Ausführungen; er schien kurz davor zu sein einzuschlafen. Der passende Moment, um sich von ihm loszueisen.

»Mein lieber General, ich muss mich kurz frisch machen. Sie erlauben?«

Auf der Damentoilette notierte sie sich eilig alle Informationen, die sie dem General hatte entlocken können. Sie faltete den Zettel ordentlich zusammen und schob ihn in den Bund ihrer Unterwäsche. Beschwipst vom Erfolg, zog sie vor dem Spiegel ihre Lippen nach und puderte sich das Gesicht. »Mission erfüllt«, murmelte sie ihrem Spiegelbild stolz zu.

4

September 1940

Josephine und Jacques übernachteten in zwei anliegenden Gästeräumen der Portugiesischen Botschaft. Die ganze Nacht lag Josephine wach, aufgewühlt von den Ereignissen des Abends. Es hatte unerwartet viel Spaß gemacht, den portugiesischen General auszuhorchen. Dadurch, dass er angeheitert gewesen war, hatte er es ihr natürlich auch leicht gemacht. Doch nicht nur die Gedanken an die Soiree hielten sie vom Schlafen ab, sondern auch die an Jacques. Er war ein durchaus gut aussehender und interessanter Mann.

Am nächsten Morgen machten sie sich in aller Frühe auf den Heimweg. Sie hatten Vichy gerade hinter sich gelassen, als Jacques den Renault am Rand der Landstraße anhielt. Die Sonne ging glühend über reifen Weizenfeldern auf und warf einen rötlichen Schein auf ihre Gesichter.

»Und?«, fragte Jacques. »Hast du etwas von dem General erfahren können?«

»Dreh dich mal um, Jack Sanders.« Gehorsam wandte er den Kopf, errötete leicht und starrte auf die Felder. Sie schob ihr Kleid hoch und nestelte an ihrer Unterwäsche herum. »Jetzt kannst du gucken. Voilà!«

Sie hielt ihm den Zettel mit ihren Notizen hin, auf dem sie die Informationen Santos Almeidas notiert hatte.

Jacques überflog die Angaben, dann lächelte er breit. »Gut gemacht!« Aus einem Impuls heraus legte er die Arme um Josephine und zog sie an sich.

Einen Moment ließ sie ihren Kopf an seiner Schulter ruhen. Sie war so lange allein gewesen, dass es sich gleichzeitig ungewohnt und tröstlich anfühlte, einen anderen Menschen zu spüren.

»Ich glaube, wir sind ein gutes Team, Josephine.«

»Das glaube ich auch.« Zufrieden lehnte sie sich zurück und sah in die unberührte Landschaft hinaus, während Jacques den Wagen wieder anließ und weiterfuhr. »Die nächste Mission kann kommen.«

»Da wäre noch etwas«, begann Jacques zögerlich, ohne von der Straße wegzusehen. »Du besitzt ein riesiges Anwesen.«

Josephine schaute ihn von der Seite an. »Soll ich im Weinkeller ein Waffenlager errichten?«

»Nein, kein Waffenlager. Aber du könntest vorübergehend einige unserer Leute beherbergen, die auf der Durchreise sind.«

»Verstecken, meinst du?«

Er nickte. »Ja, verstecken. Viele Kämpfer sind unermüdlich unterwegs, um Sabotageakte zu tätigen. Um Anschläge auf wichtige Knotenpunkte der Deutschen durchzuführen, Brücken, Zuglinien. Diese Leute müssen, so gut es geht, im

Untergrund bleiben und dürfen sich nicht zeigen. Es wäre hilfreich, wenn du ihnen für ein, zwei Nächte ein Quartier bieten könntest, bis sie weiterziehen.«

Josephine schluckte. Bis vor wenigen Wochen noch hatte sie auf Les Milandes ihre Tiere versorgt und das Kriegsgeschehen aus der Ferne beobachtet. Nun befand sie sich mitten in einem Strudel heimlicher und gefährlicher Vorgänge, die sie ihr Leben kosten konnten. Und doch gab es kein Zurück für sie. Der Kampf für die Freiheit Frankreichs war nun ihr eigener, so riskant er auch sein mochte. Sie hätte sich feige und unnütz gefühlt, hätte sie Jacques' Bitte abgelehnt.

»Was sagst du?«, fragte Jacques angespannt, und ihr wurde klar, wie wichtig ihre Antwort für ihn war. Die Résistance war auf sie angewiesen, auf sie und Jacques und all die anderen Männer und Frauen, die im Verborgenen agierten.

»Natürlich können die Menschen bei mir unterkommen«, antwortete sie. »Dann sind meine unzähligen Zimmer wenigstens zu etwas nütze.«

»Nur wenn du dir sicher bist, du weißt, dass ...«

»Ja«, unterbrach sie ihn ruhig und legte ihm eine Hand auf den Arm. »Ich weiß, Jacques. Ich könnte verhaftet, im schlimmsten Fall getötet werden, wenn die Deutschen mich erwischen.«

Einen Moment nahm er den Blick von der Straße und sah sie an. Genau wie sie war auch er sich jede Sekunde der Risiken bewusst, er setzte sich sogar einer noch größeren Gefahr aus, und dennoch schreckte er vor nichts zurück, um Frankreich Frieden und Freiheit zurückzubringen. Er stellte seine Mission über seine persönliche Sicherheit und sein

Wohlergehen – so wie sie es auch tat. Dadurch fühlte sie sich ihm stark verbunden. Falls noch irgendwo in ihr ein Splitter des Zweifels stecken sollte, wurde er spätestens jetzt von diesem neuen, warmen Gefühl entfernt, das sich um ihre Brust legte.

»Gut«, sagte er leise und räusperte sich.

»Was ist eigentlich mit dir, Jacques?«, fragte sie aus einem plötzlichen Impuls heraus. »Wir haben so viel über mich gesprochen. Wieso gehst du alle diese Risiken ein? Was treibt dich an, dich in der Résistance zu engagieren?«

»Die Antwort ist ganz einfach«, murmelte er. »Mein Vater und mein Großvater haben im Großen Krieg gekämpft. Sie wurden beide neunzehnhundertsiebzehn von den Deutschen getötet. Meine Mutter und ich wissen nicht mal, wo sie begraben sind. Ich war damals ein Junge, kaum dreizehn Jahre alt, und nichts hat mich so geprägt wie der Verlust. Ich bin bereit, alles zu tun, um diesen wahnsinnigen Krieg zu stoppen. Ich kämpfe dafür, einen Teil dieser sinnlosen Tode zu verhindern.«

»Ich verstehe.«

Nach einigen Stunden der Fahrt, die sie teils in angenehmem Schweigen, teils mit belangloser Plauderei zubrachten, setzte Jacques sie an ihrem Château ab und versprach, sich wieder zu melden. Sie fiel trotz der frühen Stunde ermattet ins Bett.

Einige Tage später machte sich Josephine in einem alten Kleid und Gummistiefeln auf den Weg zu den Tiergehegen. Sie wollte sie reinigen, dafür war sie sich entgegen Paulettes

Meinung nicht zu schade, und trug einen Besen und einen Wassereimer mit sich. Im Schatten des Affenhauses glaubte sie, eine Bewegung außerhalb der Gitter gesehen zu haben. Sie zögerte und hielt inne. Hatte sie sich getäuscht, oder war da was?

»Ist da jemand?«, rief sie. Sie klang mutiger, als sie sich fühlte. Es hatte seine Vorteile, wenn man jahrelang auf der Bühne gestanden hatte.

Etwas raschelte, und als sie sich noch ein Stückchen näher wagte, entdeckte sie zwei Gestalten, einen Mann und eine Frau, die offensichtlich hier draußen übernachtet hatten. Sie kauerten auf einem Bett aus welkem Laub und starrten sie erschrocken an. Josephine wurde es eiskalt, doch im nächsten Moment schoss ihr der Gedanke durch den Kopf, dass die beiden kaum gefährlich aussahen, auch wenn sie in ihren Park eingedrungen waren.

»Wer sind Sie?«, rief sie und richtete vorsichtshalber den Besen auf die Eindringlinge. Inzwischen waren die Affen erwacht und hangelten sich an Seilen und Schlingpflanzen herbei, um durch die Gitter zu beobachten, was vor sich ging.

Die Fremden wirkten erschöpft, so als hätten sie eine lange Reise hinter sich. Beide trugen dunkle Kleidung, an denen Blätter hafteten. »Jack Sanders sagte uns, wir könnten hier vorübergehend unterkommen«, sagte der Mann. »Wir wollen weiter in Richtung Marseille.«

»Ich verstehe.« Josephine ließ ihren Besenstiel sinken. Sie hatte nicht damit gerechnet, schon so bald Gäste beherbergen zu müssen. Doch die Zeiten waren unberechenbar.

»Wie lange sind Sie denn schon da? Sie hätten zum Schloss kommen können, statt sich hier draußen im Nieselregen zu verkriechen.«

»Wir sind mitten in der Nacht angekommen«, berichtete die Frau und strich sich eine nasse Haarsträhne aus dem Gesicht. »Wir wollten niemanden wecken, und wir wussten nicht, ob Sie mit uns rechnen.«

»Ich bin im Bilde. Kommen Sie mit ins Schloss. Mein Dienstmädchen wird Ihnen ein Frühstück und eine Kanne Kaffee zubereiten, damit Sie sich aufwärmen können. Platz habe ich wie Sand am Meer.«

Die beiden sahen Josephine dankbar an.

»Wie heißen Sie überhaupt?«

»Das behalten wir lieber für uns«, meinte der Mann. »So können Sie den Deutschen keine Namen nennen, falls wir auffliegen. Selbst unter Folter nicht.«

»Gut. Dann verrate ich Ihnen auch nicht, wer ich bin«, schmunzelte sie, doch die Frau fiel ihr aufgeregt ins Wort. »Wir wissen natürlich, wer Sie sind. Wir haben Sie mal vor Jahren in Paris auf der Bühne gesehen.«

Josephine brachte die beiden in einem als Gästezimmer eingerichteten Raum im ersten Stock unter. Vorsichtshalber schloss sie die schweren Holzläden vor den Fenstern, auch wenn unwahrscheinlich war, dass sich jemand unerwartet dem Anwesen nähern würde. Paulette würde sie erzählen, dass sie alte Bekannte aus Paris zu Besuch hatte.

In der Nacht wurde sie davon geweckt, dass die Glocke an der Eingangstür des Châteaus klingelte. Ihr Herz hämmerte heftig vor Schreck, und ihre Knie zitterten, als sie aus dem Bett kroch, das Licht einschaltete und sich rasch einen Morgenmantel über ihr Nachthemd warf. Während sie die Treppe in die Eingangshalle herunterschlich, spielte sie verschiedene Szenarien durch. Womöglich standen Verbrecher vor der Tür, Kriminelle, die ihr Tafelsilber und ihren Schmuck stehlen wollten oder gar sie und Paulette zu vergewaltigen versuchten. Häftlinge, die aus einem Gefängnis ausgebrochen waren und sich auf einem abgelegenen Anwesen wie dem ihren einnisteten, um von den Behörden nicht gefunden zu werden. Doch dann rief sie sich zur Räson – Verbrecher würden wohl kaum läuten. Aber vielleicht – und dieser Gedanke war der angsteinflößendste – handelte es sich um Deutsche. Hatte die Gestapo Wind davon bekommen, dass sie für die Résistance arbeitete? Dass sie Menschen auf der Flucht vor den Deutschen in ihrem Haus versteckt hielt?

Ihr war ganz schwindlig, so sehr fürchtete sie sich. Im trüben Licht der Halle sah sie sich nach einer geeigneten Waffe um, um sich notfalls zu verteidigen, als es nochmals laut an der Tür klopfte.

»Was geht hier vor sich?«, flüsterte Paulette, die in ihrem weißen Nachthemd wie ein Gespenst herbeigehuscht kam, totenbleich im Gesicht.

»Ich weiß es nicht«, raunte Josephine. Sie griff nach dem erstbesten Gegenstand, den sie erhaschen konnte, einen großen schwarzen Regenschirm mit metallener Spitze. Das musste als Waffe genügen.

Beide Frauen verharrten hinter der Tür, ohne sich zu

rühren. Josephines Atem ging stoßweise; sie wusste nicht, was sie machen sollte, aber die Tür zu öffnen war keine Option.

»Öffnen Sie sofort die Tür, sonst verschaffen wir uns gewaltsam Zugang!«, drang da eine herrische Stimme zu ihnen durch. Das Französisch des Mannes war eindeutig mit deutschem Akzent gefärbt.

Mit zitternden Händen zog Josephine am Knauf der Tür, denn was blieb ihr anderes übrig?

Vor ihnen standen zwei Männer in Uniform, der ältere der beiden trug eine Pistole im Halfter. Im Hintergrund konnte Josephine die Umrisse eines Geländewagens erkennen.

Der Mann sah irritiert auf den Schirm, den sie umklammert hielt. »Regnet es bei Ihnen im Haus?«

»Nein, aber bei ungebetenen Gästen tief in der Nacht kann man nicht vorsichtig genug sein.« Josephine ließ den Schirm zu Boden sinken, gegen eine Pistole konnte er ohnehin nichts ausrichten. Sie waren schutzlos ausgeliefert, zwei Frauen in Nachthemden, allein in der nächtlichen Stille des großen Schlosses. Sie hörte, wie Paulette, die sich noch immer hinter ihr verbarg, leise aufschluchzte, und wünschte mit zusammengebissenen Zähnen, ihre junge Angestellte würde etwas mehr Contenance bewahren.

»Ich bin Major Ludwig von Erfenstein, das ist Oberfeldwebel Otto Roth. Uns sind gewisse Dinge zu Ohren gekommen.« Der Major musterte Josephine mit neutralem Gesichtsausdruck, während der jüngere Mann sie verächtlich von oben bis unten maß.

»So?«, fragte sie unsicher. »Welche Dinge?«

»Dass Sie hier Verbrecherpack verstecken«, zischte Roth zwischen den Zähnen hervor. Von Erfenstein brachte ihn mit einer einfachen Handbewegung zum Schweigen und erkundigte sich nüchtern: »Wissen Sie etwas darüber? Kamen Personen vorbei, die sich verstecken wollten? Könnte es sein, dass sie sich noch irgendwo hier aufhalten? Ihr Anwesen ist riesig.«

»Personen, die sich hier verstecken?« Josephine schlug die Hand vor den Mund, als jage ihr allein die Vorstellung einen Schauer über den Rücken. »Ist das Ihr Ernst, Herr Major?«

»Sparen Sie sich Ihre Showeinlage. Durchsuchen wir das Haus, Major, statt unsere Zeit mit Reden zu vergeuden.«

Wieder wies von Erfenstein seinen Untergebenen mit einem Blick zurecht. »Also?«, wandte er sich an Josephine. »Halten sich außer Ihnen noch andere Personen auf Ihrem Anwesen auf?«

»Nein, auf keinen Fall, Herr Major.« Josephine schüttelte heftig den Kopf, während sich ihr Magen vor Angst zusammenzog. Großer Gott, lass Paulette den Mund halten, dachte sie. Zum Glück war ihr Dienstmädchen gelähmt vor Angst und brachte kein Wort hervor.

»Sicher?« Von Erfenstein kam so dicht heran, dass sie ihn riechen konnte: Zigaretten, Likör und Kaffee.

»Sicher«, bestätigte sie und zog züchtig ihren Morgenmantel vor der Brust zusammen. »Schauen Sie uns an, wir sind zwei hilflose Frauen, die ganz allein in diesem Schloss hausen. Wir verbringen unsere Tage damit, Marmelade einzukochen und die Eier zu verkaufen, die unsere Hühner legen. Allein beim Gedanken daran, Kriminelle könnten sich meinem Grundstück nähern, bekomme ich Angst!«

Der Major deutete ein Lächeln an, doch aus dem Oberfeldwebel platzte heraus: »Glauben Sie dieser Negerfrau etwa, Herr Major?«

Von Erfenstein wandte sich jedoch direkt an Josephine: »Ich weiß, wer Sie sind.«

Ihre Eingeweide verkrampften sich. Sie war sich sicher, sie war aufgeflogen. Nun war es um sie geschehen.

»Ich habe Sie vor vierzehn, fünfzehn Jahren in Berlin gesehen. Am *Nelson-Theater* am Kurfürstendamm. Sie waren grandios«, raunte er, dann trat er abrupt einen Schritt zurück und bedeutete dem Oberfeldwebel, den Rückzug anzutreten. »Ich wünsche noch eine gute Nacht.«

»Danke, gleichfalls«, murmelte Josephine. Vor Anspannung rann ihr der Schweiß zwischen den Schulterblättern herab.

Sobald der Wagen der Deutschen sich vom Schloss entfernte, schloss Josephine die Tür hinter sich und verriegelte sie.

Paulette sank vor Erleichterung auf die Knie, schlug die Hände vor das Gesicht und begann zu weinen. »Oh mein Gott, ich hatte solche Angst!«

»Meinst du, ich nicht?« Josephine sah kopfschüttelnd auf das Häufchen Elend herunter und versuchte, ihre Knie unter Kontrolle zu bringen. Sie sank auf die unterste Treppenstufe. »Aber wir haben es hinter uns gebracht.«

»Sind der Mann und die Frau, die heute Morgen gekommen sind, auf der Flucht?«, stieß das Hausmädchen schluchzend hervor.

»Nein«, behauptete Josephine. Je weniger Paulette wusste, desto besser. »Das waren Bekannte von Bekannten von mir. Sie sind aber gar nicht mehr da, am frühen Abend sind sie weitergereist. Und nun geh wieder schlafen.«

Immer noch leise weinend, kehrte Paulette in ihr Zimmer zurück, und auch Josephine zog sich kraftlos am Geländer die Treppe hoch. Nicht auszudenken, was geschehen wäre, wenn sich der Mann und die Frau noch im Schloss aufgehalten hätten! Oder wenn die beiden Deutschen tatsächlich die Zimmer durchsucht hätten! Womöglich hätten sie noch Spuren der Gäste gefunden, wie die zwei ungemachten Betten und die benutzten Handtücher, die noch nicht in der Waschküche gelandet waren. Aber ihr Ruhm hatte sie anscheinend vor einer Durchsuchung bewahrt. Welch ein unsagbares Glück es war, dass ausgerechnet ein Major zu ihr geschickt worden war, der sie in Berlin gesehen hatte. Sie legte sich ins Bett und zog die Decke bis ans Kinn, denn ihr war von der durchgestandenen Angst und Aufregung so kalt, dass sie Schüttelfrost am ganzen Körper hatte. Obwohl Jacques ihr gesagt hatte, wie gefährlich ihr Engagement war, wurde es ihr erst jetzt richtig bewusst. Und noch ein weiterer Gedanke bereitete ihr große Angst: Die Deutschen konnten jederzeit wiederkommen.

5

Dezember 1940

Josephine trat auf den Balkon ihres Hotelzimmers und genoss die laue Winterluft. Das nächtliche Lissabon erstrahlte unter Tausenden von Lichtern. Es war ein Moment, der sie innehalten und den Abend Revue passieren ließ. Sie und Jacques waren auf einer Soiree der Britischen Botschaft gewesen, wo sie sich prächtig mit Generälen der alliierten Streitkräfte unterhalten und so manches Detail über die Truppenbewegungen der Nationalsozialisten aufgeschnappt hatte.

Ein leichter Luftzug streifte sie. Jacques trat hinter sie und legte ihr die Hände um die Schultern. Sie schmiegte sich an ihn, ein neues, aufregendes Gefühl. Lissabon war die erste Stadt, in der sie sich ein Zimmer teilten.

»Ich habe deine Aufzeichnungen gerade meinem Kontaktmann übergeben«, sagte Jacques rau und streifte mit seinen Lippen ihre Haare. »Er reist morgen per Schiff nach London ab.«

»Gut«, antwortete sie zufrieden.

»Ich muss schon sagen, Josie, du bist unschlagbar.«

Jacques drehte sie mit einer sanften Berührung zu sich herum und küsste sie.

»Es macht dir nichts aus, dass ich verheiratet bin?«, flüsterte er, während sich ein Schatten über sein Gesicht legte.

»Nein – sofern es dir nichts ausmacht?« Josephine sah ihn forschend an.

Er biss sich auf die Lippen und schüttelte den Kopf. »Es sind verrückte Zeiten, Josie. Alles scheint in Auflösung begriffen. Wer weiß, ob wir es je wieder in unsere Heimat schaffen, ob ich meine Frau je wiedersehe? Ich möchte im Moment leben. Mit dir, Josie.«

Josephine wischte alle Bedenken über Jacques' Ehe beiseite. Solange sie mit ihm zusammen auf Reisen war, lebten sie in einer Blase außerhalb von Zeit und Raum. Überall lauerten Gefahren, ihr Land war besetzt und befand sich im Krieg. Sie ergriffen jedes bisschen Zuneigung und Geborgenheit wie Rettungsleinen.

»Hauptsache, wir sind zusammen«, sagte sie und legte ihren Kopf an seine Brust. »Ich glaube fest daran, dass uns dieser Krieg nichts anhaben kann, solange wir zusammen sind.«

Der Zug in Richtung Marseille fuhr durch eine schneebedeckte Ebene. Seit sie vor drei Tagen aus Lissabon abgereist waren, hatte Josephine durch das Fenster ihres Abteils die verschiedensten Landschaften betrachtet. In Portugal und Spanien war der Winter mild gewesen, doch in Frankreich hatte er mit Härte zugeschlagen. Die Schienen waren vereist, die Felder zu beiden Seiten der Strecke mal weiß wie mit Zucker bestäubt, mal mit grauem Schneematsch bedeckt.

Im Abteil war es feucht und klamm, was ihrem Husten nicht förderlich war, der sie seit dem Morgen plagte. Jacques wühlte in seinem Gepäck, bis er eine Wolldecke gefunden hatte, die er ihr sorgsam überlegte.

»Danke.«

Jacques lächelte und widmete sich wieder seiner Zeitung.

Ihre Zeit in Lissabon war erfolgreich gewesen. Von Portugal ließen sich Nachrichten leichter transportieren als von Frankreich aus, dort wurden sie nur allzu oft von den Deutschen abgefangen.

Ein erneuter Hustenanfall schüttelte Josephine, woraufhin Jacques sich vorbeugte und ihr sachte auf den Rücken klopfte.

»Du solltest dich in Marseille von einem Arzt untersuchen lassen«, riet er besorgt.

»Für so etwas haben wir keine Zeit, das weißt du doch.«

»Trotzdem. Gesundheit geht vor«, beharrte Jacques und strich ihr mit dem Finger über die Wange.

Josephine schmiegte sich dankbar an ihn. »Ich mache mir Sorgen um meine Tiere«, gestand sie nach einer Weile, in der nichts außer dem ratternden Zug zu hören war. »Ich vermisse sie so sehr. Vor allem Binky, Albert und Chiquita!«

Jacques ließ die Zeitung sinken. »Sie sind bei Paulette in guten Händen, mach dir keine Sorgen.«

Der Abschied von Les Milandes war schrecklich gewesen, manche der Tiere schienen zu spüren, dass sie sich für längere Zeit verabschiedete. »Ich weiß«, gab sie zu. »Paulette sieht jeden Tag nach ihnen und füttert sie. Einige Männer aus dem Dorf haben sich zudem bereit erklärt, ein Auge auf das Château zu haben. Stell dir vor, sie haben sogar von sich aus vorgeschlagen, mein Tafelsilber, den Schmuck und die Kunstwerke in den Kellern ihrer Bauernhäuser zu verstecken für den Fall, dass die Deutschen mein Anwesen plündern sollten.«

»Sie verehren dich. Du bist die Schlossherrin, für sie bist du die Besitzerin des Dorfes.«

Josephine verschwieg, dass sie im Grunde ganz froh war, Les Milandes für eine Weile hinter sich zu lassen. Der unerwartete Besuch der beiden deutschen Offiziere vor einigen Wochen saß ihr noch immer tief in den Knochen. War sie vorher tapfer und zuversichtlich gewesen, dass ihre Spionagetätigkeit unentdeckt bleiben würde, schlief sie inzwischen oft unruhig und machte sich Sorgen, ob sie nicht auffliegen würde.

»In Marseille können uns die Deutschen nichts anhaben«, beruhigte Jacques sie, als habe er ihre Gedanken gelesen. Doch dann verdüsterten sich seine Züge. »Zumindest noch nicht. Wahrscheinlich ist es nur eine Frage der Zeit.« Er vergewisserte sich, dass die Tür ihres Abteils, das sie für sich allein hatten, fest geschlossen war, senkte aber trotzdem zur Vorsicht die Stimme. Deutsche Spione konnten überall sein. »Ich denke, mein Verbindungsmann schickt uns auch deswegen in den Süden, damit wir im Notfall schnell nach Nordafrika entkommen können.«

Josephine bekam eine Gänsehaut; vor drei Tagen noch Lissabon, heute Marseille, bald vielleicht schon Afrika. In diesem schrecklichen Krieg war nichts beständig und berechenbar, jederzeit konnten sich die Umstände ändern.

»Wir sollten uns in Marseille zuerst eine Unterkunft suchen«, begann sie zögerlich.

Jacques nickte. »Natürlich. Du solltest dich wegen deines Hustens zuerst ausruhen.«

»Du weißt, dass ich kaum noch Ersparnisse habe. Die Gagen, die die Botschaften mir bezahlen, sind in nichts mit dem zu vergleichen, was ich in Paris am Theater verdient habe.« Wieder musste sie so husten, dass ihre Lungen schmerzten.

»Ich weiß, Josie.«

Wie sie bekam auch Jacques keinen Lohn für seine Tätigkeit bei der Résistance.

»Ich habe seit Längerem keine Einkünfte mehr. Mein letzter professioneller Auftritt liegt Monate zurück – noch in Paris –, und das Schloss verschlingt viel Geld. Bevor wir abgereist sind, habe ich Paulette einen Großteil meiner Rücklagen gegeben, damit sie bei der Versorgung der Tiere nicht sparen muss.«

Jacques drückte ihr tröstend die Hand. »Wir werden uns ein billiges Hotel suchen und sparsam leben.«

In Marseille angekommen, sparten sie sich das Geld für ein Taxi und suchten in der Nähe des Bahnhofs St. Charles nach einem Hotelzimmer. Die Suche war schwieriger als gedacht.

»Da ist nichts zu machen«, teilte ihnen der sechste Hotelier, bei dem sie anfragten, bedauernd mit. »Unsere Stadt ist kurz vorm Bersten. Haben Sie auf dem Weg hierher nicht die unzähligen Menschenmassen gesehen, die Marseille bevölkern?«

»Warum sind sie alle hier?«, fragte Josephine und unterdrückte ein Husten.

»Die meisten wollen von hier aus nach Nordafrika reisen, sie sind auf der Flucht vor den Deutschen. Aber es ist gar nicht so einfach, eine Schiffspassage zu bekommen, vor allem, wenn man die nötigen Papiere nicht hat.«

Schließlich hatten sie Glück und fanden noch ein Zimmer. Josephine öffnete mit spitzen Fingern die Türen und Schubladen ihrer Schränke und berührte mit gerümpfter Nase die mehrfach gestopfte Bettwäsche. Sie vermisste schmerzlich die Luxushotels mit ihren edlen Laken, weichen Canapés und Bädern aus Porzellan und Marmor, in denen sie all die Jahre zuvor abgestiegen war. Reiß dich zusammen, ermahnte sie sich selbst, es herrscht Krieg, die Deutschen führen eine Schreckensherrschaft, da kann ich es wohl verschmerzen, im Moment nicht auf Samt und Seide gebettet zu sein! Tausend andere Dinge waren wichtiger.

Eine erneute Hustenattacke verkrampfte ihre Lungen. Sie riss das Fenster auf, beugte sich hinaus und sog tief die kalte Winterluft in sich auf.

»Du solltest wirklich einen Arzt aufsuchen«, murmelte Jacques. Sie hatten sich am Empfang als verheiratetes Paar ausgegeben, um ein gemeinsames Zimmer zu bekommen.

Josephine schnappte nach Luft. »Dafür habe ich kein Geld.«

»Für einen Arzt wird es reichen, oder?« Jacques trat neben sie und sah hinunter in die Tiefe. Er schüttelte den Kopf. »Schau nur, wo wir gelandet sind.«

Josephine folgte seinem Blick. In der einbrechenden Dunkelheit tummelten sich allerhand stark geschminkte und aufreizend gekleidete Damen und interessierte Männer auf der Straße. Manchmal verschwand eine der Frauen mit einem Freier hinter einer Haustür.

Josephine lachte. »Keine Angst, das schockiert mich nicht, ich habe schon weitaus Schlimmeres im Leben gesehen.« Sie dachte an Boxcar Town zurück, an die dort herrschende Armut. Auch dort hatten die Umstände so manche Frau in die Prostitution getrieben. »Wollen wir noch irgendwo eine Kleinigkeit essen gehen?«

Unten auf der Straße bot Jacques ihr seinen Arm an, und sie hängte sich bei ihm ein. In gemütlichem Tempo folgten sie der Straße, bogen dann aber, als das Stadtbild immer schmutziger wurde, in Richtung Hafen ab, der allerdings ein nicht weniger düsteres Bild bot.

Der Mond hing bereits am schwarzen Himmel, dennoch herrschte im Hafengebiet, das die Ausmaße einer ganzen Stadt hatte, ein Leben wie am Tag. Schiffe legten an oder ab, Gepäck und Waren wurden verladen, und Hunderte von Menschen standen, bepackt mit Koffern und Kisten, an den Kassenhäuschen Schlange. Einzelpersonen, Familien mit Kindern, allesamt bleich und abgemagert, sogar Tiere schienen ungeduldig zu warten, bis sie an der Reihe waren. Mit Schals vermummte Händler drängten sich zwischen den Menschen durch und versuchten offenbar, unter der Hand illegale Visa zu verkaufen. Die fast unwirklich anmutende abendliche Szenerie schien regelrecht bedrohlich.

»Warum ist hier so viel los?«, flüsterte Josephine Jacques zu, als sie sich an einer Menschentraube vorbeidrängten.

»Marseille ist das Tor nach Übersee«, raunte Jacques. »Die Menschen fürchten, dass die Deutschen die Freie Zone besetzen. Hier sammeln sich alle, die Europa verlassen wollen. Juden, Kommunisten, alle von den Deutschen Verfolgten.«

Ihr war unbehaglich zumute. Die zahllosen Menschen, die auf einen Zugang zu einem Schiff warteten, schienen so hoffnungslos und traurig, die Heimat vielleicht für immer verlassen zu müssen. Dies zeigte ihr erneut, dass der Kampf für die Résistance die richtige Entscheidung gewesen war.

Bedrückt kämpften sie sich durch den Menschenauflauf. Es war unmöglich, hier eine Kleinigkeit zu essen, denn alle Bistros und Kneipen waren so überfüllt wie der Hafen. In einer engen Seitengasse fanden sie ein kleines, einfaches Fischrestaurant, in dem sie noch einen freien Tisch ergatterten. Es dauerte, bis ein Kellner zu ihnen kam, um ihre Bestellung aufzunehmen.

»Frédéric?« Josephine starrte den Ober, der sich eine schwarze Schürze über die verschlissene Hose geknotet hatte, an, als sähe sie einen Geist aus der Vergangenheit. »Frédéric Rey?«

Einen Moment lang erwiderte der Angesprochene ausdruckslos ihren Blick, bis der Groschen bei ihm fiel. »Josephine! Josie!« Notizblock und Stift fielen zu Boden, und der Kellner umfing Josephine in einer engen Umarmung. Sie schmiegte sich an ihn und nahm seinen Geruch wahr, der so anders war als noch vor drei Jahren, als sie zusammen getanzt hatten. Damals duftete er nach Körperpuder, heute nach Bratenfett und Küchendämpfen.

»Ihr kennt euch?«, fragte Jacques.

Sie nickte freudig. »Ja, wir kennen uns. Wir sind unter der Leitung von Paul Derval in den *Folies Bergère* aufgetreten, und zwar 1937.« Wehmut schnürte ihr einen Moment die Kehle zu. So wenig Zeit war vergangen, seit sie mit Frédéric in der Revue »En Super Folies« aufgetreten und vom Pariser Publikum gefeiert worden war, und doch erschien es ihr wie in einem anderen Leben. »Frédéric war mein Tanzpartner. Wir hatten eine Menge Spaß zusammen.«

Auch Frédéric schaute melancholisch drein. Er war ein groß gewachsener, athletischer Mann mit schlanken, muskulösen Gliedern, dem man ansah, dass er in seinem Leben viel getanzt hatte. Er hatte helles, ordentlich gescheiteltes Haar und Sorgenfalten auf der Stirn, welche vor drei Jahren noch nicht da gewesen waren, wie Josephine traurig feststellte.

»Es ist so schön, dich zu sehen, Josie«, sagte er aus tiefster Seele. An den benachbarten Tischen äußerten sich Gäste gereizt über die langen Wartezeiten, weshalb Frédéric rasch weitere Bestellungen aufnahm und versprach, später mit ihnen zu reden.

Als sie ihre Fischsuppe aufgegessen hatten, war es etwas ruhiger geworden in dem kleinen Lokal. Frédéric zog einen Stuhl heran und gesellte sich zu ihnen.

»Ich möchte dir meinen Begleiter vorstellen«, begann Josephine, doch Jacques fiel ihr ins Wort. »Freut mich, Sie kennenzulernen, Frédéric, ich bin Jacques-François Hébert, Josephines Agent und Assistent.«

»Sehr erfreut.« Der ehemalige Tänzer schüttelte ihm die Hand, während Josephine kommentarlos Jacques' erneuten Identitätswechsel zur Kenntnis nahm. Dieses Spiel kannte sie schon, Jacques verwischte seine Spuren ständig.

»Was hat dich nach Marseille geführt?«, fragte sie und machte eine Handbewegung, die das ganze Restaurant einschloss. Gleichzeitig entsann sie sich ihres Gesprächs mit Bricktop vor einigen Monaten, in dem diese ihr mitgeteilt hatte, dass Frédéric aus Angst vor Verfolgung Paris verlassen hatte.

Frédéric zuckte traurig mit den Schultern. »Nun, ich schätze, mir erging es wie dir. Als die Deutschen in Paris angerückt sind, habe ich mich schnellstens in den Süden abgesetzt. Einerseits wurden in der Zeit alle Theater geschlossen, andererseits hätte ich ohnehin nicht bleiben können. Du weißt um meine Herkunft, Josie. Die Nazis hätten mich gewiss verhaftet.« Rasch sah er sich nach allen Seiten um; auch in der unbesetzten Zone konnte man nie sicher sein, wer zuhörte und Informationen weitertrug.

»Du hast gut daran getan zu verschwinden«, stimmte Josephine zu. »Die Zeiten, in denen wir getanzt und gesungen haben, sind vorerst vorbei, nicht wahr?«

Außenstehende konnten nicht verstehen, was es bedeutete, nicht mehr auf der Bühne zu stehen, nicht mehr in fremde, aufregende Rollen zu schlüpfen, sich mit Körper und Stimme auszudrücken; keinen Applaus mehr zu bekommen, der für sie als Künstler das Lebenselixier war.

»Und jetzt verdienen Sie sich als Kellner Ihr Brot?«, hakte Jacques nach.

Frédéric nickte. »Ja. Eigentlich möchte ich so schnell wie möglich nach Nordafrika. Überall in der Stadt hört man Gerüchte, dass die Deutschen die unbesetzte Zone bald übernehmen. Auf Dauer fühle ich mich hier nicht sicher.«

Josephine runzelte die Stirn. »Warum bist du noch da?«

»Mir fehlen noch einige Papiere«, seufzte Frédéric niedergeschlagen.

Sie schwiegen einen Moment, in Gedanken versunken. Vor den Fenstern herrschte tiefe Nacht, doch es waren noch viele Menschen auf den Beinen, auf der Suche nach einer Überfahrt.

»Es waren wunderschöne Zeiten bei den *Folies Bergère*. Wir konnten den Menschen so viel geben – einen Abend lang konnten sie ihre Sorgen zu Hause lassen und ausgelassen feiern.«

»Das Publikum hat dich geliebt«, fiel Frédéric in ihre Erinnerungen ein. »Ich weiß noch, du hast als Schwarze Venus angefangen, als junges, ungeniertes Ding, und hast eine sensationelle Wandlung zur eleganten Diva durchlebt.«

Jacques lauschte ihrem Gespräch fasziniert, das eigentliche Showbusiness war ihm völlig fremd.

»Mir fehlt das alles«, gestand Frédéric. »Um ehrlich zu sein, ich träume davon, hier in Marseille ein Stück auf die Bühne zu bringen.«

»Tatsächlich?« Sofort war Josephine ganz Ohr. »Hast du etwas Bestimmtes im Sinn?«

»Wahrscheinlich ist es nur ein Hirngespinst. Ich träume davon, die Operette ›La Créole‹ aufzuführen. Spaßeshalber habe ich beim *Théâtre de l'Opéra* angefragt. Der Direktor versicherte mir ernsthaft, ich könne sofort mit den Proben loslegen, im Moment finden keine anderen Vorstellungen statt.«

»›La Créole!‹«, stieß Josephine hingerissen hervor. »Von Jacques Offenbach! Ich liebe dieses Stück.«

Frédéric zwinkerte ihr verschmitzt zu. »Das bringt mich auf eine grandiose Idee. Wie wäre es mit uns beiden, Josie? Wollen wir die Operette gemeinsam aufziehen? Wir haben bereits ein Stück, ein Theater, zwei Hauptdarsteller ... Und die kleineren Rollen werden wir sicher leicht besetzen können.«

Josephine hatte das Gefühl, ein Funke würde sich in ihr entzünden. Wieder auf der Bühne stehen und singen – ihr Traum lebte fort, selbst jetzt in diesen unglücklichen Zeiten. Und vielleicht wären diese traurigen Gestalten, die sie an jeder Ecke Marseilles sah, dankbar über ein wenig Abwechslung in ihrem tristen Alltag. Doch sie zwang sich, ihre Begeisterung herunterzuschrauben. Sie hatte eine Mission, einen Auftrag. Auch hier in der Hafenstadt wollten sie Informationen zusammentragen, da blieb keine Zeit für das Einstudieren eines neuen Stücks. Andererseits – wäre das Theater nicht eine großartige Möglichkeit, ihre Spionagetätigkeiten zu verschleiern?

Als spürte Jacques ihren inneren Zwiespalt, legte er seine warme Hand auf die ihre. An Frédéric gewandt, fragte er: »Bekämen Sie durch dieses Stück Einnahmen? Oder würden Sie das alles unentgeltlich tun?«

»Nun, ich würde gern Eintrittsgelder erheben. Man muss ja auch von etwas leben, und hier in der Kneipe verdiene ich im Moment nur ein Taschengeld, wissen Sie.«

Jacques suchte Josephines Blick, und sie sahen sich einen Moment an. »Du solltest es tun«, sagte er leise. »Vor allem wegen des Geldes, aber auch, weil du mit ganzer Seele an der Bühne hängst.«

Josephine drückte gerührt seine Hand. Eine Welle der Zuneigung zu ihm brandete in ihr auf. Sie waren zufällig vom Schicksal zusammengewürfelt worden, um Frankreich im Kampf gegen den Faschismus zu unterstützen, trotzdem verband sie etwas Tieferes. Eine wahre Freundschaft, die durch Verständnis, ja sogar Zärtlichkeit bestimmt wurde.

»Werden wir das mit unseren Angelegenheiten vereinbaren können?«, fragte sie heiser.

Er nickte. »Auf jeden Fall. Das bekommen wir hin.« Da sie erneut rasselnd hustete, fügte er besorgt hinzu: »Aber morgen gehst du als Erstes zu einem Arzt!«

Der Arzt, den Josephine aufsuchte, stellte eine Lungenentzündung fest. Ihr Husten war über Nacht noch viel schlimmer geworden, und sie verspürte starke Schmerzen in der Brust. Natürlich riet ihr der Arzt, sich zu schonen, doch sie wollte davon nichts wissen. Sie hatte schlichtweg keine Zeit zum Ausruhen.

Jacques war damit nicht einverstanden. Er wartete im Hotelzimmer auf sie und bat sie inständig, vernünftig zu sein. »Du musst nicht die Heldin spielen, Josephine. Es nützt keinem, wenn du zusammenklappst.«

Josephine setzte sich neben ihn auf das schmale Bett und schmiegte sich an seine Schulter. »Du weißt, dass ich mich nicht einfach für ein paar Wochen zurückziehen kann.« Sie hustete bellend. Rasch zog sie das Medikamentenröhrchen, das der Arzt ihr mitgegeben hatte, aus ihrer Handtasche hervor und schluckte eine Tablette, die sie mit einem Schluck Wasser herunterspülte. »Wir haben Aufträge. Morgen Abend sind wir auf dem Empfang beim Bürgermeister eingeladen. Ich kann dich nicht allein dort hingehen lassen.«

»Natürlich kannst du das«, wandte er ein und strich ihr über den Arm.

»Tut mir leid, mein Lieber, aber ich bezweifle, dass dir die Leute genauso viel anvertrauen werden wie mir. Dir fehlt der weibliche Charme.« Josephine versuchte zu lächeln, doch sie musste erneut heftig husten.

Jacques goss ihr noch ein Glas Wasser ein. »Vielleicht unterschätzt du mich?«

»Außerdem geht es nicht nur um den Empfang«, fuhr Josephine fort, die Stimme heiser. »Wir sind pleite. Absolut pleite. Rien ne va plus. Ich muss mit Frédéric diese Operette auf die Bühne bringen, um Geld zu verdienen.«

»Nein, musst du nicht. Ich habe gestern gesagt, dass ich es unterstütze, wenn du Theater spielst, aber da wusste ich noch nicht, dass du an einer Lungenentzündung leidest. Vergiss das Geld, das du am Theater verdienen würdest. Ich kann irgendeine Hilfsarbeitertätigkeit im Hafen bekommen.«

Josephine schüttelte energisch den Kopf. »Nein, nein. Lungenentzündung hin oder her, ich werde auftreten. Ich lege mich eine Stunde hin, danach treffe ich mich im Theater mit Frédéric.«

»Du bist so ein Sturkopf, weißt du das?« Jacques küsste sie auf die Wange und erhob sich vom Bett. »Du lässt dir wohl von niemandem etwas sagen, weder vom Arzt noch von mir.«

Josephine zog sich die Decke bis ans Kinn und lächelte. »Wenn ich in meinem Leben auf andere Leute gehört hätte, wäre ich nie so weit gekommen.«

Nachdem sie den ganzen Tag im Theater verbracht hatten, trafen sich Josephine und Frédéric am Abend mit Jacques in einem kleinen Café in der Innenstadt. Marseille schien kurz davor, aus allen Nähten zu platzen, überall waren Menschen. Selbst im Café herrschte eine hektische und aufgeheizte Stimmung.

Sie bestellten die billigste Suppe, die sie auf der Speisekarte finden konnten.

»Du bist weiß wie ein Blatt Papier«, bemerkte Jacques und betrachtete Josephine über seinen dampfenden Teller hinweg. »Du solltest nicht hier sein.«

Josephine hustete erstickt in ihr Taschentuch. »Aber ich bin hier, also lass es gut sein. Wenigstens war es heute im Theater erfolgreich, nicht wahr, Frédéric?«

Der Tänzer berichtete Jacques von der Auswahl an Schauspielern, die sie heute getroffen hatten. Es hatten sich etliche Männer und Frauen, zum Teil mit, zum Teil ohne

Bühnenerfahrung, vorgestellt und sich um eine Rolle in »La Créole« beworben. »Ich bin sehr zufrieden mit unserer Truppe. Wenn wir die Premiere an Heiligabend stattfinden lassen wollen, müssen wir morgen früh sofort mit den Proben beginnen.«

»Heiligabend?« Jacques zog die Augenbrauen hoch. »Da habt ihr ein strammes Programm. Es sind nur noch zehn Tage bis dahin. Wie wollt ihr das schaffen?«

»Wir müssen es einfach schaffen«, antwortete Frédéric leise. »Das, was ich beim Kellnern verdiene, reicht hinten und vorne nicht, und auch ihr verfügt über kaum einen Sou. Wir können es uns einfach nicht leisten, wochenlang zu proben, ohne aufzutreten.«

»Ich kümmere mich um die Kostüme«, versprach Josephine, während sie sich eine Hand an die schmerzende Brust presste. »Ich habe die Schauspieler heute angewiesen, alle möglichen Stoffreste oder alten Kleidungsstücke, die sie daheim haben, mitzubringen, damit ich sie ändern kann.«

Jacques legte geräuschvoll seinen Löffel ab. »Das meinst du nicht im Ernst, Josephine. Es ist schlimm genug, dass du in deinem Zustand den ganzen Tag über am Theater bist, du kannst dir nicht noch die Abende und Nächte um die Ohren schlagen, indem du Kostüme nähst! Das überlebst du nicht.«

Sie winkte müde ab; einerseits rührte sie Jacques' Besorgnis, andererseits verdross es sie, dass er nicht mehr Verständnis für ihre Lage aufbrachte. »Meinst du, es wäre das erste Mal, dass ich krank auf der Bühne stehe? Das gehört in meinem Beruf dazu. Unzählige Male bin ich mit Grippe oder Halsentzündung aufgetreten. ›The show must go on‹, wie die Amerikaner sagen.«

»Nur, dass du etwas Schlimmeres als ein bisschen Schnupfen hast«, seufzte Jacques. »Aber ich gebe es auf. Du bist einfach ein Dickschädel.«

»Eines sollte ich euch noch sagen«, begann Frédéric zögerlich, nachdem sie sich wieder eine Weile ihrer Suppe gewidmet hatten. »Ihr wisst, dass ich eigentlich nur vorübergehend in Marseille bin. Sobald ich meine endgültigen Papiere zur Ausreise bekomme, besteige ich das erste Schiff nach Algerien.«

Josephine versetzte Jacques unter dem Tisch einen leichten Stoß. »Könntest du nicht deine Beziehungen spielen lassen?«

»Woher sollte ich als persönlicher Assistent Beziehungen haben?« Jacques sah sie funkelnd an. Er befürchtete wohl, sie würde seine Identität lüften. Doch sie schüttelte kaum merklich den Kopf – natürlich achtete sie darauf, Jacques nicht zu enttarnen.

»Mal sehen.« Er schob seinen Suppenteller beiseite und räusperte sich. Sie wusste, dass er sich um Frédérics fehlende Unterlagen kümmern würde. Er war zuverlässig und bemüht, und das war einer der Gründe, warum sie sich so von ihm angezogen fühlte.

Die folgenden zehn Tage flogen nur so dahin. Außer zum Empfang des Bürgermeisters wurden sie noch zu Partys anderer Würdenträger eingeladen. Die Abende, die sie zur freien Verfügung hatte, verbrachte Josephine mit den Kostümen für »La Créole«. Tagsüber probten sie im *Théâtre de l'Opéra*, oft bis über den Rand der Erschöpfung hinaus. Bereits im Vorverkauf gingen die Eintrittskarten weg wie schokoladenüberzogene Éclairs, vielleicht, weil die Menschen ihrem Dasein auch zu dieser Kriegsweihnacht etwas Glanz und Festlichkeit verleihen wollten.

Oft brach Josephine abends nach getaner Arbeit hustend und mit Atemnot auf ihrem Bett zusammen, und Jacques blieb nichts, als ihr ein Kissen unter den Kopf zu schieben und mit ihr zu schimpfen.

Sie ließ sich von ihrem Arzt neue, noch stärkere Medikamente verschreiben, um Heiligabend die Premiere zu überstehen. Die Show wurde ein voller Erfolg. Das Theater schien schier zu bersten, so sehr drängte sich in den Sitzreihen und auf den Treppen das Publikum, begierig, für zwei Stunden allen Sorgen und Existenzängsten zu entfliehen.

Sie gaben jeden Abend Vorstellungen. Josephine fiel es immer schwerer, die Tage durchzustehen. Zu ihrer Lungenentzündung, die sich bisher um keinen Deut gebessert hatte, kam nun eine grenzenlose Erschöpfung hinzu. Jacques wartete regelmäßig in ihrer Garderobe auf sie, um sie nach Ende der Show ins Hotel zu eskortieren.

An einem eiskalten Abend Mitte Januar erwartete er sie mit ungewöhnlich ernstem Gesichtsausdruck. Josephine sah nur kurz zu ihm hin, da sie sich vor Müdigkeit kaum noch auf den Beinen halten konnte, und sank auf ihrem Stuhl vor dem Spiegel zusammen. Mit fahrigen Bewegungen reinigte sie ihr Gesicht.

»Josephine.« Er trat hinter sie und legte die Hände auf

ihre Schultern. Im Spiegel begegneten sich ihre Augen. Seine waren so traurig und niedergeschlagen, dass es sie schmerzte.

»Wir müssen weiterziehen, nicht wahr?« Ihre Stimme klang heiser, war kaum mehr als ein Krächzen. Auf der Bühne hatte sie sich verausgabt, nun verließen sie sämtliche Kräfte. »Unsere Zeit in Marseille ist abgelaufen.«

»Ja.« Bedauernd küsste er sie von oben auf das schwarze, mit Pomade gebändigte Haar. »Es tut mir sehr leid wegen eures Stücks. Das war heute die letzte Vorstellung. Wir haben die Anweisung, am Abend das letzte Schiff nach Algier zu besteigen.«

»Oh.« Mehr brachte Josephine im Moment nicht heraus. Im Sitzen knöpfte sie ihr Bühnenoutfit auf, da sie kaum mehr in der Lage war, zum Umkleiden aufzustehen. Jacques half ihr und zog ihr das Kleid über den Hals. Es war prächtig, aus flammend rotem Samt, und stand ihren einstigen Pariser Kostümen in nichts nach. Es herrschte Krieg, und wenn die geheime Bewegung der Widerstandskämpfer sie und Jacques weiterschickte, dann war daran nicht zu rütteln. Gleichzeitig stiegen in ihr vage Vorstellungen über den neuen Kontinent auf. Afrika! Was sie dort wohl alles erwarten würde? Mehr Krieg oder endlich ein wenig Frieden?

»Aber ›La Créole‹«, wandte sie wehmütig ein. Trotzdem keimte leise Vorfreude in ihr auf, bald Afrika zu sehen.

»Tut mir leid«, sagte Jacques mitfühlend und half ihr, ihr Straßenkleid überzuziehen. »Ich wusste, dass du traurig sein würdest, dass es keine weiteren Vorstellungen mehr geben wird. Aber es war abzusehen, dass die Show nicht für die Dauer ist. Wir haben hier nur unsere Zeit abgesessen, um auf weitere Anweisungen zu warten. Selbst für Frédéric war das Theater nur eine Notlösung, bis er all seine Papiere zusammenhat.«

»Aber Frédéric, hat er …?«, begann Josephine und starrte Jacques aufgewühlt an.

Er nickte ihr beruhigend zu. »Ja, keine Angst, Liebes. Ich habe auch für ihn Ausreisepapiere besorgen können. Er kommt mit uns.«

Josephine erhob sich mühsam von ihrem Stuhl, legte die Arme um ihren Partner und schmiegte sich an seine Brust. »Danke, Jacques. Du rettest ihm das Leben.«

6

Juni 1941

Die warme Nachtluft trug Josephines Gesang über die Sitzreihen des Publikums hinweg, leicht und schwebend wie Schmetterlinge. Es war ein eigenartiges Gefühl, fernab der Heimat »J'ai deux amours« zu singen, doch die Zuhörer waren tief bewegt und applaudierten begeistert. Viele der Exil-Europäer oder alliierten Offiziere, die in ihrem Publikum saßen, schienen bei ihrem Gesang melancholisch zu werden und sich nach der Heimat zu sehnen.

Als der letzte Ton verklungen war, verbeugte sich Josephine auf der kleinen Bühne, die sich im Garten des exklusiven Marrakescher Hotels befand. Jacques saß mit hochgekrempelten Hemdsärmeln in der ersten Reihe und rief: »Bravo!« Seine Begleiter, Mitarbeiter der Britischen Botschaft, applaudierten begeistert.

»Wer hätte das gedacht«, sagte einer von ihnen zu Josephine, als sie von der Bühne kam und von einem Kellner ein Glas Wasser entgegennahm, das sie durstig an die Lippen führte. »Wer hätte das gedacht, dass ich die berühmte Josephine Baker ausgerechnet in Marokko singen höre! Vor zehn Jahren war ich mit meiner Frau auf Hochzeitsreise in Paris, und wir haben Sie in einer Revue gesehen. Aber das war eine riesige Veranstaltung mit fünfhundert Zuschauern, nicht so klein und fein wie hier.«

»Freut mich, dass es Ihnen gefallen hat.«

Jacques gesellte sich zu ihnen, ebenfalls mit einem kühlen Getränk in der Hand, und Josephine schmiegte sich an ihn. Der Himmel in Marrakesch schien endlos weit, ein gigantisches schwarzes Zelt, das sich mit Tausenden glitzernden Sternen über die Stadt wölbte. Marrakesch galt als Perle des Südens, hatte Josephine gelernt. Sie liebte die belebten Plätze der Stadt mit den Schlangenbeschwörern, Obstplantagen und Palmenoasen. Nachdem sie im vergangenen Januar Marseille verlassen hatten, waren sie zuerst in Algier angekommen und nach einiger Zeit weitergereist. Frédéric, der sie begleitet hatte, unendlich dankbar für die Papiere, die Jacques ihm besorgt hatte, hatte sie bald verlassen, um sich bei Freunden niederzulassen.

Und nun führte Josephine ein Leben, das sie sich noch vor einem halben Jahr kaum hatte vorstellen können. Marrakesch war zu ihrem neuen Zuhause geworden, obwohl es niemals Paris oder ihr Château ersetzen konnte. Es war nicht Frankreich, aber sie konnte durch ganz Marokko reisen und singen und tanzen und dabei nebenbei mit Offizieren, Lokalpolitikern und sogar Geheimdienstangehörigen plaudern. Auch das mildere Klima Nordafrikas tat ihr gut, und ihre Lungenentzündung war nach Monaten endlich abgeklungen.

Trotzdem rückte der Krieg näher und breitete sich in Nordafrika weiter aus. Im libyschen Tobruk waren britische Truppen vor wenigen Tagen daran gescheitert, den Belagerungsring deutscher Truppen aufzubrechen.

»Dieser verdammte Rommel«, fluchte Pete Hawkins, der sich zu ihr und Jacques gesellt hatte, »es muss doch möglich sein, ihn aufzuhalten!« Pete war ein flüchtiger Bekannter, mit dem Jacques sich einige Male in einer Hotelbar getroffen hatte, um Informationen auszutauschen. Pete arbeitete für den britischen Geheimdienst, der eng mit der Résistance kooperierte.

Jacques legte ihm beruhigend eine Hand auf den Arm. »Darum sind wir ja hier, Pete, und führen unseren Kampf im Verborgenen.«

Josephine und Jacques zogen sich bald darauf auf ihr Zimmer zurück. Sie liebten sich unter dem Moskitonetz in der stickigen Dunkelheit, während der Ventilator brummte und die Grillen laut zirpten. Wie jede Nacht verloren sie sich ineinander, und Josephine hatte das Gefühl, ihr ganzes Leben war nie zuvor so ausgefüllt und komplett gewesen.

»Manchmal habe ich ein schlechtes Gewissen.«

»Warum?«, wollte Jacques an sie geschmiegt wissen.

»Weil ich so glücklich bin, obwohl Krieg ist«, murmelte sie schlaftrunken, als sie anschließend in seinen Armen lag, beide schweißgebadet von der Hitze und ihrer Erregung.

»Man darf im Krieg auch für einen Abend glücklich sein«, flüsterte Jacques. Einen Moment später hörte sie an seinen regelmäßigen Atemzügen, dass er eingeschlafen war.

Josephine hatte seit einigen Wochen nicht mehr geblutet, und sie wusste, was das bedeutete. In dieser Nacht, die sie in so inniger Nähe mit Jacques verbrachte, erlaubte sie sich, sich zu freuen und in Wunschträumen zu schwelgen.

Natürlich wusste sie tief im Innern, dass sie das Kind verlieren würde; bereits nach der letzten Fehlgeburt vor dem Krieg hatte der Arzt ihr prophezeit, dass sie nie ein Baby bis zu seiner Lebensfähigkeit austragen konnte. Es hätte auch gar nicht in ihr Leben gepasst – seit einem Jahr zog sie von Stadt zu Stadt und von Land zu Land. Sie hatte ihren festen Bezugspunkt verloren, sie war entwurzelt. Ihr einziger Fixstern war Jacques, und er war mit einer anderen Frau verheiratet, die sich auf dem Familienanwesen im Elsass aufhielt.

Am nächsten Morgen schüttelten sie heftige Bauchkrämpfe. Sie wusste, die Schwangerschaft war vorbei, beendet, kaum dass sie angefangen hatte. Sie schluckte zwei Schmerztabletten und versuchte, diesen erneuten Schlag auszublenden. Es hatte keinen Sinn, allzu unglücklich zu sein. Die Trauer würde ihr nur sämtliche Energien rauben, und das konnte sie nicht zulassen, gerade jetzt, wo sie sich von ihrer Lungenentzündung erholt hatte.

Sie frühstückten auf der Terrasse des Hotels unter ausladenden Sonnenschirmen, da die afrikanische Sonne bereits am Morgen erbarmungslos brannte. Josephine verzichtete dieser Tage meistens darauf, ihre europäischen Kleider zu tragen, und schlüpfte mit Vorliebe in die lockeren Kaftane der Araber.

Jacques stellte seine leere Tasse ab und küsste sie zum Abschied auf die Wange.

»Was steht heute an?«

»Ich treffe mich mit den britischen Jungs, wir wollen an den Ausweispapieren für die jüdischen Flüchtlinge arbeiten, die wir aus Osteuropa erwarten.«

»Mein Meisterfälscher«, neckte sie ihn. »Ich bin nachher bei Scheich El Glaoui eingeladen. Er bat um ein kleines Privatkonzert.«

»Du darfst das Allerheiligste seines sagenhaften Palastes betreten«, grinste Jacques. »Pass bloß auf, dass du nicht zufällig in seinem Harem landest.«

Josephine lächelte. »Ich bin nicht geeignet dafür, eine von vielen zu sein.«

Jacques seufzte übertrieben. »Das ist wohl wahr. Du wirst immer aus der Masse herausstechen. Bis später. Und viel Spaß beim Scheich.«

Josephine schaffte es an diesem Tag nicht zu El Glaoui. Kaum war sie in ihr Hotelzimmer zurückgekehrt, um sich ausgehfertig zu machen, brach sie mit heftigen Unterleibskrämpfen zusammen. Sie wand sich vor Schmerzen, und es gelang ihr gerade noch, sich ins Bett zu legen, wo sie die nächsten Stunden zusammengekrümmt lag. Zudem wurde ihr so heiß, dass sie glaubte, ihr Blut müsste bald kochen. Sie sehnte sich nach einem Glas Wasser, doch es war ihr zu beschwerlich, sich eins einzugießen. Anfangs erkannte sie noch an den wandernden und kürzer werdenden Schatten vor der Verandatür, wie die Zeit zerrann, die Stunden ineinanderflossen wie schmelzendes Eis. Doch bald war ihre Körpertemperatur so angestiegen, dass sie nichts mehr wahrnahm außer ihrem flachen, schnellen Pulsschlag und den Schmerzen, die sie zu zerreißen drohten.

Irgendwann wurde sie kurz aus ihrer Lethargie gerissen; eine Hand berührte sie an der Schulter und versuchte, ihren Körper herumzudrehen, und eine erschrockene Stimme sprach mit ihr, laut und verzweifelt. Jacques, dachte sie, während sie sich wieder in ihren Fieberträumen verlor. Sie träumte von Les Milandes im Sonnenschein, doch dann kamen plötzlich Kinder ins Bild ... Kleine Kinder mit pummeligen Beinchen und Pausbacken, die über die Wege tobten und lachten ...

»Hier, trink das!« Jacques hielt ihr mit sanfter Gewalt ein Glas Wasser an die aufgesprungenen Lippen und zwang sie, einen Schluck zu trinken. »Du hast hohes Fieber, Josie, ich muss dich in ein Krankenhaus bringen.«

Ihr fielen wieder die Lider zu. Ihr Kopf war so heiß, dass sie befürchtete, er würde bersten wie eine überreife Melone, die zu Boden fiel.

Das Nächste, was sie wahrnahm, war, dass Jacques sich mit einem Mann unterhielt. »Was soll ich tun, Pete?«, hörte sie ihn hilflos sagen.

»In Marrakesch ist die ärztliche Versorgung sehr bescheiden. Das nächste verlässliche Krankenhaus liegt in Casablanca«, antwortete Pete, um Gelassenheit bemüht.

»Aber sie schafft die weite Fahrt niemals!«, entgegnete Jacques. »Sie glüht! Sie hat hohes Fieber und starke Schmerzen!«

Pete entgegnete: »Ich leihe dir einen Jeep aus dem Botschaftsfuhrpark. Du solltest sofort mit ihr aufbrechen, uns rinnt die Zeit durch die Hände.«

Jemand flößte ihr noch ein wenig Wasser ein, dann verfiel sie wieder in einen seltsamen, kräftezehrenden Zustand, halb bewusstlos, halb schlafend. Später spürte sie, wie starke Arme sie nach draußen trugen und auf die Rückbank eines Wagens betteten. Englische, französische und arabische Wortfetzen umschwirrten ihren Kopf.

»Halte durch!«, hörte sie Jacques immer wieder sagen, als der Jeep über sandige, unebene Straßen raste, »bitte halte durch. Bald sind wir in Casablanca, dort wird dir geholfen.«

»Wir sind da«, hörte sie Jacques irgendwann sagen, zittrig vor Erleichterung. Dann wurde Josephine von grellen Lampen geblendet, hart angefasst und auf eine Trage gehievt. Obwohl sie sich nicht rührte, erschöpfte sie die Prozedur so sehr, dass sie erneut das Bewusstsein verlor.

Jalousien sperrten das gleißende Sonnenlicht weitgehend aus, nur durch die Spalten drangen helle Streifen. Josephine schlug die Augen auf, fühlte sich aber, obwohl sie sicher war, endlos lange geschlafen zu haben, müde und ausgelaugt. Ihr fehlte die Kraft, auch nur die Hand zu heben.

Mühsam wandte sie den Kopf zur Seite. Jacques saß an einem Tisch in der Zimmerecke, über irgendwelche Unterlagen gebeugt. Seine Stirn war gefurcht, die Augenlider gerötet, als habe er entweder geweint oder lange nicht geschlafen.

»Jacques«, krächzte sie, woraufhin er sofort aufsprang und zu ihr ans Bett eilte.

»Josephine!« Zärtlich strich er ihr über die wirren Haare. »Gott sei Dank! Du warst lange bewusstlos, ich hatte solche Angst um dich.«

»Wo sind wir?«, fragte sie und sah sich in dem nüchternen, weiß gestrichenen Krankenhauszimmer um.

»In Casablanca. In der Privatklinik von Doktor Henri Comte. Ich habe dich buchstäblich in der letzten Minute hergebracht. Es stand sehr schlecht um dich, aber du bist über den Berg.«

Josephine gelang ein schiefes Lächeln. »Du weißt doch, Unkraut vergeht nicht. Was fehlt mir denn?«

Sein Gesicht verfinsterte sich. »Eine Blutvergiftung, hat man mir gesagt. Ich hole Doktor Comte, er kann es dir sicher besser erklären.«

Er verließ das Zimmer, um kurz darauf mit einem rosigen, weißhaarigen Mann im Arztkittel wiederzukommen. »Ich bin sehr froh, dass es Ihnen besser geht«, begrüßte er sie liebenswürdig und zog sich einen Stuhl heran. »Ich weiß nicht, wie viel Ihr Begleiter, der sich übrigens rührend um Sie gekümmert hat«, er sah respektvoll zu Jacques, »Ihnen bereits erzählt hat.«

Josephine schaute ihn fragend an. »Ich erinnere mich nur, dass ich im Hotel in Marrakesch heftige Krämpfe und hohes Fieber bekommen habe. Und heute bin ich hier aufgewacht. Wie viel Zeit ist vergangen, seit ich eingeliefert wurde, Monsieur le docteur?«

»Sie waren über drei Wochen nicht ansprechbar«, erklärte Doktor Comte. Er sah diskret zu Jacques hinüber, bevor er sich näher zu Josephine beugte und leise sagte: »Sie hatten eine Fehlgeburt, ist Ihnen das bekannt?«

Josephine nickte niedergeschlagen. Aus dem Augenwinkel bemerkte sie, wie Jacques in sich zusammenzufallen schien. Er hatte keine Ahnung gehabt, woher auch? Wieso hätte sie ihm von einer Schwangerschaft erzählen sollen, die von Anfang an zum Scheitern verurteilt gewesen war? Das hätte ihn nur in einen emotionalen Zwiespalt versetzt. Er war verheiratet, und die – wenn auch unwahrscheinliche – Aussicht, mit Josephine im afrikanischen Exil ein Kind großzuziehen, hätte ihm gewiss nicht behagt.

»Aufgrund der Fehlgeburt entwickelten Sie eine gefährliche Infektion, die zu einer Blutvergiftung führte«, fuhr Doktor Comte fort. »Eine Zeit lang schwebten Sie zwischen Leben und Tod, um ehrlich zu sein. Aber Sie hatten Glück, Madame.«

Josephine atmete heftig aus und starrte an die Decke. Die Tatsache, nur knapp überlebt zu haben, musste sie erst einmal verarbeiten.

Der Arzt räusperte sich. »Ich befürchte, Sie können keine …«

»Ich weiß«, unterbrach Josephine ihn, um ihm die unangenehme Suche nach einfühlsamen Worten zu ersparen. »Schon vor Jahren hat mir ein Arzt gesagt, dass ich keine Kinder bekommen kann; dass es immer in einer Fehlgeburt enden wird.«

Doktor Comte nickte bedächtig. »Das ist leider wahr.«

»Wann kann ich das Krankenhaus verlassen?« Sie hatte

starke Zweifel, ob ihre Beine sie überhaupt tragen würden, doch der heftige Wunsch, zu ihrem üblichen Leben mit Jacques zurückzukehren, wieder ein Stückchen Normalität zu haben, schien plötzlich übermächtig.

»Daran dürfen Sie im Moment noch nicht einmal denken«, entgegnete der Arzt resolut. »Sie sind dem Tod gerade noch mal von der Schippe gesprungen. Sie sind sehr geschwächt, und wir müssen operieren. Die inneren Verwachsungen, die Sie haben, wären auf Dauer zu riskant. Doch im Moment ist eine Operation noch ausgeschlossen, Sie müssen erst wieder zu Kräften kommen.«

Josephine nickte wortlos. Die Aussicht, auf unbestimmte Zeit im Krankenhaus zu liegen, frustrierte sie.

Als der Arzt gegangen war, setzte Jacques sich zu ihr auf die Bettkante und nahm ihre Hand in seine. »Warum hast du mir nicht erzählt, dass du schwanger warst?« In seinen blauen Augen las sie einen überwältigenden Schmerz, der ihrem eigenen in nichts nachstand. »Es wäre auch mein Kind gewesen.«

»Was hätte es für einen Sinn gehabt«, murmelte Josephine und schmiegte sich an ihn. »Ich hätte es ja doch verloren. Außerdem hättest du deine Frau, so weit weg sie auch sein mag, immer im Hinterkopf gehabt.«

»Meine Frau ... Weißt du, heute ist heute, und wer weiß, ob es ein Morgen gibt. Unser Leben besteht seit zwei Jahren aus einer unendlichen Abfolge von Momenten, die sich ausschließlich im Hier und Jetzt abspielen. Ein normaler Alltag scheint so weit zurückzuliegen, meine ganzen Erinnerungen an die Zeit vor Ausbruch des Krieges wirken so unwirklich, als hätte es diese Zeit nie gegeben, als wären sie Kapitel gewesen, die ich in einem Buch gelesen habe. Und wer weiß, was morgen ist? Wer weiß, ob wir irgendwann nach Frankreich zurückkehren und wieder so etwas wie ein normales Leben aufnehmen? Vielleicht sind wir morgen bereits tot.«

Josephine verstand ihn nur allzu gut. Sie hatte kein schlechtes Gewissen, eine so enge Verbindung zu einem verheirateten Mann zu haben, denn auch sie hatte das Gefühl, in einer Seifenblase zu leben, die jederzeit zerplatzen konnte, durch einen Gewehrschuss oder die Detonation einer Bombe. Solange diese Blase intakt war, galten darin andere Regeln. Sie rieb sich über die feuchten Wangen. »Lass uns von anderen Dingen sprechen. Es ist alles so traurig. Und es tut mir furchtbar leid, Jacques, dass ich für so lange Zeit ausfalle und die Résistance im Stich lasse.« Die letzten Worte flüsterte sie; zwar befanden sie sich allein im Zimmer, doch sie waren es gewöhnt, nur leise über ihre geheimen Tätigkeiten zu sprechen.

»Als ob du dir das ausgesucht hättest«, widersprach er liebevoll. »Keine Angst, ich habe meine Zeit im Krankenhaus nicht vergeudet. Ich habe dein Zimmer kaum verlassen, aber ich habe einfach von hier gearbeitet. Ich habe die Schaltzentrale kurzerhand in die Klinik verlegt. Du hast es nicht mitbekommen, aber es waren einige der Jungs hier, mit denen wir zusammenarbeiten. Im Aufenthaltsraum habe ich täglich Besprechungen geführt.«

Josephine rührte es, dass er sie keine Sekunde allein gelassen hatte. »Danke, dass du an meiner Seite bist.«

»Mein Platz ist bei dir.«

7

November 1942

Das folgende Jahr wurde das längste ihres Lebens. Sie musste mehrmals operiert werden, sodass sie Doktor Comte scherzhaft fragte, ob er sie denn nicht mit einem Reißverschluss versehen könne, um sich das ständige Aufschneiden und Zusammennähen zu ersparen. Der Doktor lachte nur und erwiderte: »Ich finde es erfrischend, dass Sie Ihren Humor nicht verloren haben nach all den Strapazen.«

»Etwas anderes bleibt mir auch kaum übrig«, seufzte sie. Es frustrierte sie, dass Jacques nun ohne sie zu den ganzen Zusammenkünften ging, wo er neue Erkenntnisse über die Pläne der Deutschen sammelte. Zwar fühlte sie sich die ganzen Monate über, in denen sie ein ums andere Mal in den Operationssaal geschoben wurde, schwach und kraftlos, trotzdem kribbelte Unruhe in ihr, die sie nachts nicht schlafen ließ.

Jacques war und blieb ihr Rettungsanker, er war immer für sie da. Er hatte in einem nahen Hotel Stellung bezogen und hielt sie über jeden seiner Schritte auf dem Laufenden:

Mit wem er sich traf, wo die deutschen Truppen standen, welche Pläne die Alliierten hatten, welche geheimen Informationen er aus einem Beamten herausgekitzelt hatte. Ja, Jacques ging sogar so weit, sämtliche Besprechungen an ihrem Krankenbett abzuhalten, nicht mehr im Besucherraum, wie zu der Zeit, als sie bewusstlos gewesen war. Botschafter, Angehörige von Nachrichtendiensten, Verwaltungsbeamte, Militärattachés – alle gingen in ihrem Krankenhauszimmer ein und aus, während sie in ihre Kissen gestützt im Bett saß und Hof hielt. Die Landung der Alliierten an den Stränden Marokkos, Algeriens und Tunesiens schien kurz bevorzustehen, so munkelte man, ebenso der Überfall des bisherigen unbesetzten Teil Frankreichs durch die Deutschen.

Josephine litt sehr darunter, in diesen entscheidenden Tagen das Bett hüten zu müssen, und haderte mit ihrem Schicksal. »Wann werden die Alliierten eintreffen, Jacques? Wo genau werden sie landen? Erzähl mir alles, was du weißt, Jacques, ich hasse es, wie ein Faultier den ganzen Tag herumliegen zu müssen, statt mich draußen nützlich zu machen!«

»Wir können nur abwarten, im Moment könntest du dich gar nicht nützlich machen«, versuchte Jacques, sie zu beruhigen. »Oder möchtest du dich an den Strand stellen, auf die ersten Kriegsschiffe und Kampfflugzeuge warten und ihnen zuwinken?«

Josephine wurde durch die lange erzwungene Untätigkeit immer gereizter. Das ließ sie immer öfter an Jacques aus, wie sie sich selbst beschämt eingestand, aber sie konnte nicht aus ihrer Haut. »Treib du nur deine Späße«, fauchte sie ihn an und hieb mit der Faust auf die Bettdecke ein. »Du kannst ja nach Belieben da draußen herumspazieren und hautnah am Geschehen sein, während ich das Gefühl habe, in einem Sumpf gelandet zu sein, der mich immer stärker in die Tiefe zieht.«

Jacques setzte sich zu ihr auf den Bettrand und nahm tröstend ihre Hand. »Ich weiß, wie schwer dir das alles fällt, glaub mir. Aber da ist noch etwas anderes. Ich weiß nicht, ob ich es dir zeigen soll, aber hier, schau mal.« Er nahm eine amerikanische Zeitung vom Tisch und schlug raschelnd eine Seite auf. »Bevor du die Gerüchte von jemand anderem hörst, erzähle ich es dir besser selbst.«

Josephine runzelte misstrauisch die Stirn und nahm ihm die Zeitung aus der Hand. Als ihr Blick auf die Schlagzeile fiel, erstarrte sie. »Das darf nicht wahr sein!«, knirschte sie mit zusammengebissenen Zähnen. »Welcher Idiot hat das geschrieben?«

»Keine Ahnung«, murmelte Jacques. »Ich weiß nicht, wer diese Geschichte erfunden hat. Du weißt ja, wie schnell sich so etwas verbreitet.«

Sie spürte, wie ihre Wangen vor Wut zu glühen begannen. »›Josephine Baker ist tot!‹«, las sie fassungslos. »›Die in Europa so berühmte und erfolgreiche Sängerin ist seit einem Jahr wie vom Erdboden verschluckt. Immer öfter hört man Behauptungen, Mrs Baker sei in den Kriegswirren umgekommen. Wo sie begraben ist, wird geheim gehalten.‹«

Josephine knüllte die Zeitung zu einem Ball zusammen, den sie in die Ecke des Zimmers pfefferte. »Unglaublich!

Diese Reporter! Haben sie nichts Wichtigeres zu schreiben als hinterhältigen Klatsch und Tratsch?«

»Beruhige dich.« Jacques stand auf, hob die Zeitung auf und versuchte, die Seiten zu glätten. »Es schadet dir nur, wenn du dich aufregst.«

»Ich rege mich nicht auf!«, wetterte Josephine. »Ich wollte, ich könnte eine Gegendarstellung in dieses Schundblatt setzen lassen. Ich und tot!«

Jacques schmunzelte. »Ich glaube, du bist eindeutig auf dem Weg der Besserung, deinem Temperamentsausbruch nach zu urteilen.«

Josephine wollte zu einer weiteren heftigen Erwiderung ansetzen, doch dann vergaß sie, was sie eigentlich sagen wollte, und ihre Entrüstung wich aus ihr wie Luft aus einem geplatzten Ballon. »Verzeih mir, Liebster. Wie immer musst du meine Launen aushalten.«

Er strich mit dem Finger zärtlich die Konturen ihres Gesichts nach. »Keine Angst, Josephine, es werden wieder andere Zeiten anbrechen. Dann darfst du das Krankenhaus verlassen und die Welt verändern.«

Tatsächlich ging es jeden Tag ein Stückchen bergauf. Sie hatte alle Operationen gut hinter sich gebracht, und ihre Kräfte kehrten zurück, wenn auch nur langsam. Jeden Morgen wartete sie ungeduldig darauf, dass Jacques zu ihr ins Krankenhaus kam, denn er war ihr Tor nach draußen.

An diesem Tag ließ er lange auf sich warten. Je mehr Zeit verstrich, desto langweiliger wurde ihr. Sie hatte keine Lust mehr zu lesen, *Zärtlich ist die Nacht* von F. Scott Fitzgerald, eines der wenigen Bücher, derer sie hier in Marokko habhaft wurde, konnte sie inzwischen fast auswendig. Wehmütig dachte sie an jene Zeit, in der ihr Fitzgerald regelmäßig in den Pariser Klubs über den Weg gelaufen war; die beiden Protagonisten des Buches, Dick und Nicole Diver, die ein glamouröses Leben an der Riviera führten, erinnerten sie stark an Scott und Zelda Fitzgerald selbst.

Seufzend legte sie das Buch auf den Nachttisch und schaute hinaus. Die letzten Tage war es sehr regnerisch gewesen, was ungewöhnlich für Marokko war, und auch jetzt trommelten dicke Regentropfen gegen ihr Fenster, während sich am Himmel ausgefranste, ölig-graue Wolken bauschten.

Es wurde Nachmittag, ehe Jacques hereinschneite. Entgegen seiner ruhigen Art stürzte er ins Zimmer und umfasste mit beiden Händen ihre Schultern. »Josephine!«

»Was ist passiert?«, fragte sie beklommen und setzte sich auf.

»Die Alliierten sind in Marokko gelandet«, berichtete er aufgeregt. »Es begann heute früh, noch vor Tagesanbruch. Amerikanische Truppen landeten an der Küste.«

»Oh mein Gott«, flüsterte sie, »erzähl mir alles.«

»Die Vichy-Franzosen, die offiziell den Deutschen unterstehen, haben wenig Widerstand geleistet. Trotzdem ist es zu Artilleriefeuern gekommen, Schiffe sind beschossen und U-Boote versenkt worden.« Die nordafrikanischen Staaten wie Marokko, Tunesien und Algerien waren Kolonien Frankreichs; offiziell wurden die Gebiete von der französischen Vichy-Regierung verwaltet, die mit den Deutschen kollaborierte. Die Zusammenarbeit war seit Beginn der französischen Besetzung durch die Nazis eher gezwungener Natur gewesen, sodass Josephine gut nachvollziehen konnte, dass sich die Franzosen an der Küste kaum gegen die Amerikaner gewehrt hatten.

»Das heißt, die Landung der Amerikaner war erfolgreich?« Josephine hing an Jacques' Lippen. Am liebsten hätte sie den Kämpfen selbst aus sicherer Entfernung beigewohnt. Es mussten sich schreckliche Szenen an den Stränden abgespielt haben.

»Ja, die Amerikaner sind ohne größere Probleme hier in Casablanca angekommen. Dasselbe ist in Tunesien und Algerien geschehen. Auch dort sind die alliierten Truppen gelandet.«

Josephine sank in die Kissen zurück. Sie musste das erst einmal verdauen. Doch da griff Jacques aufgeregt nach ihrem Arm und zog sie zum Fenster. Der Regen von vorhin hatte aufgehört, und die Straße lag wie blank gewaschen unter ihnen. Josephine folgte Jacques' Blick und entdeckte in der Ferne eine Schar Soldaten, die im Triumphzug, unter Jubel- und Siegesrufen, durch die Stadt marschierten.

Jacques riss das Fenster auf, und ein noch feuchter Lufthauch streifte ihre Gesichter. Erwartungsvoll sahen sie dem Zug entgegen. Als er näher kam, konnte Josephine die Siegesparolen hören und in die freudestrahlenden Gesichter der GIs schauen.

»Deine Landsmänner«, scherzte Jacques, der sich wie sie weit aus dem Fenster beugte.

Josephine schüttelte abwehrend den Kopf. »Ich bin Französin, schon vergessen?«

Doch es faszinierte sie, die Soldaten zu sehen – weiße und schwarze Männer gingen Seite an Seite, marschierten einträchtig durch die Straße. Wie war das möglich? Sie schienen aus einem Amerika zu stammen, das sie nicht kannte.

Jacques sah sie bewegt an. »Aufregend, nicht wahr? Dieser Tag wird in die Geschichtsbücher eingehen.«

»Wir haben in den letzten drei Jahren viele Tage erlebt, die in die Geschichtsbücher eingehen werden«, murmelte Josephine. Ein Soldat sah zu ihr hoch, grinste ihr zu und hob die Hand zum Gruß. Zögernd winkte sie zurück. Ihre Emotionen waren in Aufruhr. Schwarze und weiße Soldaten friedlich nebeneinander zu sehen weckte so viele Erinnerungen in ihr, denen sie sich nicht entziehen konnte. Der Überfall auf Boxcar Town, die Verachtung, mit der weiße Amerikaner ihr im *Plantation Club* und dem Hotel in New York gegenübergetreten waren. Auf der Bühne das Publikum zu unterhalten war ihr erlaubt gewesen, nicht aber, in dem Klub ein Getränk zu bestellen oder auch nur durch die Vordertür zu treten.

»Vielleicht hat der Krieg die Segregation in den USA aufgeweicht«, überlegte sie laut, »so harmonisch, wie die Soldaten da unten entlangspazieren.«

Jacques zuckte die Achseln. Er war durch und durch Franzose und kannte sich mit inneramerikanischen Angelegenheiten nicht aus. »Mag sein.«

»Ich kann es kaum erwarten, hier herauszukommen«,

seufzte sie. »Und herauszufinden, was sich im letzten Jahr alles verändert hat.«

8

Dezember 1942

Im Dezember gab Doktor Comte ihr grünes Licht, das Krankenhaus endlich verlassen und zu Jacques ins Hotel ziehen zu dürfen. Josephine brannte darauf, ihr altes Leben wieder aufzunehmen, sie wollte Menschen, Städte, Landschaften, egal, ob Wüsten oder Palmenoasen, begierig in sich aufsaugen, alles nachholen, was sie in den langen Monaten ihres Klinikaufenthaltes versäumt hatte. Natürlich war das nicht möglich, wie Jacques ihr behutsam versucht hatte klarzumachen, außerdem war sie zwar aus dem Krankenhaus entlassen worden, aber immer noch recht schwach auf den Beinen. Wenn sie mehr als ein paar Schritte zu gehen versuchte, musste sie sich setzen und ausruhen.

Jacques, der viel unterwegs war und mit einem Netzwerk aus Angehörigen amerikanischer und britischer Nachrichtendienste zusammenarbeitete, verwöhnte sie mit Kuchen und süßem Pfefferminztee, den sie in Marokko zu schätzen gelernt hatte.

Eines Nachmittags brachte ihr ein Hoteldiener eine

Nachricht eines gewissen Sydney Williams, der sie zu sprechen wünschte. Verwirrt überlegte sie, wer das sein könnte, war aber zu neugierig, um den Unbekannten abzuweisen. In ihrem traditionellen marokkanischen Gewand, das kunstvoll bestickt war, empfing sie den Gast im Salon des Hotels.

Josephine saß an einem kleinen runden Tisch hinter einer gedrehten Säule, als sie ihren Besucher über den schwarz-weiß geﬂiesten Marmorboden kommen sah.

»Guten Tag, Mrs Baker«, begrüßte er sie mit forschem Händedruck; sein Englisch stammte unverkennbar von der amerikanischen Westküste. Er strahlte jene vibrierende Energie aus, die weißen, erfolgreichen Amerikanern in mittleren Jahren zu eigen war, und machte in seinen Kakihosen und dem kurzärmligen Hemd einen legeren Eindruck.

»Guten Tag, Mr Williams. Nehmen Sie Platz. Tee?« Auf sein Nicken hin goss sie dampfenden Pfefferminztee in zierliche Tassen, und er nahm sich eines der zuckrigen marokkanischen Mandelgebäckstücke.

»Sehr köstlich, danke. Sie fragen sich sicher, warum ich mit Ihnen sprechen wollte.«

Josephine nickte.

»Als Erstes einmal bin ich froh, Sie lebend vorzufinden«, versicherte Williams und machte sich über sein Mandelteilchen her. »Man las ja so einiges in der Presse.«

Sie verzog ihr Gesicht zu einer Grimasse. »Das waren alles Lügen, wie Sie unschwer erkennen können. Ich bin lebendig wie eh und je.«

Williams schmunzelte. »Das ist nicht zu übersehen. Um es kurz zu machen – ich habe ein Angebot für Sie.«

»Ein Angebot?«

»Lassen Sie mich weiter ausholen. Ich leite einen Nachtklub für unsere amerikanischen Jungs. Die Armen haben ihr Soll fürs Erste erfüllt – die Invasion ist geglückt, und wir haben Teile Nordafrikas unter Kontrolle. Da es im Moment keine weiteren Kampfhandlungen gibt – und hoffen wir, dass das so bleibt –, wissen die Jungs nicht so recht, was sie den ganzen Tag mit sich anfangen sollen. Sie langweilen sich.«

Josephine lauschte seiner Schilderung vergnügt. So wie er die GIs beschrieb, ähnelten sie kleinen unterforderten Schulkindern.

»Mit marokkanischen Frauen dürfen sie vom Gesetz her nicht anbandeln, und so bleibt ihnen nicht viel zu tun, außer den ganzen Tag in meinem Klub zu verbringen. Es ist übrigens der *Liberty Club*, den ich manage, vielleicht haben Sie schon davon gehört?«

»Leider nicht.« Josephine verschwieg, dass sie eineinhalb Jahre im Krankenhaus verbracht und wenig Ahnung hatte, mit welchen Lokalen Casablanca aufwarten konnte. Sie fühlte sich, als sei sie eine Ewigkeit von der Normalität abgeschnitten gewesen.

»Nun gut.« Williams schlürfte seinen Pfefferminztee. »Ich habe überlegt, wie ich die Jungs bei Laune halten kann. Sie brauchen ein bisschen Ablenkung, verstehen Sie?«

»Wollen Sie mich als Kindermädchen engagieren?«, fragte Josephine erheitert.

»Nun ja, natürlich nicht, oder vielleicht doch. So etwas in der Art.« Über den Rand seiner Tasse hinweg musterte er sie prüfend. »Ich dachte, Sie mögen vielleicht im Klub auftreten und für die Jungs singen. Eine Art Konzert geben.«

»Oh!« Überrascht starrte sie in die Palmen vor den offenen Verandatüren. Vor amerikanischen Soldaten aufzutreten, um sie bei Laune zu halten, war durchaus reizvoll. Um ehrlich zu sein, fehlten ihr die Bühne und das Gefühl, die Zuhörer mit ihren Liedern zu verzaubern. Ihr letzter Auftritt war lange her; unvorstellbar weit weg erschien ihr diese Zeit.

»Ich hätte durchaus Lust«, begann sie zögernd.

»Aber?«

Josephine drehte ihre Teetasse in den Händen und biss in ein Gebäckstück, um Zeit zu gewinnen. So gern sie auch für die Soldaten singen wollte, so schwach fühlte sie sich noch. Wie sollte sie einen Abend auf der Bühne überstehen, wenn ihr bei jeder Bewegung Sterne vor dem Sichtfeld tanzten und ihre Beine so kraftlos waren, dass sie bei jedem Schritt einzuknicken drohten?

»Erzählen Sie mir erst mehr über den Klub«, bat sie, um in Ruhe ihre Gedanken zu ordnen.

»Wie ich schon sagte, er ist für amerikanische Soldaten gedacht, und ...«

»Nur für weiße, oder auch für schwarze?«, unterbrach sie ihn scharf.

Er schaute sie fast beleidigt an. »Natürlich für alle. Was denken Sie denn? Mein Klub ist zeitgemäß und modern, ich verbiete doch niemandem die Tür, nur weil er schwarz ist. Wir haben fair eingeteilte Schichten, zu denen entweder die Weißen oder die Schwarzen den Klub betreten dürfen.«

Josephines Augen funkelten. Ha! Wusste sie es doch,

dass sich kaum etwas in den amerikanischen Köpfen geändert hatte! Ihre Hoffnung auf ein neues friedliches Miteinander dunkelhäutiger und weißer Soldaten zerfiel zu Asche.

»Schwarze und weiße Soldaten dürfen sich also nicht gleichzeitig im *Liberty Club* aufhalten, verstehe ich das richtig?« Ihre Stimme klang erstickt vor unterdrückter Wut. »Und wie stellen Sie sich dann meine Auftritte vor, Mr Williams? Soll ich zuerst ein Konzert für die Weißen geben und dann für die Schwarzen?«

»Das nun nicht gerade«, beeilte er sich zu sagen; Josephines Unwillen schien ihm nicht zu entgehen. »Aber zumindest müssten sie getrennt sitzen. Auf der einen Seite die Weißen, auf der anderen die Schwarzen.«

Josephine schürzte die Lippen. »Nicht mit mir, Mr Williams. Jedenfalls nicht auf diese Art. Entweder darf sich das Publikum mischen, wie es möchte, oder es findet kein Konzert statt.«

»Aber wieso?«, stammelte Mr Williams verwirrt.

Josephine fühlte eine wachsende Ungeduld in sich aufsteigen. Warum konnte die Mehrheit der Weißen noch immer nicht akzeptieren, dass alle Menschen dieselben Rechte verdienten? Wieso sollte es für einen weißen GI inakzeptabel sein, neben einem schwarzen Mitkämpfer zu sitzen? »Das ist alles lächerlich«, schnaubte sie. »Die Schwarzen sind gut genug, um für die Freiheit der USA zu sterben, aber nicht, um sich gemeinsam mit den Weißen ein Konzert anzuhören? Merken Sie nicht, wie ungerecht das ist? Und denken Sie, ich als Schwarze würde dies auch noch unterstützen? Da irren Sie sich gewaltig.«

Williams trommelte nervös mit den Fingern auf dem Tisch und starrte auf die Veranda hinaus.

»Wenn sich die Amerikaner nicht endlich abgewöhnen, Menschen unterschiedlich zu behandeln und Menschen einer bestimmten Hautfarbe als minderwertig zu betrachten, dann sind sie nicht besser als Hitler und seine Schergen.« Sie schlug mit der flachen Hand auf den Tisch, um die Wirkung ihrer Worte zu untermauern. Das Teegeschirr und die Platte mit den Gebäckstücken erbebten.

Williams zog unwillkürlich den Kopf ein, sodass er wirkte wie eine Schildkröte, die sich in ihren Panzer zurückzog. »Sie sind eine sehr resolute Person«, wagte er nach einigen Momenten zu sagen, als klar war, dass kein weiterer Wutausbruch mehr folgen würde. »Das würde man nicht denken, wenn man Sie so in Ihrem braven marokkanischen Kaftan sieht.«

»Und schon wieder ein Vorurteil«, tadelte Josephine ihn ungehalten. »Hören Sie zu, machen wir es kurz. Ich singe für die Soldaten, wenn alle beieinandersitzen dürfen.«

»Wenn Sie darauf bestehen«, sagte Williams kleinlaut. »Es ist zwar absolut unüblich, aber …«

»Vielleicht sollten wir alle uns Mühe geben, dass gemeinsame Veranstaltungen von Schwarzen und Weißen so schnell wie möglich üblich werden«, schoss sie zurück.

»Wahrscheinlich haben Sie recht«, gab der Manager zu.

Befriedigt bemerkte Josephine, dass er nachdenklich geworden war. »Dann sollten wir jetzt überlegen, welche Termine infrage kommen.«

Josephine schien in einem eleganten weißen Abendkleid, das ihrer schlanken Figur schmeichelte, auf die Bühne zu schweben. Sie fühlte sich schwerelos, losgelöst von Zeit und Raum. Es war ihr erster Auftritt seit achtzehn Monaten, und sie floss schier über vor Freude und Aufregung. Zwar war sie noch nicht vollständig genesen und immer noch sehr schwach, aber sie hatte in den letzten Tagen alles getan, um schnell wieder auf die Beine zu kommen. Sie hatte sich reichlich ausgeruht, Obst und Gemüse gegessen, viel Wasser getrunken und sogar darauf verzichtet, Jacques zu seinen Zusammenkünften mit den Vertretern der Alliierten zu begleiten.

Die Lichter im *Liberty Club* wurden weicher, dann erloschen sie ganz. Einzig die Bühne lag in hellem Schein. Josephine ergriff das Mikrofon und ließ ihren Blick über den Raum schweifen. Er war zum Bersten mit Soldaten gefüllt, die jeden Stuhl, jeden Hocker, sogar die Fensterbänke belegten, Schwarze und Weiße Seite an Seite, die Gesichter voller Vorfreude. Für die GIs stellte das Konzert die erste Abwechslung seit vielen Wochen dar. Der Klub war ganz im amerikanischen Stil eingerichtet, es gab einen Tresen mit einem Barmann, eine lange Liste von Cocktails, einen Billardtisch und eine mit Münzen betriebene Jukebox.

Josephine winkte den Soldaten zu; die Gesichter erschienen ihr alle so jung und verwundbar, sie waren fern ihrer Heimat, um einen Krieg zu führen, der ursprünglich nicht ihrer gewesen war. Sie drehte sich um und verbeugte sich vor dem Orchester, das Sydney Williams zu ihrer Unterstützung organisiert hatte. Der Bandleader, ein gut aussehender dunkelhaariger Mann mit sanftem Lächeln, wartete auf ihren Einsatz. Sie nickte ihm zu.

Sie sah ein letztes Mal zu Jacques, der in einem schwarzen Anzug in der ersten Reihe saß, und begann zu singen. Sie senkte die Wimpern und sang ihren Klassiker »J'ai deux amours«.

Sie wartete ab, bis die Soldaten aufhörten, zu jubeln und zu pfeifen. Wie sie die Bühne vermisst hatte! Endlich konnte sie wieder im Rampenlicht stehen. »Ich bin Französin, und Frankreich war immer das Land der Freiheit. Möge es seine Freiheit bald wiederbekommen, so wie wir alle hier.«

Sie sah in bewegte Gesichter, doch beim nächsten Lied, einem Wiegenlied, das Afroamerikaner seit Jahrzehnten abends ihren Kindern vorsangen, fielen die Reaktionen im Publikum noch emotionaler aus. Manch einer der schwarzen Soldaten kämpfte mit den Tränen.

»Ich habe dieses Lied gesungen, um zu zeigen, dass ich meine Wurzeln nicht vergessen habe und niemals vergessen werde«, sprach sie leise ins Mikrofon. »Auch wenn mir amerikanische Kritiker das oft vorgeworfen haben. Ich bin eine von euch.«

Ein blutjunger GI am Rand presste sich die Faust vor den Mund, um nicht zu weinen. Josephine fühlte mit diesen ganzen Männern, die, kaum der Kindheit entwachsen, ans andere Ende der Welt geschickt worden waren, ungewiss, ob sie jemals in ihre Heimat zurückkehren würden.

Sie sang ein paar weitere Lieder, und am Ende des Abends tobte das Publikum vor Begeisterung. Die Soldaten sprangen auf, jubelten und klatschten, dass es ihr in den

Ohren dröhnte. Die GIs skandierten lauthals »Encore! Encore!« und gaben sich nicht eher zufrieden, bis Josephine dem Bandleader erneut ein Zeichen zum Spielen gab.

Als sie schließlich von der Bühne stieg, fühlte sie sich matt und ausgelaugt, aber glücklich. Sie war froh, dass sie noch fähig war, ein Publikum zu begeistern. Sie war dankbar, die Zuhörer mit ihrem Gesang berührt zu haben, und plötzlich überrollte sie die heftige Sehnsucht, der Krieg möge bald enden, damit sie wieder nach Paris heimkehren und auftreten könne. Doch ein Ende des Krieges rückte in immer weitere Ferne. Mittlerweile hatte sie die schreckliche Nachricht erreicht, dass die Deutschen in die Freie Zone Frankreichs eingedrungen waren und das gesamte Land besetzt hatten. Sie machte sich große Sorgen um ihr Château und ihre Tiere. Ob es Binky, Albert und ihren anderen Lieblingen gut ging?

Jacques war der Erste, der bei ihr war, um ihr zu gratulieren. »Du warst großartig, Liebes, sensationell.«

Williams schob sich durch die aufgedrehten, lauten jungen Männer, die sich nach Ende des Konzerts überall in Grüppchen versammelten, zu ihnen durch und drückte Josephine einen kühlen Cocktail in die Hand, an dem sie gierig nippte. Sie fühlte sich wie ausgetrocknet.

»Liebe Josephine, Sie dürfen gerne jeden Abend bei uns singen!«

Josephine lachte. Etliche Soldaten um sie herum warteten, bis sie an der Reihe waren, mit ihr zu sprechen. Sie wandte sich dem ersten zu, einem blassen jungen Mann mit Sommersprossen. »Sie haben mir heute Abend ein Stück

Heimat zurückgebracht«, stammelte er und lief rot an bis unter den Haaransatz. »Wirklich – es war ein bisschen, wie nach Hause zu kommen, zu meiner Mutter und meinen Geschwistern.«

»Danke, das bedeutet mir viel«, sagte sie und küsste ihn leicht auf die Wange. Er konnte sein Glück kaum fassen und zog sich, nun blutrot bis über die Ohren, stammelnd zurück.

Ein schwarzer GI bedankte sich in schlichten Worten für ihren Einsatz gegen die Segregation. »Sie sind so berühmt, Ma'am und setzen sich für uns arme Leute ein. Wenn das noch mehr Stars machen würden, hätten wir Schwarzen vielleicht mehr Rechte und ein besseres Ansehen.«

»Ich weiß«, stimmte sie mitfühlend zu.

»Jetzt im Krieg kämpfen wir gleichberechtigt an der Seite der Weißen«, fuhr er fort, »aber ich befürchte, wenn der Krieg vorüber ist, ist das schnell vergessen, und wir werden wieder in unsere Schranken gewiesen.«

Sie schaute ihm in die fast schwarz wirkenden Augen und erkannte sich selbst in dem Ernst und der Leidenschaft wieder, die darin glühten. »Wenn der Krieg vorüber ist, wird ein neuer Kampf beginnen, ein Kampf gegen die Ungleichbehandlung der schwarzen Bevölkerung.« Sie drückte ihm fest die Hand. »Verlassen Sie sich darauf.«

Schließlich trat der Bandleader zu ihr, der ihr bereits zu Beginn des Abends aufgefallen war. Sie musterte ihn diskret und stellte nochmals fest, wie attraktiv er mit seinen dunklen gescheitelten Haaren und den sanft geschwungenen Lippen war. Er strahlte eine unaufdringliche Gelassenheit aus.

»Sie waren fantastisch, Madame Baker«, sagte er auf

Französisch. Auch seine Stimme war angenehm und leise. »Darf ich mich vorstellen? Wir hatten noch nicht das Vergnügen. Ich bin Jo Bouillon, ursprünglich stamme ich aus Montpellier.«

»Ich freue mich, Sie kennenzulernen.« Josephine konnte sich nicht von ihm losreißen, sie fühlte sich heftig von ihm angezogen. »Ich denke, wir werden uns von nun an öfter begegnen. Mr Williams hat mich für mehrere Konzerte gebucht, und ich bekam Anfragen von anderen Standorten, ob ich nicht auch dort für die Soldaten singen möchte.«

»Ich bin bereits informiert«, sagte Jo, und sein warmer Blick fühlte sich an wie ein Sommerregen. »Meine Orchestermitglieder und ich haben bereits zugesagt, Sie bei Ihren Auftritten zu begleiten.«

»Ich freue mich.« Plötzlich brach sie in Gelächter aus. »Ist es nicht lustig, dass wir beide fast denselben Namen haben? Jo und Jo. Josephine und …«

»Joseph«, ergänzte er vergnügt.

»Das verbindet uns, nicht wahr?«

Jo nickte lächelnd. »Josephine und Joseph. Ich denke, wir werden gut zusammenarbeiten.«

Der Wüstenhimmel schien unendlich und wurde durch nichts begrenzt. Millionen von Sternen flackerten an seinem tiefschwarzen Gewölbe, und ab und zu schoss eine Sternschnuppe wie eine Rakete durch die Nacht, um gleich darauf zu verglühen.

Josephine, Jacques und Jo saßen auf klapprigen Stühlen, deren Füße tief in den Sand einsanken, und schauten sich andächtig das Himmelsschauspiel an. Sie hatten sich unter dicken Wolldecken vergraben, denn die Wüstennächte waren empfindlich kalt, während die Tage so glühend heiß waren, dass ihnen der Sand unter den Füßen brannte.

»Mal wieder was anderes zu essen als diesen elendigen Dosenfraß, das wäre nett«, meinte Jacques, »Thunfisch in Dosen. Jeden Tag.«

»Morgen kommen wir in Tunis an, im dortigen *Liberty Club* bekommen wir bestimmt etwas Leckeres serviert«, tröstete Josephine ihn. Sie fühlte sich zwischen den beiden Männern so wohl wie schon lange nicht mehr. Mit dem einen verband sie Liebe, mit dem anderen mittlerweile eine tiefe Freundschaft. Sie genoss es, neben ihrem Geländewagen im Sand zu sitzen und in die Sterne zu schauen. Noch nirgends hatte sie einen so beeindruckenden Sternenhimmel gesehen wie über der Wüste.

Ihrem allerersten gemeinsamen Auftritt in Casablanca waren viele weitere gefolgt, und inzwischen zogen sie regelmäßig durch ganz Nordafrika, von Stützpunkt zu Stützpunkt, von Nachtklub zu Nachtklub, um die dort stationierten alliierten Truppen zu unterhalten.

»Das ist bereits die zweite Karriere, die du dir in diesem Krieg aufgebaut hast«, hatte Jacques anfangs gescherzt, »zuerst hast du dich als Spionin bewiesen, nun bist du der Superstar der Truppen.«

Sie mussten sich mit vielen Entbehrungen arrangieren, trotzdem zählten die letzten Monate zu den glücklichsten ihres Lebens. Ihre Konzerte hatten ihr so viel Auftrieb gegeben, dass sie schnell vollständig genesen war, und das

Beisammensein mit Jo und seinen Orchestermitgliedern – diese saßen etwas abseits hinter dem zweiten Geländewagen und spielten Karten – war so locker und lustig, dass sie sich wie eine zweite Familie anfühlten. Was scherte es sie, dass sie sich beim Durchqueren der Wüste nicht waschen konnte, dass sie sich von Konserven ernähren oder in Zelten schlafen musste, wo ihr der Sand in jede Pore kroch? Fast ungläubig dachte sie an die Zeit in ihren Zwanzigern zurück, als sie ein völlig anderes, luxuriöses Leben geführt hatte; schöne Kleider, Schmuck, das Bedürfnis, von unzähligen Menschen bewundert und verehrt zu werden, waren damals alles für sie, hatten ihre gesamte Existenz bestimmt. Wie sehr sie sich doch verändert hatte! Den Applaus, den sie nun von den Soldaten bekam, genoss sie nicht mehr um ihrer selbst willen, sondern weil er ihr zeigte, welche Freude sie den Männern mit ihrem Gesang machen konnte.

»Es ist jedes Mal wundervoll mit anzusehen, wie du die Moral der Truppen stärkst«, bemerkte Jo, nachdem er seine karge Mahlzeit beendet hatte und einen Schluck Wasser trank. »Du gibst den Soldaten so viel. Sie fiebern deinen Auftritten entgegen, als hätten sie nichts anderes im Leben mehr zu erwarten.«

»Bei manchen stimmt dies leider«, wandte Josephine leise ein. Sosehr sie sich über ihre Auftritte freute, war ihr doch auch immer ein wenig wehmütig zumute, denn sie wusste, dass viele der jungen Männer wohl nie in ihre Heimat zurückkehren würden. Der Krieg war unbarmherzig. »Aber du brauchst dich auch nicht zu verstecken, Jo. Deine Musik ist großartig, und du trägst erheblich dazu bei, dass die Konzerte so erfolgreich sind. Ohne dich würde mein Gesang kläglich dünn erscheinen.«

Jo winkte ab, und sie spürte die tiefe Zuneigung, die aus ihm sprach. Josephine zog sich die Wolldecke bis ans Kinn, nicht nur, weil sie in der Nachtluft fröstelte, sondern auch, um sich ein wenig zurückzuziehen. Sie wollte Jos offensichtliche Gefühle für sie nicht zu nah an sich heranlassen. Die wie zufällig erfolgenden innigen Berührungen und die warmen braunen Augen, die auf ihr ruhten, waren nur allzu deutlich. Was sollte sie tun? Sie war mit Jacques zusammen, doch genoss sie auch die Gesellschaft von Jo; sie hatte nicht vor, an dieser Konstellation etwas zu ändern. Die Zeit würde zeigen, wie die Dinge sich entwickeln würden. Wie Jacques einmal gesagt hatte: Im Krieg gab es nur das Heute, das Morgen war unberechenbar.

Später klappten sie ihre Stühle zusammen und zogen sich in ihre Zelte zurück. Sie teilte sich mit Jacques das Zelt, der den ganzen Abend außergewöhnlich wortkarg gewesen war. Kurz schoss Josephine der Gedanke durch den Kopf, ob er eifersüchtig auf Jo war, doch dazu hatte er keinen Grund. Sie schloss den Eingang des Zeltes sorgfältig, um keinen Besuch von Skorpionen oder ähnlichem Getier zu bekommen. Jacques entzündete die Öllampe, das Gesicht bleich beschienen.

»Was ist los mit dir, Jacques? Du warst so schweigsam heute Abend.«

Er machte eine wegwerfende Handbewegung und versuchte, unbeschwert zu klingen. »Es ist nichts. Ich habe heute Morgen im Hotel einen Brief ausgehändigt bekommen, der mich beschäftigt.«

»Von deiner Frau?«, flüsterte sie.

Er nickte und legte sich neben sie. Josephine war es plötzlich, als befänden sie sich nicht mehr zu zweit im Zelt, sondern als schwebe Jacques' Ehefrau unsichtbar zwischen ihnen. Er hatte in den letzten Jahren nur selten einen Brief von zu Hause erhalten, und sie hatte kaum an seine Frau gedacht. Ihr Alltag war zu sehr vom aktuellen Kriegsgeschehen bestimmt.

Josephine rollte sich auf die Seite, sodass sie ihm sehr nahe kam. »Was schreibt sie?«

»Nichts Besonderes.«

Sie verstand intuitiv, dass es Jacques nicht um das ging, was in dem Brief stand, sondern allein um die Tatsache, dass sich seine Frau in sein Bewusstsein gedrängt hatte.

Er küsste sie leicht auf die Lippen. »Denk nicht darüber nach. Ich versuche es auch nicht. Unser Leben hier in Afrika ist ein völlig anderes. Solange der Krieg andauert, wird es keine Zukunft geben, über die es sich nachzudenken lohnt.«

»Wenn du das sagst.« Josephine zog sich die Decke bis ans Kinn, obwohl sie sicher war, so schnell keinen Schlaf zu finden. Sie glaubte ihm nicht, dass er nicht an seine Frau dachte. Seit der Brief ihn heute Morgen erreicht hatte, schien er abwesend und gedankenverloren.

Am nächsten Tag erreichten sie Tunis, und sie hatte keine Zeit mehr, über sein Verhalten weiter nachzudenken. Bevor sie am Abend auf die Bühne des Klubs trat, spähte sie kurz in den voll besetzten Gastraum. Weiße wie Schwarze saßen nebeneinander – und warteten gemeinsam auf den Beginn der Vorstellung. Man hatte sogar Verwundete aus dem nahe gelegenen Militärhospital in ihren Betten herbeigeschoben, um die Männer etwas aufzumuntern. Bei ihrem Anblick wurde Josephines Kehle eng, und heiße Tränen stiegen in ihr auf.

»Ich weiß nicht, ob ich das schaffe«, murmelte sie zu Jo, der neben sie getreten war und ebenfalls hinaus in den Zuschauerraum lugte. »Diese armen Jungen ... sie werden ohne Arme oder Beine oder sonst wie traumatisiert nach Amerika zurückkehren. Und wie viele, die noch nichts davon ahnen, werden es nie in ihre Heimat zurückschaffen?«

»Ich weiß.« Jo presste die Lippen zusammen und legte ihr den Arm um die Schultern. »Aber gerade deswegen müssen wir jetzt raus zu ihnen und unser Bestes geben, um sie von ihrem Schicksal abzulenken. Du schenkst ihnen durch deine Musik so viel Hoffnung und Liebe, Josephine, vergiss das nicht.«

Er reichte ihr ein Taschentuch, und sie tupfte sich vorsichtig, um ihr Bühnen-Make-up nicht zu verwischen, die Tränen ab. »Dasselbe gilt für dich. Wir sind ein Team.«

»Ja, das sind wir.« Er drückte ihre Hand und lächelte ihr tröstlich zu, und sie konnte nicht anders, als ebenfalls zu lächeln.

9

November 1943

Der Militärstützpunkt in Algier ähnelte einer eigenen Stadt aus unzähligen Zelten, in denen die französischen Soldaten untergebracht waren. Am Nachmittag waren Josephine, Jacques und Jo durch die engen, steil ansteigenden Gässchen der Medina gewandert, durch das Labyrinth der kleinen Wege geirrt, gefangen genommen von dem allgegenwärtigen Chaos, dem Lärm der Menschen, den Gerüchen fremdartiger Kräuter und Essenzen, die schwer in der Luft lagen.

Rechtzeitig zu Josephines Konzert waren sie ins Camp zurückgekehrt. Aus Holzbrettern war eine provisorische Bühne errichtet worden, und Hunderte grobe Holzbänke warteten auf die Soldaten. Josephine hatte ein eigenes Zelt zur Verfügung gestellt bekommen, um sich anzukleiden. Es war bereits dunkel, doch der nordafrikanische Winterabend war mild, sodass sie in ihrem ärmellosen nachtblauen Abendkleid, das bis an ihre Knöchel reichte, nicht fror. Das

Zelt war spartanisch eingerichtet, es gab ein Feldbett, einen Tisch und einen Stuhl.

»Ich bin nervös«, gestand sie Jacques, der hinter ihr stand und ihr im Schein der Öllampen den Reißverschluss hochzog.

Jacques schmunzelte. »Du reist seit einem Jahr wie ein Nomade durch Marokko, Tunesien und Algerien, sogar bis nach Kairo und in den Libanon bist du gekommen! Du wirst doch heute Abend nicht deswegen Lampenfieber haben, weil General Charles de Gaulle im Publikum sitzt!«

Josephine funkelte ihn an, während sie sich mithilfe eines trüben kleinen Spiegels das Gesicht abpuderte und Lidschatten auftrug. Den Luxus einer gut ausgestatteten Garderobe hatte sie seit Jahren nicht mehr gehabt. »Lass die Witze. Seit drei Jahren stehen wir mit dem General in Kontakt und arbeiten für ihn. Es ist eine Ehre, ihm heute zum ersten Mal persönlich gegenüberzutreten. Da darf man ein bisschen Nervenflattern haben.«

»Er wird von dir verzaubert sein, so wie jeder, der dich singen hört und dich auf der Bühne sieht«, murmelte Jacques und küsste ihren Nacken.

»Hör auf, ich kann mich nicht konzentrieren«, wies sie ihn zurecht. Durch seine Liebkosungen glitt ihr immer wieder der dunkelrote Lippenstift aus der Hand. »Außerdem ist General de Gaulle heute nicht nur hier, um meinen Auftritt anzusehen, das weißt du.«

»Nein, meine schöne schwarze Venus bekommt heute Abend eine Medaille verliehen für ihre herausragenden Verdienste im Krieg.« Jacques ließ von ihr ab, damit sie sich ungestört fertig schminken konnte, und setzte sich auf den Holzstuhl.

»Etwas übertrieben kommt mir die ganze Sache mit der Medaille schon vor«, brummte Josephine, während sie zum Schluss ihr kurzes schwarzes Haar in Form brachte. »Ich mache schließlich nichts Außergewöhnliches. Tausende von Frauen leisten ihren Beitrag in diesem verdammten Krieg, sei es in Frankreich oder im Exil.«

»Stell dein Licht nicht unter den Scheffel, das steht dir nicht«, lachte Jacques.

»Früher, in meinen wilden Jahren, hätte ich mir wahrscheinlich etwas auf diese Auszeichnung eingebildet. Aber der Krieg hat mich demütiger gemacht«, widersprach Josephine und drehte sich zu ihm um, sodass er sie in ihrem festlichen Kleid bewundern konnte. »Sei froh, dass du mich vorher nicht gekannt hast. Ich glaube, ich habe mit dieser Person, die ich einst war, nicht mehr viel gemein.«

Jacques zuckte die Achseln. »Ich kenne nur die Frau, die gerade vor mir steht, und die ist mutig und engagiert und bereit, alles für ihre Ziele zu opfern.«

Von draußen vernahmen sie die Schritte unzähliger Menschen. Der ganze Sandboden schien zu erbeben – die Soldaten nahmen ihre Plätze auf den Holzbänken ein, und es war Zeit für Josephine hinauszugehen.

Jo steckte seinen Kopf durch den Zelteingang und winkte Josephine hektisch; auch er schien nervös, vor dem hohen Besuch aufzutreten. »Kommst du? Wunderschön siehst du aus, wie immer.«

Bewundernd glitten seine Augen über ihre Gestalt und blieben an ihrem Gesicht hängen.

»Ich komme.« Freundschaftlich hakte sie sich bei ihm ein und ließ sich von ihm auf die Bühne führen, die sie über eine provisorische Treppe betraten. Das Orchester hatte bereits die Plätze eingenommen. Josephine und Jo verbeugten sich vor den französischen Soldaten und Offizieren – es waren bestimmt tausend an der Zahl – und vor dem berühmten General de Gaulle, der in makelloser Uniform einen Ehrenplatz in der ersten Reihe innehatte.

Josephines Aufregung angesichts des Gastes legte sich rasch. Sie sang ihre Lieder, und wie stets gelang es ihr, das Publikum zu fesseln, für ein oder zwei Stunden weit weg zu führen in ein Land, das voller Hoffnung und Liebe und Frieden war. Die Gesichter der Soldaten spiegelten auch dieses Mal ein Wechselbad an Gefühlen wider, Traurigkeit, Verlorenheit, Sehnsucht nach daheim, nach der Mutter, der Schwester oder der Verlobten, und auch einen Funken Zuversicht, dass am Ende vielleicht doch noch alles gut werden würde, dass sie diese Hölle unbeschadet überstehen würden.

Nach dem donnernden Schlussapplaus verschwand Josephine schneller als sonst von der Bühne und strebte ihrem Zelt entgegen. Sowohl Jacques als auch Jo liefen ihr hinterher. »Josephine! Wo willst du denn hin?«, zischte Jacques, und Jo raunte: »Man lässt General de Gaulle nicht warten! Das wäre wie … wie zu spät zu einer Einladung zum Fünf-Uhr-Tee beim König von England zu erscheinen. Unmöglich!«

»Ich muss mich erst umziehen«, widersprach sie resolut und ließ beide vor ihrem Zelt stehen. Als sie zehn Minuten später wieder heraustrat, trug sie statt des Abendkleides die Uniform, die sie vor Kurzem erhalten hatte, als man ihr den Rang eines Unterleutnants verliehen hatte.

Jacques und Jo musterten sie sprachlos. In der dunkelblauen Uniform mit den goldenen Knöpfen und dem Gürtel mit Goldschnalle um die Taille, dem Barett auf den Haaren und den weißen Handschuhen wirkte sie wie eine völlig andere Frau als jene, die noch eben auf der Bühne gestanden hatte. Die elegante, stilvolle Diva hatte sich in eine nüchterne, fast ein wenig bieder wirkende Frau verwandelt.

»Du bist immer für eine Überraschung gut, Josie«, murmelte Jacques und legte ihr den Arm um die Mitte. Zu dritt eilten sie durch das Wirrwarr an Zelten zu de Gaulles Unterkunft, wo sie bereits erwartet wurden. Ein junger Offizier führte sie ins Innere des Zeltes, das sich grundlegend von den Behausungen der einfachen Soldaten unterschied. Ein edler Teppich bedeckte den Boden, auf dem kein Sandkörnchen zu finden war, und Möbel aus dunklem Holz waren zu einer Sitzgruppe arrangiert. Auf einer Kommode befand sich ein Radiogerät.

Links und rechts standen hochrangige Generäle Spalier. Jacques und Jo reihten sich etwas verlegen ein. De Gaulle stand vor einem hochlehnigen Stuhl, der wirkte wie ein Thron.

Seine Uniform war mit verschiedenen Orden geschmückt, und die dunklen Augen in dem schmalen Gesicht blickten ihr erwartungsvoll entgegen. Josephine spürte, wie alle Anwesenden sie aufmerksam beobachteten, als er ihr zur Begrüßung sehr unmilitärisch die Hand küsste.

»Hocherfreut, endlich Ihre Bekanntschaft zu machen«, sagte er, sie wohlwollend taxierend.

»Die Freude ist ganz meinerseits«, antwortete sie überwältigt.

»Ihr Verdienst für Frankreich ist unermesslich groß«, setzte er an. »Zu Beginn des Krieges haben Sie sich, obwohl Sie ein gefeierter Star waren, nicht davor gescheut, als einfache Rotkreuzschwester Flüchtlinge zu versorgen. Dann haben Sie unsere Bewegung, die Bewegung des Freien Frankreichs, als Spionin unterstützt. Als Spionin, meine Herren! Ihre Tapferkeit und Ihr Wagemut kennen keine Grenzen. An der Seite unseres geschätzten Offiziers Jacques Abtey, der dem militärischen Geheimdienst angehört«, er hob grüßend die Hand in Jacques' Richtung, »reisten Sie unermüdlich durch Frankreich bis nach Portugal und schließlich in unsere nordafrikanischen Protektorate, um unserer Sache dienlich zu sein: So bald wie möglich Frieden und Freiheit für Frankreich herzustellen. Und in den letzten zwei Jahren haben Sie noch eine weitere Aufgabe übernommen: Sie sind von Stützpunkt zu Stützpunkt gereist, um Konzerte für unsere alliierten Soldaten zu geben. Man kann es nicht in Worte fassen, wie viel Sie unseren Männern gegeben haben. Sie haben ihnen Hoffnung und Freude bereitet in einer Zeit, die eigentlich hoffnungslos ist. Zusammenfassend kann man sagen, meine liebe Madame Baker, dass Sie sich in diesem Krieg drei verschiedene Karrieren aufgebaut haben –

Krankenschwester, Agentin, Betreuerin der Truppen. Das muss erst mal einer nachmachen.«

De Gaulle strich sich über seinen Schnurrbart, während die Offiziere erheitert lachten. Die empathische Wortwahl de Gaulles belustigte Josephine insgeheim, doch seine Lobeshymnen hatten sie sehr berührt. Trotzdem war sie noch immer der Meinung, nichts Besonderes geleistet zu haben. Hätte nicht jede patriotische Französin das Gleiche für ihr Land getan?

»Aus diesem Grund«, fuhr de Gaulle fort, »ist es mir eine Ehre, Ihnen heute eine Medaille für Ihre großartigen Verdienste in diesem schrecklichen Krieg zu überreichen.«

Andächtig griff der General nach einem mit Samt ausgelegten Kästchen, dem er eine Medaille entnahm. Ein kleines glänzendes Kreuz mit einem Doppelbalken zierte sie. Fasziniert nahm sie den Orden aus de Gaulles Händen entgegen und betrachtete ihn eingehend.

»Das ist das Lothringer Kreuz«, erklärte er. »Das Symbol unserer Bewegung, des Freien Frankreichs.«

Als sie zu ihm hochsah, um sich zu bedanken, entdeckte sie unter den zahlreichen Orden auf seiner Brust ein ähnliches Kreuz. Sie war stolz, sich in derart hochrangiger Gesellschaft zu befinden. »Vielen, vielen Dank, Monsieur le Général. Ich bin zutiefst bewegt, diese Auszeichnung zu erhalten. Das bedeutet mir viel. Es ist für mich selbstverständlich, Frankreich zu unterstützen, denn Frankreich ist meine Wahlheimat, die Heimat meines Herzens. Wissen Sie, Monsieur Abtey musste mich nicht erst dazu überreden, mich für die Sache der Résistance einzusetzen; ich hätte alles für Frankreich getan, buchstäblich alles.«

Die Offiziere ringsum spendeten Beifall, und General de Gaulle half ihr, die Medaille an ihrem Revers zu befestigen. Strahlend drehte sie sich um, um sich zu präsentieren. Jacques nickte ihr zu, und sie sog die Liebe, die er verströmte, wie ein Schwamm in sich auf.

10

Juni 1944

Gerüchte mehrten sich, dass eine Invasion alliierter Truppen in Nordfrankreich kurz bevorstand. Zwischen ihren Auftritten hielten sich Josephine und Jacques deshalb gerne im *Liberty Club* in Casablanca auf, denn dort gab es mehrere Radiotransmitter, einige auf einen englischen, andere auf französische Sender eingestellt.

Sydney Williams wurde nicht müde, seinen Gästen Pfefferminztee und zuckriges Gebäck zu servieren, während sie gedrängt um kleine, runde Tische saßen und den Nachrichtensprechern lauschten. Sie befanden sich im Halbdunkel, denn Williams hatte gegen die glühende Junihitze, die draußen herrschte, die Jalousien heruntergelassen, und die Deckenventilatoren kreisten und summten ohne Unterlass.

»Hoffentlich tut sich bald mal was«, murrte Josephine. Sie saß zwischen Jacques und Jo und hatte den Kopf gegen ihren Sessel gelehnt; sie war einfach erschöpft. Die brennende afrikanische Sonne tagaus und tagein laugte sie aus, das Reisen forderte allmählich seinen Tribut, und immer öfter gestand sie sich ein, Heimweh zu haben. Es war fast vier Jahre her, dass sie ihre geliebten Tiere zum letzten Mal gesehen hatte, sie wusste noch nicht einmal, ob sie überhaupt noch alle am Leben waren. Von Paulette hatte sie im Laufe der Zeit zwei oder drei kurze Nachrichten erhalten und erfahren, dass sich die Nazis in Les Milandes eingenistet hatten und dort lebten wie die Maden im Speck. Nein, daran durfte sie keinen Gedanken verschwenden, sonst würde unbändige Wut sie von innen heraus auffressen wie ein Geschwür! Sie versuchte, sich auf den Radiosender zu konzentrieren, doch im Moment wurde nur Musik gespielt.

Sie gähnte. »Es hört sich sehr respektlos an, wenn ich das so sage, aber ich habe einfach keine Lust mehr auf Krieg.«

Jo nickte. »Ich auch nicht. Ich träume nachts davon, wieder in Frankreich zu sein und auf eine Konzertreise zu gehen. Ich sehe mich auf den großen Bühnen stehen und mein Orchester dirigieren. In Paris, Lyon, Bordeaux, Straßburg, Montpellier, Toulouse ... Und wenn ich dann aufwache, wird mir bewusst, dass das alles in unerreichbarer Ferne liegt.«

Interessiert legte Josephine ihm ihre Hand auf den Arm. »Wir könnten uns zusammentun, wenn der Krieg vorbei ist, Jo. Wir sind ein gutes Gespann, du mit deinem Orchester für die instrumentale Begleitung, ich als Sängerin. Wäre das nicht fabelhaft?«

»Großartig. Wir könnten zusammen auf Tour gehen und von Stadt zu Stadt ziehen, um die Bühnen unsicher zu machen.« Seine Augen glänzten, und sie erkannte, wie viel ihm ihr Vorschlag bedeutete.

Jacques beteiligte sich nicht am Gespräch, er trommelte nur nervös mit den Fingern auf seine Stuhllehne.

Williams stellte ein weiteres Tablett mit dampfendem Pfefferminztee vor ihnen ab und ließ sich schwer auf einen Sessel sinken. »Sie wissen doch mehr als wir Normalsterblichen, Jacques, geben Sie es zu. Mit Ihren engen Verbindungen zu den Alliierten haben Sie doch bestimmt das ein oder andere aufgeschnappt, was in Europa vor sich geht und von dem wir nichts wissen.«

Jacques gebot ihm mit einer Handbewegung zu schweigen, da der letzte Song aus dem Radio verklungen war und ein männlicher Moderator zu sprechen begann. Als lediglich ein neues Musikstück angesagt wurde, ließ er sich enttäuscht zurücksinken. »Tut mir leid, aber Sie wissen, dass ich nichts ausplaudern darf.«

Josephine seufzte frustriert und nippte an ihrem heißen Tee, der sie nur noch mehr ins Schwitzen brachte. Draußen zeigte das Thermometer weit über dreißig Grad an, und drinnen im Klub war es unangenehm stickig.

Es knackte, woraufhin Jacques erschrocken aufsprang und an der Antenne des Radiogeräts herumbog; erst ein dumpfer Fausthieb auf den Apparat beseitigte das Problem.

Williams beobachtete Jacques' hektische Bewegungen kopfschüttelnd. »Und Sie wissen doch etwas, das wir nicht wissen, Jacques. Heute ist der Tag der Tage, habe ich recht?«

»Seien Sie ruhig!« Jacques blitzte den Klubmanager wütend an. Tatsächlich verklang in diesem Moment der letzte

Ton der Musik, es krachte und rauschte, dann vernahm man überraschend klar die Worte eines Sprechers. »Im Morgengrauen des heutigen Tages liefen alliierte Kriegsschiffe mit der Flut an den Küstenabschnitten der Normandie auf. Rund hundertfünfzigtausend Soldaten und zwanzigtausend Fahrzeuge wurden an Land gebracht. Die Invasion Frankreichs durch die Alliierten hat begonnen und ist seit Stunden im Gange.«

Durch das Radiogerät klangen die Worte des Nachrichtensprechers blechern und hart. Josephine hielt es kaum noch aus, untätig sitzen zu bleiben. Sie sprang auf und schlug sich die Hand vor den Mund; sie war fassungslos und überwältigt von der Vorahnung, dies könne der Moment sein, in dem sich alles, wirklich alles in diesem schrecklichen endlosen Krieg zum Guten wenden könnte. Ihr zitterten die Beine. Jo stand ebenfalls auf, schlang die Arme um sie und versuchte, sie durch seine Nähe zu beruhigen; jedoch bebte auch seine Brust, und sein Herz trommelte so laut, dass sie es durch sein Hemd spürte.

»Ruhe«, ordnete Jacques an, »bei eurem Gezappel versteht man kein Wort.«

»Die Soldaten wateten mit ihrem Gepäck von den Schiffen auf den Strand und warfen sich in den Sand, ohne jegliche Deckung. Am Himmel kreisende alliierte Flugzeuge gaben ihnen den nötigen Feuerschutz«, fuhr der Radiomoderator sachlich fort.

Josephine klammerte sich an Jo fest, als bräuchte sie Halt, um diese bahnbrechenden, kriegsentscheidenden Ereignisse, die in Frankreich im Gange waren, zu verarbeiten.

Er strich ihr mit der Hand über den Rücken, während Jacques erneut fluchend an der Antenne drehte, um die Tonqualität zu verbessern. Der Nachrichtensprecher spulte ein Band mit einem Live-Mitschnitt des Kriegsgeschehens ab. Ein gewaltiger, ohrenbetäubender Lärm aus Flugzeugmotoren, Panzerbewegungen und unermüdlichem Gewehrfeuer, gemischt mit gebrüllten Befehlen, erfüllte den Nachtklub, sodass sie alle wie betäubt lauschten.

»Die führenden Offiziere der Wehrmacht haben sich Gerüchten zufolge bereits am frühen Morgen in ihre Bunker im Hinterland verschanzt, wobei bereits etliche dieser Rückzugsorte von See aus bombardiert wurden.«

Josephine liefen die Tränen über das Gesicht, ihre lebhafte Fantasie zeichnete ihr ein detailliertes Bild des Infernos, das an den Stränden der Normandie seit dem frühen Morgen wütete. Dies könnte die Entscheidung sein, hämmerte es ihr unermüdlich durch den Kopf, dies könnte der Anfang vom Ende des Krieges sein.

Sie saßen den gesamten Tag um das Radiogerät versammelt. Immer mehr alliierte Soldaten strömten in den Klub, um mitzuhören, was in Frankreich vor sich ging. Williams ließ Sandwiches zubereiten, die er kostenlos an alle verteilte. Die Kämpfe in Frankreich fanden kein Ende, und bei Sonnenuntergang nahmen Josephine, Jacques und Jo Williams' Einladung, im Klub zu übernachten, an, um nach wenigen Stunden Schlaf erneut um das Radio herum zu sitzen. Die Kämpfe in der Normandie dauerten an, es kam zu Häuserkämpfen in den Küstenstädten. Fassungslos, ja schockiert hörte Josephine zu, wie die wechselnden Berichterstatter von fünfzehntausend Fallschirmspringern sprachen, die die deutsche Verteidigungslinie zerstören sollten. Mehr als die Hälfte starb oder wurde verletzt, kaum dass sie in den feindlichen Zonen gelandet waren.

Jacques war in diesen Tagen nicht ansprechbar, er schien in düsteren Gedanken gefangen und starrte abwesend vor sich hin. Deshalb schloss sich Josephine enger an Jo, oft saßen sie Hand in Hand vor dem Radio und vermochten kaum zu begreifen, was in Europa vor sich ging. Sie stützten sich gegenseitig. Das rasende, tobende Kriegsgeschehen in Frankreich wühlte sie auf, trotzdem ertappte sich Josephine immer öfter dabei, wie sie sich in Träumen über die Zeit nach einem Sieg verlor. Mit Jacques konnte sie nicht sprechen, er hatte sich in einem dunklen Raum innerhalb seiner eigenen Gedanken eingeschlossen. Manchmal betrachtete sie ihn unauffällig von der Seite. Er war ihr Kriegskamerad, ihr Beschützer, Begleiter, ihr Freund und Geliebter – seit vier Jahren waren sie unzertrennlich, vom Schicksal zusammengefügt. Was würde aus ihnen werden, wenn der Krieg tatsächlich in absehbarer Zeit endete? Jacques hatte sich immer geweigert, einen Gedanken an die Zukunft zu verschwenden, weil es bisher keine Zukunft gegeben hatte. Das konnte sich nun ändern. Josephine seufzte tief. Jo drückte ihre Hand, und ein Funke Hoffnung durchzuckte sie, dass vielleicht doch alles irgendwie gut werden würde.

Auch die nächsten Tage und Wochen hielt sich Josephine mit Jacques und Jo am liebsten im *Liberty Club* auf. Das Radio lief den ganzen Tag und brachte immer wieder die neuesten

Meldungen und Fortschritte der alliierten Truppen in der Normandie. Gebannt lauschten sie den Berichten, die die Erfolge der Invasion schilderten; die Alliierten nahmen immer mehr Territorium ein und zogen gen Paris.

Eines heißen Nachmittags saßen sie wie üblich um das Radiogerät herum, und doch war es ein Tag wie kein anderer. Bewegt hörten sie zu, wie Charles de Gaulle im Triumphzug durch die Champs-Élysées in Paris marschierte, gefeiert von Hunderttausenden Einwohnern. Die Verbindung brach immer wieder ab, um dann krachend zurückzukehren, dennoch erhielten sie einen Eindruck der tobenden Masse, die den General feierte, als habe er allein das Wunder vollbracht, die Nazis zu verjagen.

»Sie sind alle weg«, flüsterte Josephine ungläubig, »es gibt keine Deutschen mehr in der Stadt, unfassbar!«

»Die wenigen Deutschen, die in den letzten Wochen seit der Invasion der Alliierten noch da waren, haben spätestens in den letzten Tagen die Flucht in Richtung Osten ergriffen«, erwiderte Williams befriedigt.

Jo strahlte. »Paris gehört wieder den Franzosen! Es ist, als ob ein Albtraum zu Ende geht!«

Josephine vermochte immer noch nicht so recht zu glauben, was in ihrer Heimat vor sich ging. »Das heißt, wir, wir können bald wieder nach Hause?«

»Sieht so aus!« Jo schlang die Arme um sie und küsste sie stürmisch auf beide Wangen, was sie lachend über sich ergehen ließ.

Williams stand auf und klatschte in die Hände. »Das muss gefeiert werden! Freie Getränke für alle! Heute soll der

Alkohol fließen, das ist ein Tag, der in die Geschichte eingeht!«

Die vielen Soldaten im Klub jubelten, die dort angespannt das Geschehen in Europa in den letzten Wochen verfolgt hatten. Nach den Berichterstattungen erklangen flotte Jazzrhythmen aus dem Radio. Die Stimmung im Klub war kurz vorm Überkochen, so ausgelassen wie noch nie. Der Krieg war noch nicht beendet, doch Frankreich hatte seine Freiheit wiedererlangt. Gegen Abend bekam Josephine in den stickigen, überhitzten Räumen des *Liberty Club* kaum noch Luft, deshalb nahm sie ihren Cocktail – der wievielte es war, wusste sie nicht, sie hatte wie alle anderen kräftig gefeiert – und ging ins Freie. Auch hier war es noch heiß, doch vom Hafen her wehte eine milde Brise, die ihr das Atmen erleichterte. Gedankenversunken nippte sie an ihrem Glas und schaute über das maurisch anmutende Stadtbild und die Menschen, die in den staubigen Straßen unterwegs waren, Araber in Djellabas, vermischt mit Europäern.

Josephine dachte an Les Milandes und ihre Tiere. Meistens verbot sie sich den Gedanken an ihre Lieblinge, da die Trennung ihr sehr zusetzte. Würde Binky sie überhaupt noch erkennen, wenn sie nach Hause käme? Ob sie wohl bald wieder nach Frankreich zurückkehren konnte? Wäre Nordafrika bald nur noch eine allmählich verblassende Erinnerung?

Als habe er geahnt, mit welchen Fragen sie sich innerlich quälte, trat Jacques zu ihr heraus. Mit einem Glas in der Hand stellte er sich neben sie und starrte in die Ferne. Grillen zirpten ohrenbetäubend, und der Ruf des Muezzins ertönte; trotz ihrer langen Zeit im Maghreb erschienen Josephine diese Gebetsrufe noch immer fremd und exotisch.

»Denkst du, wir werden bald nach Frankreich zurückreisen können?«, fragte Josephine leise und sah Jacques von der Seite an. Er sah besser aus denn je, die Haut von der Sonne braun gebrannt wie eine Mandel, die blonden Haare noch heller gebleicht. Trotzdem wirkte er angespannt.

»Ich denke schon«, sagte er zögerlich. »Du kannst es wahrscheinlich kaum erwarten, dein Château wiederzusehen. Und deinen Zoo.«

»Ja. Ich hoffe, dass die Nazis alles in einigermaßen gutem Zustand hinterlassen haben.« Sie klang sehnsüchtig, doch eigentlich galten ihre Gedanken im Moment weniger ihrem Anwesen, sondern vielmehr Jacques selbst. Sie sah ihm in die blauen Augen, die starr auf den Horizont gerichtet waren, und versuchte, darin zu lesen, doch er gab nichts preis. »Was ist mit dir, Jacques? Wohin wirst du gehen, wenn unsere Zeit in Afrika vorbei ist?«

Schmerzlich zogen die Ereignisse der letzten vier Jahre an ihr vorüber. Mit Ausnahme von Pepito – Gott habe ihn selig, er hatte sie in einem völlig anderen Leben, einer völlig anderen Epoche begleitet – war sie noch keinem Mann so zärtlich zugetan gewesen wie Jacques. Und das hatte auf Gegenseitigkeit beruht. Wie hingebungsvoll und selbstlos er monatelang an ihrem Krankenbett gewacht hatte, ihr nie von der Seite gewichen war! Seine plötzliche Distanz konnte nur eines bedeuten: Er bereitete sich innerlich auf die Trennung von ihr vor.

»Nach Hause, Josephine«, sagte er sanft, wandte sich zu

ihr um und hielt sie in einem Blick fest, der voller Traurigkeit und Schmerz war. »Ins Elsass.«

Sie nickte, während sie versuchte, den dicken Kloß aus Tränen, der sich in ihrem Hals bildete, nicht explodieren zu lassen. »Das verstehe ich. Aber hatten wir nicht trotz des Krieges, trotz der Gefahren, in denen wir schwebten, eine gute Zeit zusammen?«

Er nahm sie in die Arme und drückte sie so fest an seine Brust, dass seine Körperwärme auf sie überging. »Die hatten wir. Und glaub mir, es fällt mir unendlich schwer, dich ziehen zu lassen, Josie. Am liebsten würde ich mit dir gehen und das werden, als das ich mich die ganze Zeit ausgegeben habe – dein Agent und Assistent.«

»Das wäre wundervoll«, stieß sie hervor und konnte die Tränen nun nicht mehr zurückhalten.

»Aber es geht nicht«, fuhr er düster fort und küsste sie auf die Haare. »Wir beide haben uns nie etwas versprochen, nicht wahr?«

Sie nickte. »Nein, niemals. Was hätten wir uns versprechen sollen? Die ganzen Jahre war keine Zukunft in Sicht. Wie du immer sagtest, Jacques, es gab nur eine endlose Abfolge einzelner Tage.«

»So war es«, bestätigte er düster. »Aber ich habe jemand anderem etwas versprochen. Meiner Frau. Ich habe ihr bei unserer Hochzeit das Versprechen gegeben, bis zu unserem Tod bei ihr zu bleiben. Und das möchte ich nicht brechen. Ich liebe dich, aber auch sie.«

Wieder konnte sie nur nicken, auch wenn sie der Gedanke an diese andere Frau zerriss, die in Jacques' Leben die letzten Jahre nicht präsent gewesen war, jedoch solch einen Einfluss auf ihn hatte.

»Bis dass der Tod uns scheidet. In dieser Hinsicht bin ich sehr katholisch«, versuchte er, die Situation aufzulockern. »Glaub mir, es ist die Hölle für mich. Ich liebe zwei Frauen, muss mich aber für eine entscheiden. Mit dir verbindet mich so viel – dieser ganze Krieg –, aber mit ihr habe ich eine gemeinsame Vergangenheit. Ich kann sie nicht aufgeben. Aber weißt du, Josephine«, mit seinem Glas deutete er auf das Klubgebäude hinter ihnen, das im abendlichen Zwielicht versank, »da drinnen ist jemand, der dir sehr zugetan ist.«

Sie verzog nur verbittert den Mund. Keiner der dreihundert Männer im Klub interessierte sie im Moment, am wenigsten Jo Bouillon. Ihr Innerstes bäumte sich auf, ihre Seele brannte, und kurz überlegte sie, ob sie um Jacques kämpfen sollte. Vor dem Krieg hatte sie jeden Mann haben können, der ihren Weg kreuzte, buchstäblich jeden. Damals hatte sie das reichlich ausgenutzt, wenn ihr der Sinn nach Gesellschaft stand, hatte sie sich genommen, wer ihr gefiel. Selbst während ihrer Beziehung mit Pepito oder ihrem Ehemann Jean Lion war sie anderen Bekanntschaften nicht abgeneigt gewesen. Doch ihr war, als habe sie in den Wirren des Krieges ihre einstige Persönlichkeit abgestreift wie eine alte, nicht mehr passende Haut und wäre als neuer, anderer Mensch hervorgeschlüpft.

Ihr früheres Ich hätte gewiss nicht gezögert, um Jacques zu kämpfen, doch nach all dem Leid, das sie in den letzten Jahren gesehen hatte, fehlte ihr dazu die Energie. Und es erschien ihr schäbig, einer anderen Frau den Mann wegzunehmen.

Jacques betrachtete sie besorgt. »Kann ich irgendetwas tun, damit du nicht so unglücklich aussiehst?«

»Da gibt es nichts«, gab sie zurück und ließ ihn draußen stehen. Drinnen war noch immer eine rauschende Party im Gange. Das Radio lief in ohrenbetäubender Lautstärke, die Soldaten waren glückselig und betrunken, es wurde getanzt und gefeiert.

Jo kam ihr mit einem scheuen Ausdruck im Gesicht entgegen, so als habe er auf sie gewartet. Doch ihre Aufmerksamkeit richtete sich auf etwas ganz anderes. Die französischen und britischen Soldaten standen eng beisammen, während sich die Amerikaner in zwei Lager zu spalten schienen. Im vorderen, größeren Raum des Klubs tranken und feierten die weißen GIs, im Hinterzimmer die schwarzen. Trotz ihres Schmerzes über die Trennung von Jacques wurde ihr heiß vor Entrüstung. Wann würde die Segregation endlich ein Ende nehmen? Wann würden die weißen Amerikaner ihre dunkelhäutigen Landsmänner endlich als gleichwertig akzeptieren?

11

Oktober 1944

Josephine ließ ihren Tränen ungeniert freien Lauf, als sie mit Paulette und einigen Einwohnern des Dorfes Castelnaud-la-Chapelle einen Rundgang durch Les Milandes machte. Am Vorabend war sie mit Jacques und Jo in Paris gelandet, hatte dort übernachtet und war am Morgen in aller Herrgottsfrühe in die Dordogne aufgebrochen – allein.

»Meine Tiere!«, brach es aus ihr heraus. »Du hast gut auf sie achtgegeben, das muss ich wirklich sagen, Paulette. Ich war mir anfangs nicht so sicher, ob du diese Aufgabe ernst nimmst.« Sie öffnete das Affengehege, und sofort sprang ihr Binky, von Anfang an ihr erklärter Liebling, entgegen und kletterte auf ihre Arme, als wäre sie nicht vier Jahre lang weg gewesen. Albert hatte die Wirren des Krieges leider nicht überstanden, was sie sehr schmerzte.

»Und ob ich die Aufgabe ernst genommen habe, Madame! Ich wusste, Sie reißen mir den Kopf ab, wenn Sie wiederkommen und die Tiere nicht in allerbestem Zustand vorfinden. Wir haben auch auf das Schloss aufgepasst, alle Einwohner des Dorfes zusammen! Die Deutschen haben sich zwar umgeguckt, aber es gab einfach nichts, was sie mitgehen lassen konnten. Gut, außer dem hässlichen Porzellanservice mit den Flamingos drauf und dieser uralten Vase, die Sie immer als Schirmständer benutzt haben.«

Die Bauern aus dem Dorf rund um das Schloss, die Paulette begleiteten, nickten eifrig. Sie waren alle jenseits der sechzig oder siebzig und trugen geflickte Hosen mit Hosenträgern, dazu Leinenhemden, die von der Arbeit auf den Feldern nicht mehr ganz sauber waren. »Das stimmt, Madame, wir haben aufgepasst wie die Schießhunde«, bestätigte einer von ihnen und drehte seine braune Baskenmütze in den Händen. »Die ganzen Gemälde und Kunstgegenstände, das ganze Tafelsilber und Ihren Schmuck haben wir in unseren Kellern verborgen. Natürlich kam keiner dieser Wehrmachtsfritzen auf die Idee, unsere ärmlichen Häuser zu durchsuchen. Ihre ganzen Schätze sind zwar eingestaubt, aber in makellosem Zustand.«

Josephine küsste ihn vor Freude auf die runzligen, sonnengegerbten Wangen. »Tausend Dank an euch alle! Das werde ich euch nie vergessen!«

»Na ja«, druckste ein Bauer mit schneeweißem Haar verlegen herum. »Das war doch selbstverständlich, Sie sind doch unsere Schlossherrin.«

Mit Binky auf den Armen ließ Josephine den Blick über die Türme ihres Anwesens schweifen, die rot-golden in der Oktobersonne aufleuchteten. Nach der Hitze und dem Staub Afrikas, dem Lärm und dem Stiefelscharren der unzähligen alliierten Soldaten erschien ihr Les Milandes, das so verträumt inmitten des flammenden Herbstlaubs ruhte, wie ein Märchenschloss. Sie hatte große Pläne mit ihrem Besitz, aus der Asche der Kriegsjahre waren in den letzten Tagen immer mehr Visionen in ihr entstanden. Doch noch war alles zu frisch und nicht spruchreif.

Liebevoll beugte sie sich zu ihren Hühnern herab und fütterte sie mit ein paar Körnern, die sie in einem Korb mitgenommen hatte. Sie war wieder daheim, ohne Jacques, aber guter Dinge. Der Rest würde sich fügen.

Nach ein paar ruhigen Tagen auf dem Schloss, in denen sie sich hingebungsvoll um ihre Tiere gekümmert und mithilfe der Bauern ihre kostbaren Gemälde und Kunstgegenstände, ihre Perserteppiche, das Porzellan und Silber wieder an Ort und Stelle gebracht hatte, fuhr sie nach Paris, um an der feierlichen Siegesparade teilzunehmen. Es schien, als fänden die triumphalen Märsche durch die Stadt kein Ende; die Pariser nahmen sich zurück, was die Nazis ihnen gestohlen hatten, Hunderttausende, die geflohen waren, kehrten wieder in ihre Häuser zurück.

Anscheinend hatte sich die gesamte französische Armee auf den Champs-Élysées zusammengefunden, bis hin zum Arc de Triomphe. Das Straßenbild hatte sich nach der Flucht der Deutschen verändert, sämtliche Hakenkreuze waren abgenommen, stattdessen wehten überall die französischen Flaggen. Josephine trug ihre Uniform, die sie stolzer machte, als das eleganteste Abendkleid es jemals vermocht hätte. An ihrer Seite ging Jacques. Er war ins Elsass zu seiner Frau gereist, sie in die entgegengesetzte Richtung nach Les Milandes. Sie hatten den Abschied kurz gehalten, um den

Schmerz nicht noch stärker aufzuwühlen. Jacques nun wiederzusehen stach dennoch wie ein Messer in Josephines Wunde. Sein blondes Haar leuchtete in der warmen Oktobersonne, und er strahlte eine traurige Gelassenheit aus. Josephine versuchte, sich auf die jubelnde Menschenmasse zu beiden Seiten der Prachtstraße zu konzentrieren. Kinder rannten herbei und drückten ihr Rosen in die Hand. Männer und Frauen, alle in abgetragenen Kleidern und mit verhärmten Gesichtern, schrien in Sprechchören: »Joséphine! Joséphine!«

»Die Franzosen haben dich zu einer Nationalheldin erhoben«, sagte Jacques und vermied es, sie anzusehen. Sie wusste, seine Frau wartete irgendwo auf ihn, vielleicht stand sie inmitten der begeisterten Menge oder hielt sich im Hotel auf.

»Ich sehe hier unzählige Helden«, gab sie zurück, ihn bewusst nicht ansehend, um dem Schmerz keine Gelegenheit zu geben hervorzubrechen. »Jeder Einzelne hier hat Opfer gebracht.«

Eine junge Frau löste sich aus den Zuschauern, rannte auf sie zu und drückte ihr ein weißes Häschen mit rosa Schnauze in die Arme. Überwältigt streichelte Josephine das weiche Fell.

»Als Dankeschön«, keuchte die Frau, »für Ihren Einsatz im Krieg. Sie haben Ihr Leben riskiert. Für uns. Für Frankreich. Ich habe gelesen, dass Sie Tiere lieben, deshalb dachte ich …«

Josephine blinzelte eine Träne weg. »Danke schön«,

brachte sie heiser hervor. »Das ist ein wundervolles Geschenk. Ich werde mich gut um den Hasen kümmern.«

Jacques an ihrer Seite lächelte.

Schließlich erreichte der Siegeszug den Arc de Triomphe. Hier war die Menge kaum noch zu halten, Champagner floss in Strömen, ein Orchester spielte leidenschaftliche Hymnen, jeder tanzte mit jedem, sang und weinte. Die Gewissheit, die Freiheit zurückerlangt zu haben, versetzte die Menschen in Euphorie. Lebensfreude, die jahrelang unterdrückt worden war, explodierte wie ein Feuerwerk.

Jacques wurde von der Menge weggerissen, und Josephine sah sich plötzlich einem Reporter gegenüber, der ihr ein Mikrofon vor das Gesicht hielt.

»Madame Baker, auch wenn der Krieg noch nicht vorbei ist, wenigstens der Kampf um Frankreich ist gewonnen. Sie haben sich sehr engagiert, haben alles für die Befreiung unseres Landes riskiert, setzen Sie sich jetzt in Ihrem Schloss zur Ruhe?«

Josephine schüttelte energisch den Kopf, während sie und der Reporter von allen Seiten von den Tanzenden und Feiernden angerempelt und gestoßen wurden. Der weiße Hase drückte seine Nase an ihre Uniform. »Wir haben vielleicht *diesen* Kampf gewonnen, junger Mann.« Sie sah ihm in das Gesicht, das ihr so blutjung vorkam. Mit ihren achtunddreißig Jahren und den Erinnerungen an die bisherigen fünf Kriegsjahre fühlte sie sich auf einmal steinalt, so als trüge sie die Erfahrungen einer ganzen Nation auf ihrem Rücken. »Aber glauben Sie mir, es gibt noch andere Kämpfe, die sich zu führen lohnen.«

»Was meinen Sie?«, brüllte der Reporter über den Lärm der Feiernden hinweg.

»Auch in den freiheitsliebenden westlichen Ländern gibt es Hass und Ungleichheit unter den Menschen. Schauen Sie nach Amerika. Noch immer werden Schwarze diskriminiert. Obwohl sie im Krieg an der Seite der Weißen kämpfen und genauso viele Opfer bringen – genauso oft ihr Leben lassen –, werden sie schlechter behandelt. In der Armee können sie keine Karriere machen. Sie dürfen auf Veranstaltungen nicht neben Weißen sitzen. Ich denke, wenn Hitler endgültig besiegt sein wird, sollten sich so manche Staaten darauf konzentrieren, vor der eigenen Haustür zu kehren, und endlich anfangen, alle Menschen gleich zu behandeln.«

Der Reporter schien etwas hilflos, offenbar hatte er ein paar überschwängliche Worte, garniert mit ein paar Freudentränen, erwartet. »Das hört sich ein bisschen an wie eine Kampfansage.«

»Ja.« Josephine nickte. »Nennen wir es eine friedliche Kampfansage. Ich habe auch bereits eine Idee im Kopf, wie ich allen zeigen kann, dass ein Zusammenleben aller Hautfarben möglich ist!«

Der Reporter kratzte sich unter seinem Hut. »Nun gut, dann sind wir mal gespannt«, murmelte er hilflos und sah sich nach einem anderen Interviewpartner um.

Josephine bekam von einem Offizier ein Glas Champagner in die Hand gedrückt, jemand anderer wirbelte sie ungestüm herum. Sie hatte Mühe, das Häschen festzuhalten, das ihr ein ums andere Mal aus den Händen zu gleiten drohte. Die Musiker spielten einen Hit nach dem anderen, ganz Paris schien kopfzustehen, zu feiern, als wäre es aus einem hundertjährigen Schlaf erwacht. Josephine sah sich suchend um, bis sie Jacques erspähte. Er kämpfte sich mit ernstem Gesichtsausdruck durch die Menschenansammlung zu ihr durch. Im Hintergrund stand unverkennbar seine Frau, die ihm hinterherstarrte.

»Josephine«, sagte er so leise, dass sie ihn kaum verstand. Alles an ihm schrie so sehr nach Abschied, dass sich ihr Magen vor Schmerz verknotete. »Meine Frau und ich gehen ins Hotel. Morgen früh fahren wir nach Hause.«

Sie hob die Hand, um ihn ein letztes Mal zu berühren, besann sich aber seiner wartenden Frau und hielt in der Bewegung inne. »Das war es wohl«, murmelte sie dumpf.

»Das war es wohl«, echote er gepresst und legte ihr kurz, wie zufällig, die Hand auf den Arm. Dann riss er sich los und eilte seiner wartenden Frau entgegen. So stahl sich Jacques endgültig aus ihrem Leben.

Teil III: Die Kinder des Regenbogens (1945–1963)

Tous les hommes peuvent vivre ensemble, s'ils le souhaitent.

Alle Menschen können zusammenleben, wenn sie es wünschen.

Josephine Baker

1

Juni 1945

Die bogenförmig angeordneten Sitzreihen im Londoner *Adelphi Theatre* bebten vom begeisterten Trampeln und Rufen der Zuschauer. Die eineinhalbtausend Soldaten hielt es kaum noch auf den Sitzen, viele sprangen auf und schrien Josephine Komplimente und Forderungen nach einer Zugabe zu.

Die Bühnenbretter zitterten unter ihren Füßen. Ihr Blick flog zwischen Jo, der im dunklen Anzug bei den Orchestermitgliedern stand, und dem Publikum hin und her. Im Mai hatten die Deutschen kapituliert, die ganze Welt schien trunken vom Siegestaumel. Seitdem reiste Josephine mit Jo und seinen Musikern durch ganz Europa, um mit ihren Shows die von den Stützpunkten heimkehrenden alliierten Soldaten gleichermaßen zu unterhalten und für ihren Einsatz zu belohnen.

Jo nickte ihr zu, ungläubig und staunend, so als begreife auch er kaum das Ausmaß der Begeisterungsstürme, und eilte mit Josephine wie abgesprochen zum Bühnenrand, wo sie Körbe voller weißer Blütenblätter angerichtet hatten. Sie sprangen von der Bühne, Jo links, Josephine rechts, liefen leichtfüßig die Treppen zwischen den Sitzreihen hoch und warfen die Blütenblätter in alle Richtungen. Weiß wie die Farbe des Friedens, Blüten als Zeichen des Lebens und der Schönheit. Millionen von Menschen waren in diesem furchtbaren Krieg gestorben, doch nun galt es, sich langsam wieder an ein friedliches Leben heranzutasten.

Jubel brandete auf, als Josephine sich mit ihrem Korb näherte und die Blätter wie ein sanfter Sommerregen über die Soldaten regnen ließ. Die Menge tobte, feierte sie wie eine Königin. Die Soldaten hoben sie an der Taille hoch und reichten sie von Mann zu Mann, was sie fröhlich über sich ergehen ließ. Die Männer strahlten sie an, Blütenblätter im Haar, manche litten noch unter Verletzungen und trugen Verbände oder hatten sichtbare Narben. Josephines Herz zog sich zusammen vor Wehmut, wenn sie an all das zurückdachte, was der Krieg ihnen aufgebürdet, wie viele Jahre er ihnen allen gestohlen hatte. Doch das war nun vorbei, und sie mussten alle lernen, ihr Leben neu zu ordnen.

Über die Köpfe der Menschenmassen hinweg sah Jo sie vergnügt an. Seit der Siegesparade in Paris letzten Oktober hatte sie nie wieder etwas von Jacques gehört, und Jo war die einzige Verbindung zu den Jahren in Afrika, die ihr geblieben war. Sie hatten ihren Plan, den sie in Casablanca gemeinsam geschmiedet hatten, in die Tat umgesetzt und reisten von Stadt zu Stadt.

Nach der Show trafen sie sich in der Garderobe. Josephine hatte ihr spitzenbesetztes, mit Glitzerfäden durchwirktes weißes Abendkleid gegen ein einfacheres dunkelblaues Kleid eingetauscht, und auch Jo hatte sich seiner Fliege und der Weste entledigt.

»Die Soldaten feiern noch immer«, stellte er fest. Durch die dicken Mauern des Theaters vernahm man fröhlichen Lärm, so als würde draußen auf der Straße eine riesige Party gefeiert. »Wollen wir noch einen Schlummertrunk nehmen?«

»Gerne doch.« Josephine wurde es innerlich warm. In den letzten Wochen und Monaten hatte sie viel Zeit mit Jo verbracht, und sie musste sich eingestehen, dass sie die innige Zuneigung, die er für sie hegte, allmählich erwiderte. Ohne Jacques an ihrer Seite konnte sie sich wieder anderen Männern gegenüber öffnen.

Gemeinsam traten sie hinaus auf die Straße, bahnten sich einen Weg durch die grölenden und tanzenden Soldaten und schlenderten durchs West End. Josephine war sehr erschrocken, als sie am Vortag in London angekommen war und die tiefen Krater gesehen hatte, die die Bombeneinschläge hinterlassen hatten. Manche Teile der Stadt schienen dem Erdboden gleichgemacht, graue Trümmer und Ruinen ragten zwischen intakten Häusern hervor. Sie war dankbar, dass ihr geliebtes Paris den Krieg heil überstanden hatte.

Der Abend war angenehm, und das frische Grün ringsum schien die allgegenwärtige Zerstörung ein wenig abzumildern. Josephine betrachtete in einem schmutzigen Schaufenster ihr Spiegelbild. In Nordafrika hatte sie nicht oft in den Spiegel geschaut, und wenn sie sich nun so ansah, glaubte sie zuweilen, eine Fremde zu sehen. Sie wirkte sehr verändert. Gut, sie war immerhin neununddreißig, doch mit der praktischen, etwas brav wirkenden Kurzhaarfrisur und der dunkel gerahmten Brille, die sie immer öfter trug, da ihre Sehkraft langsam nachließ, fühlte sie sich älter, als sie eigentlich war. Ihre jungen glamourösen Jahre waren endgültig vorüber, was ihr allerdings wenig ausmachte.

Auch Jo schien das nicht zu stören. Wenn er sie ansah, leuchteten seine braunen Augen voller Wärme. Galant hielt er ihr die Tür zu einer Bar auf, und sie traten ein.

»Das Konzert war ein voller Erfolg«, bemerkte er, als sie mit einem Cocktail an einem kleinen runden Tisch saßen. »Die Bude tobte. Was wirst du tun, wenn diese ganzen Siegesshows vorüber sind? Wirst du wieder in Paris auftreten, oder ziehst du dich auf dein Schloss zurück?«

Er sah sie sehnsüchtig an, und sie spürte, dass er sich nichts mehr wünschte, als dass es immer so weitergehen möge – sie beide auf Tour, zusammen auf den Bühnen Europas.

»Ich werde jedes Engagement annehmen, das sich mir bietet.« Durch ihren Strohhalm sog sie einen großen Schluck des süßen Getränks auf. Der Auftritt hatte sie wie immer sehr durstig gemacht, ihre Kehle brannte. »Ich bin praktisch dazu gezwungen. Ich muss endlich wieder Geld verdienen. Meine Auftritte im Krieg waren alle unentgeltlich, meine Kasse ist leer. Die Tiere verschlingen viel Geld, genauso wie das Château.«

»Also machen wir weiterhin zusammen die Bühnen unsicher?« Hoffnung leuchtete in seinen Gesichtszügen, und sie drückte ihm die Hand. Auch sie war angetan von der Idee, mit ihm zusammen zu sein. Seine sanfte, fast schüchterne Art zog sie an, vielleicht, weil er so etwas wie einen ruhenden Gegenpol zu ihrem eigenen temperamentvollen Wesen bildete.

»Natürlich. Nichts lieber als das, Jo.« Einen Moment schwiegen sie, da eine Gruppe junger Männer und Frauen, alle in abgetragenen Kleidern, die aus der Zeit vor dem Krieg zu stammen schienen, in die Bar polterte, lärmend, betrunken und glückselig, einander die Arme um die Schultern schlingend. Josephine betrachtete sie berührt; derlei Szenen sah man dieser Tage ständig und überall, Menschen, die sich zusammenfanden, um ausgelassen das Ende aller Schrecken zu feiern, die ihr Leben so lange bestimmt hatten. »Ich habe noch weitere Pläne«, fuhr sie fort, als die jungen Leute im hinteren Bereich der Bar Platz genommen hatten. »Als mich letzten Oktober ein Reporter am Rande der Siegesparade interviewte, sagte ich ihm, dass ich mich nun auf einen anderen Kampf konzentrieren möchte.«

Jo sah sie fragend an.

»Mein ganzes Leben habe ich unter der Diskriminierung durch die Weißen gelitten. Als ich ein Kind war, lebte meine Familie in St. Louis unter erbärmlichen Bedingungen. In Amerika waren wir Schwarzen der Abschaum der Gesellschaft.«

Jo schüttelte den Kopf. »Ich hoffe, das hast du nie wirklich geglaubt. Du bist einzigartig und wundervoll und hochtalentiert, Josephine.«

»Auch in New York begegnete man mir nur mit Verachtung. Und als ich vor drei Jahren in Marokko im *Liberty Club* dafür kämpfen musste, dass schwarze und weiße GIs gemeinsam meinen Konzerten zuhören durften, wurde mir klar, dass sich immer noch nicht viel geändert hat.«

»Und was willst du dagegen tun?« Jo sah sie forschend an. »So wie ich dich kenne, hast du bereits einen Plan ausgeklügelt.«

»Du hast es erfasst!«, rief sie und beugte sich näher zu ihm heran, um ihm über die Unterhaltungen der anderen Gäste hinweg ihr Vorhaben zu schildern. »Schon als ich Les Milandes gekauft hatte, hatte ich ein paar Gedanken im Hinterkopf! Die Leute dachten alle, Josephine Baker ist größenwahnsinnig, wozu braucht sie ein ganzes Schloss für sich allein? Aber es soll ja nicht nur für mich allein sein!« Triumphierend schlug sie mit der Handfläche auf den Tisch.

»Nein?«, fragte Jo irritiert und brachte die Cocktails vor ihren Gesten in Sicherheit.

»Nein!« Sie fasste ihn am Arm und redete leise und eindringlich auf ihn ein. »Erst einmal soll Les Milandes ein blühender und magischer Ort werden, an dem die Hautfarbe oder die Herkunft keine Rolle spielt! Ich will ein Hotel erbauen, einen Vergnügungspark, ich will meinen Zoo erweitern, ich will Restaurants, ein Theater!«

»Du willst aus Les Milandes eine touristische Attraktion machen?« Jo sah sie überrascht, doch durchaus beeindruckt an.

»Ja!«, stieß Josephine begeistert hervor. »Einen Vergnügungspark, der alle Menschen willkommen heißt! Ein wunderschöner Ort, ein kleines Paradies.«

Jo drehte gedankenverloren sein Cocktailglas in den Händen. »Das wird eine Menge Arbeit, Josephine. Und es wird ein Vermögen kosten. Du wirst Hunderte, wenn nicht Tausende von Arbeitskräften brauchen, Architekten, Maurer, Elektriker, Gärtner, Bauarbeiter und viele mehr.«

Josephine winkte ab. Ihr war klar, dass sie sich auch mit praktischen und organisatorischen Details befassen musste, doch im Moment ging es ihr erst mal um das große Ganze, um ihre Vision, einen friedlichen Ort zu schaffen, an dem alle Menschen, so verschieden sie auch sein mochten, glücklich und unbeschwert sein konnten. »Jo, darum kümmere ich mich schon zum gegebenen Zeitpunkt. Die ganzen Details sind noch unwichtig.«

»Finde ich nicht«, widersprach Jo. »Mit den ganzen Plänen und Ausarbeitungen von Architekten und anderen Fachleuten steht und fällt doch das ganze Projekt. Noch dazu musst du dich erst mal um die Finanzierung kümmern. Woher möchtest du das Geld nehmen?«

Josephine war zu ungeduldig, um sich mit finanziellen Details zu befassen. Sie brannte darauf, Jo auch noch den zweiten Teil ihres Traums darzulegen. »Das bekomme ich schon hin, Jo, keine Angst. Hör mir doch mal weiter zu. Ich habe nämlich noch viel mehr vor.«

Jo sah sie mit einem Ausdruck an, der so viel wie *Was kommt jetzt?* besagte.

»Auch wenn es immer wieder Kriege gibt in vielen Ländern«, begann sie mit fester Stimme, »wenn Nationen sich bekämpfen, wenn Völker ihre eigenen Landsmänner diskriminieren, weil sie eine unerwünschte Hautfarbe haben, so bin ich trotzdem überzeugt davon, dass ein friedliches Zusammenleben aller möglich ist. Schwarz und weiß, Christen, Juden und Muslime können friedlich zusammenleben! Ich glaube fest daran.«

Ein trauriger Zug umspielte Jos Mundwinkel. »Leider scheinen die Menschen noch nicht so weit zu sein.«

Wieder schlug Josephine mit der Hand auf den Tisch; dieses Mal rutschten die fast leeren Gläser fort, woraufhin Jo sie rasch festhielt.

»Ich werde der Welt beweisen, dass es möglich ist. Alles ist möglich! Ich werde einen Ort erschaffen, an dem Kinder aller möglichen Hautfarben, Religionen und Herkunftsländer friedlich miteinander leben.«

»Und wo soll dieser Ort sein?« Jo runzelte die Stirn, er schien den Faden verloren zu haben.

Josephine seufzte, als sei Jo schwer von Begriff. »Auf Les Milandes selbstverständlich! Ich möchte verschiedene Kinder adoptieren, zum Beispiel ein afrikanisches, ein asiatisches und ein europäisches Kind. Und ich werde mit ihnen als Familie auf meinem Schloss zusammenleben! Um allen zu zeigen, dass ein friedliches Miteinander möglich ist!«

Jo starrte sie an. Es hatte ihm endgültig die Sprache verschlagen.

Tief seufzend lehnte Josephine sich zurück und trank den letzten Rest ihres Cocktails. Flüchtig kam ihr der Gedanke, ob sie Jo mit der Schilderung ihrer Visionen nicht ein wenig überrumpelt und aus der Fassung gebracht hatte. Anders als sie, die diese Ideen schon seit Monaten mit sich herumtrug, war er von ihr völlig ins kalte Wasser geworfen worden.

Jo stützte den Kopf in die Hände, als müsse er die Neuigkeiten erst einmal verdauen. »Mein lieber Schwan, Josephine, da hast du dir ja was vorgenommen.«

»Es ist mir klar, dass ich für die Pläne Jahre brauchen werde. Zweifelst du daran, ob ich das alles schaffe?«, fragte sie besorgt.

Er lächelte schief. »Nein, wenn jemand es schafft, eine solche Vision in die Tat umzusetzen, dann du, Josephine. Du hast es vom armen schwarzen Kind zu Frankreichs berühmtester Sängerin geschafft, du hast im Krieg Abertausende von Soldaten bei Laune gehalten und nebenbei der Résistance und den Alliierten Informationen zugespielt, was dich das Leben hätte kosten können ... Aber hier bist du, schöner, stärker und erfolgreicher als jemals zuvor! Du bist eine Wunderfrau, du kannst alles schaffen.«

»Danke.« Seine Worte rührten sie.

»Ich hole uns erst mal neue Getränke.« Jo wischte sich über die Stirn, als habe ihn das Gespräch erschöpft. Als er mit zwei neuen Cocktailgläsern, die mit einer himbeerroten Flüssigkeit gefüllt waren, zurückkam und sich wieder zu ihr setzte, nahm er ihre Hand in seine und sah sie lange an. Sie verlor sich in seinem Blick, der warm auf ihr ruhte, und fühlte sich mit einem Mal so geborgen, als befände sie sich zu Hause in ihrem Schloss, unter einer warmen Decke auf ihrem Lieblingssessel zusammengerollt.

Jo fragte rau: »An wie viele Kinder hast du denn so gedacht? Wie viele möchtest du adoptieren?«

»Na ja, so drei oder vier«, erwiderte sie und konnte der Versuchung nicht widerstehen, ihm ein loses Haar von der Schulter zu streichen.

»Drei oder vier«, wiederholte er dumpf und starrte in seinen Cocktail.

Sie nickte und betrachtete ihn abwartend, da sie spürte, dass er mit sich rang.

»Josephine«, setzte er auch schon zögernd an. »Ich denke, du wirst Unterstützung brauchen. Einen Vater für die Kinder, und jemanden, der dir hilft, diese umfangreichen Bauarbeiten auf Les Milandes zu planen und zu beaufsichtigen, einfach jemanden, der dir mit Rat und Tat zur Seite steht. Was du dir vorgenommen hast, hat monumentale Ausmaße.«

»Da hast du recht«, gab sie zu. »Aber ich glaube, es gibt da jemanden, der perfekt dazu geeignet wäre, den Weg zusammen mit mir zu gehen.«

Jos eben noch zaghaftes Lächeln wurde breiter, und Josephine nahm sein Gesicht in beide Hände, um ihn leidenschaftlich und zärtlich zugleich zu küssen.

Josephine befand sich in der Eingangshalle von Les Milandes, umringt von zweihundert Dorfbewohnern, Alt und Jung, Männer und Frauen, Witwen, die ihre Ehemänner im Krieg verloren hatten, Kriegsversehrte, die sich auf Stöcke stützten, Rückkehrer, denen die Traumata der Front in die Gesichter geschrieben standen. Alle Augen waren erwartungsvoll auf sie gerichtet, wie sie erhöht auf einer Treppenstufe stand wie auf einer Rednerbühne. Hinter ihr befand sich Jo, ruhig und gelassen, was Josephine von sich nicht gerade behaupten konnte. Sie brannte vor Ungeduld, endlich loszulegen und die Dorfbewohner in ihr Vorhaben einzuweihen, doch noch immer traten Nachzügler durch die schwere Eingangstür und sahen sich ehrfürchtig um, nahmen die kristallenen Lüster und die mannshohen Ölgemälde an den Wänden in sich auf.

»Sind jetzt alle da?« Josephine klatschte hektisch in die Hände, um die Aufmerksamkeit auf sich zu ziehen. Sofort verstummte das leise Gemurmel. »Ich begrüße alle, vielen Dank, dass Sie meiner Aufforderung gefolgt sind, heute ins Schloss zu kommen. Ich möchte nicht lange um den heißen Brei herumreden: Ich habe Bauarbeiten im großen Stil vor, und jeder, der möchte, kann bei mir Arbeit bekommen.«

Stimmengewirr setzte ein, hallte in dem großen Raum wider. Josephine sah in die aufgeregten Gesichter der Dorfbewohner, sie wusste, dass ihr Angebot höchst willkommen war. Die ländliche Gegend, in der sie alle wohnten, bot von jeher wenig Arbeitsplätze, und jetzt, nach Kriegsende, war es noch schlechter um Arbeit bestellt. Josephine spürte, wie eine junge Witwe hoffnungsvoll zu ihr aufschaute; sie wusste, dass sie von der Hand in den Mund lebte. Ermutigend nickte sie ihr zu.

»Les Milandes«, fuhr sie fort, als das Gemurmel abebbte, »soll eine Touristenattraktion werden. Menschen aus ganz Frankreich sollen zu uns kommen und hier glückliche Tage verbringen. Ich plane zwei Hotels und drei Restaurants auf dem Schlossgelände. Einen Golf-, Tennis-, Basketball-

und Volleyballplatz für die jungen Leute, ein Schwimmbad, Ställe mit Reitpferden …«

»Ist nicht Ihr Ernst, Madame!«, entfuhr es einem jungen Burschen mit geflickter Latzhose.

Josephine drehte sich um und warf Jo einen schmunzelnden Blick zu. Er hatte sie vorgewarnt, dass ihr Vorhaben für die einfachen Dorfbewohner erst einmal wie ein Hirngespinst klingen würde.

»Doch, es ist mein Ernst«, rief sie in die aufgeregte Menge. »Das und noch viel mehr will ich auf die Beine stellen. Außerdem noch eine Tankstelle, ein Postamt, ein Wachsfigurenkabinett …«

»Ein Wachsfigurenkabinett? In unserem kleinen Dorf? Sollen wir Paris und London Konkurrenz machen?«

»Ganz recht, Monsieur«, bekräftigte Josephine. »Wie ich schon sagte, Les Milandes soll ein wundervoller Ort werden, an dem Menschen jeglicher Herkunft ihren Urlaub verbringen können. Wir wollen ihnen etwas bieten, sodass sie gerne wiederkommen. Kultur, körperliche Ertüchtigung, erlesene Speisen, Tiere für die Kinder …«

»Das klingt himmlisch«, seufzte eine junge Frau, die ein an ihrer Brust nuckelndes Baby in den Armen hatte, während sich zwei weitere Kleinkinder an ihre Beine klammerten. »Und ich bin sicher, dass unzählige Menschen hierherkommen werden. Nicht zuletzt, um Sie zu sehen, eine der berühmtesten Frauen Frankreichs!«

»Danke schön.« Josephine nickte ihr dankbar zu, dann klatschte sie erneut kräftig in die Hände, wie eine Lehrerin, die eine aufgekratzte Schulklasse bändigen muss. »Und nun aufgepasst, Mesdames et Messieurs! Wie ich bereits sagte, habe ich Arbeit für alle. Jeder, der willens ist, kann bei meinem Projekt mitarbeiten, egal, wie jung oder alt er ist, selbst wenn er Kriegsverletzungen hat, die ihm eine herkömmliche Arbeit unmöglich machen. Ich finde für jeden Einzelnen eine passende Tätigkeit. Die Bezahlung ist gut, Arbeitsbeginn ist gleich morgen früh. Wer Interesse hat, kann sich sofort im Anschluss bei Monsieur Bouillon«, sie wandte sich zu Jo um, welcher in die Menge grüßte, »in eine Liste eintragen lassen.«

Wieder steckten die Dorfbewohner die Köpfe zusammen, um sich zu beraten.

Jo kam zwei Treppenstufen herunter und stellte sich neben Josephine. »Sie werden alle für dich arbeiten wollen, keine Sorge«, raunte er ihr zu.

»Ich denke auch«, flüsterte sie zufrieden zurück, »vor allem, wenn ich gleich verlauten lasse, was außer einer guten Bezahlung noch für sie herausspringt.«

»Ich bitte nochmals um Ruhe!«, rief sie über die tuschelnden Köpfe hinweg. »Das war noch nicht alles. Wie Sie sich denken können, soll mein Ferienparadies den allerneuesten Standards entsprechen. Aber auch Castelnaud-la-Chapelle soll modernisiert werden!«

»Wie meinen Sie das?«, fragte ein junger Soldat, dem man im Krieg offenbar das halbe Ohr weggeschossen hatte, misstrauisch.

»Ganz einfach: gleiches Recht für alle.« Josephine breitete ihre Arme aus, wie um alle Anwesenden in der Schlosshalle einzubeziehen. »Nicht nur meine Gäste sollen bei uns alle erdenklichen Annehmlichkeiten genießen, sondern auch Sie als Dorfbewohner. Ich habe bereits moderne elektrische Leitungen und neue Wasseranschlüsse für Sie alle in Auftrag gegeben.«

Wie Josephine und Jo erwartet hatten, überzeugte sie mit dieser Ankündigung auch noch den letzten Dorfbewohner, der ihr womöglich skeptisch gegenübergestanden hatten. Beifall brandete auf, alle Gesichter waren ehrfürchtig auf sie gerichtet.

»Sie sprachen von einer Liste, wo kann ich unterschreiben?«, rief ein ausgezehrter, blasser Mann, offenbar ein Kriegsheimkehrer. Josephines Antwort ging unter, denn jeder der zweihundert Anwesenden drängte sich zu Jo, der an einem Tisch Platz genommen hatte und die Arbeitswilligen notierte.

Als sie das Schloss einige Stunden später wieder für sich allein hatten, traten sie und Jo Arm in Arm vor die Eingangstür. Das Anwesen lag im stillen Sonnenschein, alle Besucher waren wieder nach Hause gegangen. In den letzten Tagen hatte Josephine die Büsche stutzen lassen, und so langsam nahm der Park wieder Form an. Die Blumen und Obstbäume standen in voller Blüte, die Hühner liefen gackernd und nach Körnern suchend durch das Grün, und auf einer in Sonne getauchten Rasenfläche präsentierten Pfauen ihre prächtigen tintenblauen und smaragdgrünen Federn.

Josephine schloss die Augen und spürte die Wärme der Sonnenstrahlen auf ihren Lidern. »Ich kann alles direkt vor mir sehen, Jo«, murmelte sie verträumt. »So viele Menschen werden sich hier tummeln, glückliche Menschen, die ihre Zeit bei uns genießen. Ich sehe sie die Hotels und Restaurants bevölkern, ich sehe Jugendliche auf den Sportplätzen, und vor allem«, sie brach ab und starrte wieder in den strahlenden Himmel, an dem sich weiße Schäfchenwolken bauschten.

»Vor allem?«, fragte Jo und sah sie zärtlich von der Seite an.

»Vor allem sehe ich unsere Kinder, wie sie herumtoben und im Schwimmbecken herumplanschen, alle unterschiedlich, trotzdem ein Teil unserer liebevollen Familie.«

»Konzentrieren wir uns erst mal darauf, unsere ganzen Bauprojekte zu verwirklichen, bevor wir an Kinder denken«, holte Jo sie auf den Boden der Tatsachen zurück.

Einen Moment verzog Josephine missmutig den Mund. Es lag nicht in ihrer Natur, geduldig abzuwarten, sie wollte alles, und zwar am besten sofort. »Warum sollen wir eigentlich warten, bis wir Kinder aus Waisenhäusern zu uns holen? Wir werden schließlich nicht jünger.«

»Das stimmt, aber du musst auch an die finanzielle Seite denken. Das Projekt *Les Milandes* ist riesengroß und fast unbezahlbar«, Jo sah betreten drein, so als scheue er sich, sie auf die nüchternen Fakten hinzuweisen. »Immerhin gibt es wieder Auftritte, und das Showbusiness erholt sich langsam, aber die Einnahmen reichen nicht. Ich befürchte, du – oder wir beide zusammen – musst erst noch eine ganze Weile hart arbeiten, um alle Rechnungen bezahlen zu können.«

Noch eben hatte Josephine in wunderbaren Tagträumen

geschwelgt, nun versetzten ihr Jos Worte einen Dämpfer. Als sie in seine warmen braunen Augen sah, erkannte sie, dass er wohl recht hatte. Sie würde ihr Vorhaben wohl noch ein wenig aufschieben müssen.

Die Dorfbewohner erwiesen sich allesamt als arbeitswillig und zuverlässig. Jeden Morgen näherte sich ein ganzer Tross von Menschen dem Schlossgelände und nahm die Arbeit auf. Aus Paris kamen Architekten und Ingenieure, die Pläne für die Gebäude vorlegten. Josephine und Jo führten die Oberaufsicht und packten kräftig mit an.

Wenn Josephine zuweilen flüchtig in den Spiegel schaute, stellte sie fest, dass sie sich rein äußerlich in nichts von den Dorffrauen unterschied. Ihre Arbeitskleidung war alt, staubig, die Säume stellenweise aufgerissen, ihre Haare schmutzig von herabrieselndem Putz. Jo sah genauso derangiert aus; auch er verschrieb sich mit ganzer Leidenschaft dem Projekt, aber anders als Josephine, die abends todmüde auf das Sofa sank und Pralinen als Nervennahrung verschlang, arbeitete er auch nach Sonnenuntergang weiter. Der Kirschholzsekretär im Salon war mit Büchern überhäuft, er ging gewissenhaft alles durch, was mit Garten- und Landschaftsbau, Architektur, Innenausstattung, Tierzucht und Betriebswirtschaft zu tun hatte.

»Komm, lass uns zu Bett gehen«, flüsterte sie manches Mal, wenn er weit nach Mitternacht noch über seinen Unterlagen brütete und sie ihn von hinten umschlang und seinen Nacken küsste.

Doch er schüttelte jedes Mal den Kopf. »Ich muss das

hier noch beenden, Josephine. Wir sind beide Musiker. Weder du noch ich haben die geringste Ahnung, wie man etwas derart Großes in die Tat umsetzt, ohne tausend Fehler zu machen. Wenigstens einer von uns muss den Überblick haben.«

Josephines Temperament führte zu mancher Fehlentscheidung, das wusste sie. Oft wandten sich ihre Arbeiter Hilfe suchend an sie, doch sie vermochte ihnen keine befriedigende Antwort zu geben, da sie von vielen baulichen Dingen keine Ahnung hatte.

Auch am nächsten Morgen eilte ihr ein Arbeiter entgegen, als sie einen Baggerführer anwies, Erdreich für das Schwimmbecken auszuheben.

»Was gibt es, Laurent?«, fragte sie, während sie versuchte, dem Baggerfahrer hektische Handzeichen zu geben.

Der junge Arbeiter drehte seine Mütze in den Händen. »Madame, es tut mir leid, Sie zu stören, aber eine Kuh ist krank. Es scheint ihr sehr schlecht zu gehen.«

»Welche?« Mit einer Handbewegung gebot sie dem Baggerführer anzuhalten. Angst um das Tier stieg in ihr hoch.

»Ninette.«

»Nicht Ninette! Verständigen Sie sofort den Tierarzt, Laurent.« Josephine seufzte; natürlich musste sie sich sofort um dieses unvorhergesehene Unglück kümmern, gleichzeitig wurde sie nervös, wie sie ihre anderen zahlreichen Aufgaben, die anstanden, noch bewältigen sollte. Sie zweifelte, ob sie sich mit ihrem Großprojekt nicht zu viel aufgebürdet hatte. Es wuchs ihr alles über den Kopf, die Bauarbeiter mussten beschäftigt werden, die Architekten fragten sie ständig nach ihrer Meinung, sie hatte noch nicht einmal mehr Zeit für Zärtlichkeiten mit Jo, geschweige denn ausreichend Schlaf.

Als der Tierarzt kurz darauf eintraf, rief Laurent sie in den Kuhstall. Sofort drang ihr der intensive Geruch nach Heu in die Nase, den sie so sehr liebte, und sie berührte sanft Ninettes weiche zitternde Flanke. Die Kühe waren Josephine sehr wichtig, es erfüllte sie mit Stolz, dass ihre Restaurants, sollten sie erst einmal fertig sein, mit Milch und Eiern aus schlosseigener Produktion versorgt werden konnten.

»Docteur Legrand.« Josephine ergriff die in einem dicken Arbeitshandschuh steckende Hand des Tierarztes. »Was fehlt der armen Kuh?«

»Nun, Ninette …«, der Arzt spähte zu dem handgepinselten und schnörkeligen Namensschild, das über der großzügigen, mit Heu ausgestatteten Box der Kuh hing. Um seine Mundwinkel zuckte es. Spottete der Docteur etwa über sie? *Männer*, dachte sie verdrossen; auch Jo fand es albern, dass jede Kuh ein liebevoll gestaltetes Namensschild bekommen hatte. Was war so lächerlich daran, die Tiere wie Individuen zu behandeln?

»Ninette wurde offensichtlich seit mehreren Tagen nicht mehr gemolken«, berichtete Docteur Legrand. »Das ist das Problem. Um es ganz einfach auszudrücken: Ihr Euter platzt gleich und verursacht ihr große Schmerzen.«

Josephine war wütend. Sie beschäftigte zweihundert Angestellte auf ihrem Schloss, wieso hatte sich kein Einziger um ihre Kuh gekümmert? »Laurent«, herrschte sie ihn an,

»wieso haben Sie die Kuh nicht gemolken? Was treiben Sie den ganzen Tag? Ich bezahle Sie doch nicht fürs Rumsitzen!«

»Ich bin nicht verantwortlich für die Kuh!«, platzte es aus ihm heraus. »Sie haben mich auf dem Tennisplatz eingesetzt. Das Muhen der Kuh habe ich nur zufällig gehört, als ich auf dem Weg zum Geräteschuppen hier vorbeikam.«

»Was?«, rief sie ungläubig, »aber ...«

Laurent knüllte seine Mütze in der Hand zusammen, dann drehte er sich um und rannte aus dem Stall. Fassungslos starrte sie ihm hinterher.

»Madame«, sagte der Tierarzt leise. »Entschuldigen Sie, dass ich das so offen sage, aber Sie müssen jemanden beauftragen, der sich regelmäßig um die Tiere kümmert. Sie dürfen sich nicht darauf verlassen, dass jemand zufällig daran denkt. Das ist viel wichtiger, als«, er sah bedeutungsschwer zur Stallwand, an der die Namensschilder der Tiere ins Holz genagelt waren, »als jeder Kuh ein buntes Namensschild zu schreiben.«

Beschämt wandte sie den Kopf ab, doch sie war zu aufgewühlt, um ihren Fehler einzugestehen. »Auf Wiedersehen, Docteur«, schnappte sie und stapfte aus dem Stall.

Am Abend schmiegte sie sich auf dem Sofa an Jo und gestand ihm, was sich zugetragen hatte. Sie hatte gebadet und roch nicht mehr nach Schmutz und Staub, sondern nach Duftwasser und Blütenessenzen.

Jo seufzte. Es war nicht das erste Mal, dass so etwas vorgekommen war. »Liebling, das geht so nicht. Du kannst die Arbeiter nicht anherrschen und ihnen die Schuld für

Dinge in die Schuhe schieben, für die sie nicht verantwortlich sind.«

»Ich weiß«, murmelte sie kleinlaut und nippte an dem Lavendeltee, den Paulette ihr allabendlich brachte. »Es ist falsch, dass ich immer so schnell die Nerven verliere, aber ich kann einfach nicht anders. Ich habe Angst, dass uns alles zu viel wird. Dass wir uns übernommen haben mit unserem Projekt, dass es niemals fertig wird. Oder dass wir die Arbeiter und das Baumaterial nicht bezahlen können.«

Jo strich ihr zärtlich über die Wange. »Du solltest wieder öfter auf Tour gehen, Liebes. Wir brauchen das Geld. Ich kann hierbleiben und die Stellung halten.«

Sie nickte und trank einen großen Schluck ihres Lavendeltees, der ihr heiß die Kehle herabrann und sie beruhigte. »Es lässt sich wohl nicht vermeiden, dass ich mehr auftrete. Aber ich würde viel lieber mit dir hierbleiben und miterleben, wie unsere Bauvorhaben in die Tat umgesetzt werden.«

»Verstehst du nun, warum ich glaube, dass es besser ist, mit den Kindern noch zu warten?«, fragte Jo sanft und hob ihr Kinn an, um ihr in die Augen zu sehen. »Auf dieser Baustelle, auf der wir leben, können wir im Moment keine Kinder großziehen.«

Josephine nickte. Ihr Verstand gab Jo stets recht, aber ihr Herz sehnte sich so sehr nach Kindern, dass sie am liebsten sofort Kontakt zu Waisenhäusern aufgenommen hätte. Sie seufzte und versuchte, die trüben Gedanken wenigstens für heute Abend auszusperren. Jo war der Vernünftige und sie die Leidenschaftliche. Immer wieder prallten sie mit ihren

Vorstellungen aufeinander, aber bis jetzt hatten sie es immer wieder geschafft, sich in der Mitte zu treffen.

»Komm mit ins Bett«, sagte Jo und küsste sie zärtlich auf den Mundwinkel.

2

Juni 1947

»Du siehst wunderschön aus.« Bricktop musterte Josephine liebevoll im Ankleideraum von Les Milandes und half ihr, den ausladenden rosafarbenen und mit Federn besetzten Hut auf ihrem Kopf festzustecken. Josephine hatte ihre krausen Haare in letzter Zeit regelmäßig mit Öl und Kuren behandelt, um sie so glatt und glänzend frisieren zu können wie heute.

»Du weißt nicht, was es mir bedeutet, dass du bei meiner Hochzeit dabei bist, Bricky«, stieß sie aus. Sie war so erleichtert, dass Bricktop unbeschadet aus Mexiko zurückgekehrt war. Sie hatte sie zum letzten Mal vor sieben Jahren gesehen, und sie hatten sich so viel zu berichten. Bricky hatte in Mexico City ebenfalls einen Nachtklub eröffnet und hatte noch weitere Pläne für die Zukunft: Sie wollte in Paris, in der Nähe ihres ursprünglichen, seit dem Krieg geschlossenen Lokals, weitere Klubs eröffnen. Bricktop war in der Zeit kaum gealtert; zwar zeigte ihr Gesicht ein paar mehr feine Falten, doch ihr Haar trug sie noch immer backsteinrot gefärbt, und ihre Rundungen verrieten, dass sie es sich hatte gut gehen lassen.

»Dieses Spektakel hätte ich mir auf keinen Fall entgehen lassen«, lachte Bricktop und befestigte eine letzte Haarnadel, um den Federhut zu fixieren. »Das ganze Dorf scheint in heller Aufregung zu sein. Hast du tatsächlich jeden einzelnen Bewohner eingeladen?«

Sie lauschten einen Moment lang den Geräuschen, die aus dem Erdgeschoss drangen; das Château schien zu summen wie ein Bienenstock, man hörte Kinder, die sich neckend jagten, und Erwachsene, die in Gespräche vertieft waren.

»Natürlich.« Josephine zupfte ihr weißes, mit Quasten und Stoffblüten verziertes Kostüm zurecht. »Vom Kleinkind bis zum ältesten Einwohner – ich möchte alle dabeihaben. Weißt du, Castelnaud-la-Chapelle und ich, wir sind eine Art Schicksalsgemeinschaft. Schau dich draußen um, was wir gemeinsam auf die Beine gestellt haben. Immerhin ein Hotel und ein Restaurant sind fertiggestellt, die Sportplätze, das Schwimmbad. Der Park ist eine wahre Augenweide, nicht wahr? Alles wächst und blüht. Schöner als die Gärten von Versailles, finde ich. Und siehst du, wie schön es meine geliebten Tiere haben? Sie begeistern die Besucher jeden Tag aufs Neue.«

Bricktop sah aus dem Fenster. Die Junisonne brachte die ausgedehnten Gartenanlagen zum Leuchten. In der Ferne sah sie ein paar junge Leute auf dem Tennisplatz, und auf der Terrasse des Restaurants wurden Gäste unter Sonnenschirmen bewirtet. »Täusche ich mich, oder ist das Schwimmbecken in Form eines großen ›J‹ gebaut?«

Josephine nickte. »Natürlich, ›J‹ wie Josephine.«

»Nun, man hätte auch meinen können, ›J‹ wie Josephine und Jo.« Bricktop konnte ein erheitertes Lachen nicht unterdrücken. »Ich muss schon sagen, Josie, mit deinem Anwesen hast du dir selbst ein monumentales Denkmal gesetzt.«

Josephine kicherte ebenfalls. »Warte mal ab, bis es dunkel wird, Bricky. Über dem Hotel leuchtet dann ein Schriftzug in changierenden Blau- und Lilatönen auf. *Josephine.*«

»Na ja, wahrscheinlich kommen die meisten Touristen auch in erster Linie wegen dir. Augen schließen.« Bricktop tuschte ihr die Wimpern in einem dramatischen Schwarz. »Die mögen es bestimmt, wenn überall dein Name in Leuchtschrift prangt.«

»Ich mag es auch.« Wieder kicherten sie wie alberne Schulmädchen. Josephine schaffte es nicht, ernst zu bleiben. Ihre Freude, Bricktop nach so langen Jahren wiederzusehen, war unermesslich, noch dazu fühlte sie sich heute wie eine Königin. Sie heiratete endlich Jo, mit dem sie in den letzten Jahren immer enger zusammengewachsen war. So oft hatte er sie aufgefangen, wenn sie glaubte, den Strapazen ihres Großprojekts nicht mehr gewachsen zu sein, wenn ihr der Boden unter den Füßen wegzubrechen drohte, weil wieder etwas schiefgegangen war. Gelassen hatte er ihre Wutausbrüche hingenommen, hatte ihre Tränen getrocknet. Keinen anderen als ihn konnte sie sich als Vater ihrer zukünftigen Kinder vorstellen.

»Jo ist ein guter Mann«, sagte Bricktop, als hätte sie Josephines Gedanken erraten. »Ich habe mich gestern Abend lange mit ihm unterhalten. Er ist so zurückhaltend und bedacht, das genaue Gegenteil von dir, du Nervenbündel.«

»Ich weiß, ich kann anstrengend sein«, gestand Josephine, während sie sich die Lippen mit rosenholzfarbenem Lippenstift nachzog. »Aber er tut mir gut. Ich habe mich noch mit niemandem so wohl und geborgen gefühlt.«

»Man sieht euch an, wie glücklich ihr zusammen seid«, bestätigte Bricktop und ordnete die Bahnen ihres hellblauen Kleides und ihr kaum zu bändigendes rotes Haar. Sie sahen ein letztes Mal in den Spiegel. Zwei Freundinnen, die nach Jahren der Kriegswirren endlich wieder vereint waren, ein wenig älter und erfahrener, aber trotzdem noch voller Energie und Lebenslust.

Spontan nahm Bricktop Josephine in die Arme und drückte sie an sich. »Bevor ich es vergesse: Herzlichen Glückwunsch zum Geburtstag.«

»Danke.« Josephine befreite sich sanft aus Bricktops Umarmung, um ihr Kostüm nicht zu zerdrücken. Sie war ein wenig abergläubisch und hoffte, dass es Glück bringen würde, an ihrem Geburtstag zu heiraten. Heute fühlte sie sich noch nicht wie einundvierzig, obwohl es Tage gab, an denen sie das Gewicht jedes einzelnen Jahres auf sich lasten spürte.

Für ihre Familie aus St. Louis war die Anreise zu aufwendig und zu weit gewesen. Aber Bricktop stand fest an ihrer Seite, wie Mutter, Schwester und Freundin zugleich, und führte sie die breite Treppe des Châteaus hinunter zu der wartenden Gesellschaft. Am Fuß der Treppe wartete Jo, attraktiv und herausgeputzt in einem dunklen, zweireihigen Anzug mit weißem Einstecktuch, die Augen verdächtig glänzend. Bricktop übergab ihm Josephine sichtlich gerührt.

»Ich wünsche euch alles erdenklich Gute«, sagte sie mit erstickter Stimme und zog sich zurück.

Als Jo die schwere Eingangstür aufzog, wurden sie von Hunderten von Menschen jubelnd begrüßt. Zwar hatte Josephine auch ehemalige Showkollegen und alte Freunde aus Paris eingeladen, doch das Gros der Gäste bildeten die Bewohner von Castelnaud-la-Chapelle. Sie hatten sich in ihren Sonntagsstaat geworfen, die Frauen hatten ihre Kleider mit Blumen geschmückt, und die Kinder trugen Körbe mit Blütenblättern bei sich, die sie auf dem Weg zur Dorfkapelle streuen würden.

Es wurde ein rauschendes Fest. Im Schlosspark waren Zelte aufgestellt, in denen die Gäste sich verköstigen konnten, und Jos Orchester spielte flotte Tanzmusik. Josephine tanzte ausgelassen mit Jo, Bricktop und jedem Dorfbewohner, der ihr über den Weg lief. Die Dorfbewohner feierten übermütig Seite an Seite mit der Pariser Schickeria, es wurde bis in die frühen Morgenstunden gelacht, getrunken und getanzt. Erst als die meisten Gäste sich auf den Heimweg gemacht hatten, kam Josephine zur Ruhe und fand sich im Gras mit Jo und Bricky wieder. Sie trank ein letztes Glas Champagner, betrachtete das märchenhafte Château im Mondlicht und wurde melancholisch.

»Etwas traurig bin ich schon«, murmelte sie gedankenverloren und starrte in den nachtschwarzen Himmel, lauschte dem fernen Rufen eines Käuzchens. »Deine Eltern und dein Bruder waren da, Jo, aber von meiner Familie niemand. An einem Tag wie diesem sollte die Familie eigentlich vereint sein, oder?«

Jo küsste sie tröstend auf die Schläfe, während Bricktop ihr das Knie tätschelte. »Du hast vollkommen recht, Süße. Warum holst du deine Familie nicht einfach zu dir? Deine Hochzeit haben sie verpasst, aber was spricht dagegen, sie hier im Schloss unterzubringen? Es ist wahrlich groß genug.«

Josephine nippte an ihrem Glas; der Champagner schmeckte allmählich schal. Sie fühlte sich gleichermaßen beschwipst, glücklich und wehmütig. Durch ihr Kostüm hindurch spürte sie Jos Körperwärme. Er drückte sie an sich und murmelte ihr ins Ohr: »Bricktop hat recht, Liebste. Du hast deine Familie seit vielen Jahren nicht mehr gesehen. Sie haben gewiss keine Ahnung, wie berühmt du in Frankreich bist. Lass deine Mutter ihren Lebensabend hier in Les Milandes verbringen. Und wenn deine Geschwister wollen, können sie uns mit der Leitung des Anwesens unterstützen. Wir könnten jede helfende Hand gebrauchen. Was sagst du?«

»Du bist der Beste«, flüsterte sie und küsste ihn. Seine Lippen schmeckten nach Champagner und Erdbeertorte. Sie würde nie genug von ihm bekommen.

»Und jetzt ab ins Bett«, sagte er, während ein Lächeln um seine Mundwinkel zuckte. »Der Tag war lang, und wir haben alle genug getrunken.« Bricktop half ihm, Josephine auf die Beine zu ziehen, was gar nicht so einfach war, denn nicht nur ihr Kopf, auch ihre Glieder waren schwer. Sie kehrte zwischen den beiden Menschen, die sie am meisten auf dieser Erde liebte, langsam zu ihrem Château zurück, das – von Mondlicht übergossen – einen stillen Kontrast zum nahen Hotel mit seinem blinkenden Schriftzug *Josephine* darstellte.

3

Januar 1948

Josephine klopfte an die Tür des Hauses in St. Louis, das sie vor dem Krieg für ihre Familie gekauft hatte. Als sei es gestern gewesen, erinnerte sie sich an das ungläubige Gesicht ihrer Mutter, als sie zwanzigtausend Dollar in bar auf den Tisch geblättert hatte, um Carrie, Richard und Margaret aus der ärmlichen Baracke zu holen, die sie bis dahin bewohnt hatten. Ihre Familie hatte sich in den letzten Jahren anscheinend gut um die neue Unterkunft gekümmert – der Gartenzaun war frisch gestrichen, die Büsche gestutzt, und in den Fenstern hingen blütenweiße Vorhänge.

Josephine war dankbar, dass ein Musikveranstalter ihr eine Tour angeboten hatte, die sie in die USA führte. Sie hatte die Reise mit gemischten Gefühlen angetreten – ihr Misserfolg bei den *Ziegfeld Follies* steckte ihr noch immer in den Knochen. Auch dieses Mal war sie in den USA nicht mit offenen Armen empfangen worden. Zwar hatte sie eine Unterkunft in einem mittelklassigen Hotel bekommen, doch hatte sie sich das Essen bringen lassen müssen, da man in den umliegenden Restaurants keine Schwarzen duldete. Trotzdem war sie froh, hergekommen zu sein. Wie lange war es her, dass sie ihre Mutter und Geschwister das letzte Mal gesehen hatte? Es mochten gut zehn Jahre sein. Sie war sehr aufgeregt, Carrie gleich gegenüberzustehen. Ob sie in den vergangenen Jahren wohl sehr gealtert war? Bei ihrem letzten Besuch vor dem Krieg hatte sie die Lücke, die der Tod von Willie Mae und Arthur hinterlassen hatte, schmerzlich gespürt. Ob es allen gut ging?

Drinnen knarrten die Holzdielen, dann öffnete sich die Tür, und ihre Mutter stand nach über zehn Jahren zum ersten Mal vor ihr.

»Tumpy!« Carrie, deren einstmals schwarzes Haar nun fast weiß war, zog sie in ihre Arme, überwältigt von ihren Gefühlen. Auch Josephine schossen die Tränen in die Augen, als sie mit dem Kosenamen ihrer Kindheit angesprochen wurde. »Komm rein, Tumpy, Richard und Margaret sind auch da, wir haben uns alle so gefreut, als du deinen Besuch angekündigt hast.«

»Hallo, Ma.« Neugierig folgte sie ihrer Mutter. Die Flure des Hauses waren eng, die Zimmer nicht allzu groß, aber alles verströmte ein leicht altmodisches, aber heimeliges Flair. Auf dem Sofa in der Stube saßen erwartungsvoll Richard und Margaret und ein ihr fremder Mann. Ihre Geschwister waren älter geworden; ihr Bruder hatte deutlich zugelegt, und Margaret trug ihre Haare in modische Wellen gelegt, doch in ihren Gesichtern erkannte sie nach wie vor die Gefährten ihrer Kindheit.

Kurz wusste Josephine nicht, wie sie sich verhalten

sollte, sie war so überwältigt, aber dann fielen sich alle lachend und weinend in die Arme.

»Meine Güte!«, brach es aus Margaret heraus. »Du bist kaum wiederzuerkennen, Josie! Du siehst aus wie«, sie suchte nach Worten, »wie ein Filmstar!«

Josephine betupfte sich die feuchten Augen. Sie trug eines ihrer besten Kostüme, eine Kreation von Christian Dior, der mit seinen Modeschöpfungen des New Look in Frankreich in aller Munde war. Margaret bestaunte die cremeweiße Kreation mit enger Taille und weit schwingendem Rock. »Danke, Schwesterherz. Du siehst auch wunderhübsch aus.«

Zu ihrer Erleichterung wirkten ihre Angehörigen nicht mehr so ärmlich wie noch vor Jahren; Richard hatte ein Eisenwarengeschäft gegründet und sicherte der Familie damit ein regelmäßiges Einkommen, und Margaret war verheiratet. Sie stellte Josephine ihren Ehemann Elmo vor, einen groß gewachsenen Mann mit Lachfalten um die Augen. Josephine erfuhr, dass Elmo in einer Fabrik arbeitete, die Automobilzubehör herstellte.

»Nehmt Platz«, drängte Carrie und bot allen Kaffee und selbst gebackene Erdnussbutterkekse an. Als alle saßen und an den Keksen knabberten, musterte sie ihre älteste Tochter genau. »Es ist so lange her, Tumpy. Du hast dich so verändert. Du siehst aus, als würdest du ein gutes Leben führen.«

»Das stimmt, Ma«, bekräftigte Josephine. »Ich habe einen guten Ehemann. Der beste, den man sich wünschen kann. Er ist heute nicht hier, denn einer von uns muss die Bauarbeiten auf Les Milandes überwachen.«

Sie erzählte von ihrem Anwesen, dem Hotel, dem Restaurant, den vielen Tieren und den Attraktionen für die Besucher, merkte aber an den Reaktionen ihrer Angehörigen, dass diese sich nicht vorstellen konnten, welche Ausmaße ihr Projekt hatte.

»Das hört sich nett an«, murmelte Carrie verwirrt. »Ein Restaurant in der Nachbarschaft ist wirklich wunderbar. Und wem gehört das alles?«

Offenbar verstand ihre Familie noch immer nicht, wie erfolgreich sie war. Geduldig antwortete sie: »Mir, Ma. Es gehört alles mir.«

»Und das kannst du dir alles leisten?«, brach es ungläubig aus Richard heraus. Die Zeit hatte es gut mit ihrem jüngeren Bruder gemeint. Es hatten sich vereinzelt graue Strähnen in seinen dichten Haarschopf geschummelt, und in seinem gebügelten karierten Hemd wirkte er recht adrett.

»Ja, natürlich ...« Josephine biss sich auf die Lippen. Es war nicht der geeignete Moment, um ihrer Familie von ihren zunehmenden Geldnöten zu berichten. Les Milandes verschlang immer größere Summen, deshalb hatte sie auch das Angebot einer Tour durch Amerika angenommen; viel lieber wäre sie an Jos Seite geblieben und hätte miterlebt, wie ein weiterer Sportplatz und endlich das Wachsfigurenkabinett gebaut wurden. Innerlich brannte sie darauf, alle Gebäude endlich fertiggestellt zu sehen – erst dann, fand Jo, hätten sie die Zeit und Muße, sich mit ihrem Folgeprojekt zu beschäftigen, der Adoption ihrer ersehnten Kinder. »Trotzdem muss ich natürlich Geld verdienen«, fuhr sie fort, »und deshalb bin ich hier. Ich habe das Angebot einer Amerikatour sehr gerne angenommen, hauptsächlich, um euch alle wiederzusehen. Außer Gesangsauftritten darf ich auch als Gastrednerin an Universitäten sprechen.«

Margaret lachte. »Du als Gastrednerin an Unis? Worüber willst du denn reden? Du hast doch nie studiert, oder?«

Josephine verdrehte die Augen; dass ihre Schwester ihr nicht zutraute, eine Ansprache zu halten, kränkte sie. »Trotzdem kann ich vor einem Publikum über meine Erfahrungen sprechen. Seit zwanzig Jahren erlebe ich am eigenen Leib, wie wir Schwarzen behandelt werden – in Europa, in den USA, in Südamerika ... Ich wurde von der Fisk University eingeladen, darüber zu referieren. Denn auch wenn ihr es euch nicht vorstellen könnt, in Frankreich werden Schwarze nicht wie hier diskriminiert. Sie besitzen die gleichen Rechte.«

Carrie seufzte. »Ach, Tumpy, in Amerika sind die Dinge eben, wie sie sind.«

Die Gleichmütigkeit ihrer Mutter, die sich in den letzten zehn Jahren nicht geändert zu haben schien, ärgerte Josephine. Warum nahm Carrie die Ungerechtigkeiten, die ihr gewiss täglich widerfuhren, so gelassen hin? Warum kämpfte sie nicht dagegen an und setzte sich zur Wehr? Auch ihre Geschwister, die weitaus jünger waren als Carrie, schienen die andauernde Benachteiligung als unveränderlich hinzunehmen.

»Wir gehen mit großen Schritten den Fünfzigerjahren entgegen«, stellte Josephine kopfschüttelnd fest. »Es kann nicht sein, dass Schwarze im sogenannten Land der Freiheit immer noch wie Menschen zweiter Klasse behandelt werden, manchmal schlimmer als Tiere. Als ich vorhin durch St. Louis gefahren bin, habe ich vor einem Café ein Schild mit der Aufschrift ›Keine Hunde, keine Juden, keine Neger‹ gesehen. Das ist doch unglaublich! Wie kann so etwas sein?«

Elmo, Margarets Mann, räusperte sich unbehaglich. »Nun, wir gehen eben einfach in andere Cafés.«

Josephine konnte es kaum fassen, wie wenig sich ihre Familie für ihre Bürgerrechte interessierte. Aber vielleicht wäre sie auch so desinteressiert geworden, wenn sie die USA nie verlassen hätte. Wenn sie tagein, tagaus von den sich immer wiederholenden Ungerechtigkeiten zermürbt worden wäre. »Eigentlich wollte ich über etwas anderes reden.« Sie nahm sich noch einen Erdnussbutterkeks, um damit ihre Frustration zu dämpfen. »Wie ich euch geschrieben habe, ist Les Milandes ein großzügiges Anwesen. Es hat so viele Zimmer, dass ich aus dem Kopf gar nicht genau sagen kann, wie viele genau. Ich möchte euch einladen, zu mir nach Frankreich überzusiedeln!«

Nun war es heraus. Gespannt schaute Josephine in die Gesichter ihrer Mutter und Geschwister. Diese wirkten überrumpelt.

»Aber wieso?«, fragte Carrie verwirrt. »Du hast uns doch dieses schöne Haus hier gekauft, und St. Louis ist unsere Heimat und ...«

Josephine machte eine ungeduldige Handbewegung. »Ja, das Haus ist schön, sofern man keine Ansprüche hat. Aber ihr könntet in einem Schloss leben! Jeder von euch hätte so viel Platz, wie er möchte! Ma, du könntest jeden Tag im Park spazieren gehen und von meiner Köchin bekocht werden! Du könntest dein Leben richtig genießen!«

Carrie sah drein, als könne sie sich unter dem Begriff *genießen* rein gar nichts vorstellen.

»Und wovon sollen wir leben?«, wandte Margaret skeptisch ein. »Wir können dir doch nicht auf der Tasche liegen.«

»Keine Angst, Schwesterherz.« Josephine biss in einen weiteren Keks, ungeachtet der Krümel, die auf den einfachen Teppich fielen. »Auf Les Milandes werden Arbeitskräfte aller Art gebraucht. Ihr könntet bei der Bewirtschaftung der Felder helfen, mit meinen Tieren arbeiten oder euch um die Touristenattraktionen kümmern und im Hotel aushelfen. Ihr könntet Jo und mich in der Verwaltung unterstützen.«

»Ich weiß nicht recht«, meinte Margaret. Doch sie schien der Idee, nach Frankreich überzusiedeln, gar nicht so abgeneigt. Sie und Elmo steckten die Köpfe zusammen und beratschlagten sich leise.

»Denkt dran, es geht um viel mehr als um eine gute Arbeit oder luxuriöses Wohnen.« Josephine sah einen nach dem anderen eindringlich an, um sie von der Aufrichtigkeit ihres Angebots zu überzeugen. »Es geht darum, dass ihr als Schwarze in Frankreich ein völlig anderes, ein viel besseres Leben führen könnt. Dort gibt es keine Schilder, auf denen ›Neger verboten‹ steht. Wenn ihr Lust habt, in einem bestimmten Restaurant eine Fischsuppe zu essen, dann könnt ihr in jeden Laden gehen, der euch gefällt. Es gibt keine Segregation. Nur Menschen.«

»Das klingt alles verlockend«, begann Margaret zögerlich. »Aber … aber das ist eine Entscheidung von großer Tragweite. Nicht wahr, Elmo?«

Sie wandte sich Hilfe suchend an ihren Mann, der nickte. »So etwas entscheidet man nicht von einer Minute auf die andere.«

»Und wieso nicht?« Josephine trommelte mit den Fingerspitzen auf die Armlehne. »Wenn es doch offensichtlich eine sinnvolle Entscheidung ist? Hast du nicht vorhin erzählt, dass du deinen Job hasst, Elmo? Wieso willst du dir nicht mit Margaret ein besseres Leben in Frankreich aufbauen?«

Margaret stützte den Kopf in die Hände. »Lass uns eine Nacht drüber schlafen, Josie, einverstanden?«

»Natürlich.« Josephine sah in die Runde. »Und ihr beiden, Ma und Richard, überlegt ihr es euch bitte auch?«

Spät am Abend bezog Josephine ihr Quartier auf dem Sofa. Das Licht der Straßenlaternen schien durch den Spalt zwischen den Vorhängen ins Zimmer, doch sie war ohnehin zu aufgewühlt, um zu schlafen. Wie sich ihre Familie wohl entscheiden würde? Die ganze Nacht hing sie Tagträumen nach, in denen sie alle zusammen auf Les Milandes lebten und nach all den Jahren, die sie getrennt voneinander verbracht hatten, wieder enger zusammenwuchsen. Erst gegen Morgen fiel sie in einen unruhigen Schlaf, wurde aber alsbald von ihrer Schwester geweckt, die an ihrer Schulter rüttelte.

»Wir wollten noch kurz mit dir sprechen, Josie, bevor wir zur Arbeit müssen.« Sie setzte sich auf die Sofakante, und auch Elmo erschien fertig angezogen im Türrahmen. »Wir sind einverstanden.«

»Was?« Josephine richtete sich auf und gähnte. Nach der schlaflosen Nacht war sie todmüde. »Wovon redest du?«

»Von deinem Angebot, mit dir nach Frankreich zu kommen«, strahlte Margaret.

Josephine, die insgeheim überzeugt gewesen war, noch mehr Überzeugungsarbeit leisten zu müssen, war perplex, dass sich ihre Schwester so rasch entschieden hatte. »Im Ernst? Ihr seid euch sicher?«

Elmo nickte. »Ja. Ganz sicher. Wir haben die halbe Nacht geredet.«

»Dafür, dass ihr die Nacht über geredet habt, seht ihr aber taufrisch aus«, murmelte Josephine und ließ den Kopf wieder auf ihr Kissen sinken. »Ihr könnt euch nicht vorstellen, wie sehr ich mich freue!«

»Es gibt eigentlich nichts, was gegen einen Umzug nach Frankreich spricht«, erklärte Margaret. »Unsere miesen Jobs tauschen wir gerne gegen andere ein.«

Josephine legte ihrer Schwester glücklich den Arm um die Schultern und zog sie zu sich heran. »Ihr könnt jeden Job auf Les Milandes haben, den ihr möchtet.«

Elmo druckste ein wenig herum, dann fragte er heiser: »Mein Traum war es immer, mit Booten zu arbeiten ... Gibt es auf deinem Anwesen vielleicht eine Möglichkeit? Hast du ein Boot?«

»Ein Boot, mein lieber Elmo?«, sagte Josephine herzlich. »Ich habe mindestens zehn. Wir bieten für unsere Besucher

Ausflugsfahrten auf der Dordogne an. Klingt, als wäre das der passende Job für dich.«

Elmo und Margaret sahen sich glücklich an, und Josephine lehnte sich entspannt zurück. Der erste Schritt war getan, nun hoffte sie, dass Carrie und Richard nachzogen und Margaret und Elmo nach Frankreich folgten.

Als ihre Schwester und ihr Mann zur Arbeit gegangen waren, werkelte Carrie in der Küche herum und buk Pfannkuchen für Josephine. Auch Richard, der seinen Laden erst später öffnete, gesellte sich dazu.

»Und, Ma?«, fragte Josephine und ließ sich einen in Ahornsirup getränkten Pfannkuchen auf den Teller geben. »Hast du inzwischen darüber nachgedacht, ob du in die Dordogne übersiedeln willst? Margaret und Elmo haben zugesagt.«

»Du wohnst wirklich auf einem Schloss?«, fragte Carrie gespielt argwöhnisch. »Sag, Tumpy, wenn ich zu dir nach Frankreich käme, könnte ich dann womöglich ein Himmelbett haben? Und einen Schaukelstuhl im Park, wo ich sitzen und die ganzen Touristen betrachten kann?«

Josephine und Richard brachen in schallendes Gelächter aus.

»Natürlich, Ma«, versicherte Josephine, als sie sich wieder etwas gefangen hatten. »Alles, was du willst. Richard?« Sie wandte sich an ihren Bruder, der wieder ernst geworden war und nachdenklich seinen Pfannkuchen aß.

»Ich weiß nicht, Josie. Wirklich nicht.«

»Komm schon, Richard. In Frankreich wirst du ein besseres Leben haben«, drängte sie ihn.

Er hob unschlüssig die Schultern. »Hier ist mein Zuhause. Aber ich überlege es mir.«

»Ich könnte dir auf Les Milandes eine Tankstelle bauen lassen. Hast du nicht schon immer von einer eigenen Tankstelle geträumt?«

Richard lachte und legte ihr einen Arm um die Schultern. »Ist das Bestechung? Du arbeitest mit allen Mitteln, Schwesterchen. Wie gesagt, ich überlege es mir.«

Zufrieden legte sich Josephine an diesem Abend wieder auf Carries altes Sofa zur Nachtruhe. Die Gewissheit, bald ihre Lieben jeden Tag um sich zu haben, nachdem sie Jahre, ja sogar Jahrzehnte voneinander getrennt gelebt hatten, war ein wunderbares Gefühl, und sie war dankbar, dass zumindest Carrie, Margaret und Elmo ihr Angebot angenommen hatten. Sie hoffte, Richard würde nachziehen. Am nächsten Morgen reiste sie weiter nach Tennessee; ihr war leicht zumute, da sie ihre Familie bald auf Les Milandes wiedersehen würde.

Die Fisk University in Nashville war eine der wenigen Unis, die Schwarzen vorbehalten war. Am Rednerpult im größten Hörsaal referierte Josephine über Segregation. »Die Verachtung, die Schwarzen entgegenschlägt, der Hass müssen endlich aufhören. Die ältere Generation kennt es vielleicht nicht anders –«, hier schlich sich ihr der Gedanke an ihre Mutter ein, »aber die jungen Menschen sind mehr als bereit, für eine Wandlung der Gesellschaft zu kämpfen. Durch Liebe und ein friedliches Miteinander erreicht man alles.

Hass und Ächtung hingegen können das Verderben einer Nation bedeuten.«

Das junge Publikum, allesamt afroamerikanische Frauen und Männer, spendete rasenden Applaus. Als Josephine von zwei Professoren zum Ausgang des Hörsaals geleitet wurde, bestürmten die Studenten sie von allen Seiten. »Mrs Baker, Sie sind ein großes Vorbild für uns alle«, wandte sich ein junges Mädchen sichtlich bewegt an sie. »Obwohl Sie so berühmt sind, treten Sie für uns gewöhnliche Menschen ein.«

Josephine griff nach den Händen der Studentin und sah ihr eindringlich in die feucht schimmernden Augen. »Wenn es um unsere Rechte geht, geht es nicht um berühmt oder gewöhnlich, arm oder reich, jung oder alt. Ich habe mir das Versprechen gegeben, für uns einzustehen und für bessere Bedingungen zu kämpfen. Wir müssen alle zusammenhalten.«

Es fühlte sich gut an, diesen jungen Menschen Hoffnung zu geben, für ihre Sache einzustehen. Sie wünschte, ihre Familie würde ein bisschen mehr wie diese Studenten sein. Wütend über die Diskriminierung und bereit, etwas zu ändern. Sie hoffte, ein neues Amerika würde heranwachsen, bunt und vereint. Doch sie wusste, bis dahin war es noch ein weiter Weg. Wenn doch nur endlich Les Milandes fertiggestellt würde, damit sie die Kinder aus aller Herren Länder, nach denen sie sich so sehr sehnte, zu sich holen konnte! Dann würde alle Welt sehen, wie friedlich Kinder aller Hautfarben zusammen aufwachsen konnten.

4

April 1948

Josephine führte Margaret und Elmo über Les Milandes und präsentierte ihnen stolz ihre bisherigen Errungenschaften. Es rührte sie, dass ihrer Schwester angesichts der prächtigen Bauten und der Großzügigkeit des Anwesens die Worte fehlten.

»Mein Gott, Josie«, stieß Margaret hervor, als sie an den Vogelvolieren vorbeischlenderten, in denen feuerrote und azurblaue Vögel auf Stangen saßen und exotisch anmutende Geräusche von sich gaben. »Ich dachte, du hättest eine Art Villa mit ein paar Schlafzimmern und einem großen Garten. Aber du besitzt ja ein richtiges Dorf! Das ist unglaublich! Du musst wahrlich ein Vermögen besitzen.«

»Ja, durchaus.« Josephine wollte den schönen Rundgang und die sorglose Stimmung ihrer Schwester nicht dadurch verderben, dass sie von ihrem Geldmangel berichtete, der ihr und Jo ständig aufs Gemüt drückte. Zwar trat sie seit Kurzem wieder in Paris in den *Folies Bergère* auf und verdiente gut mit ihrer Hauptrolle in der Revue ›Féeries et Folies‹, doch konnten ihre Einkünfte die ständig neu aufreißenden Finanzlöcher nicht ganz stopfen.

»Danke, dass ich den Bootsverleih betreuen darf«, sagte Elmo, der sich ebenfalls begeistert nach allen Seiten hin umsah. »Das ist mir die liebste Arbeit. In der freien Natur, besonders am Wasser zu arbeiten, ist tausendmal besser und befriedigender als die Arbeit in der Fabrik, in der ich jahrelang malocht habe.«

»Ich liebe die Arbeit bei den Tieren«, fügte Margaret ebenso glücklich hinzu. »Danke für alles. Ich bin so froh, dass wir nach Frankreich übergesiedelt sind.«

»Ich auch.« Ihre Schwester so lebensfroh und ausgeglichen zu sehen machte Josephine sehr glücklich. Sie hoffte, dass auch Richard sich noch entscheiden würde, ihnen nach Frankreich zu folgen.

Margaret hakte Josephine unter. »Der arme Jo«, kommentierte sie neckend. »Er sieht immer so müde aus. Er schlägt sich die Nächte um die Ohren, um sich weiterzubilden und die ganzen Fachbücher zu lesen.«

»Nun lass gut sein«, wehrte Josephine ab. »Du brauchst Jo nicht zu bemitleiden, ihm geht es gut.« Sie passierten ein gepflegtes Rasenstück inmitten des Parks, auf dem bereits in allen Farben Frühlingsblumen blühten, sonnengelbe Schlüsselblumen, cremefarbener Krokus und violette sowie nachtblaue Hyazinthen.

»Schau nur, da vorne ist Carrie – wie die Königinmutter persönlich.« Kopfschüttelnd deutete Josephine auf einen Schaukelstuhl, der unter dem ausladenden Blätterdach einer Ulme stand. Dort hielt ihre Mutter Hof: Sobald sich Touristen näherten, hob sie huldvoll die Hand zum Gruß und erzählte, dass sie die Mutter der berühmten Josephine Baker war. Sie beobachtete, wie Carrie ein junges Paar mit einem englischen Redeschwall übergoss. Josephine bezweifelte, ob ihre Mutter sich je die Mühe machen würde, Französisch zu lernen.

Die beiden Besucher lauschten angestrengt den Anekdoten, die Carrie offensichtlich zum Besten gab, hingerissen, und zum Schluss reichten sie ihr ein Stück Papier und einen Stift.

»Ich glaube es nicht«, stöhnte Margaret, »jetzt schreibt sie wieder Autogramme. Als ob sie hier auf Les Milandes der Star wäre ...«

5

Januar 1951

»Ich glaube, ich habe ein Déjà-vu«, stieß Josephine hervor. Sie stand kurz davor, die Nerven zu verlieren. Um sich innerlich zu beruhigen, nippte sie an ihrem blutroten Cocktail, in dem zur Dekoration ein bonbonrosa Papierschirmchen steckte. »Die Geschichte scheint sich immer und immer wieder zu wiederholen. Ich bin es leid. Erweisen Sie mir einen Gefallen, Ned, und legen Sie eine andere Platte auf.«

Ned Schuyler, Besitzer des *Copa City Clubs* in Miami, beugte sich auf seinem Sessel vor und nestelte unbehaglich an den Manschetten seines dunkelblauen Hemdes. »Tut mir wirklich leid, Josephine, aber ...«, seine grauen Augen in dem rundlichen Gesicht sahen sie entschuldigend an.

»Sparen Sie sich Ihren Sermon.« Josephine seufzte tief auf. Ihre USA-Tour, die sie nur des lieben Geldes wegen angenommen hatte – Jo war wie üblich in Frankreich geblieben, um ein Auge auf Les Milandes zu haben –, hatte damit begonnen, dass man ihr am Flughafen ein Taxi verweigerte. Sie hatte dies alles so satt. Auf der einen Seite war sie in einer Radiosendung zur am besten gekleideten Frau Amerikas gekürt worden, was ihr aufgrund der Christian-Dior- und Balenciaga-Kreationen, die sie trug, durchaus zustand, auf der anderen Seite war sie noch immer die unerwünschte Schwarze.

»Die Diskussion, die wir gerade führen, habe ich während des Krieges bereits in Nordafrika mit einem Klubmanager in ähnlicher Form geführt. Und ich wiederhole, was ich schon damals gesagt habe: Entweder, es dürfen auch schwarze Zuschauer meine Show sehen, oder die Show findet nicht statt.«

»Das geht nicht«, widersprach Schuyler verlegen. »Die Leute in Florida sind ... na ja, wie soll ich es sagen«, er zögerte, »ein bisschen rückständig. Es ist einfach nicht möglich, dass Schwarze im Publikum sitzen. Aber ich mache Ihnen ein Angebot: Ich erhöhe Ihre Gage. Können Sie sich dann damit anfreunden, nur vor Weißen zu singen?«

Josephine schnaubte verächtlich. »Glauben Sie wirklich, für Geld lasse ich mich auf etwas ein, das so abgrundtief falsch und diskriminierend ist?«

»Zehntausend Dollar«, bot Schuyler verzweifelt an. Schweißperlen glänzten auf seiner Stirn. Er hatte Josephine in Kuba auftreten sehen und war restlos begeistert gewesen, wie sie ihr Publikum berührt hatte. Sofort nach der Show in Havanna hatte er sie nach Florida eingeladen, um ihr ein Angebot für eine Auftrittsreihe in seinem Klub zu unterbreiten.

Josephine stellte ihren Cocktail ab und stand auf. Durch die Glastür des Büros sah sie, wie es sich ein paar beleibte, offenbar wohlhabende weiße Männer mit Zigarren zwischen den Fingern in den Klubsesseln gemütlich machten. »Ich fürchte, wir kommen nicht zusammen, Ned.«

»Na gut«, stöhnte der Klubbesitzer. »Setzen Sie sich, Josephine. Wissen Sie, ich persönlich finde es auch absolut falsch, Schwarze zu diskriminieren, aber die Leute ...«

Josephine stand noch immer, die Hand auf der Türklinke. »Es sollte Sie nicht kümmern, was die Leute denken.«

»Gut.« Schuyler erhob sich ebenfalls ächzend aus seinem Sessel. »Sie haben recht, ich gebe klein bei. Es werden alle willkommen sein, wenn Sie singen, egal, ob schwarz oder weiß.«

»Ich freue mich, dass wir uns einig geworden sind.« Josephine nahm wieder Platz und trank ihren Cocktail aus. »Leider habe ich noch ein kleines Problem. Kein Hotel in Miami war bisher bereit, mir ein Zimmer zu geben. Wenn ich ein paar Tage in der Stadt bleiben und singen soll, brauche ich eine Unterkunft.«

Ned Schuyler starrte sie ungläubig an. »Im Ernst ... die berühmte Josephine Baker, Frankreichs größter Star, bekommt hier kein Hotelzimmer?«

»Vergessen Sie nicht: Ich bin schwarz. Hotels, die nicht gerade die letzten Absteigen sind, verweigern mir hier in Amerika ein Zimmer.«

»Keine Sorge, ich besorge Ihnen ein Zimmer. In einem der besten Hotels, verlassen Sie sich drauf.«

Schuyler hielt Wort und besorgte ihr eine Suite im Arlington Hotel. Wie er das geschafft hatte, blieb ein Geheimnis, doch Josephine war zweifellos die erste Schwarze, die hier absteigen durfte, so wie die Zimmermädchen und die anderen Angestellten auf sie reagierten.

Ihre Shows im *Copa City Club* waren Abend für Abend bis auf den letzten Platz ausgebucht. Sämtliche siebenhundertfünfzig Sitze waren von Schwarzen und Weißen belegt, die sich ohne ersichtliche Sitzordnung bunt durchmischten. Josephine bekam jedes Mal eine Gänsehaut, wenn sie auf die Bühne trat und in die Gesichter sah, die sich in ihrer Hautfarbe so unterschieden. Alle Menschen wollten nur eins: einen Abend lang ihre Sorgen vergessen und Spaß haben.

Am Ende der ersten Woche saß ein berühmter Gast im Publikum, der Josephine nach Ende der Vorstellung um ein Interview bat. Es handelte sich um Amerikas bekanntesten Kolumnisten Walter Winchell. Jeder aufstrebende Künstler in den USA wusste, dass er es geschafft hatte, sobald Winchell über ihn schrieb.

Nach der Show führte Schuyler Josephine und den Journalisten in eine abgeschiedene Nische hinter einer Gruppe von Topfpalmen. Kleine bunte Lämpchen warfen abwechselnd einen roten und einen blauen Schein auf den Tisch, auf dem die Bedienung zwei Gläser Champagner abgesetzt hatte.

»Die berühmte Josephine Baker«, sagte Winchell gedehnt und musterte sie in einer Art ungenierter Neugier, die manche Menschen als unhöflich bezeichnet hätten. Josephine störte es nicht, so unverhohlen angestarrt zu werden. Sie trank einen Schluck Champagner, knabberte ein paar Erdnüsse und betrachtete ihrerseits Winchell. Er war ungefähr Mitte fünfzig und wirkte durch seine starre Haltung sehr Respekt einflößend, was Josephine jedoch nicht beeinflusste. Er trug einen maßgeschneiderten schwarzen Anzug mit einem Hut, den er neben sich ablegte.

»Sie haben einen fantastischen Auftritt hingelegt.«

»Danke.«

»Ihre letzte Tour durch die USA war ja nicht so erfolgreich«, bemerkte er und beobachtete sie scharf.

Josephine war unbeeindruckt. Von Winchell, der für seine spitze Zunge bekannt war, ließ sie sich nicht provozieren. »Wenn Sie von meiner Vortragsreise von College zu College sprechen, so irren Sie sich. Meine Vorträge über die Bürgerrechte wurden begeistert aufgenommen. Ich bekomme noch immer Angebote, vor jungen Leuten zu reden.«

Winchell gelang ein schiefes Lächeln. »Ich meinte eigentlich Ihre Zeit bei den *Ziegfeld Follies*.«

Josephine setzte ein gespielt gelangweiltes Gesicht auf. »Ach, Sie reden von der Zeit vor dem Krieg. Wer interessiert sich heute noch für die alten Kamellen?« Alles in ihr sträubte sich dagegen, an ihre Tätigkeiten in den Zwanziger- und Dreißigerjahren gemessen zu werden. Hatte sie nicht oft genug bewiesen, dass sie sich seit dem Krieg verändert hatte und zu einer gefeierten Diva avanciert war, die an Klasse und Eleganz nicht zu übertreffen war?

»Nun gut.« In Winchells Mundwinkel zuckte es leicht, dann lehnte er sich zurück und griff zu seinem Champagnerglas. »Wie gesagt, Ihre Darbietung heute Abend war grandios. Sie sind aufgetreten wie eine Königin – und das lag nicht nur an Ihrer Kleidung, die wie aus Tausendundeiner Nacht zu stammen scheint, alles aus Samt und Seide und Goldbrokat. Nein, Ihrer Person wohnt ein Zauber inne, Sie schaffen es, die Menge zu begeistern und durch Ihre Gesänge mitzureißen. Bravo, Mrs Baker.«

Josephine nickte huldvoll. Sie fühlte sich geschmeichelt. »Danke für Ihre Worte. Sie dürfen gerne eine Kritik über meine Show mit ähnlichem Wortlaut verfassen.« Gute Kritiken würden noch mehr Angebote, noch mehr Engagements bedeuten, dachte sie. Sie hatte solch große Pläne für Les Milandes, die alle nur mithilfe einer außergewöhnlichen Finanzspritze realisiert werden konnten.

Winchell lachte. Anscheinend fand er Gefallen an der Unterhaltung. »Das werde ich tun, verlassen Sie sich drauf.«

Zwei Tage später zeigte Schuyler Josephine begeistert einen Artikel Winchells im *New York Daily Mirror*, in dem er sie in den höchsten Tönen lobte und ihre Show als überaus sehenswert anpries. *Der Applaus für Josephine Baker war der aufrichtigste, überwältigendste, den ich in über vierzig Jahren Showbusiness gehört habe. Sie bot eine Eine-Frau-Show mit exquisiten Kostümen, Charme und Magie.*

Ned Schuyler bot sich an, in den USA als ihr Agent zu fungieren. Sie nahm sein Angebot sehr gerne an. Er organisierte eine Reihe von Auftritten in Atlanta. Josephine freute sich darüber, erneut auf der Bühne zu stehen, doch bevor sie mit den Proben beginnen konnte, musste sie sich erst eine Unterkunft suchen. Von einem weißen Chauffeur kutschiert, fuhren sie und Ned von Hotel zu Hotel. Jedes Mal erhielt sie eine abschlägige Antwort.

»Es tut mir sehr leid, Mrs Baker«, sagte der Concierge im dritten Hotel bedauernd. Er war kaum zwanzig, und seine Livree mit den Goldknöpfen schien ihm um zwei Nummern zu groß zu sein. »Die Gesetzgebung von Georgia besagt, dass Hotels keine Schwarzen aufnehmen dürfen, sonst verlieren wir die Lizenz.«

»Mrs Baker ist ein Weltstar«, zischte Schuyler und stützte entnervt den Ellenbogen auf dem Empfangstresen ab. Dass Josephine abgelehnt wurde, schien ihm ebenso zuzusetzen wie ihr selbst.

Der Angestellte zuckte hilflos mit den Schultern. »Mag sein. Aber abgesehen von der gesetzlichen Lage liegt unser Fokus nun mal auf unseren weißen Gästen und ihrem Wohlbefinden.«

Grimmig knallte Josephine ihre Handtasche auf den Tresen, was den jungen Mann zusammenzucken ließ, und baute sich sehr aufrecht vor ihm auf. Sie trug ein sündhaft teures Kostüm von Balenciaga, das aus einer schwarz gepunkteten weißen Kostümjacke, einem engen gleichfarbigen Rock und weißen Handschuhen bestand. Auf ihrem Haar saß ein dazu passender kleiner Hut mit einem schwarzen Satinband. »Schauen Sie mich an, kleiner Junge! Sehe ich aus wie jemand, der in irgendeiner Form eine Belästigung für andere Gäste darstellt?«

»Sie werden in Ihrem verdammten Hotel keine Frau finden, die ähnlich stil- und geschmackvoll gekleidet ist wie Mrs Baker und die einem ähnlich kultivierten Hintergrund entstammt«, stieß Schuyler zwischen zusammengebissenen

Zähnen hervor. »Aber gut, es ist Ihr Verlust, nicht unser. Auf Wiedersehen.«

Wie betäubt folgte Josephine ihm nach draußen in den mit Marmorsäulen gestützten Eingangsbereich des Hotels, wo Schuyler dem Chauffeur ein Zeichen gab.

»Es tut mir wirklich leid«, sagte er zerknirscht, als sie nebeneinander auf der Rückbank der Limousine saßen.

Josephine streifte sich ihre weißen Handschuhe ab und blickte in den trüben Januarmorgen hinaus. Der weiße Dunst, der dick zwischen den Häuserreihen hing, und die kahlen Äste, die daraus hervorlugten, entsprachen ihrer tristen Stimmung. Doch sie ließ sich nicht unterkriegen, nicht mehr.

»Es ist doch wirklich nicht Ihre Schuld. Wissen Sie, wie oft ich diese Szene in dieser oder einer anderen Form erlebt habe, Ned? Ich könnte ein Buch damit füllen. Aber machen Sie sich nichts draus. Sagen Sie alle Auftritte in Atlanta ab. Die Stadt wird noch sehen, was sie von ihren diskriminierenden Gesetzen hat.«

»Wenn Sie meinen«, murmelte Schuyler enttäuscht.

»Auf jeden Fall. Und schauen Sie doch mal, ob wir meine geplanten Auftritte in New York nicht etwas vorziehen können. Und sollte ich auch dort kein Zimmer bekommen, kaufe ich einfach ein eigenes Haus in der Gegend.«

Schuyler sah sie verunsichert von der Seite an. »Ich nehme an, das soll ein Scherz sein, Mrs Baker.«

»Nein, es ist mein voller Ernst.« Josephine zerknüllte verdrossen ihre feinen Handschuhe.

Es war zum Glück nicht nötig, dass Josephine in New York ein eigenes Haus kaufte. Schuyler gelang es, ihr ein luxuriöses Zimmer in einem gehobenen Hotel zu buchen. Allabendlich trat sie im *Roxy Theatre* auf, das eine extravagante Mischung aus Lichtspielhaus und Theaterbühne darstellte, der *Kathedrale des Films*, wie die New Yorker das Theater nannten. Ein Orchester mit über hundert Musikern gehörte zum Ensemble des *Roxy*.

Anders als bei ihren früheren Auftritten in New York in den Dreißigerjahren – Josephine erinnerte sich mit Unbehagen an ihre Revue im *Winter Garden*, als sie wegen der schlechten Akustik schlechte Kritiken bekommen hatte – gelang es ihr mühelos, ein breites Publikum zu begeistern. Doch im Gegensatz zu damals reichte es ihr nicht mehr, nur ein Bühnenstar zu sein. Sie strebte nach mehr, wollte etwas tun, das wirklich eine Bedeutung für die Menschen hatte, einen Unterschied machte. Sie ergriff jede Gelegenheit, einen Vortrag über die Bürgerrechte von Afroamerikanern zu halten, die sich ihr bot. Zudem hatte sie das Bedürfnis, sich immer mehr für die Nöte ihrer dunkelhäutigen Mitbrüder und -schwestern einzusetzen. Es hatte mit einem Bittschreiben eines kleinen schwarzen Mädchens begonnen, das von der großen Josephine Baker gehört hatte und sich an sie wandte, um ihr ihr Herz auszuschütten. Das Mädchen lebte in ärmlichen Verhältnissen in der Bronx und wünschte sich nichts sehnlicher, als einen großen Eisbecher mit Sahne und Schokostreuseln zu essen, wie sie ihn seit Jahren sehnsüchtig durch die Fensterscheiben der Cafés sah, die ihre Familie nicht betreten durfte. Josephine lud das Kind ohne zu zögern zu sich ein und spendierte ihm das heiß ersehnte Eis.

Seitdem brachte ein Hotelangestellter ihr täglich mehrere Briefe in ihre Suite. Sie gewöhnte sich an, nach ihren langen Nächten im *Roxy* vormittags im Bett zu bleiben, sich Kaffee und Croissants ans Bett bringen zu lassen und dabei jeden einzelnen der Briefe aufmerksam zu lesen.

Mein Mann findet keine Arbeit, weil es heißt, für Schwarze ist in unserem kleinen Dorf kein Platz, schrieb eine verzweifelte Frau. *Wir haben nicht genug Geld, um unsere fünf Kinder zu ernähren.*

Josephine berührten die Schreiben sehr; sie verbrachte Stunden damit, in ihre Kissen gelehnt Antworten zu verfassen. Für jene Mutter von fünf Kindern konnte sie nichts tun, weshalb sie ihr kurz entschlossen ein paar Hundert Dollar schickte. Dies würde die ärgste Not vorerst lindern. Den Gedanken, dass sie ihre Einkünfte dringend für Les Milandes brauchte, verdrängte sie; ohnehin erschien es ihr viel wichtiger, die Ärmsten zu unterstützen. Vor Jo verheimlichte sie ihre Wohltätigkeit lieber, sie wusste nur zu gut, dass er verärgert sein würde.

Eine Gruppe schwarzer Männer aus Philadelphia hatte sich zusammengeschlossen, um ihr ihre Not zu schildern. Sie alle suchten dringend nach Arbeit, bekamen aber keine. Obwohl das dortige Transportunternehmen sich händeringend nach Busfahrern für den öffentlichen Verkehr umsah, wurde kein einziger Schwarzer, der sich bewarb, eingestellt. Dabei hatte jeder Einzelne im Krieg Busse gesteuert. Die Männer baten Josephine, sich ihrer anzunehmen. *Sie sind bekannt dafür, für die Sache von Minderheiten wie der unseren zu kämp-*

fen wie eine Löwin, stand in dem Brief, der von zwanzig Männern unterschrieben war.

Als Josephine den Brief las, kam ihr die Galle hoch. Aus ganz Amerika erreichten sie ähnliche Nachrichten.

»In Frankreich wäre so etwas nie und nimmer möglich«, rief sie wütend und machte sich daran, ein Schreiben an die Transportgesellschaft zu verfassen, in dem sie nach dem Grund fragte, warum keiner der schwarzen Bewerber eingestellt wurde.

Liebe Mrs Baker, begann das aalglatte Antwortschreiben, das sie eine Woche später erreichte, *der Grund, aus dem wir keine Schwarzen einstellen, ist ganz simpel: Sie sind einfach nicht genügend qualifiziert für diese Arbeit.*

Josephine zerriss den Brief in unzählige kleine Stücke, öffnete das Fenster einen Spaltbreit und ließ die Papierschnipsel von der rauen New Yorker Brise in alle Richtungen davontragen.

»Diese arroganten, verlogenen Idioten«, stieß sie hervor, griff sich neues Briefpapier aus der Nachttischschublade und entwarf einen flammenden Brief an die Transportgesellschaft. »Ihre Antwort erstaunt mich sehr. Im Zweiten Weltkrieg haben Tausende von schwarzen Soldaten Busse gefahren, und jetzt sind diese ganzen Männer angeblich nicht mehr in der Lage dazu? Aus welchem Grund sollten sie das Busfahren verlernt haben?«

Der Leiter des Unternehmens ließ sich gar nicht erst zu einer weiteren Antwort herab, was Josephine noch mehr ärgerte. Sie schrieb sich die Finger wund, um das Leben so vieler Menschen zu erleichtern, doch meistens handelte es sich um vergebene Liebesmüh.

Jo versuchte sie während ihrer Telefonate davon zu überzeugen, dass sie ihr Engagement ein wenig zurückschraubte. »Du kannst nicht die ganze Welt retten, Liebling«, sagte er sanft. »Es ehrt dich, dass du dich so für andere einsetzt, aber du darfst nicht daran zerbrechen.«

»Ich und zerbrechen«, Josephines Stimme troff vor Spott. »Da kennst du mich aber schlecht. Jede Niederlage spornt mich umso mehr an. Jetzt erst recht, denke ich jedes Mal.«

»Das ist meine Josephine. Ich liebe dich für deinen Kampfgeist, auch wenn du es manchmal zu weit treibst. Ach, ich wollte, du wärst hier. Der Vergnügungspark nimmt langsam Form an. Willst du nicht etwas früher als geplant nach Hause kommen?«

Josephine starrte aus dem Fenster in den wolkenverhangenen grauen New Yorker Vormittag. Sie sehnte sich nach Les Milandes. Wie schön es jetzt wäre, durch den Park zu schlendern, ein wenig Zeit mit den Tieren zu verbringen, ihre Mutter im Schaukelstuhl Hof halten zu sehen und sich an der wachsenden Anzahl von Touristen zu erfreuen, die eine wundervolle Zeit dort verbrachten. Und am meisten vermisste sie Jo.

»Du weißt, dass das nicht geht«, seufzte sie und ließ sich wieder in die weiche Bettwäsche fallen. »Meine Auftritte im *Roxy Theatre* bringen mir fünfundfünfzigtausend Dollar ein. Geld, das wir für Les Milandes brauchen. Je eher alles fertig ist, desto früher können wir das erste Kind zu uns holen.

Apropos Kind.« Sie durchwühlte den Stapel an Briefen, der auf der Decke ausgebreitet lag. Allein heute hatte sie dreißig Schreiben erhalten. Ein einziger davon war privater Natur. »Ich habe heute einen Brief von meiner alten Freundin Miki Sawada erhalten. Ich habe dir von ihr erzählt, erinnerst du dich? Sie hat uns zur Hochzeit diese wundervolle Lampe mit japanischer Seidenmalerei geschickt. Miki schreibt, dass sie in Tokio ein Waisenhaus eröffnet hat. Das kommt uns wie gerufen, nicht wahr?«

»Du meinst«, setzte Jo zögernd an, »dass wir uns dort ein Kind – ich weiß nicht, wie ich es nennen soll – aussuchen? Das klingt so, als ob wir uns auf dem Markt für die saftigste Melone entscheiden würden.«

Josephine lachte. »Drück es aus, wie du willst. Ich denke, dass ich demnächst nach Tokio fliegen und Miki einen Besuch abstatten werde. Die Zeit ist reif. Alle wichtigen Bauvorhaben auf Les Milandes sind realisiert, und ich verdiene in den USA eine Stange Geld. Lass uns endlich unsere Familie gründen, Jo. Wir werden nicht jünger. Ich werde dieses Jahr fünfundvierzig. Für ein leibliches Kind wäre ich schon fast zu alt.«

»Vielleicht hast du recht, und wir sollten unser Vorhaben endlich verwirklichen. Aber du musst noch deine Tour durch die USA beenden. Und dann steht Südamerika an.«

»Ja, ich weiß, du musst mich nicht daran erinnern. Das ziehe ich noch durch.« Josephine wurde ungeduldig. Es verdross sie, dass ihre persönlichen Pläne so von ihrem beruflichen Zeitplan beschnitten wurden, doch das finanzielle Wohlergehen von Les Milandes stand an erster Stelle.

6

Mai 1951

»Verflucht!« Verzweifelt zog Josephine sich ihre Haare büschelweise aus dem Kopf. Da krause Haare nicht mit ihrer Vorstellung von Eleganz zu vereinbaren waren, hatte sie in ihrem Hotelbadezimmer versucht, sich die Haare zu glätten und dieses Mal ein anderes Produkt verwendet als sonst. Tränen schossen ihr in die Augen, während sie mit den Händen ihren Hinterkopf abtastete, erfühlte aber auch dort nichts als bloße Haut. Lediglich auf dem Oberkopf war ihr ein Rest Haare geblieben, der abstand wie eine Palme. »Wie soll ich mich so unter Leute trauen, geschweige denn heute Abend im Theater auftreten?«

Entmutigt kehrte sie ins Schlafzimmer zurück und durchwühlte ihren Kleiderschrank. Ein blau-weiß gemustertes Hermès-Tuch war ihre letzte Hoffnung; wenn sie es sich wie einen Turban um den Kopf wickelte, konnte sie ihr Missgeschick kaschieren. Hektisch übte sie die richtige Wickeltechnik, als das Zimmertelefon läutete.

Frustriert über die Störung, riss sie den Hörer von der

Gabel. Der Angestellte vom Empfang kündigte einen Gast an, der ihr einen Besuch abstatten wollte.

»Ein Mr Roger Rico, Ma'am. Oder vielmehr Monsieur. Ein Landsmann von Ihnen.«

Josephine zerrte hektisch an ihrem Turban. »Sagen Sie ihm, er soll sich in die Bar begeben. Ich komme gleich.«

Roger Rico war ein Theaterkollege, den sie noch aus früheren Zeiten in Paris kannte. Im Moment trat er in einem Musical am Broadway auf. Josephine traf ihn in der Hotelbar, wo er ihr von dem Fall Willie McGee berichtete.

Sie durchforstete ihr Gedächtnis. »Der Name sagt mir nichts.«

»Um es kurz zu machen: Die Ehefrau von Willie McGee ist in der Stadt, und sie möchte unbedingt mit dir sprechen, Josie. Sie hat gehört, dass du dich für Bürgerrechte engagierst, und du bist ihre letzte Hoffnung«, berichtete Roger.

Josephine bat Roger, Mrs McGee ausrichten zu lassen, dass sie sie in ihrer Garderobe im *Roxy Theatre* treffen wollte.

Am Abend durchsuchte Josephine in ihrer Garderobe die fünfzig Kisten und Schrankkoffer, die sie aus Frankreich mitgebracht hatte, nach einem geeigneten Kleid für den heutigen Auftritt. Nach dem Trauma wegen ihrer ausgefallenen Haare wollte sie so glamourös wie möglich erscheinen, um die Blicke des Publikums von ihrem Kopf abzulenken. In jungen Jahren hätte der Haarverlust ihr sicherlich einen Nervenzusammenbruch beschert, doch inzwischen wusste sie, was oberflächlich und was essenziell war. Außerdem würden die Haare wieder wachsen. Sie entschied sich für eine prächtige schwarze Robe aus Samt, die mit funkelnden Pailletten bestickt war, die das Licht einfingen.

Da sie noch ein wenig Zeit hatte bis zu ihrer Verabredung mit Mrs McGee, begann sie, sich zu schminken, und trug mit einem kleinen Applikator golden schimmernden Lidschatten auf. Danach befestigte sie künstliche Wimpern an den Lidern, um sich ein dramatisches Aussehen zu verleihen und ihre Augen noch größer wirken zu lassen. Als es zaghaft an die Tür klopfte, schwang sie auf ihrem Stuhl herum und rief: »Herein.«

Eine kleine Frau kam zögerlich in ihre Garderobe. Mit ihrer abgetragenen Kleidung, dem schäbigen Kopftuch und den ausgetretenen flachen Schuhen wirkte sie im prächtigen Ambiente des *Roxy Theatre* deplatziert.

»Kommen Sie, Mrs McGee«, forderte Josephine sie freundlich auf und schob der Besucherin einen Stuhl hin. Diese setzte sich auf die mit rotem Samt gepolsterte Fläche, als befürchte sie, sie zu beschmutzen.

»Nennen Sie mich Rosalee«, bat die Frau mit leiser Stimme. Sie ließ ihre billige Tasche auf ihrem Schoß stehen, als sei sie eine Festung, hinter der sie Schutz suchte.

»Ich habe gehört, Sie wollen mich wegen Ihres Mannes sprechen, Rosalee«, begann Josephine sanft. »Da ich erst vor Kurzem aus Europa angereist bin, habe ich leider keine Ahnung, was ihm widerfahren ist.«

Rosalee McGee senkte den Kopf; Josephine glaubte, etwas wie Scham in ihren Zügen zu lesen, aber sicher war sie nicht.

»Erzählen Sie mir alles«, ermunterte Josephine sie. »Dann überlege ich, was ich unternehmen kann.«

»Willie und ich wohnen in einem kleinen Dorf in Mississippi«, begann Rosalee heiser. »Das heißt, wir wohnten da zusammen mit unseren vier Kindern, bis Willie verhaftet und ins Gefängnis geworfen wurde.«

Josephine hörte am Tonfall der Frau, wie viel Schmerz sich hinter ihrer Geschichte verbarg.

»Mein Willie war schon immer ein patenter Bursche. Ein gut aussehender Mann. Leider ließ er noch nie etwas anbrennen, was Frauen betraf.«

»Er hat Sie also betrogen«, folgerte Josephine.

Rosalee stiegen die Tränen hoch. »Ja. Mehrmals. Aber er hat mich nie verlassen. Ich habe ihm immer wieder verziehen, und wir haben immer wieder zusammengefunden.«

Josephine stöhnte innerlich darüber, wie naiv die Frau sich gab. Sie hätte ein derartiges Verhalten von keinem Mann hingenommen. Auf der anderen Seite war sie ein gefeierter Star und finanziell unabhängig. Vielleicht hatte sie einfach gut reden. »Erzählen Sie weiter.«

»Vor ungefähr sechs Jahren hat er sich in eine Frau namens Willette Hawkins verliebt. Eine Weiße. Sie sind ein Verhältnis eingegangen, und die Frau hat auch ihren Mann betrogen. Ich habe gespürt, dass es dieses Mal etwas Ernsteres für ihn gewesen ist … Eine Beziehung zwischen einer Weißen und einem Schwarzen, Sie wissen ja selbst, Mrs Baker, ehe so etwas geduldet wird, gefriert die Hölle.«

»Wem sagen Sie das«, erwiderte Josephine lakonisch. »In den USA ist so etwas ein Ding der Unmöglichkeit. In Europa nicht.« Voller Zuneigung dachte sie an Jo, der sie liebte und mit dem sie verheiratet sein durfte, ungeachtet ihrer unterschiedlichen Hautfarben. Hier wäre dies unmöglich. Es hörte nicht auf, sie wütend zu machen.

»Mrs Hawkins ist anscheinend allmählich klar geworden, dass die Beziehung keine Zukunft hat, zudem ist ihr Mann hinter die Affäre gekommen. Die Dinge haben sich verkompliziert, und zu guter Letzt hat sie meinen Willie der Vergewaltigung bezichtigt!« Das schreckliche Wort ließ sie in verzweifelte Tränen ausbrechen.

»Beruhigen Sie sich.« Josephine griff nach einem Taschentuch und reichte es Rosalee. »Was glauben Sie, ist er dessen schuldig?«

»Nein!«, brach es aus Rosalee heraus, während sie sich heftig schnäuzte. »Niemals! Willie ist ein Weiberheld, kein Verbrecher! Das glaube nicht nur ich, das glauben viele andere Menschen, die den Fall seit sechs Jahren verfolgen, berühmte Menschen! Der Schriftsteller William Faulkner zum Beispiel oder Albert Einstein, dieser Physiker! Sie alle haben öffentlich bekundet, dass hier ein Schauprozess gegen einen Schwarzen veranstaltet wird.«

»Zu was wurde Willie verurteilt?« Josephine goss Wasser aus einer Karaffe in ein Glas und reichte es ihrem Gast.

»Zu«, sie schien es kaum aussprechen zu können, »zur Hinrichtung auf dem elektrischen Stuhl!« Rosalee schrie die Worte fast, dann sank sie endgültig in sich zusammen und versteckte sich bebend und schluchzend hinter ihrer Tasche.

»Meine Güte!« Josephine war ehrlich entsetzt. Egal, ob Willie die Straftat begangen hatte oder nicht – und wenn so viele Prominente der Meinung waren, es ginge nur darum, ein Exempel zu statuieren –, die Todesstrafe war mit Sicherheit unangemessen. War jemals ein Weißer für eine solche Tat hingerichtet worden?

»Noch nie wurde ein Weißer wegen Vergewaltigung zum Tode verurteilt!«, stieß Rosalee hervor, als hätte sie Josephines Gedanken erraten, das Gesicht rot und verquollen. »Können Sie irgendetwas tun, Mrs Baker? Können Sie sich mit den Ermittlungsbehörden und dem Gericht in Verbindung setzen? Mit ihnen sprechen? Um Gnade bitten? Mein Willie ist unschuldig, er hat den Tod nicht verdient! Was soll ich nur unseren Kindern sagen?«

Josephine stand auf und glättete die Falten ihrer bodenlangen Robe. »Selbstverständlich setze ich alle Hebel in Bewegung, um Ihrem Mann zu helfen, Rosalee, verlassen Sie sich drauf.«

Rosalee presste sich ihr durchweichtes Taschentuch vor den Mund und stieß ein ersticktes »Danke« hervor.

»Nichts zu danken. Ich fühle mich verpflichtet, gegen solche Ungerechtigkeiten vorzugehen. Schwarze werden in Amerika viel härter bestraft als Weiße, dagegen müssen wir dringend etwas tun. Gehen Sie nach Hause zu Ihren Kindern, meine Liebe. Gleich morgen früh wird meine Telefonleitung heiß laufen, das verspreche ich Ihnen.«

Josephine führte die Frau, die so unglücklich war, dass sie nur noch gebeugt gehen konnte, zur Tür. Noch eine halbe Stunde, bis der Vorhang auf der Bühne für sie aufgehen würde. Der Fall Willie McGee entsetzte und beschäftigte sie so, dass sie kaum wusste, wie sie es schaffen sollte, das erwartungsvolle Publikum zu begeistern.

Josephine setzte sich verbissen für die Sache Willie McGee ein, ganz gleich, wie spät es am Abend im Theater wurde, sie stand früh auf und schrieb sich die Finger wund mit Briefen, die sie an alle wichtigen Instanzen richtete. Sie wandte sich an McGees Anwälte, an das Gericht, an Menschen- und Bürgerrechtsorganisationen. Sie flehte um eine Wiederaufnahme des Verfahrens, das sich sechs Jahre hingezogen hatte, bat um eine erneute Sichtung der Beweise, die nur sehr spärlich vorhanden waren. Als ihre Bemühungen nichts fruchteten, formulierte sie Bittbriefe, in denen sie verlangte, die grausame Todesstrafe zumindest in eine Haftstrafe umzuwandeln, die auch ein Weißer in einem solchen Fall zu erwarten hatte. In Interviews brach sich ihre Verbitterung über die harte Behandlung und Vorverurteilung von Afroamerikanern im ganzen Land Bahn. Jede freie Minute widmete sie dem Fall Willie McGee, sie aß kaum noch, ging nicht mehr aus und brachte wenig Zeit für die Proben ihrer Vorstellungen auf. Zum Glück fiel das nicht ins Gewicht, denn sie kannte ihr Handwerk wie keine andere. Sie verspürte kaum noch Energie, sich wegen ihrer ausgefallenen Haare zu grämen; sie trug einfach einen ausladenden schwarzen Hut, den sie in einer der noblen Boutiquen in der Fifth Avenue erstanden hatte.

Am Ende war Josephines Kampf um McGee vergebens. Ihre Bemühungen und die verzweifelten Bittschreiben von namhaften Prominenten zerfielen wie Staub, als das Gericht verkündete, man würde am Urteil festhalten.

Josephine saß auf ihrem Bett, lauschte dem Radioreporter, der die neuesten Entwicklungen detailreich verlas, und schlug verzweifelt die Hände vor das Gesicht.

Dann kam der Tag der Hinrichtung. In New York herrschten inzwischen milde Frühlingstemperaturen, das Laub der Bäume im Central Park war frisch und saftig grün, und der Himmel über den Wolkenkratzern makellos blau. Trotz des schönen Wetters saß Josephine in einer dämmrigen Nische der Hotellobby und hörte Radio. Die Exekution McGees wurde live übertragen, erschreckend und geschmacklos.

»Wie können sie das nur tun?«, klagte sie mit zugeschnürter Kehle. Sie saß so angespannt neben dem Radiogerät, dass ihre Muskeln zitterten, als sei sie einen Marathon gelaufen. »Als ob es eine Volksbelustigung wäre, einer Hinrichtung beizuwohnen!«

Die Übertragung der Hinrichtung begann. Wenigstens hatte der Sprecher den Anstand, in verhaltenem und sachlichem Tonfall zu sprechen, dachte Josephine. Die Hintergrundgeräusche Tausender von Menschen, die offenbar eigens zum Schauplatz der Exekution angereist waren, dröhnte durch den Äther. Zudem vernahm man ein seltsames lautes Surren, das, wie der Reporter erläuterte, vom Stromgenerator herrührte, der den elektrischen Stuhl antrieb. Josephine war es so unbehaglich zumute, dass sie zitterte, noch dazu wurde ihr so übel, dass sie befürchtete, sich übergeben zu müssen.

»McGees Körper ist nun an den Lederriemen fixiert, sodass er sich nicht mehr bewegen kann«, sprach der Reporter. »Und gerade eben wurde das Zeichen gegeben, den Strom fließen zu lassen. McGees Muskeln beginnen, sich zu verkrampfen, sein Kopf überstreckt sich nach hinten ... dem dunklen Fleck im Intimbereich nach zu urteilen nässt er sich ein ...«

Das Johlen der Menge im Hintergrund wurde lauter und bedrohlicher. Josephine bekam keine Luft mehr, sprang auf und hämmerte auf die Aus-Taste des Radios ein. Sie tupfte sich die Tränen aus dem Gesicht, spürte noch den salzigen Geschmack auf den Lippen, den Geschmack der Verzweiflung und des Elends. »Wie können Menschen so grausam sein?« Ihr war, als würde ihr bei lebendigem Leib das Herz aus dem Leib gerissen.

»Ich werde Rosalee Geld für das Begräbnis schicken«, dachte sie erstickt. »Sie ist arm wie eine Kirchenmaus, aber ihr Willie soll wenigstens eine anständige Beisetzung bekommen.«

7

Oktober 1951

In der kommenden Zeit fühlte sich Josephine unendlich müde und kraftlos. Was hatte ihr Kampf für Bürgerrechte für einen Sinn, wenn sich nichts änderte? Am liebsten wäre sie heimgekehrt, doch Jo ermunterte sie, weiter aufzutreten, um nicht auf das so dringend benötigte Geld verzichten zu müssen. Zum Glück lief ihr Vertrag mit dem *Roxy Theatre* bald aus, sodass sie nur noch die Südamerika-Tour hinter sich bringen musste.

Die Bäume vor dem Hotel verfärbten sich allmählich blutrot und maisgelb, und die Luft wurde frischer und herber. Normalerweise liebte Josephine diese Jahreszeit, vor allem auf Les Milandes. Das Schloss wirkte im Moment wie ein keksbrauner Fleck inmitten flammenden Laubs, das sich nach allen Richtungen ausdehnte wie ein Feuerteppich. So schilderte es Jo ihr in ihren ausgedehnten Telefonaten. Sie sehnte sich nach ihm, hätte am liebsten Hand in Hand mit ihm im Park gestanden und ihr Gesicht dem Herbstwind entgegengestreckt, damit er ihr die ganze Traurigkeit aus dem Kopf blies.

»Du darfst es nicht so schwernehmen, dass du McGee nicht retten konntest«, sprach Jo sanft auf sie ein. »Niemand hätte ihn retten können. Und wer weiß, vielleicht war er ja doch schuldig.«

In Josephine loderte heftiger Zorn auf. »So etwas kann nur ein Weißer sagen! Letztendlich geht es nicht um schuldig oder unschuldig, sondern darum, dass er als Afroamerikaner viel härter bestraft wurde, als es bei einem Weißen jemals möglich gewesen wäre. Oder dass es von der weißen Jury niemanden wirklich interessierte, was sich in der angeblichen Tatnacht abspielte. Aber das kannst du nicht verstehen, Jo.«

Er schwieg kurz am anderen Ende der Leitung, doch als er wieder das Wort ergriff, klang er nach wie vor einfühlsam. »Ich verstehe, wie sehr dich das alles belastet, Liebes. Aber du musst versuchen, wieder auf andere Gedanken zu kommen. Du machst dich ganz krank.«

»Das sagt mein Bekannter Roger auch«, murrte Josephine ungehalten. »Er hat darauf bestanden, mich heute Abend groß auszuführen, weil ich seiner Meinung nach nur noch im Hotel sitze. Wir gehen in den berühmten *Stork Club* zum Essen. Zufrieden, Jo?«

»Es geht nicht darum, ob ich zufrieden bin. Es geht mir nur darum, dass es dir gut geht.«

Josephine seufzte. Manchmal störte es sie, dass Jo so ein geduldiger Mensch war. Ihre Frustration durch einen kleinen Streit abzubauen hätte ihr in diesem Moment gutgetan;

doch sogleich erschrak sie über sich selbst. Jo war der liebevollste und uneigennützigste Mensch, den sie kannte, sie sollte sich nicht an ihm abreagieren.

»Tut mir leid, dass ich so mieser Stimmung bin, Liebling«, murmelte sie leise. »Aber es ist alles so verdammt ungerecht, und das bringt mich so auf, dass ich es manchmal kaum aushalten kann.«

»Ich weiß«, erwiderte er zärtlich. »Bald werden wir auf andere Art versuchen, etwas zu ändern. Sobald wir zwei, drei oder meinetwegen auch vier Kinder unterschiedlicher Hautfarbe adoptiert haben, werden wir allen beweisen, dass sie friedlich zusammenleben können.«

Jos Worte trösteten Josephine endgültig. Sehnsüchtig dachte sie an ihre Regenbogenfamilie, wie sie die bunt zusammengewürfelte Gruppe nannte, die sie auf Les Milandes um sich scharen wollte. Sie sah sich mit farbigen und weißen Kindern um den Brunnen im Park sitzen, während die Kleinen fröhlich im Wasser planschten. Dieses Bild heiterte sie so auf und erfüllte sie mit solcher Zuversicht, dass sie dem Abend im *Stork Club* nun doch mit ein wenig Freude entgegensah.

Ein starker herbstlicher Regenguss ging am Abend nieder, als sie vor dem *Stork Club* in der östlichen 53. Straße aus dem Taxi stieg. Die leuchtend gelben Straßenlaternen spiegelten sich in den Regenpfützen auf dem schwarzen Asphalt. Obwohl Josephines Haare inzwischen in wolligen Büscheln nachwuchsen, trug sie eines ihrer turbanähnlichen Hutgebilde, das tadellos zu ihrem figurbetonten Dior-Kleid passte. Der Portier des Klubs musterte sie trotz ihres eleganten und teuren Outfits herablassend; am liebsten hätte sie ihn heftig angefahren. In diesen Zeiten war sie noch empfindlicher als sonst, wenn Weiße sich ihr überlegen wähnten. Wortlos löste er die schwere Goldkette am Eingang, damit sie eintreten konnte.

Josephine war noch nie im *Stork Club* gewesen, aber sie musste sich eingestehen, dass das Innere sehr beeindruckend war. Der Speisesaal, der eine Vielzahl an Gästen umfasste, war holzgetäfelt und besaß eine ovale Form, was die Wände wellenförmig erscheinen ließ. Ein Kellner brachte sie an ihren Tisch, an dem Roger bereits mit seiner Frau Solange saß.

Roger und Solange standen auf und küssten Josephine auf die Wangen, bevor sie sich alle setzten. Josephine entdeckte Walter Winchell unter den Gästen.

Tatsächlich saß der berühmte Kolumnist, den sie in Florida kennengelernt hatte, an einem kleinen Tisch, über ein buntes Wirrwarr aus Papieren gebeugt. Er schien sich etwas in ein zerfleddertes Notizbuch zu schreiben.

»Ja, das ist Winchell«, bestätigte Roger. »Er ist Stammgast im *Stork Club*, hier befindet sich sozusagen sein Arbeitszimmer. Der Besitzer, Sherman Billingsley, ist ein guter Freund von ihm und hält ihm immer diesen Tisch frei.«

Winchell schien ihre Gegenwart zu spüren, denn er wandte sich um, erkannte Josephine und winkte ihr freundlich zu.

»Netter Mann«, bemerkte sie. »Er hat ja die Angewohnheit, so manchen Star und manches Sternchen in der Luft zu zerreißen mit seinen spitzzüngigen Kommentaren in den Klatschspalten, aber ich kam erstaunlich gut weg.«

»Er mag dich, aber wer würde das nicht?«, bekräftigte Solange. Sie war eine glühende Verehrerin von Josephine und bereits in Paris oft im Publikum ihrer Shows gewesen.

»Danke, Solange. Und ist das da drüben nicht …« Josephine blinzelte möglichst unauffällig in den hinteren Bereich des Speisesaals. »Grace Kelly?«

Roger nickte, erheitert über ihre Begeisterung. »Ja. Sie ist ebenfalls Stammgast hier. Wie so viele andere Berühmtheiten. Billingsley umgibt sich gern mit Prominenten.«

Josephine zwang sich, den Blick von Grace Kelly zu nehmen, die sie allein durch ihr kühle Eleganz und ihr sanftes Lächeln verzauberte.

Ein Ober im schwarzen Frack trat an ihren Tisch. Die Ricos bestellten den Stork Club Cocktail, eine Kreation des Barmanns, der inzwischen legendär war. Das Getränk enthielt Gin, Orangenlikör, Limettensaft, Angostura und Orangensaft. Josephine, die sich plötzlich fühlte, als habe sie ein Loch im Bauch – sie hatte die letzten Wochen und Monate ja kaum gegessen, so sehr hatte die Hinrichtung McGees sie mitgenommen –, entschied sich für ein Steak, Krabbensalat und eine Flasche Wein.

Während sie auf ihre Bestellungen warteten, berichtete Josephine von ihrer bevorstehenden Südamerika-Tour und wie sie sich darauf freute, danach wieder nach Frankreich zurückzukehren.

»Irgendwann fühlt man sich zu alt für diese ständigen

Reisen«, erklärte sie den Ricos, »vor allem, wenn man ein so wunderschönes Zuhause hat.«

Der Ober näherte sich diskret und servierte Roger und Solange die berühmten Cocktails. Eine orangefarbene Flüssigkeit war in bauchige Gläser gefüllt und mit saftigen Orangenscheiben garniert.

»Chin-chin«, prostete Roger seiner Frau zu. Eine Viertelstunde verging, ohne dass Josephines Getränk geliefert wurde. Jedes Mal, wenn der Ober mit einem üppig beladenen Tablett vorbeihuschte, war sie der felsenfesten Meinung, endlich an der Reihe zu sein, doch jedes Mal wurden andere Gäste bedient.

»Kommt der Wein noch, oder haben sie ihn vergessen?«, murmelte Josephine nervös, als eine weitere halbe Stunde verstrichen war.

Roger winkte den Ober herbei. »Haben Sie die Bestellung für die Dame vergessen?«

»Nein.« Der Ober stand stocksteif da und sah Josephine kein einziges Mal an. »Wir suchen den Wein noch.«

»Sie ... suchen den Wein?«, hakte Solange nach. Sie starrte den Angestellten ungläubig an.

»Das hört sich für mich an, als hätten Sie keine Lust, mich zu bedienen«, stieß Josephine hervor. Ihr Kopf rauschte, und schwarze Schlieren zogen vor ihren Augen vorüber, doch sie musste die aufkeimende Wut unterdrücken, um in diesem feinen Ambiente keine Szene heraufzubeschwören.

»Das ist Ihre Interpretation«, entgegnete der Ober glatt, wobei er Roger ansah, nicht sie.

»Hören Sie, junger Mann«, begann Roger sachlich. »Sie gehen jetzt in die Küche und besorgen Mrs Baker den gewünschten Wein und die Speisen, die sie bestellt hat. Und zwar heute noch. Wir sind bereits seit einer Stunde hier.«

Der Ober legte den Kopf schief und zog ab. Die gute Stimmung am Tisch war dahin. Solange schien ängstlich, wie sich der Abend weiterentwickeln würde, Roger trommelte ungeduldig mit den Fingern auf die Tischplatte, und Josephine presste die Lippen zusammen. In einer Art Schockstarre verfolgte sie mit, wie anderen Gästen, die viel später gekommen waren, Speisen und Getränke gebracht wurden.

Nach eineinhalb Stunden reichte es ihr. Die Ricos hatten ihre Cocktails längst ausgetrunken, eigentlich waren sie nur noch hier, weil Josephine noch immer auf ihre Bestellung wartete.

Als der Ober ein weiteres Mal an ihnen vorübereilte, hielt Roger ihn abermals an. »Mrs Baker hat immer noch nichts zu essen und zu trinken. Wie erklären Sie sich das? Wollen Sie es auf einen öffentlichen Skandal ankommen lassen?«

»Tja«, begann der Ober süffisant. Sein bleiches Gesicht hob sich im Licht der Kerzen von seinen dunkelblonden Haaren ab, wirkte fast geisterhaft, wie eine Figur aus ihrem Wachsfigurenkabinett, dachte Josephine. »Leider konnten wir den gewünschten Wein immer noch nicht finden, und Steak und Krabbensalat sind heute Abend aus.«

»Aus?«, wiederholte Josephine. Innerlich brodelte sie wie ein Vulkan, der kurz vorm Ausbruch stand. »Aus? Für wie blöd halten Sie mich? Die Wahrheit ist doch, dass Sie mich nicht bedienen wollen, weil ich schwarz bin! Sie meinen, ich würde nicht zu der gehobenen Klientel passen, die in Ihrem versnobten Klub verkehrt!«

Der Ober wandte den Kopf zur Seite, als wäre er sich zu fein, direkt mit ihr zu sprechen. »Tatsache ist, dass wir Ihnen nichts anbieten können. Deshalb wäre es vielleicht besser, wenn Sie den Klub verlassen.«

Roger warf seine Serviette auf den Tisch und sprang auf. »Das ist nicht Ihr Ernst! Meine Frau und ich sind regelmäßig hier, und wie Sie unseren Gast behandeln, ist das Letzte! Ich fordere sofort eine Entschuldigung für Ihr unangebrachtes Verhalten gegenüber Mrs Baker!«

Josephine musterte den Angestellten angewidert. »Leute wie Sie sind so erbärmlich. Wahrscheinlich stammt der Befehl, mich aufgrund meiner Hautfarbe nicht zu bedienen, vom Chef persönlich, nicht wahr? Von Mr Billingsley? Sie selbst sind ein zu kleines Licht, um sich so etwas herauszunehmen. Rassisten sind Sie alle miteinander! Widerliche Rassisten!« Josephine war so laut geworden, so aufgebracht, dass sich inzwischen viele andere Klubgäste zu ihnen umdrehten, um die Szene zu beobachten. Sie spürte die neugierigen, doch kalten Blicke, die wie Hagelkörner auf sie eindroschen. Niemand außer den Ricos kam ihr zu Hilfe. Die anderen Gäste schienen die Angelegenheit ähnlich zu sehen wie der Angestellte, sonst hätte sicherlich jemand eine Bemerkung gemacht, um sie zu unterstützen. Tränen der Demütigung brannten in ihren Augen.

»Keine Sorge, ich bleibe nicht länger«, giftete sie den

Ober an, riss ihre Handtasche an sich und stürmte an ihm vorbei, gefolgt von den Ricos. »Aber richten Sie Ihrem Chef schon mal aus, dass ich Anzeige erstatte! Diese Szene wird ihn und den Klub teuer zu stehen kommen.«

Noch in derselben Nacht rief Josephine ihren Agenten Ned Schuyler an, der die Angelegenheit an seinen Anwalt weiterreichte. Die nächsten Tage befand sie sich in einem seelischen Ausnahmezustand und ging den Abend im *Stork Club* immer wieder durch, überlegte, was sie hätte anders machen können, um zu ihrem Recht zu kommen. Auch in der Presse schlug die Weigerung, Josephine zu bedienen, hohe Wellen. Es wurde ein Interview mit Grace Kelly abgedruckt, in dem sie berichtete, den *Stork Club* sofort nach Josephine verlassen zu haben. In einem Restaurant, das Schwarze derart vorführte und diskriminierte, wolle sie nicht mehr speisen.

Grace Kellys Worte trösteten Josephine ein wenig, doch in ihr schäumte noch die Wut über alle anderen Anwesenden, die ungerührt zugesehen und dann weitergegessen hatten, als sei nichts geschehen. Besonders die Erinnerung an Walter Winchell, der seelenruhig seine Ente verzehrt hatte, während Josephine angefeindet wurde, erboste sie.

»Ich dachte, er hält große Stücke auf mich«, stieß Josephine hervor, als sie am Tag nach dem Debakel mit Jo telefonierte. Er riet ihr, gelassen zu bleiben.

»Gelassen bleiben?«, rief Josephine schrill. »Bist du noch ganz bei Trost? Kannst du dir vorstellen, wie gedemütigt ich mich fühle? Ich wurde wie ein Stück Dreck behandelt, unwürdig, mich in den heiligen Hallen dieses Klubs aufzuhalten! Und dann dieser Winchell! Dieser bösartige Grottenlurch! Er schrieb so wohlwollend über mich und lobte mich für meinen Einsatz in Bezug auf die Rechte der Schwarzen – und nun das! Er hätte mir beistehen müssen. Zumal er ein guter Freund vom Klubmanager ist! Er hätte klipp und klar sagen müssen, dass so eine Behandlung unsäglich ist!«

»Josephine.« Jo bemühte sich um einen ruhigen Tonfall. »Du schießt dich auf Winchell ein, obwohl er mit dieser Sache gar nichts zu schaffen hat. Schuld an der Sache sind der Manager und seine Angestellten.«

Josephine raufte sich die kurzen Haare, dass sie in alle Richtungen standen. »Das ist mir egal, Jo! Ein in der Öffentlichkeit stehender Mann wie Winchell müsste die Sache geraderücken und für mich Partei ergreifen. Stattdessen schweigt er. Gegenüber der Presse behauptet er doch tatsächlich, er hätte den Klub bereits verlassen, bevor die Situation eskalierte! Dabei saß er genau gegenüber.«

»Josephine! Du hast den Klubbesitzer angezeigt, mehr kannst du nicht unternehmen«, versuchte Jo, sie zur Vernunft zu bringen.

Doch Josephine war so fassungslos, dass sie einen Rundumschlag gegen alle tätigte, die an jenem Abend auch nur in der Nähe gewesen waren.

Die Radiostationen und Zeitungen interessierten sich brennend für den Skandal im *Stork Club*. Sie gab mehrere Interviews, in denen sie ihre Sicht darlegte. Dass sie Walter Winchell angriff, gefiel diesem gar nicht. In seinen Sendungen wetterte er zurück und wühlte in alten Artikeln über sie. »Ich verstehe Mrs Baker nicht«, grollte er in einer seiner Sendungen. »Natürlich ist es nicht richtig, wie sie im *Stork Club* behandelt wurde. Aber mich damit hineinzuziehen, als hätte ich mich persönlich daran beteiligt, sie zu diskriminieren, ist höchst ungehörig. Ich war in keinster Weise involviert. Mrs Baker treibt ein falsches Spiel mit mir. Vielleicht möchte sie damit von ihren eigenen Aktivitäten ablenken. Man munkelt, dass sie mit den Kommunisten sympathisiert. Vor dem Krieg hat sie vor Mussolini gesungen, sagt das nicht viel über sie aus?«

Es entstand ein hässlicher Kleinkrieg zwischen ihr und Winchell. »Ich habe keinerlei Interesse an politischen Strömungen«, beteuerte Josephine in Interviews. »Mir zu unterstellen, ich sei eine Kommunistin, entbehrt jedweder Grundlage. Das ist eine gemeine Verleumdung.«

Am Ende gab es keinen Gewinner. Die Klage gegen den *Stork Club* wurde abgewiesen. Winchells Popularität sank, seine Anschuldigungen gegenüber Josephine überschritten die Grenzen der Höflichkeit. Doch auch Josephines Tiraden gegen den Kolumnisten ließen sie in der Öffentlichkeit in einem zweifelhaften Licht erscheinen. Als Folge davon sagte das Theater weitere Auftritte mit ihr ab, sodass ihr nichts anderes übrig blieb, als abzureisen. Ihr Traum, in Amerika endlich Fuß zu fassen und ähnlich berühmt zu werden wie in Frankreich, war wieder einmal gescheitert.

8

September 1952

Tosender Applaus brandete auf, nachdem Josephine sich nach ihrer Vorstellung in alle Richtungen verbeugte. Der imposante, ganz in Gold gehaltene Innenraum des *Teatro Colón* in Buenos Aires schien zu erzittern von stampfenden Füßen und Begeisterungsrufen. Das Publikum warf Blumensträuße auf die Bühne und verlangte lautstark nach mehr.

Josephine gab dem Orchestermeister ein Zeichen, daraufhin setzte die Musik wieder ein, und sie sang noch einmal »J'ai deux amours« als Zugabe.

Als sie nach der Vorstellung in ihre Garderobe zurückkehrte – auch hier hatten Boten bereits unzählige Blumengestecke und andere Geschenke abgestellt –, glaubte sie, zu schweben vor Glückseligkeit. Nachdem sie in den USA nach dem hässlichen, öffentlich ausgetragenen Streit mit Walter Winchell in Ungnade gefallen war, dürstete sie nach Anerkennung wie eine Wüstenrose nach Wasser. Sie schlüpfte aus dem bodenlangen, mit Glitzergarn gesäumten schneeweißen Kleid und warf sich einen Morgenmantel über, bevor sie sich vor den Spiegel setzte, um das dicke Bühnen-Make-up abzuwischen. Da klopfte es an die Tür.

»Herein?«

Ein junger Mann trat schüchtern herein und übergab ihr einen Brief. Kaum berührten ihre Finger das dicke vanillegelbe Papier, war er auch schon wieder verschwunden. Verwundert faltete sie das Schreiben auseinander und entzifferte die schwungvolle Handschrift. *Liebste Señora Baker*, las sie. *Ihre Vorstellung heute Abend hat mich verzaubert. Erlauben Sie mir, Sie zu mir einzuladen. Ich schicke Ihnen morgen um elf Uhr einen Wagen vorbei. Ergebenst, Ihr Juan Domingo Perón, Präsident von Argentinien.*

Sie saß stocksteif auf ihrem Hocker und starrte den Brief noch eine ganze Weile an. Der Präsident persönlich hatte sich im Publikum befunden und lud sie nun ein! Auf Plakaten hatte sie sein Gesicht gesehen – seine markanten Züge und eine aristokratisch wirkende Nase. Natürlich war Josephine in den wenigen Tagen, die sie bereits in Argentinien war, nicht entgangen, dass die Zeitungen voller Artikel und Nachrufe auf seine kürzlich verstorbene Ehefrau Eva waren.

»Ein großer Verlust für unser Land«, hatte das Dienstmädchen, das ihr am Morgen das Frühstück aufs Zimmer gebracht hatte, betrübt gesagt. »Evita war unsere Heldin. Sie kam aus einfachen Verhältnissen, aber auch nachdem sie Präsidentengattin geworden war, hat sie uns nicht vergessen. Sie hat so viel für die Armen getan. Es ist ein Jammer, dass sie so früh von uns gehen musste.«

Als ihr Chauffeur sie bald darauf in ihr Hotel zurückbrachte, ließ sie sich die Einladung durch den Kopf gehen. Sie war neugierig auf den Präsidenten.

Am nächsten Morgen zog sie eines ihrer besten Kostüme in dezentem Taubenblau an und wählte den dazu passenden Hut. Pünktlich um elf Uhr erschien ein Chauffeur in einer Staatslimousine mit wehenden argentinischen Flaggen auf der Kühlerhaube und hielt ihr galant die Tür auf. Josephine spürte, wie ihr einige in der Lounge sitzende Hotelgäste beeindruckt hinterhersahen.

»Wohin bringen Sie mich?«, fragte sie den Chauffeur, während sie aus dem Fenster die breiten Straßen und die hochherrschaftlichen Gebäude der Hauptstadt in sich aufsog. Die Sonne übergoss die Stadt mit mildem Glanz und ließ alles noch prächtiger erscheinen.

»In die Casa Rosada«, antwortete der Fahrer, »den Präsidentenpalast.«

Bald darauf näherten sie sich dem Gebäude, das durch seinen rosafarbenen Anstrich wie eine köstliche Marzipantorte wirkte. Durch seine Rundbögen und Säulen sah es gleichzeitig verspielt und elegant aus.

Perón erwartete sie bereits in einem Salon mit teuren, jeden Schritt dämpfenden Teppichen und antiken Möbeln.

»Meine liebe Señora Baker«, sagte er beglückt und trat auf sie zu, um sie auf die Hand zu küssen. Josephine fühlte sich geschmeichelt und neigte zur Begrüßung den Kopf.

»Danke für die Einladung und den wunderbaren Empfang, Herr Präsident.« Ihr Blick fiel auf ein Ölporträt mit riesigen Ausmaßen, welches seine verstorbene Frau zeigte.

Perón führte sie zu einer Sitzecke aus Samt. Eine Bedienstete mit weißer Rüschenschürze erschien, um Kaffee einzugießen und kleine Gebäckstücke zu reichen, doch der Präsident winkte sie ungeduldig hinaus und bewirtete Josephine selbst. »Sie erinnern mich an sie, Josephine – ich darf doch Josephine sagen?«

»Aber natürlich, Herr Präsident«, stimmte Josephine zu und nahm einen Schluck aus der zierlichen Tasse.

»Evita war eine Kämpfernatur wie Sie, Josephine ... Sie hatte es anfangs nicht leicht im Leben, stammte aus einer armen Familie mit vielen Kindern.«

Josephine lauschte ihm fasziniert. Nach allem, was sie bisher über Evita gehört hatte, hatten sie so einiges gemeinsam; sie identifizierte sich mit der ehemaligen Schauspielerin, die in so jungem Alter an Krebs gestorben war.

»Es tut mir leid, dass sie so früh gehen musste«, sagte sie behutsam.

»Danke.« Der Präsident schien für einen Moment in das Ölbildnis seiner Frau versunken. »Sie hatte noch so viel vor ... Sie setzte sich für die Armen und Unterdrückten ein, so wie Sie, Josephine ... Sie gründete Krankenhäuser und Schulen, sie war einfach wunderbar. Wenn Sie möchten, lasse ich Sie ein wenig in der Stadt herumkutschieren und Ihnen alles zeigen. Vielleicht haben Sie auch Interesse an Evas Stiftung, die Gelder für die Errichtung gemeinnütziger Institutionen sammelt?«

»Nun ja, warum nicht?« Tatsächlich verspürte Josephine große Lust, mehr über die so tragisch verstorbene junge Präsidentengattin zu erfahren. Und auch Perón selbst war eine angenehme Gesellschaft. Er erweckte mit seiner kummervollen Miene das Bedürfnis in ihr, ihn ein wenig zu trösten.

Juan Domingo Perón befand sich noch einige Male im Publikum des *Teatro Colón*. Stets ließ er ihr hinterher prächtige Geschenke, sogar Schmuck, in die Garderobe bringen. Mehrmals lud er sie zum Abendessen in die Casa Rosada ein. Hinter seiner traurigen Ausstrahlung verbarg sich ein humorvolles Wesen. Perón überredete sie, ihren Aufenthalt in Buenos Aires noch ein wenig zu verlängern, und sie konnte ihm den Wunsch nicht abschlagen. Jo dagegen verstand ihre Entscheidung nicht.

»Wieso kommst du nicht heim?«, fragte er bei einem ihrer abendlichen Telefonate gekränkt. »Vermisst du mich nicht? Oder wenigstens das Château?«

»Natürlich vermisse ich dich«, versicherte sie ihm. »Aber Argentinien ist so ein interessantes Land, ich lerne jeden Tag etwas Neues. Und Juan hat mich gebeten, ein bisschen für die Stiftung seiner verstorbenen Frau zu arbeiten.«

Einen Moment war es still in der Leitung. »Juan? Du bist schon per du mit einem der größten Diktatoren der Nachkriegszeit?«

Josephine schnaubte ungläubig. »Was redest du da, Jo? Juan ist ein reizender Mann, der sehr um das Wohl seines Volkes bemüht ist.«

Im Auftrag von Evitas Stiftung besuchte Josephine mehrere Krankenhäuser, die die Präsidentengattin noch zu Lebzeiten einweihen ließ. Die Presse begleitete sie und schoss

Fotos von ihr, wie sie an den Krankenbetten der Patienten stand oder mit Ärzten eine Station besichtigte.

Eines Tages ließ sie sich auf eigene Initiative zu einem außerhalb gelegenen Kinderkrankenhaus bringen, das bereits vor Jahrzehnten errichtet worden war, da sie nicht nur die modernen Neubauten, sondern auch alteingesessene Einrichtungen sehen wollte. Sie identifizierte sich völlig mit ihrer Rolle als Botschafterin für Evitas Stiftung.

Eine Abordnung, bestehend aus einem Arzt und einer Krankenschwester, führte sie herum. Da das Krankenhaus kein Prestigeprojekt war, hatte keine Zeitung Interesse daran, ein Fotografenteam zu schicken.

»Einen herrlichen Park haben Sie«, schwärmte Josephine, während sie über gepflegte Wege schlenderte und die Blumenrabatten bewunderte. »Er erinnert mich ein wenig an meine Gartenanlagen zu Hause.« Heimweh flammte kurz in ihr auf, doch dann rief sie sich zur Ordnung; sie wollte noch ein paar Wochen hierbleiben, um sich für Evitas Stiftung nützlich zu machen. Als Berühmtheit fühlte sie sich in der Pflicht, sich für die Armen der Welt einzusetzen.

»Ja, hier draußen ist es schön«, stimmte Doktor Hernandez, ein schmaler junger Mann im weißen Kittel, tonlos zu. Josephine musterte ihn von der Seite. Sowohl der Mediziner als auch die Krankenschwester schienen seltsam unbeteiligt, so als spulten sie ein Programm ab, seien aber nicht mit ganzer Seele dabei.

Danach besichtigte Josephine einige Kinderzimmer, unterhielt die kleinen Patienten, die sie erwartungsvoll aus ihren Betten heraus ansahen, mit ein paar Scherzen und bestand dann darauf, auch noch die Küche und ein paar Untersuchungszimmer zu sehen.

»Da gibt es nichts zu sehen, Señora«, beeilte sich Schwester Valentina zu sagen. Josephine starrte sie irritiert an, worauf sie rot anlief.

»Man könnte fast meinen, Sie haben etwas zu verbergen«, sagte sie spitz. Die Krankenhausangestellten wechselten einen kurzen Blick.

»Señora Baker, Sie haben den Park gesehen, ich glaube, das reicht. Ist nicht jedes Hospital wie das andere? Vielen Dank für Ihren Besuch.« Der junge Arzt schien Blut und Wasser zu schwitzen.

Doch so schnell ließ Josephine sich nicht abschütteln. »Nein, ich möchte noch mehr sehen. Ich bin eine offizielle Vertreterin der Eva-Perón-Stiftung. Der Herr Präsident hat mir so viel von den Krankenhäusern in diesem Land berichtet, um die seine Frau sich gekümmert hat, und ich bin sehr neugierig. Der Herr Präsident leistet unermesslich wertvolle Arbeit, indem er diese ganzen Institutionen für die Armen unterstützt. Führen Sie mich zur Küche. Ich möchte sehen, wo die Speisen für die kleinen Patienten zubereitet werden.«

Seufzend gab die Krankenschwester nach und brachte sie in die große Küche im Untergeschoss; der Arzt trottete missmutig hinterher.

»Warum wird hier nicht gearbeitet?«, fragte Josephine irritiert, kaum dass sie die Küche betreten hatte. Der Raum war geräumig und lichtdurchflutet, nur schienen die Apparaturen bereits in die Jahre gekommen zu sein. Es wirkte merkwürdig auf Josephine, dass eine Handvoll Köchinnen mit gestärkten Schürzen und weißen Hauben auf dem Kopf nur untätig an den Arbeitsflächen lehnten.

»Warum bereiten sie kein Essen zu? Es ist gleich Mittag, die Kinder haben doch bestimmt Hunger«, wandte sich Josephine an die Krankenschwester.

Valentina breitete in einer hilflosen Geste die Hände aus. »Wir haben nichts.«

»Sie haben nichts?«, wiederholte Josephine ungläubig.

»Ganz recht.« Die Stimme der jungen Frau klang trotzig. »Perón ließ zusammen mit seiner Frau einige moderne Krankenhäuser errichten, die er nun unterstützt. Davon können Sie beinahe täglich in der Zeitung lesen. Die älteren Hospitäler, so wie wir, bekommen hingegen keinerlei Gelder. Uns fehlen die Mittel, um Nahrungsmittel zu bestellen, und unsere Bittgesuche an den Herrn Präsidenten werden nicht beachtet.«

»Das ist ja unglaublich!« Wütend drehte sich Josephine in der Küche herum, um festzustellen, ob sich nicht doch einige Vorräte auf den Regalen stapelten. Doch überall herrschte Leere.

»Und was bekommen die Kinder zu essen?«, fragte sie bitter.

Eine Köchin mit verhärmten Gesichtszügen, die dem Gespräch gelauscht hatte, zuckte die Achseln. »Wir haben noch etwas altes Brot übrig, und ein Bauer hat uns vorhin ein paar Äpfel vorbeigebracht, das muss reichen.«

»Das ist nicht zu fassen. Ich möchte ein Untersuchungszimmer sehen.« Josephine verließ die Küche grimmig. Wieso unterstützte Perón nur die neu erbauten Krankenhäuser, vor deren Fassaden die Presse ihn immer wieder ablichtete? Warum finanzierte er nicht auch die alten Einrichtungen, die außerhalb lagen und für die Landbevölkerung so wichtig waren? Sie hatte bisher große Stücke auf den Präsidenten gehalten. Perón brüstete sich seiner Wohltätigkeit, doch in Wahrheit bekamen die kleinen Patienten hier noch nicht einmal genug zu essen!

Doktor Hernandez führte sie mit versteinertem Gesicht in ein Untersuchungszimmer. Die Sonne schien durch die blitzblank geputzten Fenster, doch Josephine sah sich irritiert um. Ein großer Schrank mit gläsernen Türen war vollkommen leer, und auch sonst sah sie nichts, was darauf schließen ließ, dass hier Untersuchungen durchgeführt wurden.

»Sind Sie sicher, dass wir uns im richtigen Raum befinden?«, fragte sie argwöhnisch.

Der Arzt nickte.

»Und wo sind die ganzen Instrumente? Stethoskope, Thermometer, was weiß ich, was man als Arzt so braucht? Irre ich mich, oder sollten sich in diesem Schrank Medikamente befinden?«

»Sie haben recht«, seufzte Doktor Hernandez, während Schwester Valentina mit gesenktem Kopf an der Wand lehnte. »Wir haben weder Medikamente noch Instrumente noch genügend Lebensmittel, um unsere Patienten adäquat zu versorgen.«

Josephine starrte ihn entgeistert an. »Aber Perón ...«

»Wir bekommen keinerlei Arzneien oder Gerätschaften«, gestand der Arzt düster. »Wir Ärzte sind kaum arbeitsfähig. Davon wird in den Zeitungen natürlich nicht berichtet. Man bekommt nur Artikel zu lesen, in denen Perón als großer Wohltäter gepriesen wird. Alle Argentinier dürfen sich in den Krankenhäusern behandeln lassen. Dass das nicht möglich ist, weil wir keinerlei Ausstattung bekommen, wird verschwiegen.«

In Josephine überschlugen sich die Gedanken. Was sie eben gehört hatte, erschien ihr unglaublich – der charmante Juan Domingo Perón, der sich so hingebungsvoll um sein Volk zu kümmern schien, gab dies nur vor? Ihn interessierte nur der Ruhm, sein Ruf als Wohltäter?

Sie sah sich erneut in dem leeren Behandlungszimmer um. Sie sah den leeren Glasschrank und die Regale, auf denen sich außer einer Packung Pflaster nichts befand. Als ihr klar wurde, dass sie sich von Peróns Charme hatte blenden lassen, stöhnte sie auf und schlug die Hände vor das Gesicht.

Besorgt trat Schwester Valentina vor sie und berührte sie an der Schulter. »Ist Ihnen nicht wohl, Señora?«

»Doch, doch«, stieß Josephine hervor. Sie wollte nur noch weg aus diesem Krankenhaus, ja weg aus Argentinien, das ihr anfangs so imponiert hatte. Wieso war sie nicht gleich nach Ende ihrer Tournee wieder nach Frankreich gereist? Jo hatte ihr doch am Telefon gesagt, dass der Präsident ein Diktator war. Aber sie hatte sich von Perón um den Finger wickeln lassen. Sie wollte nur noch nach Hause.

9

März 1953

Es wurde allmählich milder, und die überall im Park aufblühenden Frühlingsblumen glichen einer Farbexplosion. Auch die Tiere in den Gehegen schienen aus der Trägheit der kalten Monate zu erwachen und zu ihrer alten Lebhaftigkeit zurückzukehren. Josephine sog gierig alle Sinneseindrücke gierig in sich auf. Wie froh sie war, endlich wieder zu Hause zu sein!

Und zu ihrer großen Freude hatte sich auch ihr Bruder Richard inzwischen entschieden, ihr Angebot anzunehmen und zum Rest der Familie nach Frankreich überzusiedeln. Josephine war innerlich noch sehr aufgewühlt von ihren Erlebnissen in Argentinien, doch die unerwartete Anwesenheit ihres Bruders legte sich wie ein lindernder Balsam über ihre Seele.

Jeweils einen Arm bei ihrem Bruder, einen bei Jo eingehakt, schlenderte sie über ihr Anwesen. Es hatte sich so vieles verändert, seit sie es verlassen hatte, viele Bauprojekte waren inzwischen fertiggestellt, andere waren kurz davor.

»Man fühlt sich wie in einem eigenen kleinen Königreich«, bemerkte Richard beeindruckt. »So wie in Liechtenstein oder Monaco, nur dass du hier die Herrschaft führst. Was ist in diesem kleinen Häuschen mit dem Posthorn auf der Flagge?«

»Wir haben eine eigene Poststelle«, erklärte Jo. »Man kann sogar von uns selbst gedruckte Briefmarken kaufen.«

Richard starrte ihn mit offenem Mund an. »Im Ernst?«

Jo nickte. »Ja. Aber sie dienen nur touristischen Zwecken. Man kann keine Post damit verschicken.«

»Hätte mich nicht gewundert«, murmelte Richard wie zu sich selbst.

Vor dem neu erbauten Theater – wenn Josephine zu Hause war, trat sie zum Entzücken des Publikums selbst dort auf – und dem Wachsfigurenkabinett standen die Menschen Schlange, um eingelassen zu werden. Seit immer mehr Franzosen Automobile besaßen und problemlos reisen konnten, schossen die Besucherzahlen stetig in die Höhe.

»Ach, wenn ihr wüsstet, wie glücklich und erleichtert ich bin, wieder zu Hause zu sein! Nach diesem schrecklichen Eklat um den *Stork Club* und Walter Winchell werde ich so schnell keine Lust mehr haben, in die USA zu reisen«, bemerkte Josephine.

»Darfst du ja auch nicht«, warf Jo trocken ein. »Die US-amerikanische Einwanderungsbehörde hat dir verboten, vorerst wieder einzureisen. Sie veranstalten eine Hetzjagd auf alle, die auch nur in den Hauch eines Verdachts gekommen sind, mit den Kommunisten zu sympathisieren.«

Josephine verdrehte verärgert die Augen. »Ob ihr es glaubt oder nicht, ich empfinde es als Ehre, ein Einreiseverbot in die USA bekommen zu haben. Ich und kommunistisch! Ihr wisst, dass ich in etwa so politisch bin wie ein Regenwurm. Ich habe nicht die geringste Ahnung von Parteien oder politischen Strömungen, das alles interessiert mich gar nicht. Das Einzige, wofür ich kämpfe, sind Bürgerrechte für Afroamerikaner! An der ganzen schlechten Stimmung gegen mich ist nur dieser verdammte Walter Winchell schuld! Er hat die Gerüchte in die Welt gesetzt, ich sei faschistisch oder kommunistisch orientiert. Dabei wollte er sich nur an mir rächen, weil ich ihm vorgeworfen habe, im *Stork Club* nicht meine Partei ergriffen zu haben.«

»Gewiss. Aber wenn du dir gegenüber ehrlich bist, musst du dir eingestehen, dass es impulsiv von dir war, die Schuld an dem Vorkommnis im *Stork Club* Walter Winchell in die Schuhe zu schieben.«

Ungeduldig schüttelte Josephine Jos Hand ab. »Er hätte einfach den Mund aufmachen sollen. Niemand hat mich unterstützt.«

Jo und Richard seufzten und warfen sich einen Blick zu. »Dem Manager des Klubs ist die Schuld zuzuschreiben, niemandem sonst. Und natürlich hattest du jedes Recht, gegen diese Ungerechtigkeit vorzugehen, aber du hast dabei über die Stränge geschlagen.«

»Wie so oft«, fügte Richard hinzu.

»Ach, hört schon auf mit diesem leidigen Thema.« Josephine verspürte keine Lust mehr, über die Sache zu debattieren, schließlich war das alles lange her. »Lasst uns einen

Kaffee trinken. Das Wetter ist so schön, dass wir uns auf die Terrasse des Restaurants setzen können.«

Die Bedienung begrüßte sie ehrfürchtig und wies ihnen den besten Platz zu, von dem aus sie einen Großteil von Les Milandes überschauen konnten. Josephine sah zufrieden zum Schloss mit den Türmchen, dem Park und den Touristenattraktionen hinüber. Dies war ihre Heimat, ihr Königreich. Alle Einwohner des Dorfes standen bei ihr in Lohn und Brot und hatten ein gutes Auskommen. Hier wurde sie geliebt und geachtet. Rasch versuchte sie, die Erinnerungen an Argentinien zu verdrängen, die manchmal wie ein Teufel aus der Kiste ihres Gedächtnisses sprangen und einen üblen Nachgeschmack hinterließen.

Zu ihrem Leidwesen hatte ihr Bruder Richard noch nicht genug über ihre Erlebnisse in Südamerika gehört und löcherte sie weiterhin mit Fragen. »Was war das für eine Geschichte mit Perón? Und warum um Himmels willen bist du sechs ganze Monate in Argentinien geblieben?«

»Ich kann mir vorstellen, dass Argentinien ein faszinierendes Land ist. Nur zu gern würde ich einmal dorthin reisen. Aber ich habe schon gedacht, du willst mich nicht mehr sehen, als du so lange weggeblieben bist«, warf Jo ein, nur halb im Spaß. Ein verletzlicher Zug lag um seinen Mund.

»Ach, Unsinn.« Josephine bedankte sich bei der Kellnerin für die köstlich aussehende Tarte aux Pommes mit einem Berg frisch geschlagener Schlagsahne und stach mit ihrer Gabel genüsslich in den Kuchen. »Ehrlich gesagt wollte ich anfangs gar nicht so lange bleiben, aber die Dinge haben eine Eigendynamik entwickelt. Ja, ich weiß, im Nachhinein hat sich alles als riesengroßer Fehler erwiesen, aber das konnte ich am Anfang nicht wissen.«

»Irgendwie neigst du zu Fehlern, die die Ausmaße eines Erdrutsches haben«, zog Richard sie auf und schüttete Zucker in seinen Kaffee.

Josephine belud ihre Gabel mit einem großen Klecks Sahne. »Es fing alles ganz harmlos an. In Buenos Aires saß Juan Perón in meiner Show und bat danach um ein kurzes Treffen. Ich konnte doch nicht ahnen, wie sich alles entwickelt.«

»Perón ist ein Faschist, Josephine. Es war doch klar, dass dich ein Stelldichein mit ihm in ein schlechtes Licht rückt.«

»Meine Güte!« Sie schnaubte ärgerlich und wedelte mit der Gabel in der Hand einen Schmetterling weg, der ihrer Sahne nahe kam. »Woher sollte ich wissen, dass er ein gottverdammter Faschist ist? Wie ich euch vorhin schon sagte, ich bin absolut unpolitisch.«

»Eher politisch ungebildet«, fügte Richard stirnrunzelnd hinzu. »Ein bisschen Zeitung lesen solltest du schon, vor allem, wo du so viel in der Welt herumkommst.«

Josephine warf ihm einen vernichtenden Blick zu. »Hinterher kann man schön drüber schimpfen, was? Perón hat mir immer so viel von seiner verstorbenen Frau erzählt. Er trauerte so sehr um sie, dass es mir das Herz zerriss. Und …« Sie senkte den Blick und fuhr mit leiser Stimme fort: »Irgendwie habe ich mich mit Eva Perón identifiziert … Wie ich ist sie arm und ungebildet aufgewachsen, hat sich aber als Peróns Ehefrau über alle Maßen engagiert, die Armen und

Bedürftigen zu unterstützen. Das hat mir imponiert. Die Argentinier verehren sie wie eine Heilige.«

»Eva Perón war alles andere als eine Heilige«, widersprach Richard. »Sie hat Millionen auf ihren Schweizer Konten gehortet. Das Geld war eher für ihre Garderobe bestimmt als für die Armen.«

Schweigend schob Josephine sich den letzten Bissen Apfelkuchen in den Mund, lehnte sich dann zurück und verschränkte die Arme vor der Brust.

Jo legte ihr sanft die Hand auf den Unterarm, wie um die Worte abzumildern, die er im Begriff war auszusprechen. »Liebes, dass deine Haltung in den USA nicht gut ankam, ist verständlich. Die Zeitungen ereiferten sich zu Recht darüber, dass du die Segregation verachtest, aber gleichzeitig einem faschistischen Regierungschef sehr zugetan warst. Das passt nicht zusammen.«

Josephine zerknüllte ihre Serviette und warf sie auf den Tisch. Mit funkelnden Augen fixierte sie Jo. »Wie oft soll ich es denn noch sagen? Ich komme mir schon vor wie ein Papagei. Ich bin politisch nicht versiert! Ich habe in Perón nur den netten trauernden Witwer gesehen, sonst nichts!«

Jo schüttelte nur entgeistert den Kopf. Die Argumente drehten sich im Kreis.

»Ich glaube, ich bestelle noch ein Stück Tarte aux Pommes.« Josephine winkte der Kellnerin, die sogleich beflissen herbeieilte. Sie versuchte, die unliebsamen Erinnerungen an Argentinien abzuschütteln wie Regentropfen. Was half es im Nachhinein, sich mit Gewissensbissen zu quälen? Sie hatte Fehler gemacht, das musste sie zugeben, doch war nichts aus böser Absicht geschehen. »Ich möchte nicht mehr über dieses Thema sprechen. Auch wenn ich mich nicht mit Ruhm bekleckert habe, vergangen ist vergangen. Ich bin wieder hier und werde mich meinen eigentlichen Zielen widmen.«

10

Mai 1954

In Tokio hatte der Frühling Einzug gehalten. Als Josephine nach ihrer Landung mit einem Taxi durch die Stadt fuhr, bewunderte sie die Schönheit der blühenden Kirschblüten, die das ganze Land wie ein rosaroter Teppich zu überziehen schienen. In den Parks, an denen das Taxi vorbeikam, fanden volksfestähnliche Zusammenkünfte statt, mit denen die Japaner der Kirschblüte gedachten, wie Josephine im Flugzeug in einem Reiseführer gelesen hatte. Große Gruppen Tokioter vergnügten sich bei Tanz und Sake.

Innerlich brannte sie vor Ungeduld. Sie konnte kaum glauben, wie viele Jahre sie ihr Projekt Regenbogenfamilie nun schon in weite Ferne verschoben hatte; ihr Leben war nach dem Krieg so turbulent gewesen, dass ihr stets die nötige Ruhe gefehlt hatte. Ob es sich um die Großbaustelle auf Les Milandes oder Tourneen zum Zweck der Geldbeschaffung gehandelt hatte, immer war ihr etwas dazwischengekommen.

Nun war sie fast achtundvierzig Jahre alt, eine ziemlich

alte zukünftige Mutter, wie sie sich selbstironisch eingestand. Aber die Achtundvierzig war lediglich eine Zahl, eine Äußerlichkeit, und von so etwas Unbedeutendem hatte sich Josephine noch nie abhalten lassen.

Schließlich hielt ihr Fahrer vor einem großen, verwinkelten Haus mit einem gepflegten Garten, über dem ebenfalls Wolken duftender Kirschblüten schwebten. Auf einem Schild am Tor standen japanische Schriftzeichen, darunter: »Elizabeth Saunders Waisenhaus«. Mit ihrem Gepäck in beiden Händen trat Josephine zur Eingangstür. Diese wurde geöffnet, bevor sie sich bemerkbar machen konnte, und einen Moment später lag sie in Mikis Armen.

»Josephine! Wie schön, dich zu sehen!« Miki hielt sie eine Armeslänge von sich weg und betrachtete sie voller Zuneigung. Sie selbst wirkte seit dem letzten Mal, als sie sich in New York gesehen hatten, kaum gealtert, ihre Züge waren noch immer glatt und makellos, die schwarzen Haare zu einem glänzenden Dutt gebunden, der mit einem Holzstäbchen zusammengehalten wurde. Sie trug einen traditionellen japanischen Kimono, der über und über mit Kirschblüten bestickt war.

»Miki! Du siehst großartig aus, und das Haus wirkt wie ein kleines Paradies«, sagte Josephine und sah sich staunend im Waisenhaus um. Die Räume waren offen und hell, auf japanische Art mit niedrigen Tischen und weichen Sitzkissen eingerichtet.

»Danke schön.« Miki strahlte. »Ich bin sehr stolz auf unser Waisenhaus. Es war schon lange ein Traum von mir, eine solche Einrichtung zu gründen und mich möglichst vieler

Waisenkinder anzunehmen. Es ist so ein befriedigendes Gefühl, diesen armen Kleinen ein Zuhause zu schenken. Aber komm erst mal mit. Es ist alles für die Teezeremonie vorbereitet.«

Josephine stellte ihr Gepäck ab und folgte Miki durch eine Hintertür ins Freie. Ein schmaler Pfad, der ebenfalls von blühenden Kirschbäumen gesäumt wurde, führte zu einem kleinen Teehaus. Plötzlich lugte ein kleiner Junge mit verstrubbelten schwarzen Haaren durch den Eingang, kicherte verschmitzt und verschwand wieder im Garten.

Die Teezeremonie beruhigte Josephine. Nach dem langen Flug konnte sie sich von den Strapazen erholen. Der heiße Tee und die leichte Suppe, die serviert wurden, weckten ihre Lebensgeister wieder. Die Nachmittagssonne schien warm auf den Rasen und die Blütenpracht herab und tauchte alles in goldenes Licht. Ein Kindermädchen saß mit einigen Kleinkindern auf einer Decke im Gras und beaufsichtigte die umherkrabbelnde Schar. Der kleine Junge, der ihr schon aufgefallen war, kam strahlend auf seinen plumpen Beinchen angelaufen und schlang die Arme um Josephines Knie.

»Hallo du«, begrüßte sie ihn neugierig, wohl wissend, dass er sie nicht verstand. »Wer bist du denn?« Mit seinen engen Mandelaugen sah er erwartungsvoll zu ihr auf.

»Das ist Akio«, erklärte Miki und schickte den Jungen zu den anderen zurück. »Er büxt gerne aus. Er ist achtzehn Monate alt und stammt aus Korea.«

»Sind seine Eltern gestorben?«, fragte Josephine mitfühlend.

Miki schüttelte den Kopf. »Seine Mutter hat ihn ausgesetzt. Sein Vater, so vermuten wir jedenfalls, war ein Soldat. Vermutlich ist er im Krieg gefallen, aber genau wissen wir es nicht. Aber nun komm in mein Büro, dann besprechen wir deine Pläne.«

Das Arbeitszimmer war klein, aber gemütlich eingerichtet. An den Wänden hingen unzählige gerahmte Fotografien ihrer Schützlinge, die alle lachende, fröhliche Gesichter zeigten.

»So viele Kinder«, staunte Josephine.

Miki nickte. »Ja. Ich habe das Waisenhaus vor vier Jahren gegründet – eine Engländerin namens Elizabeth Saunders unterstützte mich großzügig mit Spenden, deshalb habe ich das Heim nach ihr benannt. Seitdem nehme ich so viele Waisen wie möglich auf. Mein Herz blutet jedes Mal, wenn ein neues Kind zu mir gebracht wird, aber umso schöner ist es, wenn es nach kurzer Zeit aufblüht und sich hier heimisch fühlt.«

»Eine wunderbare Einrichtung«, schwärmte Josephine. »Ich bin froh, dass ich mich zuallererst an dich gewandt habe, auch wenn ich dadurch über den halben Erdball fliegen musste. Ich habe dir in meinen Briefen von meinem Projekt erzählt, nicht wahr?«

»Ja. Der Traum einer Regenbogenfamilie, einer kunterbunten Schar, die aus aller Herren Länder stammt, und ein liebevolles Elternpaar dazu, das sie dazu erzieht, in Frieden, Harmonie und gegenseitigem Respekt miteinander zu leben.«

»Besser hätte ich es auch nicht ausdrücken können.« Josephine lachte. »Du bist meine erste Anlaufstelle, weil Jo und ich als Erstes einen kleinen Japaner adoptieren möchten.«

Miki nickte und machte sich Notizen in ein kleines Büchlein.

»Als Nächstes würden wir gerne einen kleinen Peruaner zu uns holen, danach ein nordisches, helles Kind, vielleicht aus Skandinavien. Und ein israelisches Kind hätten wir gerne«, zählte Josephine versonnen auf.

Miki staunte. »Ist Jo damit einverstanden, so kurzfristig vierfacher Vater zu werden?«

»Natürlich.« Josephine hatte nicht lange gebraucht, um Jo von ihrer Idee zu überzeugen.

»Trotzdem solltet ihr nichts überstürzen«, warnte Miki und sah von ihren Unterlagen auf. »Für die Kleinen wird die Umstellung überwältigend sein. Eine neue Umgebung, eine Sprache, die sie nicht verstehen, dazu Eltern. Sie haben noch nie Eltern gehabt, die für sie da waren, sie waren immer nur Teil einer großen Gruppe.«

»Ich weiß, dass wir behutsam vorgehen müssen. Ich bin bereit, den Kindern alles zu geben, was sie brauchen. Zeit, Zuwendung und immens viel Zuneigung. Mein Herz platzt bald aus allen Nähten vor Liebe, Miki. Les Milandes ist bereit, unseren Nachwuchs zu empfangen. Das Kinderzimmer ist fix und fertig und altersgerecht eingerichtet. Es wird den Süßen bei uns gefallen.«

»Davon bin ich überzeugt. Wollen wir einen Rundgang durchs Haus machen, damit du dich etwas umsehen kannst? Vielleicht verlierst du dein Herz ganz schnell an ein Kind, und dieses wird dann *dein* Kind?« Miki lachte, und Josephine stimmte ein, auch wenn sie sich wie betäubt fühlte und kaum glauben konnte, dass ihr Traum, auf den sie jahrelang hingearbeitet hatte, nun Wirklichkeit werden sollte. Vielleicht würde sie am Ende des Tages bereits Mutter sein. Das war eine unwirkliche Vorstellung.

Miki führte sie durch die Gänge des Waisenhauses. An allen Wänden hingen bunte Zeichnungen, und aus den Zimmern drang das Gemurmel spielender Kinder. Josephine spähte in einige Räume hinein, und ihr wurde warm vor Freude.

Als sie die Treppe zum oberen Stockwerk betreten wollten, lugte wieder der kleine Koreaner von vorhin hinter dem Geländer hervor und sah sie schelmisch an. Josephine spürte eine plötzliche Zärtlichkeit in sich aufwallen, und so ging sie in die Knie und streckte dem Jungen die Hände entgegen. Ohne Scheu lief er ihr in die Arme und lachte glucksend. Vorsichtig, als sei sie sich nicht sicher, wie man ein Kleinkind anfasst, strich sie ihm über das rabenschwarze glatte Haar.

»Ich glaube, da mag dich jemand«, scherzte Miki.

Josephine stand auf, den Kleinen auf dem Arm. Er durchwühlte mit seinen dicken Fingerchen ihre Haare und jauchzte dabei ausgelassen. »Umgekehrt genauso. Ich ...«, sie schluckte, die Stimme plötzlich klein und rau, da sie sich der Bedeutung dieses Moments sehr bewusst war. Von diesem Moment würde sie Akio vermutlich noch in vielen Jahren erzählen. »Ich möchte diesen Jungen adoptieren. Ich glaube, ich muss nicht weitersuchen.«

Miki streichelte Akio gerührt über die pfirsichzarte Haut seiner Wange. »Das freut mich sehr. Ich glaube, die Sache verhält sich aber andersrum. Akio hat dich ausgesucht, nicht du ihn.«

Josephine nickte nur und drückte den Kleinen behutsam an sich. Sie spürte die Wärme seines Körpers, und sie hatte das Gefühl, als würde gerade ein Strom aus Liebe entstehen, der zwischen ihnen beiden floss und sie für immer miteinander verbinden würde.

»Es fällt mir schwer, euch beide zu stören, aber wenn du möchtest, Josie, können wir gleich die Adoptionsunterlagen fertig machen.«

Josephine nickte, noch immer zu überwältigt, um zu sprechen.

Nachdem sie einen kaum überschaubaren Stapel verschiedenster Papiere unterzeichnet hatte – Akio spielte in der Zeit in sich versunken mit dem klimpernden Geldbeutel aus ihrer Handtasche –, beugte sie sich mit dem Jungen auf dem Arm zu ihrer Freundin vor und küsste sie auf beide Wangen. »Ich danke dir, Miki. Ich danke dir tausendmal. Dir habe ich es zu verdanken, dass ich ein Kind habe. Einen solch süßen kleinen Jungen! Ich bin endlich Mutter, ich kann es noch gar nicht glauben!«

Miki legte einen Arm um sie und drückte sie zärtlich an sich. »Nichts zu danken, Josie. Ich weiß, dass du eine wundervolle Mutter sein wirst und dass Akio es sehr gut bei dir haben wird. Bei dir wird er alle Chancen haben, die er braucht, um ein glückliches und erfülltes Leben zu führen.«

Miki half ihr noch, eine Tasche mit den wenigen Habseligkeiten Akios zu packen – außer wenigen Kleidungsstücken, die er von seinen großen Ziehgeschwistern geerbt hatte und einem abgenutzten Teddybären besaß er nichts –, dann verabschiedeten sie sich an der Haustür.

Die Spätnachmittagssonne wärmte angenehm und sprenkelte den Gehweg mit tanzenden Lichtreflexen. Als sie mit Akio aus dem Gartentor trat, stieß sie mit einem Kindermädchen zusammen, das einen Kinderwagen vor sich herschob.

»Entschuldigung«, murmelte Josephine, dann betrachtete sie das Baby, das sie ernst ansah. Noch nie hatte sie solch einen Ausdruck bei einem derart jungen Menschen gesehen – dieser Blick wirkte nahezu erwachsen, fast, als habe das Baby bereits mehr von der Welt gesehen, als gut für es war. Welche Geschichte es wohl hatte, warum es wohl im Waisenhaus gelandet war?

Akio quäkte fröhlich, und sie hielt ihn fest auf dem Arm, während sie den Kinderwagen umrundete. Dabei bemerkte sie, wie die Augen des Babys sie verfolgten. Es nahm jede einzelne ihrer Bewegungen wahr und beobachtete sie unablässig.

»Wie alt ist er – oder sie?«, wandte sie sich an das junge Mädchen.

»Fast ein Jahr«, antwortete dieses ihr in kaum verständlichem Englisch. »Teruya heißt er.«

»Teruya«, wiederholte Josephine und beugte sich zu dem kleinen Jungen herab. Er verzog keine Miene, sondern starrte sie nur unverwandt an.

In ihren Gedanken sah sie Akio und Teruya gemeinsam

in Latzhosen über die Gartenwege von Les Milandes tollen, rief sich jedoch sogleich zur Räson. Sie musste vernünftig sein; ein Sohn genügte fürs Erste, Akio musste sich erst an sie und Jo sowie an die neue Umgebung gewöhnen. Sie und Jo hätten alle Hände voll zu tun, ein Kind zu versorgen. Gleich ein zweites zu adoptieren wäre unbedacht.

»Darf ich ihn auf den Arm nehmen?«, fragte sie das Kindermädchen. Auf deren Nicken hin nahm sie Teruya vorsichtig aus dem Wagen und hielt ihn links, Akio rechts im Arm. Teruya hielt ganz still, sah sie ruhig an, während Akio fröhlich nach ihrer Brille grapschte.

»Ich muss noch mal hinein zu Mrs Sawada«, brach es aus ihr heraus.

»Euer Onkel Richard hat verdammt recht, wenn er mich als impulsiv bezeichnet«, flüsterte sie den beiden Kleinen zu, ihre Wange an die zarte Haut ihrer Gesichter geschmiegt. »Aber ich habe mein Herz an euch beide verloren, ich kann keinen von euch zurücklassen.«

Der Flug von Tokio nach Paris schien endlos, doch zum Glück schliefen die beiden Jungen fast die ganze Zeit. Ihre Arme, in denen sie die zwei hielt, waren bald taub und gefühllos, doch auf keinen Fall mochte sie diese innige Verbundenheit, die sich bereits in den wenigen gemeinsamen Stunden eingestellt hatte, missen. Alle Passagiere schienen zu schlafen, nur Josephine nicht. Sie konnte das Wunder, das ihr heute widerfahren war, kaum begreifen: Sie war endlich Mutter.

Als sie in Paris landeten, erwartete ihr Bruder sie bereits

mit ihrer Limousine. Ihm entglitten kurz die Gesichtszüge, da sie ursprünglich nur ein und nicht zwei Babys angekündigt hatte. Er kümmerte sich ums Gepäck, während Josephine mit Akio und Teruya, die langsam wach wurden, im Wagen Platz nahm. Mit großen Augen sahen die Kinder durch die Scheiben in den dichten Nebel, der Paris einhüllte wie ein Schleier.

»Ein paar Stunden noch, dann sind wir zu Hause«, flüsterte Josephine ihnen zu, ihren süßen Duft nach Milch und Puder einatmend. Akio klatschte in seine dicken Händchen, als hätte er sie verstanden.

Josephine lehnte den Kopf zurück. Nach der schlaflosen Nacht war sie müde, aber zu aufgekratzt, um wenigstens jetzt im Auto ein bisschen zu schlafen. »Es ist herrlich, einen persönlichen Chauffeur zu haben, Brüderchen«, gähnte sie.

Richard grinste. »Stets zu Diensten, Madame. Ich hoffe, Jo trifft nicht der Schlag, wenn er dich plötzlich mit zwei Kindern sieht. War das so vereinbart?«

»Nein, aber wieso sollte ihn der Schlag treffen? Wir möchten ohnehin noch mehr Kinder adoptieren.« Josephine spielte mit Akios Finger, die er ihr glucksend hinstreckte und dann wieder wegzog.

»Na ja, geht alles ein bisschen schnell, wenn du mich fragst«, murmelte Richard. »Aber ihr zwei werdet das sicherlich unter euch klären.«

Nach einigen Stunden Fahrt kamen sie in Les Milandes an. Josephine kribbelte es im Bauch vor Freude, als sie das bunte Treiben in ihrem Paradies sah. Die Landarbeiter waren auf den Feldern, aus den Ställen drangen gemütliche

Tierlaute, Restaurant und Museum waren offenbar gut besucht. Der Duft nach Blumen und Gras lag in der Luft, und die Sonne wärmte angenehm. Der Tag hätte nicht schöner sein können für die Ankunft ihrer Kinder.

»Ich nehme dir einen ab«, bot Richard an und setzte sich Akio auf die Hüfte, der ihn neugierig ansah. »Willst du deinen Nachwuchs erst mal Ma präsentieren?«

Josephine nickte. Auf einmal war sie so aufgeregt, dass ihr Herz trommelte und ihr glühende Hitze ins Gesicht stieg. Teruya fest an sich gepresst, schlenderten sie über den Rasen zu Carrie, die wie immer auf dem Schaukelstuhl unter dem ausladenden Blätterdach der Ulme saß und bedächtig vor und zurück wippte. Sie schlug sich die Hand vor den Mund, als sie ihre Kinder mit den beiden Kleinen sah.

»Ma«, verkündete Josephine feierlich, »darf ich dir deine ersten Enkel vorstellen? Akio und Teruya.«

»Oh Gott, sie sind so niedlich«, flüsterte Carrie heiser. »Zwei so süße Wonneproppen. Aber die Namen werde ich nie aussprechen können, tut mir leid. Warum konntest du ihnen nicht Namen wie Tom und Ben geben?«

Josephine verzog das Gesicht zu einem schiefen Lächeln. »Meinst du wirklich, diese Namen würden zu ihnen passen?«

»Dein Ehemann ist im Anmarsch«, stellte Richard fest. Josephine sah auf und erkannte Jo, der gerade aus dem Kuhstall kam, zwei Eimer mit Milch unter jedem Arm. Als er sie ebenfalls bemerkte, stellte er die Eimer abrupt ab und kam im Laufschritt auf die Wiese.

»Josephine! Du bist wieder da.«

»In der Tat. Und ich bin nicht allein.« Sie strahlte ihn an, legte ihm die Arme um die Schultern und berührte mit ihren Lippen zärtlich die seinen. Er erwiderte ihren Kuss, drehte aber sogleich den Kopf zu Carrie, auf deren Schoß die zwei Kleinkinder saßen. Während Teruya ganz ruhig war, streckte Akio ihm erwartungsvoll die Ärmchen entgegen. Hilflos strich Jo ihm über die Hand.

»Sehe ich doppelt, Josephine, oder was ist hier los?«

Josephine schmunzelte, doch Jos Gesicht blieb ausdruckslos. Dann heftete er seinen intensiven Blick auf sie und forderte eine Erklärung.

»Ich weiß, Liebling, es sind zwei. Ausgemacht war nur ein Kind. Meine Wahl fiel schnell auf Akio – er ist lebhafter als sein neuer Bruder. Als ich gegangen bin, bin ich auf Teruya gestoßen ... Ich konnte ihn einfach nicht im Waisenhaus lassen. Es war, als ob das Schicksal uns zusammengeführt habe.«

Carrie, die hin und weg war von ihren Enkeln, streichelte und liebkoste sie. Richard murmelte ein kurzes Adieu und machte sich in Richtung der Limousine aus dem Staub. Wahrscheinlich ahnte er, dass Jo nicht gerade begeistert davon war, unangekündigt zweifacher Vater geworden zu sein.

»Aber Josephine«, begann Jo, rieb sich die Stirn und sah sie müde an. »Meinst du nicht, dass uns zwei Kinder auf einen Schlag ein bisschen überfordern? Weder du noch ich haben die geringste Ahnung von Kindern.«

»Biologische Eltern werden auch ins kalte Wasser geworfen«, versuchte sie ihn zu überzeugen. Jo seufzte und betrachtete die beiden Jungen. Zögerlich nahm er Carrie Teruya ab und sah ihm in das ernste Gesicht.

»Also gut, Josephine«, sagte er leise. »Wir wollten ohnehin mehrere Kinder. Aber sag mir noch mal, wie dieser kleine Bursche heißt. Ich konnte seinen Namen nicht behalten.«

»Teruya«, soufflierte Josephine.

»Das ist unaussprechlich. Können wir ihn nicht umbenennen?«

»Janot«, ließ sich Carrie vernehmen. »Ich habe letztens ein Buch gelesen, in dem ein Junge namens Janot vorkam. Das würde mir gefallen.«

»In Ordnung«, seufzte Josephine. »Janot klingt zwar nicht im Geringsten japanisch, aber auch du sollst deine Wünsche einbringen dürfen, Ma.«

Behutsam nahm sie ihrer Mutter Akio ab, und mit den beiden Kindern auf den Armen gingen sie und Jo in Richtung Château. Meine Regenbogenfamilie, dachte Josephine, überwältigt von Gefühlen. Sie schien geradezu über die Türschwelle zu schweben, leicht und so ausgefüllt vor Glück, dass sie befürchtete, sie würde innerlich überschäumen, ihr Inneres könne dieses Ausmaß an Seligkeit gar nicht fassen.

Es war sehr viel härter, als Josephine gedacht hatte. Den ersten Tag verbrachten sie und Jo mit den Kleinen größtenteils im Park, wo sie auf der Wiese herumkrabbelten oder versuchten, mit ihren kleinen Händen vorbeitaumelnde Schmetterlinge zu greifen. Nach dem Mittagsschlaf – auch Josephine benötigte dringend einen, denn es schlauchte sie ganz schön, die Kinder keinen Moment aus den Augen lassen zu können und unablässig trösten, helfen, füttern zu müssen – machten sie sie mit dem Kinderzimmer vertraut. In zartem Himmelblau gestrichen, mit Bildern von Giraffen, Löwen und Affen an der Wand und einem riesigen Schrank voller Spielsachen war es ein Kindertraum. Vier Kinderbetten standen an den zwei gegenüberliegenden Wänden des Zimmers. Zwei waren nun belegt – und Josephine hoffte, dass auch in den restlichen zwei Betten bald weitere Kinder friedlich schlummern würden.

Gegen Abend kippte die Stimmung. Josephine und Jo hatten versucht, Akio und Janot mit einem warmen Milchbrei mit Banane zu füttern, doch beide quengelten und weinten ohne Unterlass.

»Was haben sie denn?«, fragte Josephine hilflos. Margaret, die mit ihnen am Tisch saß, zuckte mit den Schultern. Sie war kinderlos und hatte genauso wenig Ahnung wie ihre Schwester.

Jo legte seinen Löffel ab und wischte Janot mit einem Tuch über das verschmierte, klebrige Gesicht. Der Kleine brüllte so sehr, dass ihm die Tränen aus den Augen spritzten und sich sein kleiner Kopf dunkelrot verfärbte.

»Ach, Josephine«, seufzte er erschöpft. »Du hast doch hoffentlich nicht erwartet, dass gleich alles vom ersten Tag an reibungslos verläuft? Die Kinder sind plötzlich in eine völlig fremde Umgebung katapultiert worden, noch dazu mit zwei fremden Menschen als Eltern. Sicher vermissen sie ihre vertraute Umgebung im Waisenhaus und die Kindermädchen.«

Josephine mochte es nicht zugeben, aber im Grunde hatte sie genau das erwartet: Dass gleich alles reibungslos verlief. Sie liebte ihre Kinder bereits jetzt über alles und war in ihrer Unbedarftheit davon ausgegangen, dass sie nun, wo sie ein heimeliges Zuhause hatten, fröhlich und unbeschwert waren.

Wahrscheinlich hatte Jo recht, wie so oft. »Wir sollten sie schlafen legen«, schlug sie vor. Sie selbst konnte kaum noch die Augen offen halten. Abgesehen von dem kurzen Nickerchen zur Mittagszeit, hatte sie das letzte Mal in Tokio geschlafen.

Auch als sie die Kleinen ins Bett brachten, gab es Probleme. Janot ließ sich zwar ablegen und mit der mit blauen Elefanten bedruckten Decke zudecken, schrie aber mit zusammengepressten Lidern in einem fort, während sein neuer Ziehbruder an den Gitterstäben rüttelte, als wolle er das Bett auseinandernehmen.

Josephine und Jo kümmerten sich jeder um ein Kind, beruhigten sie, liebkosten sie, doch nichts half. Erst als sie sich dazu entschlossen, die beiden mit in ihr eigenes Bett zu nehmen und zwischen sich zu legen – Josephine wäre sonst im Kinderzimmer kniend eingeschlafen –, fielen die Jungen sofort in einen tiefen Schlummer.

Es war noch früh am Abend, und von draußen vernahm man noch das Gelächter und die Gespräche der Restaurantgäste, die nach einem üppigen Mahl einen Spaziergang durch den in der Dämmerung versinkenden Park machten. Jo beugte sich über Akio und Janot, um Josephine einen Gutenachtkuss zu geben. »Meinst du wirklich, mit zwei oder drei weiteren schaffen wir das noch?«

Josephines Lider waren so bleischwer, dass sie ihren Blick nicht mehr auf Jo fokussieren konnte. Stattdessen zog sie sich die Decke bis ans Kinn und murmelte schlaftrunken: »Aber natürlich, Liebling. Es wird sich alles einspielen, du wirst sehen.«

11

Februar 1955

Josephine sollte recht behalten. Zwar waren die nächsten Wochen und Monate anstrengend und von Schlafmangel bestimmt, doch fühlte sie sich gleichzeitig wie berauscht von einem tiefen Glücksgefühl, das sie fast mehr erfüllte als sämtliche Erfolge, die sie auf der Bühne gefeiert hatte. Die Beziehung zu Jo wurde noch tiefer und inniger, als sie ohnehin schon war, denn es war noch einmal etwas ganz anderes, nicht nur Ehepartner, sondern ein Elternpaar zu sein. Bereits nach kurzer Zeit kristallisierte sich heraus, dass Jo eher den Part des ernsten und verantwortungsbewussten Elternteils innehatte, während Josephine dazu neigte, die Kleinen hoffnungslos zu verwöhnen.

»Übertreib es nicht, Josephine«, murmelte er eines Abends müde, als sie nebeneinander im Bett lagen, beide erschöpft davon, neben ihrer Arbeit auf dem Anwesen noch pausenlos für die Kinder da zu sein. »Ein bisschen Konsequenz in der Erziehung muss schon sein. Du kannst sie nicht den ganzen Tag mit Schokolade und Pudding verwöhnen. Sie brauchen ein geregeltes Leben und Eltern, die ihnen Grenzen aufzeigen. Du darfst nicht jedes Mal einknicken, wenn sie einen Trotzanfall haben und heulen, und ihnen etwas Süßes geben.«

Josephine starrte ins Dunkel; die neonpink angestrahlten Schriftzüge des Hotels und des Restaurants zuckten über die Wände des Schlafzimmers wie die Leuchtsignale von Schiffen auf dem nächtlichen Meer. »Aber sie sind so klein und haben nie erfahren, was Nestwärme ist, Jo. Sie haben es verdient, ein bisschen verwöhnt zu werden. Und ich liebe sie so sehr, dass ich ihnen einfach keinen Wunsch abschlagen kann.«

Jo seufzte. »Ach, Liebling, selbst als Mutter bist du extravagant. Du erweist den beiden keinen Gefallen mit deinem Erziehungsstil.«

Josephine rückte näher an Jo heran. Er streckte seinen Arm aus, und sie bettete den Kopf darauf, sog die Wärme und den Geruch seiner Haut in sich auf. »Wahrscheinlich hast du recht, Jo. Ich gelobe, mich zu bessern. Zum Glück haben die Kinder dich, einen besseren Vater könnte ich mir nicht vorstellen.«

Was Josephines Hang, die beiden Jungen mit Liebe, Süßigkeiten und Spielsachen zu überschütten, noch verstärkte, war die Gewissheit, nicht ständig bei ihnen zu Hause sein zu können. Zwar trat sie regelmäßig in ihrem eigenen Theater auf, doch verdiente sie damit nur einen Bruchteil des Geldes, das sie für ihre Tourneen ins Ausland bekam. Da Renovierungsarbeiten anstanden und sie außerdem eine Erweiterung ihres Zoos plante, entschloss sie sich mit blutendem Herzen, für eine Weile zu verreisen, um Konzerte zu geben.

Richard stand mit laufendem Motor auf dem Kiesweg vor dem Schloss und wartete auf Josephine, um sie zum Flughafen nach Paris zu fahren, doch sie schaffte es kaum, sich von Akio und Janot loszureißen. Die beiden spürten wohl auch, dass ein Abschied bevorstand, und schrien aus voller Kehle. Jo hielt Akio auf dem Arm, der so wild mit Armen und Beinen strampelte, dass er jeden Moment auf die Erde zu gleiten drohte, Janot hing wie eine schlaffe Puppe auf Margarets Armen und weinte so hemmungslos, dass er ein ums andere Mal kurze Atemaussetzer hatte. Josephine küsste sie beide, nur mit Mühe die Tränen zurückhaltend. »Ich bringe es nicht fertig, sie zurückzulassen«, brach es aus ihr heraus. »Sie sind noch so klein und haben keine Zeitvorstellung, sie können nicht begreifen, dass ich wiederkomme.«

»Verständlich«, murmelte Carrie, die ihren Stammplatz unter der Ulme verlassen und sich zu ihnen gesellt hatte. Touristen auf dem Weg zum Museum und zum Restaurant schlenderten diskret, aber neugierig um die versammelte Familie herum und beobachteten die Szene. Jetzt im Herbst zog Les Milandes wieder Massen an Besuchern an. Der Park hatte sich in den prächtigsten Farben des Altweibersommers gefärbt, und die Obstbäume waren voller schwerer Äpfel und Birnen. »Kaum haben sich die armen Jungen eingewöhnt, reist ihre Mutter ab.«

Josephine sah wütend zu Carrie hinüber. Manchmal konnte sie die trockene Art ihrer Mutter kaum ertragen. »Du weißt, dass ich am liebsten hierbleiben und nie wieder weggehen würde«, erwiderte sie. »Und du weißt auch, wie viel Geld uns die Instandhaltung dieses riesigen Ferienparadieses hier kostet. Ich bin gezwungen, von Zeit zu Zeit auf Tour zu gehen, um die Kassen wieder zu füllen.« Das Wort *gezwungen* betonte sie so leidenschaftlich, dass Carrie zusammenzuckte.

»Mach dir keine Sorgen«, ging Margaret dazwischen, die versuchte, Janot zu beruhigen, der sich aus Protest ganz steif machte, »Elmo und ich unterstützen Jo, wo es nur geht.«

»Danke.« Josephine schluckte mühsam ihre Tränen herunter und gab Janot einen letzten Kuss. Dann wandte sie sich an Akio und küsste auch ihn, doch er schien dies in seiner verzweifelten Rage gar nicht zu merken.

Über das tobende Kleinkind hinweg verhakten sich ihre und Jos Blicke. »Bis ich wiederkomme, werden sie mich vergessen haben«, flüsterte sie erstickt.

»Unsinn«, widersprach Jo zärtlich, doch sie erkannte an seinen unsicher zuckenden Mundwinkeln, dass auch er keinesfalls überzeugt davon war, dass sich die Kinder an sie erinnern würden. »Ich erzähle ihnen jeden Tag von dir und zeige ihnen Fotos ihrer berühmten Maman.«

»Josie, komm jetzt, das Flugzeug wartet nicht auf dich«, drängte Richard, der, die Chauffeurmütze in den Händen, in der geöffneten Wagentür stand.

Josephine gab sich einen Ruck, küsste Jo ein letztes Mal, spürte dem salzigen Geschmack ihrer Tränen auf seinen Lippen nach und stieg in die Limousine. Als Richard anfuhr und die Räder langsam über den Kiesweg rollten, sah sie nicht zurück. Traurigkeit lastete schwer wie ein Felsbrocken auf ihr. Die Befürchtung, ihre Babys im Stich zu lassen, war schlimmer als alles, was sie in den dunkelsten Momenten ihres Lebens erfahren hatte.

Die Abende im hochgelegenen Bogotá waren sehr kühl. Josephine liebte die gepflasterten Straßen und bunten Kolonialhäuser der kolumbianischen Hauptstadt, deren Nachtleben einiges zu bieten hatte. Doch die Zeiten, in denen sie nach ihren Auftritten nachts noch die Bars unsicher gemacht hatte, waren längst vergangen. Auch heute verließ sie das *Teatro de Cristóbal Colón* gleich nach der Vorstellung, bei der das Publikum mehrfach eine Zugabe gefordert hatte. Eine Stola gegen den frischen Wind, der aus den Anden durch die Stadt fegte, um die Schultern gelegt, stieg sie in den vom Management des Theaters bereitgestellten Wagen, der sie allabendlich in ihr Hotel brachte. Als sie dort ausstieg und durch die gläsernen Drehtüren rasch im warmen Innern verschwinden wollte, sprach eine Frau sie an. »Señora?«

Josephine wandte sich um, die Stola fester um sich ziehend. Dem Erscheinungsbild nach schien die Frau eine Bäuerin aus dem Umland zu sein. Ihr Gesicht war durch die ständige Sonneneinstrahlung in den Bergen braun wie eine Mandel, die dicken schwarzen Haare zu einem Zopf geflochten. Sie trug die traditionelle Tracht der Kolumbianerinnen – einen langen schwarzen Rock, eine grobe weiße Bluse, eine rote bestickte Jacke und einen weichen roten Filzhut, dessen Ränder nach oben gebogen waren.

»Ja?« Josephine musterte die Frau, wobei ihr nicht entging, wie ärmlich diese wirkte. Ihre gebräunte Haut war von Sorgenfalten durchzogen, obwohl sie höchstens Ende zwanzig sein konnte.

Die Kolumbianerin legte die Hände wie zum Gebet aneinander und neigte ehrfürchtig den Kopf. »Ich habe gehört, Sie sind eine große berühmte Frau. Ich komme aus einem winzigen Bergdorf, aber selbst bei uns hat sich die Neuigkeit verbreitet, dass eine Berühmtheit in Bogotá abgestiegen ist.«

»Danke schön.« Josephine fröstelte zunehmend und überlegte, was die Bäuerin wohl von ihr wollen könnte.

»Ich habe außerdem gehört, dass Sie eine große Wohltäterin sind, Señora.«

Josephine zuckte verwirrt mit den Schultern, immer noch im Unklaren, worauf die Frau hinauswollte.

»Sie nehmen arme Kinder bei sich auf, erzählt man sich. So stand es zumindest in den Zeitungen.« Wieder verneigte sich die Frau voller Achtung. »Ich biete Ihnen ein weiteres an.«

Überrascht starrte Josephine sie an. Die Wendung des Gesprächs nahm absurde Züge an. Die Frau bot ihr ein Kind an? »Wie meinen Sie das?«

»Ich habe acht Kinder, Señora. Sie sind alle hübsch und gesund. Ich biete Ihnen eins davon an. Das jüngste. Meinen kleinen Jungen.« Die Frau sah auf Josephines Schuhe herab und sackte in die Knie.

Josephine berührte sie an der Schulter und bedeutete ihr aufzustehen. Diese Verehrung war ihr unangenehm. »Ich verstehe nicht. Kommen Sie doch erst mal mit hinein ins Warme. In Ihrer dünnen Jacke holen Sie sich noch den Tod.«

Offensichtlich hatte die Bäuerin noch nie ein derart elegantes und gediegenes Gebäude von innen gesehen, denn sie schaute sich in alle Richtungen um, staunend wie ein Kind. Josephine rutschte auf die Sesselkante vor und griff im weichen Licht der Deckenleuchten nach den Händen der Frau. Sie waren abgearbeitet und rau. »Also, was ist das für eine Geschichte, die Sie mir da erzählen? Sie wollen mir ein Kind anbieten? Es stimmt, ich habe zwei Waisenkinder adoptiert, aber Ihr Kind hat ja noch seine Eltern.«

Die Frau bemühte sich, ihren Blick von den goldenen Leuchtern und den Marmorsäulen abzuwenden. »Wir bewirtschaften einen kleinen Hof oben in den Bergen. Die Erträge sind sehr, sehr klein. Wir haben kaum genug zu essen, es reicht einfach nicht, um alle satt zu bekommen. Das Baby«, sie stockte, zog ein verschlissenes Taschentuch aus ihrer Rocktasche und presste es sich vor den Mund, um nicht laut aufzuschluchzen. »Das Baby ist einfach zu viel. Ich habe Angst, dass wir es nicht durchbringen. Nehmen Sie es mit, Señora, ich bitte Sie inständig!«

Josephines Gedanken überschlugen sich. Natürlich wollte sie noch weitere Kinder adoptieren, selbstverständlich auch eines aus Südamerika, aber doch keines, das noch Eltern hatte?

»Sie würden uns einen großen Gefallen tun«, flehte die Bäuerin.

»Wie heißen Sie überhaupt?«, fragte Josephine, um Zeit zu gewinnen. »Und wie heißt das Baby?«

»Ich bin Ana Valencia, und der Kleine heißt Gustavio. Sie können ihm aber jeden Namen geben, der Ihnen gefällt!«, beteuerte die Bäuerin. Nervös verknotete sie ihr Taschentuch.

»Wenn ich den Kleinen wirklich aufnehmen würde«, begann Josephine unentschlossen und streckte sogleich die Hand aus, um der in Freudentränen ausbrechenden Ana Valencia Einhalt zu gebieten, »dann würde ich den Kleinen nicht einfach so mitnehmen. Ich würde Ihnen etwas dafür geben. Einen anständigen Geldbetrag zum Beispiel, sodass Sie und Ihre anderen Kinder ein Auskommen haben.«

Ana sank vom Sessel auf die Knie und murmelte mit gesenktem Kopf eine Litanei aus Dankesworten.

»Stehen Sie auf«, forderte Josephine. »Man sieht schon zu uns her.« Tatsächlich beobachteten mehrere Hotelgäste und Angestellte das ungleiche Paar, bestehend aus dem eleganten und wunderschön zurechtgemachten Star und der einfachen Bäuerin auf den Marmorfliesen.

»Ich danke Ihnen vielmals«, wiederholte Ana, während sie sich zitternd erhob und sich wieder auf die Sesselkante setzte. »Gustavio wird es bei Ihnen gut haben, das weiß ich.«

»Also schön.« Josephines Herz pochte auf einmal wie wild. Zwar erfüllte sie die ganze Szene mit tiefer Traurigkeit – wie verzweifelt musste eine Mutter sein, um ihr eigen Fleisch und Blut wegzugeben? –, aber gleichzeitig fühlte sie sich wie berauscht von der unerwarteten Möglichkeit, Kolumbien mit einem dritten Kind zu verlassen. Einem südamerikanischen Kind, das sie ihrem Traum einer Regenbogenfamilie wieder einen Schritt näher brachte. »Geben Sie mir bitte Ihre Adresse. Mein Chauffeur wird mich morgen Vormittag in Ihr Dorf bringen. Sie können schon mal Gustavios Sachen einpacken. Ich werde Ihnen einen Scheck mit einer zufriedenstellenden Summe ausstellen. Ihr Sohn wird bei meinem Mann und mir in Frankreich ein liebevolles Zuhause finden, wir werden gut für ihn sorgen.«

»Danke, danke, danke.« Josephine befürchtete schon, Ana würde wieder auf die Knie fallen, doch die Kolumbianerin küsste ihr nur die Hand und beschrieb ihr den Weg zu ihrem Dorf. Dann stand sie auf, verneigte sich noch einmal und verschwand durch die Drehtüren hinaus in die kühle und windige Nacht.

Die Übergabe des Kindes am nächsten Tag verlief problemlos, auch wenn der Abschied der Eltern und Geschwister von dem Kleinen sehr tränenreich war. Josephine vermochte sich kaum vorzustellen, welch ein Sturm verzweifelter Gefühle in der Mutter tobte. Sie würde ihr Kind nie wiedersehen.

Der Junge jedoch war noch zu klein, um zu verstehen, was mit ihm passierte. Josephine streichelte und liebkoste ihn auf dem Weg zurück nach Bogotá ununterbrochen, mit seiner nussbraunen Haut und den störrischen schwarzen Haaren war er auch zu niedlich.

Erst als sie mit Luis – da ihr der Name schon lange gefiel, hatte sie den Jungen kurzerhand umbenannt – im Flugzeug nach Paris saß, fiel ihr ein, dass sie Jo nicht gefragt hatte, ob er mit Luis' Adoption einverstanden war. Sie hatte ihn noch nicht einmal informiert. Rasch schob sie die aufkeimenden Gewissensbisse beiseite. Die Angelegenheit war derart schnell über die Bühne gegangen, wie hätte sie Jo da kurzfristig erreichen können? Sie merkte wohl, dass sie ihre Unüberlegtheit vor sich selbst zu rechtfertigen versuchte, doch als sie in Luis' undurchdringlich schwarze Augen sah, schmolzen alle Zweifel dahin, und sie fühlte nichts als grenzenlose Liebe.

Zurück in Frankreich, nahm Jo die Ankunft eines dritten Kindes verhalten auf, so kurz, nachdem sie die beiden anderen Jungen aufgenommen hatten.

Zum großen Streit kam es allerdings erst wenige Monate später. Josephine reiste widerstrebend nach Helsinki – wieder war der Abschied von ihren drei weinenden und sich an sie klammernden Söhnen herzzerreißend –, um in der finnischen Hauptstadt eine Konzertreihe zu geben. Am Morgen nach dem letzten Auftritt ließ sie sich aus einem Impuls heraus zu einem Waisenhaus bringen, das ihr empfohlen worden war. Nebel ballte sich wie eine undurchdringliche, dicke Wand aus Watte über dem Meer zusammen, die Luft war so feucht, dass sie kleine Tropfen auf ihrer Haut spürte. Ihr Besuch in diesem Heim ähnelte dem in Tokio. Eine engagierte Leiterin führte sie herum, und wie in Japan verguckte sich Josephine Hals über Kopf in einen kleinen, zwei Jahre alten Jungen, der sie, in seinem Gitterbett sitzend, einen zerfransten Plüschhasen an sich gedrückt, anblickte. Seine Haut war weiß wie der Schnee, der in wenigen Wochen in Finnland fallen würde, seine Augen eisblau wie ein Bergsee. Er hieß Jari. Kaum zwei Stunden später verließ sie das Waisenhaus mit dem Kind auf dem Arm. Adoptionen waren in Finnland reine Formsache; sie musste einen gewissen Geldbetrag bezahlen und durfte das Kind mitnehmen, das sie mit seinen großen, klaren Augen ansah, als rätselte es, in welche fremde Welt sie es brachte.

Josephine und Jari landeten erst am Abend in Paris, sodass es fast Mitternacht war, bis sie, von Richard chauffiert, in Les Milandes eintrafen. Ihr Bruder warf Josephine, die mit dem schlummernden Baby in den Armen auf der Rückbank saß, im Rückspiegel einen stirnrunzelnden Blick zu. »Ich weiß nicht, was ich davon halten soll, dass du schon wieder ein neues Kind anschleppst, Josie.«

Sie war zu müde und zu glücklich, um ihm zu erklären, wieso sie auch von dieser Konzertreise ein Kind mitbrachte, doch sein wegwerfender Tonfall verletzte sie. »Ich schleppe Jari nicht an«, entgegnete sie, den kleinen Jungen an sich drückend. »Ich bringe ihn zu uns nach Hause, um ihm ein gutes Leben zu ermöglichen. Mit Sicherheit ein besseres, als er es im Waisenhaus hätte.«

Richard schüttelte verständnislos den Kopf. »Du sammelst Kinder wie Souvenirs. Das kann nicht gesund sein.«

»Was weißt du schon davon?«, fuhr sie ihn an. Er verstand dieses hehre Ideal nicht, dem sie nacheiferte, diese Liebe und Brüderlichkeit, an dem sich ganze Staaten ein Beispiel nehmen konnten.

Richard klang hart, als er antwortete. »Nichts.«

»Ach, komm schon, du weißt, dass ich es nicht so gemeint habe. Danke für die Fahrt«, murmelte sie dann erschöpft, als sie, Jari fest in den Armen, vor dem Schloss aus dem Auto stiegen. Richard trug ihr das Gepäck in die Eingangshalle, wünschte ihr kurz angebunden eine gute Nacht und verschwand in seinen Räumen.

Jari war inzwischen aufgewacht und lugte mit weit aufgerissenen blauen Augen unter seiner Decke hervor, in die Josephine ihn warm eingewickelt hatte. Sie schlich mit Jari auf dem Arm die Treppe hinauf, da es sehr spät war und gewiss schon alle schliefen.

Leise stieß sie die Tür zum Kinderzimmer auf. Da Jari die Lider zufielen, obwohl er im Flugzeug lange geschlafen hatte, legte sie ihn gleich ins Bettchen. Gänsehaut überzog ihre Arme, als sie ihn zärtlich zudeckte. Jetzt schlief in jedem der vier Betten ein Junge. Ihre Familie war komplett. Zumindest hatte sie nun vier Kinder bei sich aufgenommen, so wie es von Anfang an geplant gewesen war. Zwar spürte sie tief in sich noch ein kleines Loch, so etwas wie eine Lücke, die darauf wartete, gefüllt zu werden, doch darüber würde sie später nachdenken, nicht heute Nacht.

Ergriffen betrachtete sie den schlafenden Jari. Fahles Mondlicht fiel durch einen Spalt zwischen den Vorhängen und tauchte sein helles Gesicht in milchigen Schein. Sie strich ihm noch einmal sachte über die rosigen Wangen, dann wandte sie sich zu den übrigen Betten um, um nach den anderen Kindern zu sehen. Akio und Janot schliefen tief und fest, beide ein Stofftier umklammernd. Luis war nirgends zu sehen. Erschrocken versuchte sie in der Dunkelheit des Raumes, etwas auszumachen. Auf dem Sofa, auf dem sie sich für die tägliche Gutenachtgeschichte aneinanderschmiegten, erkannte sie eine dunkle Silhouette. Als sie näher heranging, sah sie Jo zwischen den Kissen und Polstern liegen, vollständig angekleidet, das Hemd jedoch halb aufgeknöpft und zerknittert; auf seiner Brust lag Luis und bewegte sich unruhig.

Sie kniete sich neben das Sofa und berührte Jo leicht an der Wange. »Jo!«, wisperte sie. »Ich bin wieder da.«

Jo schrak sofort hoch, anscheinend hatte er nicht tief geschlafen. »Josephine! Du bist wieder da, Liebling.« Umständlich hob er den Kopf, wobei er sich bemühte, Luis nicht zu wecken, und küsste sie zart auf die Lippen.

Josephine legte ihren Kopf an seine Schulter. »Warum liegst du mit Luis auf der Couch?«

Völlig erschöpft rieb Jo sich die Stirn. »Er wollte einfach nicht einschlafen und hat zwei Stunden am Stück geschrien. Ich habe ihm was vorgesungen, ihn herumgetragen, nichts half. Damit die anderen zwei nicht auch noch wach wurden, habe ich mich mit ihm auf das Sofa gelegt. Es war ein harter Tag heute, Josephine. Im Hotel gab es einen Wasserrohrbruch, zwei der Esel waren krank, die Obstbäume haben irgendeine Seuche, und eigentlich müsste ich mich noch um einen Stapel Rechnungen kümmern. Dazu komme ich heute wohl nicht mehr. Ich bin vollkommen erledigt.«

»Ich habe eine Überraschung, die dich bestimmt aufmuntern wird.« Josephine sah ihm in der Finsternis in die Augen, die erwartungsvoll auf sie gerichtet waren. »Unser viertes Kind. Ich habe in Helsinki unser viertes Kind gefunden. Warte, ich nehme dir Luis ab, dann kannst du ihn dir ansehen. Er liegt im Bettchen.«

Jo hob den Kopf und starrte sie wortlos an, dann ließ er sich schwer in die Kissen zurücksinken. Da es so dunkel war, konnte Josephine seinen Gesichtsausdruck mehr erahnen als sehen.

»Komm, sieh dir den Kleinen an. Er ist ganz hell, er hat eine Haut wie Schnee. Er ist wunderschön«, flüsterte sie.

Jo verbarg das Gesicht in den Händen und stöhnte leise auf. »Josephine. Ich weiß nicht, was ich sagen soll.«

»Sag, dass du dich freust«, flehte sie, an seinem Hemdkragen herumspielend. »Dass du dich so freust, wie ich mich freue. Wir wollten von Anfang an vier Kinder adoptieren, und das ist uns nun gelungen. Vier kräftige, gesunde, aufgeweckte Jungs. Unsere Söhne.«

»Ja, das hatten wir so geplant«, stimmte Jo zu. Er klang, als wäre er ganz weit weg. »Aber wir hatten nicht geplant, dass du das alles allein durchziehst, ohne dich vorher mit mir abzustimmen. Das geht so nicht, Josephine! So etwas kannst du nicht machen!«

Er stieß die Worte so heftig aus, dass sie wie geschlagen zurückzuckte.

»Die Gelegenheit war perfekt«, rechtfertigte sie sich. »Wir wollten noch ein helles, europäisches Kind. Skandinavien war der perfekte Ort, um ein solches zu finden!«

Jo rang seine Hände, als habe er Mühe, sich zu beherrschen. Er setzte sich auf und kroch vom Sofa, Luis fest an sich gedrückt. Vorsichtig trat er zu dem leeren Kinderbett und legte den Kleinen hinein. Dieser gab keinen Mucks von sich, drehte sich zur Seite und schlief weiter.

Jo betrachtete den Neuankömmling im Bett daneben, dessen Wimpern im Mondlicht fast unmerkliche Schatten auf seine hellen Wangen warfen.

Josephine trat neben ihn und griff nach seiner Hand, doch er schüttelte sie ab.

»Er heißt Jari«, murmelte sie.

»Warum hast du mich nicht vorher gefragt, ob ich mit seiner Adoption einverstanden bin?« Jos Stimme klang dumpf und distanziert. »Warum bestimmst du immer allein? Ich weiß, du bist eine starke Frau, die schon einiges durchgemacht hat. Aber ich bin dein Mann, und wir sollten solche Entscheidungen gemeinsam treffen. Doch du ignorierst meine Wünsche vollkommen. Ja, du fragst noch nicht mal danach!«

Josephine verschränkte die Arme vor der Brust. »Es war auch dein Wunsch, vier Kinder zu adoptieren, hast du das vergessen?«

»Nein«, fuhr er sie an, »das habe ich nicht vergessen. Aber ich dachte, wir sprechen uns über den richtigen Zeitpunkt ab. Du hast alles allein entschieden. Dass es für mich vielleicht kein guter Moment ist und ich lieber noch gewartet hätte, weil ich Hals über Kopf in der Verwaltung dieses gigantischen Anwesens stecke, interessiert dich offensichtlich nicht. Du reist munter durch die Gegend und adoptierst ein Kind nach dem anderen, dann lässt du mich einige Zeit später mit ihnen allein, und ich muss mich um alles kümmern.«

»Das ist ungerecht, und das weißt du auch«, zischte Josephine. In ihr brodelte es, doch um der schlafenden Kinder willen bemühte sie sich, nicht laut zu werden. »Du weißt ganz genau, dass ich viel lieber mit den Kindern zu Hause wäre, als Konzerte zu geben! Aber wir müssen schließlich von irgendetwas leben! Du predigst mir doch immer, wie knapp das Geld ist und welche Unsummen uns Les Milandes kostet!«

»Verdammt richtig«, knirschte Jo. »Hör zu, Josephine. Du hast mir jetzt bereits zum zweiten Mal zwischen Nacht und Nebel ein neues Kind präsentiert. Das kann so nicht weitergehen, verstehst du? Ja, ich wollte Kinder, aber ich dachte, wir gehen die Sache gemeinsam und überlegt an. Stattdessen hast du mich immer außen vor gelassen. Versprich mir, dass jetzt Schluss ist!«

Sie konnte nichts erwidern, denn die Gedanken überschlugen sich in ihrem Kopf. Wie sollte sie Jo klarmachen, dass sie ihm dieses Versprechen nicht geben konnte?

Jo heftete seinen Blick auf sie; aus seinen Zügen las sie heraus, wie verletzt und gleichzeitig schockiert er war. »Josephine ... Sage mir bitte nicht, du willst noch mehr Kinder adoptieren.«

Langsam schüttelte sie den Kopf. Alles in ihr schrie danach, noch ein fünftes und vielleicht ein sechstes Kind aufzunehmen. Es war so wundervoll, Kinder zu haben! Sie glaubte, zu bersten vor Liebe. Wie aufregend es war, Akio, Janot, Luis und nun Jari auf ihrem Lebensweg zu begleiten. Und je größer die Kinder wurden, desto deutlicher würden sie der Welt beweisen, wie friedlich sie trotz ihrer so unterschiedlichen Herkunftsländer miteinander leben konnten. Ihre Familie würde wie die Vereinten Nationen sein, ein Symbol der Gleichheit und Nächstenliebe. Konnte Jo nicht verstehen, dass jedes weitere Kind sie noch ein Stück weit erfüllter und glücklicher machen würde?

Doch sie musste sich zusammenreißen. Jo hatte seinen Standpunkt deutlich gemacht. Er wollte nicht noch mehr Kinder, und das musste sie akzeptieren. Vorerst zumindest. Vielleicht würde er seine Meinung noch ändern, wenn die Kinder älter wurden und er sah, wie wunderbar sie gediehen. Doch für den Moment musste sie klein beigeben. Alles andere würde ihre Ehe nicht verkraften.

»Nein, Jo, es ist gut. Belassen wir es bei vier Kindern.«

»Versprochen?«

Josephine zögerte nur kurz. »Ja, versprochen.«

12

November 1955

Josephine zog den Pelzkragen ihres Mantels enger um den Hals. Obwohl es im Büro des Bankbeamten angenehm warm war, fröstelte sie. Vielleicht lag dies aber auch nur an ihren angespannten Nerven oder dem Regen, der unablässig gegen die Scheibe prasselte, durch die man einen verschwommenen Ausschnitt des grauen Pariser Winterhimmels sah.

Monsieur Dupin, der in einem korrekten dunkelbraunen Anzug vor ihr saß und sich unablässig über seinen Schnurrbart strich, schüttelte unmerklich den Kopf, während er Josephines Akte studierte.

»Was sagen Sie, Monsieur?« Sie hielt es kaum noch aus abzuwarten, wie sein Urteil über ihre finanzielle Situation ausfiel. »Können Sie mir einen weiteren Kredit gewähren?«

»Sie bringen mich in eine schwierige Lage, Madame Baker.« Monsieur Dupin lehnte sich zurück und verschränkte die Arme vor der Brust. Hinter ihm hingen alte Ölgemälde an der Wand, Porträts von Adeligen aus der Zeit vor der Französischen Revolution mit Perücken und Samtumhängen. »Les Milandes läuft offenbar gut, wie ich Ihren Bilanzen entnehmen kann.«

Josephine nickte heftig, um jeden Zweifel über ihre Kreditwürdigkeit zu beseitigen. »Absolut. Wir haben jeden Tag Hunderte von Besuchern. Und jetzt, wo der Winter anbricht, wird es zwar etwas weniger, aber unser Restaurant, das Theater und das Museum sind weiterhin gut besucht.«

»Trotzdem«, Monsieur Dupin beugte sich wieder vor und stützte die Ellenbogen auf dem Schreibtisch ab, »Ihre Ausgaben sind noch immer größer als Ihre Einnahmen, meine Liebe.«

»Das ist auch ein Grund, warum ich noch weiter in das Anwesen investieren möchte. Mir spukt schon lange die Idee im Kopf herum, mich in meinem Weltdorf, wie die Presse Les Milandes nennt, nicht nur um das Vergnügen der Menschen zu kümmern, sondern auch um die Bildung. Was gibt es Wichtigeres als die Ausbildung unserer jungen Leute?«

Der Bankbeamte nickte gewichtig. »Sicher, Madame, aber …«

»Und deshalb habe ich Pläne entworfen, um auf Les Milandes ein Collège zu bauen. Eine Stätte des Wissens, an der junge Menschen jeglicher Hautfarbe oder Herkunft studieren können.«

Monsieur Dupin seufzte. »Das ist ein sehr ehrgeiziger Plan, Madame Baker. Ich befürchte, ein wenig zu ehrgeizig. Ein Collège würde mindestens ein zusätzliches, groß angelegtes Gebäude bedeuten, die Einstellung von Lehrern und Dozenten, Sie bräuchten zudem Möglichkeiten, die Studenten unterzubringen. Sie gastieren zurzeit am *Olympia Theater*, nicht wahr?«

Josephine, die gerade zu einer ausführlichen Erläuterung ansetzen wollte, wie sie sich das künftige Collège der Brüderlichkeit, wie sie die Schule insgeheim nannte, vorstellte, schluckte ihre zurechtgelegten Worte hinunter und antwortete schlicht: »Ja.«

Nach den vielen Touren ins Ausland war sie sehr froh, wieder in Frankreich verpflichtet zu sein. Zwar wohnte sie unter der Woche in einem Hotel in Paris, konnte jedoch immer mal wieder für ein oder zwei Tage nach Hause fahren und Zeit mit ihren Kindern verbringen, die sie schmerzlich vermisste.

»Sie haben mir hier Ihre Einnahmen am Olympia aufgelistet.« Dupin blätterte erneut durch seine Unterlagen. »Zwar verdienen Sie sehr gut, Madame, trotzdem reichen Ihre Rücklagen nicht für ein derart großes Unterfangen wie der Errichtung eines Collèges.«

»Aber«, brach es enttäuscht aus Josephine hervor, »ich bin unermüdlich auf Tour, ich arbeite mehr, als dass ich zu Hause bin!«

»Das mag sein.« Der Bankbeamte seufzte und sah sie mit seinen wässrigen blauen Augen müde an. Einen Moment schwiegen sie beide, während sie überlaut den Regen vernahmen, der gegen das Fenster schlug und in langen Rinnsalen herablief. »Um ehrlich zu sein – und als Ihr Bankberater ist es meine Pflicht, Ihre Lage ehrlich einzuschätzen –, kann ich mir nicht vorstellen, wie das Projekt Les Milandes auf Dauer überleben soll, ob mit oder ohne Collège.«

»Bitte?« Schockiert sah Josephine Dupin an; ihr war plötzlich, als habe man sie mit einem Kübel Eiswasser übergossen. »Das ist nicht Ihr Ernst. Dieses Schloss und alles, wofür es steht, sind mein Lebenswerk, ich habe unendlich viel Geld, Herzblut und Arbeit hineingesteckt. Und wie ich schon gesagt habe, wir haben jeden Tag unzählige Besucher!«

»Das glaube ich Ihnen.« Dupins Gesichtsausdruck wurde ungewohnt weich, was sie noch stärker verunsicherte. »Trotzdem – es stehen doch ständig Reparaturen und Erneuerungen an; die ganze Umgebung steht bei Ihnen in Lohn und Arbeit. Ihre Ausgaben sind immens. Ihr Mann geht seinem Beruf nicht mehr nach, nicht wahr?«

»Nein.« Josephines Stimme klang dumpf. »Er verwaltet Les Milandes und kümmert sich um die Kinder, wenn ich beruflich unterwegs bin.«

»Nun, ein zweites Einkommen würde nicht schaden. Aber ich verstehe natürlich, dass jemand bei den Kindern bleiben muss.« Dupin schloss sanft Josephines Akte und räusperte sich. »Es tut mir sehr leid, Madame, aber ich kann Ihnen keinen weiteren Kredit gewähren.«

Auch gegen die Autoscheiben prasselte unaufhörlich der Regen, ließ die Pariser Avenuen grau und trostlos erscheinen. Die Bäume reckten sich nackt und blätterlos einem tief hängenden Himmel entgegen. Richard steuerte die Limousine durch die kopfsteingepflasterten Gassen eines außerhalb gelegenen Arrondissements und hielt schließlich vor einem alten Backsteinhaus, das hinter einem hohen Zaun lag. Die Büsche in dem gepflegten Vorgarten glänzten nass.

Richard hielt ihr die Wagentür auf, sodass Josephine aussteigen und unter den schwarzen Schirm schlüpfen konnte, den er über sie hielt. Gemeinsam holten sie körbeweise ausrangierte Spielsachen und Kleider ihrer Söhne aus dem Kofferraum.

Richard feixte. »Sieht ganz so aus, als sei Jo der Meinung, eure Kinder hätten zu viele Sachen, wenn er darauf besteht, dass du den Kram einem Waisenhaus spendest.«

Josephine presste die Lippen zusammen. Tatsächlich hatte Jo ihr wieder einmal vorgeworfen, sie überhäufe die Jungs mit Geschenken. Er hatte sie an ihr knappes Budget erinnert und verlangt, einen Großteil der Spielsachen und der Kleidung, aus der die Kinder herausgewachsen waren, armen, elternlosen Kindern zu spenden. »Mag sein. Hilf mir doch mal mit dem schweren Korb. Ich habe nicht ewig Zeit. Ich muss um sieben im *Olympia* sein.«

Über den nassen Asphalt trugen sie die Körbe zum schmiedeeisernen Tor des Waisenhauses. Während sie darauf warteten, dass man ihnen öffnete, berührte Josephine wehmütig die ausrangierten Pullover und Hosen ihrer Söhne sowie die samtigen Stofftiere, die nun die elternlosen Kinder erhalten sollten. Sie wusste ja selbst, dass sie das Geld manchmal zu unbedacht ausgab. Früher, in jungen Jahren, hatte sie Unsummen für Schmuck und elegante Kleider verschleudert. Sie war ihre gesamte Kindheit und Jugend über bettelarm gewesen und hatte nie gelernt, mit Geld umzugehen. Jetzt, als Mutter, war es ihr nicht mehr wichtig, sich selbst schön auszustaffieren; nun profitierten ihre Söhne von ihrem sorglosen Umgang mit Geld. Sie kaufte ihnen niedliche Hemden und weiche Pullover aus teurer Wolle, und auch bei Spielsachen konnte sie nicht Nein sagen.

»Bonjour, Madame, Monsieur«, grüßte ein Dienstmädchen und ordnete rasch ihre etwas zerzauste Hochsteckfrisur. »Madame Leroy erwartet Sie bereits, zurzeit ist es leider etwas chaotisch bei uns, weil ...«

Sie konnte ihren Satz nicht zu Ende bringen, da sie von einem Schrei unterbrochen wurde. Josephine zuckte zusammen, denn das Geräusch schien von einem sehr jungen Säugling zu stammen, so schwach und kläglich klang es.

»Vor einer Viertelstunde wurde uns ein Findelkind auf die Türschwelle gelegt«, berichtete das Dienstmädchen aufgeregt.

»Dann ist mein Besuch wohl nicht so passend«, meinte Josephine und starrte unschlüssig auf die Körbe, die sie und Richard in den Händen hielten. Doch von drinnen näherte sich mit energischen Schritten bereits die Vorsteherin des Waisenhauses, Madame Leroy.

»Meine liebe Madame Baker«, sagte sie und ergriff Josephines Hände. Auch sie wirkte trotz ihres makellosen grauen Kostüms und des strengen Dutts ein wenig verstört. »Das ist schon in Ordnung, kommen Sie nur herein. Wir haben ja einen Termin vereinbart.«

Richard übergab der Heimleiterin seine Körbe und zog sich dann zum Auto zurück, während Josephine Madame Leroy mit dem dritten Korb ins Haus folgte. Aus dem oberen

Stockwerk drang das Geplapper vieler Kinder zu ihr, doch hier unten befanden sich nur die Büroräume. Durch eine offene Tür erspähte Josephine zwei weitere Dienstmädchen, die sich um ein Körbchen scharten, in dem ganz offensichtlich das Findelkind lag. Sie schmolz bei seinem Anblick dahin. Wie sie vermutet hatte, musste es sich um ein Neugeborenes handeln. Es war lediglich mit einem zerschlissenen Tuch bedeckt und strampelte und weinte erbärmlich.

»Das arme Kleine«, entfuhr es ihr unwillkürlich, als sie ihren Korb im Flur abstellte.

»Nicht wahr?« Madame Leroy betrachtete das Baby mitleidig. »Es ist unvorstellbar – der Junge wurde bei dieser Kälte und dem Regen einfach vor unsere Tür gestellt. Bis auf die Windel und das dünne Tuch ist er nackt! Sein Zustand ist erbärmlich. Ich habe sofort nach dem Arzt schicken lassen.«

Ohne sich dessen bewusst zu sein, trat Josephine durch die Tür, um das Baby von Nahem zu betrachten. Seine Ärmchen, die wild umherfuchtelten, waren mager wie Streichhölzer, und das rot angelaufene Gesicht hatte nichts von der zarten Rosafärbung der Babys, die sie kannte. Es sah unterernährt und elend aus.

Die Heimleiterin wickelte den Säugling in eine warme Decke. »Marie, wärme etwas Milch auf. Ich weiß nicht, wann der Kleine das letzte Mal gefüttert wurde. So wie er aussieht, liegt seine letzte Mahlzeit lange zurück.«

Marie eilte davon. Madame Leroy nahm das Kind mitsamt der Decke aus dem Körbchen und wiegte es in ihren Armen. Josephines Augen hingen an dem Kleinen. Es schnitt ihr in die Seele, dass ein solch winziges Wesen so vernachlässigt und dem Tod näher als dem Leben sein konnte. »Wer setzt sein Baby einfach so aus?«, fragte sie entsetzt. »Wie bringt man so etwas fertig?«

»Das kommt öfter vor, als man denkt«, erklärte Madame Leroy traurig. »Oft sind es junge, unverheiratete Mütter, die ihr Kind weggeben, um sich die Schande zu ersparen, ein uneheliches Kind zu haben. Meistens halten diese Frauen ihre Schwangerschaft geheim und trennen sich bald nach der Geburt von dem Säugling. Oder es handelt sich um in Armut lebende Frauen, die bereits mehrere Kinder haben und nicht noch eins durchfüttern können.«

»Mein Gott, wie furchtbar.« Das Geschrei des Jungen übertönte Josephines Worte, wurde dann aber schwächer, so als ginge ihm allmählich die Energie aus. Schließlich klang seine Stimme so heiser, dass nur mehr ein klägliches Maunzen zu vernehmen war, wie das eines kleinen verzweifelten Kätzchens.

Die Angestellte kam zurück, und der Junge bekam eine Flasche warmer Milch. Er trank so gierig, dass er sich mehrmals verschluckte, die Flüssigkeit in die Luftröhre bekam und keuchte. Dann begann er wieder zu schreien, als kämpfe er um sein Leben, bis er den Sauger wieder zwischen den Lippen spürte und erneut heftig zu saugen begann.

Josephine betrachtete das Kind voller Traurigkeit. »Darf ich ihn mal halten?«, fragte sie leise, als der Kleine nach den letzten Schlucken ermattet eingeschlafen war.

Madame Leroy legte ihn ihr sachte in die Arme. Wie leicht er war, dachte Josephine überwältigt, er wog kaum mehr als eine Feder; ihre vier Söhne dagegen waren mit ihren zwei, drei Jahren und den kernigen, gut genährten Körpern eine ganz andere Gewichtsklasse.

Sie spürte sein heftig wummerndes Herz, als sie ihn an sich drückte. Die Zuneigung, die sie plötzlich für ihn empfand, überwältigte sie.

»Hier, Madame«, sagte sie leise und gab der Heimleiterin den Säugling zurück.

Als ihr Auftritt am *Olympia Theater* beendet war, holte Richard sie ab und brachte sie nach Hause nach Les Milandes. Inzwischen war es empfindlich kalt geworden, und der Winter hatte das Land fest im Griff. Die Felder rings um das Dorf waren mit feinem Raureif bedeckt und glitzerten in den zaghaften Strahlen der fahlen Sonne. Die Sehnsucht nach ihren Kindern trieb Josephine, kaum dass Richard ihr Gepäck in der Eingangshalle abgestellt hatte, in das obere Stockwerk. Auf der Treppe begegnete ihr Carrie, die einen dicken Wollschal um den Hals gebunden hatte und vor sich hin hustete.

»Ma! Bist du krank?« Josephine blieb eine Treppenstufe unter ihrer Mutter stehen und musterte diese besorgt.

»Bronchitis, sagt der Arzt.« Carrie bemühte sich sichtbar um eine leidende Miene.

»In diesem alten Kasten von Schloss muss man ja krank werden. Du und Jo heizt ja nicht richtig. Überall zieht es durch die Ritzen, manche Zimmer sind eiskalt. Kein Wunder, dass ich eine Lungenentzündung bekommen habe.«

»Eben war es noch eine Bronchitis, jetzt ist es noch eine Lungenentzündung«, widersprach Josephine, die Augen verdrehend. »Wir können es uns einfach nicht leisten, alle Zimmer des Schlosses zu heizen. Das wäre zu teuer. Ich schlage vor, du hältst dich in den beheizten Räumen auf und geisterst nicht den ganzen Tag durch die Flure und Zimmer, die kalt sind.«

»Wie du meinst«, entgegnete Carrie steif. »Ich sage der Köchin, sie soll mir eine Hühnerbrühe zubereiten, und ziehe mich auf mein Zimmer zurück.«

»Wir sehen uns später«, seufzte Josephine und stieg die Treppe hoch.

Im Kinderzimmer spielte das neu eingestellte Kindermädchen Juliette mit den Jungs; als sie Josephine sahen, sprangen sie alle auf und klammerten sich an ihre Beine. Durch ihre langen Abwesenheiten ergriff sie jede Gelegenheit, ihren Söhnen nah zu sein.

»Meine Süßen.« Josephine strich jedem über den Kopf und setzte sich auf das Sofa, wobei sie Jari und Luis auf ihren Schoß zog und Akio sowie Janot rechts und links von sich platzierte. »Ist heute etwas Besonderes vorgefallen?«, wandte sie sich an Juliette, eine hübsche dunkelhaarige Frau in einem einfachen dunkelblauen Kleid.

»Nein, Madame, alles verlief nach Plan.« Juliette reichte ihr das Büchlein, in dem Josephine ihr regelmäßig ausführliche Anweisungen und Essenspläne für die vier Jungen aufschrieb. Rasch überflog sie die tabellarische Auflistung. Töpfchentraining, Vorlesestunde, Obstsnack, Spaziergang an der frischen Luft und Mittagessen waren in Juliettes sauberer Handschrift abgehakt.

»Sehr schön. Dann steht als Nächstes euer Mittagsschlaf an.« Zufrieden legte Josephine das Büchlein auf den Tisch.

Anfangs war das Leben mit vier Kindern im gleichen Alter chaotisch und unübersichtlich gewesen, seit sie jedoch regelmäßig Tabellen mit Aufgaben anlegte, die sie, Jo und das Kindermädchen abarbeiteten, hatte sie ihren Alltag besser unter Kontrolle. Ihre Geschwister neckten sie und bezeichneten sie als kontrollbesessen, doch jedes kleine bisschen Struktur half.

»Jetzt muss ich nach eurem Papa sehen«, verkündete sie und hob die Kleinen behutsam von der Couch. »Seit ich aus Paris zurück bin, habe ich noch gar nicht richtig mit ihm gesprochen.« Als die Kinder begriffen, dass sie dabei war, sie allein mit Juliette zurückzulassen, flossen die Tränen. Janot hielt sich laut schluchzend an ihrem Kleidersaum fest.

Juliette eilte ihr zu Hilfe und nahm den Kleinen auf den Arm. »Ruhig, es ist alles gut. Es ist nur, dass die Kinder Sie so wenig zu sehen bekommen, Madame. Darunter leiden sie sehr.«

Josephines Magen zog sich zusammen; Juliettes belehrender Tonfall ärgerte sie – was ging es das Kindermädchen an, wie oft sie zu Hause war oder nicht? Wenn sie es sich aussuchen könnte, dann würde sie selbstverständlich viel mehr Zeit mit ihren Söhnen verbringen. Doch sie schluckte eine harsche Bemerkung hinunter, ignorierte Juliette und versprach den Jungs, nach dem Mittagsschlaf sofort wieder zu ihnen zu kommen und mit ihnen zu spielen.

Im Salon brannte ein Feuer im Kamin, doch anscheinend war es erst vor Kurzem angezündet worden, denn es war noch eiskalt im Raum. Josephine schlang fröstelnd die Arme um sich.

»Hallo, Liebling.« Sie trat zu Jo, der in einem dicken Strickpullover am Sekretär saß, wie immer über einen Berg an Unterlagen gebeugt, und schlang die Arme um ihn. Als er sich nicht rührte, sah sie ihn irritiert an. »Was ist los, Jo?«

»Sag du es mir.« Jo sah müde und abgekämpft aus, und die tiefen Falten auf seiner Stirn verrieten die Sorgen, die er sich um die Finanzen des Anwesens machte. Oder war da noch etwas anderes?

»Was meinst du?« Ein leises Schluchzen vom anderen Ende des Salons ließ sie herumschnellen. Sofort bekam sie feuchte Hände, und sie wurde glühend rot im Gesicht. Hektisch suchte sie nach Worten, um sich zu rechtfertigen.

»Das … das ist …«, stammelte sie.

»Ein Baby?«, half Jo kühl aus.

Sie nickte. »Ja. Ein Baby.«

Margaret stand vor dem Kamin, in dem das Feuer knisterte und flackerte, und schaukelte einen in eine himmelblaue Decke gewickelten Säugling, der im Schlaf die Fäustchen ballte.

Josephine widerstand dem Drang, sofort zu ihrer Schwester zu laufen, ihr das Kind aus den Armen zu nehmen und es behutsam zu wiegen, seine zarte Haut zu berühren und zu liebkosen. Jo wartete auf eine Erklärung; die Augenbrauen grimmig zusammengezogen, sah er sie an.

»Wir sind aus allen Wolken gefallen, als das Kind heute Morgen bei uns abgegeben wurde«, berichtete Margaret leise. »Es wurde abgeliefert wie eine Postsendung! Unglaublich. Die Frau, die es brachte, gab an, eine Mitarbeiterin eines Pariser Waisenhauses zu sein. Wir waren so überrumpelt, dass wir das Baby erst mal behielten. Das muss doch ein riesengroßes Missverständnis sein, Josie, oder?«

Josephine zog sich einen mit Samt überzogenen Hocker heran und kauerte sich vor den Sekretär. »Es ist kein Missverständnis, Liebster. Ich wollte mit dir reden, aber nun wurde Jean-Claude bereits zu uns gebracht, bevor ich die Gelegenheit dazu hatte. Es stimmt, er kommt aus einem Waisenhaus.«

Jo hielt seinen Bleistift so verkrampft in der Hand, dass dieser brach. Sein Gesicht sah plötzlich aschfahl aus. »Jean-Claude. So heißt er also.«

»Ja.« Josephine sprudelten die Worte, mit denen sie Jo den ganzen Hergang erklärlich machen wollte, nur so aus dem Mund. »Ich ... Es ist nicht geplant gewesen, glaub mir. Der Kleine war gerade als Findelkind auf der Schwelle des Waisenhauses gefunden worden, als ich mit Richard unsere Spenden abgeben wollte. Jean-Claude war halb verhungert und sehr schwach. Er ist einfach so in den Regen gelegt worden. Mein Herz hat geblutet, als er so jämmerlich geweint hat. Ich hatte das Gefühl, keine Wahl zu haben, ich musste ihn bei uns aufnehmen, damit er seine Chance im Leben bekommt. Die Adoption hat ein wenig gedauert, weil er noch ohne Papiere war, deshalb hat man mir angeboten, ihn später direkt zu mir nach Hause zu bringen.«

Jo lauschte ihren sich überschlagenden Worten, ohne sie zu unterbrechen. Dann sagte er lediglich: »Du hast es wieder getan, Josephine.« Die Erschöpfung, die ihn umgab wie eine schwarze Wolke, und sein frostiger Ton trafen sie schmerzlich.

Josephine schaute hektisch zu Margaret, die mit dem Baby vor dem Kamin auf und ab ging und dem dick eingewickelten Bündel beruhigende Worte ins Ohr flüsterte.

»Es war anders als die anderen Male«, beeilte sie sich zu sagen. »Ich hatte nicht vor, ein Kind zu adoptieren, aber Jean-Claude wurde in einem Weidenkörbchen gefunden, wie Moses im Schilf. Sein Leben hing am seidenen Faden. Jeder hätte in dieser Situation gehandelt wie ich und sich seiner angenommen. Auch du hättest ihn mitgenommen, um ihn aufzupäppeln und ihm ein Zuhause zu schenken.«

Jo lehnte sich zurück und verschränkte die Arme vor der Brust. Seine ganze Körperhaltung wirkte ablehnend. »Nein, da irrst du dich, ich hätte ihn nicht mitgenommen. Wie dir vielleicht entgangen ist, haben wir bereits vier Kinder, die uns fordern, dazu ein Urlaubsparadies, in dem jeden Tag neue Probleme auftreten. Heute zum Beispiel waren mehrere Tiere krank, eine Kuh ist bei der Geburt ihres Kälbchens fast gestorben, im Restaurant fiel die gesamte Elektrik aus, und ein Gast im Hotel gab seinen Schmuck als gestohlen an, sodass ich mich zusätzlich zu allem anderen noch zwei Stunden mit der Polizei herumschlagen musste.«

»Aber so chaotisch wie heute ist es doch nicht immer«, wandte Josephine flehend ein. »Dass die Kuh heute kalbte und die Elektrik den Geist aufgab und im Hotel etwas gestohlen wurde, das war eine einmalige Sache!«

»War es nicht!«, schnitt er ihr das Wort ab und sah sie mit funkelnden Augen an. »Auf einem derart großen Anwesen läuft immer irgendwas schief! Und auch an ruhigen Tagen muss ich mich noch immer um meine ganz normale

Arbeit kümmern und nebenbei noch die Kinder versorgen, weil du meistens auf Tour bist. Und jetzt hast du noch ein fünftes Kind hergebracht, um das ich mich kümmern muss, wenn du nicht da bist. Ich weiß nicht, wie ich das alles schaffen soll!« Er raufte sich die Haare, dann vergrub er zu Josephines Entsetzen das Gesicht in den Händen und schluchzte. Jo am Ende seiner Kräfte zu sehen ertrug sie nur schwer.

»Liebling.« Unbeholfen strich sie ihm über den Arm, doch er rührte sich nicht.

»Ich komme kaum dazu, die Rechnungen zu bezahlen, mit der Buchhaltung bin ich vier Wochen im Rückstand, im Restaurant sind dringend Reparaturen an den Wasserleitungen notwendig, doch ich komme einfach nicht dazu, das in Angriff zu nehmen«, murmelte er erstickt. »Die Jungs bekommen gerade alle gleichzeitig Zähne – was will man erwarten, sie sind nun einmal im gleichen Alter. Sie alle vier weinen viel und wollen auf meinem Arm herumgetragen werden. Sie schreien die halbe Nacht. Kaum ist einer eingeschlafen, fängt der Nächste an zu weinen. Ich kann nicht mehr, Josephine. Ich kann einfach nicht mehr. Wir beide sind fast fünfzig, wir sind zu alt für so etwas. Und jetzt kommt noch ein fünftes Kind dazu. Noch dazu ein Säugling, ein absolut hilfloses und verletzliches Wesen.«

Heftige Gewissensbisse senkten sich wie ein heißer Stein in Josephines Magen hinab. Verzweifelt durchforstete sie ihr Gehirn auf der Suche nach Worten, mit denen sie Jo trösten konnte; gleichzeitig spähte sie immer wieder zu Margaret hinüber, die das Baby hielt. Sie hielt es kaum aus, tatenlos auf dem Hocker zu verharren, am liebsten wäre sie zum Kamin gelaufen, hätte Jean-Claude geküsst, seine babyzarte Haut berührt und ihn mit Liebe überschüttet, um ihm die Urängste, die er sicherlich entwickelt hatte, als er im kalten Novemberregen vor den Türen des Waisenhauses gelegen hatte, für immer zu nehmen.

»Ich konnte nicht anders!«, stieß sie hervor. »Versteh das bitte, Jo!«

»Das Schlimmste an der ganzen Sache«, murmelte Jo, als habe er sie nicht gehört, »ist, dass du mich belogen hast. Als du mit Jari nach Hause gekommen bist, hast du mir das Versprechen gegeben, dass es bei vier Kindern bleiben wird. Einen Dreck hast du dich um meine Wünsche geschert. Du hast dein Versprechen gebrochen. Ich weiß nicht, ob ich dir noch vertrauen kann.«

Schwankend erhob er sich, schob Josephine grob zur Seite, um an ihr vorbeizukommen, und verließ das Zimmer.

Eine ganze Weile vernahm man im Salon nichts als die brennenden Holzscheite im Kamin, die knackten und knisterten. Schließlich stand Josephine mit wackligen Knien auf, ging zu ihrer Schwester und nahm ihr Jean-Claude ab. Er schien wild zu träumen, denn sein Köpfchen bewegte sich unruhig hin und her.

»Ich konnte ihn einfach nicht allein im Waisenhaus zurücklassen, verstehst du das, Margaret?«, flüsterte sie.

Ihre Schwester zuckte die Achseln. »Das musst du mit Jo klären, nicht mit mir. Elmo, Richard und ich unterstützen euch gerne, wo es nur geht, aber am Ende des Tages sind es eure Kinder.«

13

Juli 1957

Die Sonnenstrahlen, die durch die Spalten der Vorhänge blinzelten, kitzelten Josephine in der Nase und weckten sie. Jo neben ihr lag auf dem Rücken, ohne sich zu rühren, sein Atem ging so flach, dass man meinen konnte, eine leblose Gestalt neben sich zu haben. Josephine musterte einen Moment lang sein aschgraues Gesicht, dann schlüpfte sie aus dem Bett und streifte sich ihren Morgenmantel über. Sehnsucht nach ihren Kindern brannte in ihr. Sie war spät in der Nacht von einer ihrer Reisen heimgekehrt – sie hatte an der Elfenbeinküste ein neues Krankenhaus eingeweiht. Aufgrund ihres Engagements für Bürgerrechte war sie ein gern gesehener Gast bei solchen Veranstaltungen. Ihre Kinder hatte sie das letzte Mal vor zwei Wochen gesehen. Zwar hatte sie im vergangenen Jahr beschlossen, sich von der Bühne zurückzuziehen, um mehr Zeit zu Hause zu verbringen, doch erhielt sie noch immer Einladungen zu Vorträgen oder Einzelauftritten, die sie des leidigen Geldes wegen nicht ausschlagen konnte. Ständig taten sich neue finanzielle Löcher auf, die sie stopfen mussten.

Die Flure des Schlosses lagen in morgendlicher Stille. Carrie, Margaret und Elmo schienen noch zu schlafen. Richard hatte letztes Jahr nach seiner Hochzeit mit einer Frau aus dem Dorf sein eigenes Haus bezogen.

Die Kleinen wachten meistens früh auf, vor allem jetzt im Sommer, und auch heute wuselten sie munter umher. Ihre sieben Jungs und ihre einzige Tochter rannten wild durcheinander, bewarfen sich mit Kissen und kletterten über die Bettgestelle, die nebeneinander aufgereiht standen. Richard hatte einmal bemerkt, unter dem Dach sähe es aus wie in einem Kinderheim. Juliette schien die einzig andere Erwachsene zu sein, die schon wach war. Sie versuchte, einen nach dem anderen einzufangen, anzuziehen und zu kämmen. »Bleib stehen, Jean-Claude, du Schlingel! Hierher, Marianne, damit ich dir mit den Knöpfen helfen kann! Luis, lass Jari in Ruhe, und wasch dir das Gesicht!«

Wie immer ging es zu wie in einem Taubenschlag, sodass Josephine sich unbemerkt über die Wiege beugen konnte, unter deren zartblauem Himmel das jüngste ihrer Kinder mit großen, fast schwarzen Augen zu ihr aufsah: Es war Koffi, gerade einmal wenige Monate alt. Ihn hatte sie von der Elfenbeinküste mitgebracht. Wieder einmal hatte sie es nicht über sich gebracht, ein Waisenkind den örtlichen Institutionen zu überlassen.

»Hallo, kleiner Mann, schaust du dich in deinem neuen Zuhause um?« Zärtlich griff sie nach einem seiner winzigen

Finger. Koffi umklammerte ihre Hand sofort, als wolle er sie nie wieder loslassen.

In diesem Moment bemerkten die anderen Kinder ihre Mutter und warfen sich jubelnd auf sie. Josephine wurde umgestoßen und landete rücklings auf einem der Kinderbetten. »Maman, du bist wieder da!«

»Maman, hast du uns etwas mitgebracht?«

»Maman, Luis hat mich jeden Tag geärgert!«

Die Kinder redeten und riefen allesamt durcheinander, es war für Josephine unmöglich, etwas zu verstehen oder sich einem Einzelnen zu widmen. »Meine Süßen, nicht alle durcheinander, ich habe nur zwei Ohren!«, rief sie lachend und umfing mit weit ausgestreckten Armen so viele Kinder wie möglich. Marianne kämpfte sich mithilfe ihrer Ellenbogen durch ihre Brüderschar hindurch und warf die Arme um Josephines Hals. »Maman, du darfst nie wieder weggehen! Es ist schrecklich ohne dich! Die Jungs ziehen mich die ganze Zeit an den Haaren!«

»Mein armer Engel.« Josephine strich ihr über die langen braunen Haare, die ihr noch ungeflochten über den Rücken hingen.

»Marianne hat es wieder sehr schwergenommen, dass Sie weg waren, Madame.« Juliette, wie immer in einem adretten dunklen Kleid, näherte sich zaghaft mit der Haarbürste in der Hand. »Sie hatte täglich Tobsuchtsanfälle, warf sich auf den Boden und schrie, dass die Wände wackelten. ›Ich will zu Maman‹, brüllte sie unentwegt. Weder Monsieur Bouillon noch jemand anderer vermochte sie zu beruhigen.«

»Jetzt bin ich ja wieder da«, beruhigte Josephine sowohl

das Kindermädchen als auch ihre Tochter. »Und habt ihr schon gesehen, dass ich euch ein neues Brüderchen mitgebracht habe?«

Brahim, ein kleiner Junge, den sie in Algerien adoptiert hatte, wandte sich gelangweilt ab und trottete freiwillig zu Juliette, um sich die Hosenträger schließen zu lassen. »Dann sind wir jetzt zu neunt.«

Die anderen Kinder ließen sich von Josephine zu der Babywiege ziehen, um den neuen Bruder zu begutachten.

»Er hat eine ganz dunkle Haut«, stellte Jari fest, der das hellste und blasseste ihrer Kinder war.

»Ja, er kommt von der Elfenbeinküste«, erklärte Josephine liebevoll. Meine kleinen Vereinten Nationen, dachte sie mit zugeschnürter Kehle.

Im nächsten Moment fing das Baby an, zu schreien wie am Spieß. Sein Gesichtchen färbte sich dunkelrot und legte sich vor Schmerz in unzählige Falten.

Moïse und Jean-Claude zeigten mit dem Finger auf Marianne. »Maman, sie hat das Baby gekniffen!«

Josephine sah ihre Tochter durchdringend an, doch diese schob nur trotzig die Unterlippe vor und verschränkte die Arme vor der Brust.

»Ich will kein neues Brüderchen, Maman! Ich will dich für mich ganz allein!«

»Du weißt, dass das nicht geht. Was fällt dir ein, diesem winzigen Baby wehzutun!«, fuhr Josephine ihre Tochter an, die beleidigt davonstürmte, sich auf ihr Bett warf und ihr Gesicht ins Kissen drückte.

Janot und Luis, die beide sehr sensibel veranlagt waren,

begannen, leise zu weinen, und auch das schreiende Baby verlangte nach Trost. Einen Moment lang hatte Josephine das Gefühl, sich auf einem Karussell zu befinden, das sich in schwindelerregender Schnelligkeit drehte. Ihr Kopf dröhnte, und sie hörte ein lautes Rauschen, das das Geheul der Kinder übertönte.

»Es ist gut, meine Süßen«, versuchte sie, sie zu trösten, und umschlang mit den Armen so viele Kinder wie möglich. »Alles ist gut.«

Marianne schmollte noch immer, doch die Jungen drückten sich an sie. Sie murmelte noch ein paar beruhigende Worte, überließ das Feld dann aber bereitwillig Juliette, die herbeieilte und die Tränen trocknete.

Jo schlief noch immer, als sie ins Schlafzimmer zurückkam, um sich anzukleiden. Zwar war es ein Sonntag, aber auch an den Wochenenden stand ihr Mann üblicherweise früh auf, da immer eine Menge erledigt werden musste. Freie Tage kannte er nicht. Sie ließ ihn schlafen, musterte noch einmal seine ungesunde Gesichtsfarbe und zog ein kniebedecktes marineblaues Kleid aus dem Schrank, dessen Rock sich in viele Falten legte. Sie war nun einundfünfzig Jahre alt; äußerlich erinnerte kaum noch etwas an die junge Frau mit den geschmeidigen Gliedern, die aufreizend und leicht bekleidet die Bühnen Europas in ihren Bann geschlagen hatte. Nein, sie wirkte wie eine Frau mittleren Alters, mütterlich und vernünftig angezogen. Die kurzen schwarzen Haare und die Brille verstärkten diesen Eindruck noch.

Sie selbst hatte nichts dagegen, als ernste Frau wahrgenommen zu werden. Ihre wilden Zeiten lagen weit hinter ihr und waren ihr manchmal ein wenig peinlich, wenn sie genauer über die Eskapaden ihrer Jugend nachdachte. Der Gedanke, ihre Tochter könne einmal eine ähnliche Karriere wie sie einschlagen und das Publikum mit ihren weiblichen Reizen bezirzen, gefiel ihr nicht. Das Showbusiness war hart und wankelmütig, und sie wollte diesen Weg ihren Kindern ersparen.

Von Juliette unterstützt, verbrachte sie den Tag mit den Kindern draußen. Koffi lag im Kinderwagen und schlummerte, während die Größeren mit den Affen durch den Park tobten, sich am Brunnen nass spritzten oder in das Baumhaus kletterten, das Richard ihnen gebaut hatte. Carrie saß wie immer auf ihrem Schaukelstuhl unter der Ulme und verwöhnte die Kinderschar mit Keksen. Es erfüllte Josephine mit Freude, unter welch paradiesischen Umständen ihre Söhne und ihre Tochter aufwuchsen. Zwar achtete sie akribisch darauf, dass sie den Unterricht in der Schule ernst nahmen, doch durften sie darüber hinaus auf dem ganzen Schlossgelände herumtoben, wie es ihnen beliebte.

Josephine, die ab und zu den Kinderwagen schaukelte, damit das Baby nicht aufwachte, genoss die Julisonne, die ihr warm auf die Schultern schien, und trank in kleinen Schlucken einen Eistee. Ob Jo wohl den ganzen Tag im Bett verbringen wollte? War er etwa krank? Als sie vor einer Woche an die Elfenbeinküste geflogen war, erfreute er sich noch bester Gesundheit.

Am späteren Nachmittag schlug die Stimmung um; Koffi schrie gerade und verlangte die Flasche, als Janot angerannt kam und atemlos berichtete, Luis und Moïse würden sich im Schwimmbecken unter Wasser drücken, und er hätte Angst, einer von beiden würde ertrinken.

»Du musst sofort kommen, Maman! Sie bringen sich um!«

»Um Himmels willen!«, rief Josephine erschrocken und rief laut nach Juliette, die jedoch nirgends in Sicht war. »Wo ist diese Frau nur, wenn man sie braucht? Ich kann unmöglich neun Kinder gleichzeitig im Auge behalten.« Verärgert rannte sie zuerst zum Schwimmbad, um die beiden keuchenden Jungs aus dem Wasser zu ziehen und ihnen Schwimmverbot zu erteilen, bevor sie mit dem Baby auf dem Arm in die Küche lief, um sich von der Köchin Säuglingsnahrung erwärmen zu lassen.

Sie war verschwitzt und erledigt, als sie schließlich mit Koffi auf dem Arm, der friedlich an der Flasche nuckelte, wieder unter ihrem Sonnenschirm saß. Das Leben mit neun Kindern forderte sie, und oft überforderte es sie sogar. Hatte Jo vielleicht doch recht gehabt mit seiner Befürchtung, sie hätten zu viele Kinder? Aber sie wollte keines ihrer geliebten Kleinen missen, die ihr Schloss mit Leben und Liebe füllten.

Wie ein Schatten trat plötzlich Jo zu ihr und ließ sich auf den Stuhl neben ihr fallen. Er war mager und bleich.

»Fühlst du dich nicht wohl, Liebling? Du siehst sehr erschöpft aus.«

Jo mied ihren Blick und starrte zum Brunnen hinüber. Marianne und Brahim lieferten sich jauchzend eine Wasserschlacht und liefen barfuß über die überflutete Erde.

»Kind Nummer neun«, war alles, was Jo mit ausdrucksloser Miene herausbrachte.

»Koffi ist ein Waisenkind«, begann sie schnell und tupfte dem Säugling ein wenig verschüttete Milch von der Wange. »Seine Mutter ist tot, ich brachte es nicht fertig, ihn allein ...«

Jo unterbrach sie mit einer schwachen Handbewegung. »Erspar mir das. Es ist immer dieselbe Geschichte, die du mir erzählst. Ich liebe alle unsere Kinder, das weißt du, aber ich kann nicht mehr.«

»Das verstehe ich«, sagte sie weich und legte ihm in einer zärtlichen Geste die Hand auf den Arm. Sie spürte, wie er zitterte. »Das Leben mit Kindern ist sehr anstrengend, niemand weiß das besser als wir beide. Aber die Kleinen geben uns so viel. Sieh sie dir an, sie sind das blühende Leben, und sie entwickeln sich prächtig. Bei uns geht es ihnen tausendmal besser, als es ihnen in irgendeinem Waisenhaus ergangen wäre. Vielleicht solltest du dich einfach ein paar Tage ausruhen, dann sieht alles wieder viel positiver aus. Leg dich ins Bett, und schlaf dich aus.«

Jo gab einen traurigen Laut von sich. »Du verstehst mich nicht, Josephine. Du verstehst mich schon lange nicht mehr. Ich bin so erschöpft – das lässt sich nicht mehr mit ein wenig Schlaf beheben. Ich kann einfach nicht mehr.«

Josephine legte Koffi zurück in den Kinderwagen, wo er sofort einschlummerte. Sie setzte sich wieder neben Jo, und sie verharrten beide stumm und regungslos nebeneinander. Josephine vernahm das laute Lachen und Rufen ihrer Kinder, sie sah Marianne und Brahim, die klatschnass um den

Brunnen tollten, sah Akio ins Baumhaus klettern, Jari, wie er sich von Carrie einen Keks geben ließ. Und trotzdem fühlte sie sich wie betäubt, so als ziehe das Leben in diesem Moment an ihr vorüber, ohne dass sie daran teilnahm. Sie hatte Angst um Jo. Wenn er nicht mehr konnte – was wurde dann aus ihr und den Kindern? Sie brauchte Jo, konnte sich nicht vorstellen, ohne ihn zu existieren. Die Ahnung, dass dieses Gespräch eine sehr unschöne Wendung nehmen würde, legte sich schwer und bedrohlich auf ihre Brust.

»Was können wir tun?«, flüsterte sie.

»Ich glaube, es gibt nichts, was wir machen können«, murmelte Jo dumpf. Durch die Art, wie er das Wörtchen *wir* betonte, wurde ihr noch unbehaglicher zumute. »Weißt du, Josephine, ich fühle mich schon lange nicht mehr als Teil eines Ehepaars. Zwischen uns gibt es seit Langem keine Zweisamkeit, geschweige denn zärtliche Momente mehr. Wie sollte dergleichen auch möglich sein, wir haben ja immer diese große Kinderschar um uns herumspringen. Ich habe das Gefühl, wir beide sind eher Leiter eines Kinderheims und kein Paar. Kein Liebespaar.«

Seine Worte trafen sie hart, sodass sie regelrecht panisch wurde ... Auf was wollte Jo hinaus? Liebte er sie nicht mehr? Das würde sie nicht ertragen.

Heiser fügte Jo hinzu: »So habe ich mir meine Ehe und mein Familienleben nicht vorgestellt.«

In Josephine zerbrach etwas; sie war unendlich enttäuscht darüber, dass Jo sich durch ihren Traum einer großen Regenbogenfamilie belastet fühlte. Diese Erkenntnis erweckte den schlafenden Drachen der Wut, der seit jeher in unerwarteten Momenten in ihr zum Vorschein kam und Feuer spuckte. »Dann solltest du gehen«, brach es aus ihr heraus. »Wenn alles so schrecklich ist, dann geh doch! Lass dich nicht aufhalten!«

Jo ließ sich nicht von ihr provozieren. Er sah sie zum ersten Mal während dieses Gesprächs an; der abgrundtief verzweifelte, hoffnungslose Ausdruck in seinen braunen Augen erschreckte sie. »Du musst mir glauben, ich liebe die Kinder. Und auch dich. Aber es wächst mir alles über den Kopf. Das Schloss, das Anwesen, die Kinder, die immer mehr werden. Es ist, als ob ich hilflos neben meinem Leben stehe und keinerlei Kontrolle mehr darüber habe.«

Er stand mit hängenden Schultern auf. »Ich fahre nach Paris und versuche, bei einem alten Bekannten unterzukommen. Ich melde mich, sobald ich weiß, wo ich wohne.«

Steif starrte sie ihm nach, wie er sich in Richtung Schloss schleppte. Ein zermürbter, resignierter Mann. Doch sie konnte ihn nicht so einfach ziehen lassen. Sie war so wütend und fassungslos – wie konnte er sie nur so stehen lassen? Zugleich wurde sie immer stärker von der Angst ergriffen, einsam zurückzubleiben. »Geh nur«, brach es aus ihr heraus. »Lass mich ruhig allein mit den Kindern zurück, du elender Feigling!«

Plötzlich war sie umringt von ihren Kindern, die sich an sie drängten und sie furchtsam ansahen. »Wo geht Papa hin?«, fragte Janot, an dessen Wimpern bereits die Tränen hingen, und im nächsten Moment weinte und schluchzte ein jedes der Kinder bitterlich, das Baby eingeschlossen. Sie breitete die Arme aus und versuchte, alle in ihre Umarmung einzuschließen, aber es waren einfach zu viele Kinder, als dass sie alle Platz unter ihren Armen gefunden hätten.

Die nächsten Tage verbrachte sie wie in Trance. Richard erklärte sich etwas widerstrebend bereit, Jos Pflichten zu übernehmen, bis sich eine andere Lösung ergab. Josephine kämpfte sich durch ihren Alltag, versuchte, sich um die Kinder und das Allernötigste zu kümmern, und hoffte jede Sekunde inständig, Jo möge unerwartet zurückkommen. Doch die Wahrscheinlichkeit war gering, das wusste sie nur zu gut. Er hatte sie gleich am Tag nach seinem Auszug angerufen und ihr die Adresse des Freundes mitgeteilt, bei dem er in Paris untergekommen war. Jeden Tag verlangte er, die Kinder am Telefon zu sprechen, auf keinen Fall wollte er das Band zu ihnen zerreißen lassen. Er war ihnen immer ein liebevoller und aufopferungsbereiter Vater gewesen.

Wie jeden Sonntag half Josephine Juliette, alle Kinder in ihre schönste weiße Kleidung zu stecken, um für das wöchentliche Pressefoto vor den Toren des Schlosses zu posieren. Aufgereiht lächelten sie dann in die Kameras; jedes dieser Bilder würde durch alle Zeitungen gehen und beweisen, dass Josephine Baker es geschafft hatte, ihren Traum zu verwirklichen. Auf ihrem idyllischen Anwesen lebten neun Kinder aus aller Herren Länder friedlich und ohne Vorurteile wie leibliche Geschwister zusammen. Josephine selbst wurde in den Zeitungsartikeln als »Weltmutter« bezeichnet, von deren Visionen sich Politiker aller Kontinente eine Scheibe abschneiden konnten.

»Ich komme mir immer vor wie ein Affe, wenn ich dastehen und grinsen soll«, murmelte Akio sauer, als sie nach erledigter Pressearbeit zum Château zurücktrotteten. Mit seinen neun Jahren war er ein recht kritischer Geist, und er nahm kein Blatt vor den Mund.

Josephine, die sich innerlich wund und ausgehöhlt fühlte vor Kummer, fehlte heute die Geduld für sein Genörgel. »Wieso solltest du dir wie ein Affe vorkommen? Diese Fotos, die die Reporter von uns machen, sind wichtig. Sie zeigen allen Lesern, wie unser Konzept universeller Brüderlichkeit und Gleichberechtigung funktioniert.«

»Ist mir egal«, nörgelte der Junge. »Ich will, dass Papa wiederkommt.«

Josephine seufzte und schluckte eine Antwort hinunter. Sie selbst wünschte sich nichts anderes. Sie vermisste Jo schmerzlich, trug es ihm aber noch immer nach, dass er sie hier mit den Kindern allein ließ. Sicher, sie hatte in den vergangenen Jahren den Bogen überspannt und ein paar mehr als die vereinbarten vier Kinder zu sich geholt, doch hatte er nicht immer wieder betont, wie sehr er alle Kinder lieb gewonnen hatte? Sie war nun einmal spontan und oft unbedacht, war es ihr gesamtes Leben schon gewesen, und sie hatte einfach nicht widerstehen können, diese verwaisten, bedürftigen Geschöpfe mit zu sich nach Hause zu nehmen. Und hatte er ihr nicht immer wieder versichert, dass er sie trotz oder gerade deswegen so liebte, weil sie impulsiv und spontan war? War Koffi der Tropfen gewesen, der das Fass zum Überlaufen gebracht hatte?

Wahrscheinlich alles zusammen, dachte sie düster, als sie mit den Kindern im Schlepptau die Eingangstür des

Schlosses erreichte. Die immer unübersichtlichere Rasselbande, die finanziellen Sorgen – in dunklen Stunden teilte sie die Ansicht ihres Bankbeamten Monsieur Dupin, Les Milandes auf Dauer nicht halten zu können – und die nie enden wollende Arbeit für das Vergnügungszentrum und das Schloss.

Ein heftiger Sommerregen begann niederzugehen, überflutete in Sekunden den Vorplatz und die Wege. Na herrlich, dachte sie müde, jetzt konnten die Kinder, nachdem sie aus den eleganten weißen Kleidern geschlüpft waren, nicht wieder draußen spielen, sondern waren gezwungen, drinnen zu bleiben. So wie es schüttete, sah es nach Dauerregen aus.

Eine Stunde später quälten sie Kopfschmerzen; die Kinder tobten durch das Schloss, als wäre es ein Spielplatz, Akio und Janot spielten Fangen, indem sie über die Sofas und Tische kletterten, Moïse und Brahim kickten den Fußball in der Eingangshalle umher, wobei prompt ein goldgerahmter Spiegel und eine kostbare Vase zu Bruch gingen, und Marianne malte sich das Gesicht mit Josephines Schminkutensilien an und hinterließ rote und schwarze Abdrücke auf der seidenen Bettwäsche. Jean-Claude, Luis und Jari rutschten das geschwungene Treppengeländer herunter, bis sie in einer Art Massenkarambolage ineinanderkrachten und alle heulend und mit aufgeschlagenen Knien und Beulen am Kopf zu Boden gingen. Koffi, der glücklicherweise weder laufen noch toben konnte, weinte im Hintergrund. Josephine zählte innerlich bis zehn, um nicht in die Luft zu gehen. In Momenten wie diesen hatte sie sich nur schwerlich unter Kontrolle. Zu dumm, dass Juliette ausgerechnet heute ihren freien Nachmittag hatte! Wenn nur Jo da wäre!

Die Sehnsucht nach ihm ließ sie auf das Sofa sinken und den Kopf in den Händen vergraben. Sie schluchzte so heftig, dass es sie am ganzen Körper schüttelte. Natürlich war sie sich der Kinder bewusst, die sofort zur Stelle waren, sich um sie scharten und flüsternd wissen wollten, warum ihre Maman so fassungslos war.

»Was ist los, Maman?«

»Bist du traurig?«

»Ist es, weil Papa weg ist?« Jari schlang seine dünnen Arme um sie, wodurch sie sich nur noch trostloser fühlte.

»Holt euch etwas Schokolade aus der großen Kiste in der Vorratskammer«, stieß sie erstickt heraus, »und verteilt sie gerecht.« Die Kinder ließen sich das nicht zweimal sagen und flitzten davon.

»Schokolade als Ablenkungsmanöver?«, hörte sie da die Stimme ihrer Schwester von der Tür her. »Hältst du das für eine gute Idee?«

»Hast du vielleicht eine bessere?«

Margaret kam kopfschüttelnd näher und setzte sich zu ihr auf das Sofa. Sie kramte ein Taschentuch aus der Tasche ihres flaschengrünen Rocks und reichte es Josephine.

»Armes Schwesterchen«, murmelte sie und schlang die Arme um sie. »Dir geht es so schlecht, und niemand kann dir helfen?«

Josephine schnäuzte in das Taschentuch. »Ich schaffe es nicht ohne ihn. Es geht nicht. Er war immer mein Fels in der Brandung. Bei jedem finanziellen Engpass wusste er einen

Ausweg. Er konnte so gelassen mit den Kindern umgehen, was man von mir nicht gerade behaupten kann.«

»Nein.« Margaret lächelte und strich Josephine über die kurzen schwarzen Haare. »Nicht unbedingt. Schluck deinen Stolz herunter, und bitte Jo zurückzukommen. Sonst gehst du hier unter und die Kinder auch. Die Kleinen haben allesamt eine schwierige Vergangenheit hinter sich. Es wäre eine Tragödie für sie, wenn sie nach ihren leiblichen Eltern nun auch noch ihren Ziehvater verlieren würden.«

»Ich weiß. Miki hat mir bei einem Telefonat gestern Ähnliches gesagt.« Josephine tupfte sich die Augen ab und versuchte, eine gerade Körperhaltung einzunehmen. »Nun gut, ich werde es versuchen. Ich fahre nach Paris und rede mit Jo. Könntest du hier die Stellung halten und auf die Kinder aufpassen?«

Am nächsten Tag traf sie sich mit Jo zur Mittagszeit in einem Nachtklub in Montmartre, in dem er mit seinem ehemaligen Orchester allabendlich auftrat. Es waren dieselben Musiker, die sie während des Krieges in Nordafrika bei ihren Auftritten vor den alliierten Truppen begleitet hatten. Wehmut schnürte ihr die Kehle zu, als sie an einem Tisch saß, auf Jo wartete und den Männern zuhörte, wie sie probten. Ihre gemeinsame Zeit mit Jo in Afrika schien wie aus einem anderen Jahrhundert. So viel war geschehen seitdem, ihr Leben erschien ihr nun viel reicher und ausgefüllter zu sein als damals, wenn es momentan auch eher einem Scheiterhaufen glich.

Sie hielt sich an einem Glas Wasser fest, das ihr der

Klubbesitzer gebracht hatte. Offiziell war das Lokal noch geschlossen, würde erst am Abend öffnen. »Jo Bouillon und Band« stand in geschwungenen Buchstaben auf einem bunten Plakat am Fenster und machte Lust auf einen abwechslungsreichen musikalischen Abend.

Ob Jo seine Musik in den letzten Jahren vermisst hatte?, überlegte Josephine. Er hatte nie den Eindruck gemacht, lieber auf der Bühne zu stehen, als sich um Les Milandes und die Kinder zu kümmern, aber konnte sie wissen, was wirklich in ihm vorgegangen war? Aus Liebe zu ihr hatte er seinen Beruf hintangestellt. Sie hatte dies nie verlangt, aber es hatte sich so ergeben, dass sie bekannter und erfolgreicher war als er und deshalb sie diejenige war, die umherreiste, um Konzerte zu geben und Geld zu verdienen. Seine Rolle war zwangsläufig die des Hausmannes gewesen. Das war eine außergewöhnliche Tätigkeit, sie hatte noch nie eine Familie getroffen, bei der es sich genauso verhielt. Bei allen Freunden und Bekannten, die sie hatte, blieb selbstverständlich die Frau zu Hause und kümmerte sich um die Kinder.

Ihn zu sehen versetzte ihr einen Stich. In einem karierten Hemd, die Ärmel lässig hochgerollt, kam er aus einem der Nebenzimmer, wechselte ein paar scherzhafte Worte mit den Musikern, die an ihren Instrumenten herumschraubten, und trat zu ihr. Noch immer hatte er tiefe Falten auf der Stirn, doch sie musste zugeben, dass er insgesamt besser und erholter aussah. Seine Gesichtsfarbe wirkte gesünder, und er strahlte eine Energie aus, die sie schon lange nicht mehr an ihm wahrgenommen hatte.

»Josephine.« Er küsste sie flüchtig auf die Wange und nahm ihr gegenüber Platz.

»Jo.« Sie räusperte sich, sah ihm in die braunen Augen, vermochte deren Ausdruck nicht zu deuten und senkte den Kopf. »Du siehst gut aus. Schläfst du besser?«

»Ein wenig.«

»Wir vermissen dich alle. Die Kinder und ich. Du fehlst uns schrecklich.«

Stumm sah er sie an, fixierte sie, als wolle er einschätzen, wie sehr sie sich nach ihm sehnte, und nahm dann einen Umschlag aus seiner Hemdtasche. »Nimm das bitte mit. Da ist das Geld drin, das ich in der letzten Woche verdient habe. Verwende es für die Kinder. Auch wenn ich weg bin, werde ich euch finanziell unterstützen. Und sag den Kindern, ich komme sie nächste Woche besuchen.«

Bestürzt starrte sie das Kuvert an, weigerte sich aber, es anzufassen, so als habe sie Angst, sich daran die Finger zu verbrennen. »Das klingt so endgültig, Jo. Als hättest du dich bereits entschieden, nicht zurückzukommen.«

Eine Weile schwiegen sie beide. Von der Straße drang das sorglose Gelächter von Passanten zu ihnen herein, und durch die offene Tür wehten Essensgerüche von den angrenzenden Restaurants. Menschen nahmen an den Tischen des Straßencafés gegenüber Platz, um Kaffee oder einen Imbiss zu bestellen, während sie, Josephine, das Gefühl hatte, ihr Leben würde endgültig in sich zusammenfallen.

»Wir waren ein glückliches Paar«, murmelte Jo schließlich schmerzlich. »Der Krieg war beendet, und die Welt gehörte uns. Aber dann jagten wir deinem Projekt der Regenbogenfamilie nach und verloren uns beide darin. Deine Regenbogenfamilie würde ich als vollen Erfolg bezeichnen, aber unsere Ehe blieb auf der Strecke.«

Josephine verknotete die Hände ineinander, um dem Drang zu widerstehen, seine Finger zu berühren. »Aber die Regenbogenfamilie war doch nicht nur mein Traum, sondern auch deiner! Ich verstehe dich nicht.«

Er klang so traurig, dass es ihr wie mit einem Messer in die Seele schnitt. »Ja, es war auch ein Stück weit mein Traum. Aber in einem viel kleineren Rahmen, Josephine. Ich habe dir immer deutlich gemacht, dass ich nicht mehr als vier Kinder möchte. Vier Kinder hätten wir noch stemmen können, ohne uns zu verlieren.«

»Aber wir haben doch auch acht gestemmt, und der kleine Koffi wird sich ebenfalls in unsere bunte Gemeinschaft einfügen«, widersprach sie verzweifelt. Sie wusste, sie redete sich um Kopf und Kragen, aber sie griff nach jedem Strohhalm, um Jo zur Rückkehr zu überreden.

»Du hast recht, Josephine, doch zu welchem Preis?« Er konnte ihr nicht mehr ins Gesicht sehen und starrte auf die Tischplatte.

»Gib uns noch eine Chance, Jo, ich bitte dich!« Sie beugte sich ganz dicht zu ihm, ihre Worte kaum mehr als ein eindringliches Flüstern. Sämtliche Muskeln in ihrem Körper waren so angespannt, dass sie glaubte zu zerreißen.

Jos Mundwinkel zuckten, und er drehte den Kopf zur Seite. »Ich komme die Kinder so oft wie möglich besuchen, richte ihnen das aus.«

»Eine letzte Chance«, raunte sie, heiser vor Verzweiflung.

Er räusperte sich und wischte sich in einer unbeholfenen Bewegung über die Stirn. »Ich …«

»Bitte!«

»Gut«, murmelte er. »Versuchen wir es. Ein letztes Mal, Josephine, denn ich bin wirklich am Ende.«

Sie ergriff seine Hände, was sie sich die ganze Zeit untersagt hatte, und drückte sie fest. Sie war erleichtert. Er würde mit nach Hause kommen. Sie würde alles tun, um die Chance zu nutzen. Es würde zweifellos schwer werden, den neun Kindern verantwortungsbewusste Eltern zu sein und sich dabei ein kleines bisschen auf ihr Glück als Paar zu besinnen, doch sie konnten es schaffen.

Doch trotz ihrer Freude verspürte sie einen kleinen Stachel der Sorge in sich wachsen, denn Jo sah keineswegs so glücklich aus, wie sie sich das wünschte.

14

August 1963

Josephine trat auf den Balkon ihres Hotelzimmers und blickte hinaus auf den Lincoln Park, der in der nachmittäglichen Augusthitze brütete. Sie konnte kaum glauben, dass sie sich seit ein paar Stunden in Washington, D.C. befand. Der Gedanke, nach zwölf Jahren wieder amerikanischen Boden zu betreten, das Land, in dem sie geboren war, erschien irreal, wie aus einem fernen Traum. Die Öffentlichkeit hatte den Eklat im *Stork Club* zu Beginn der Fünfzigerjahre mittlerweile vergessen, sie selbst aber nicht. Damals hatten ihr die amerikanischen Behörden klar zu verstehen gegeben, dass sie nicht mehr länger willkommen war.

Aber nun, ein Jahrzehnt später, war sie mehr als willkommen. Man hatte sich geradezu um sie gerissen, ja Staatsanwalt Robert Kennedy persönlich hatte ihr ein Visum besorgt. Zunächst hatte es Verzögerungen bei der Ausstellung ihrer Aufenthaltsgenehmigung gegeben, sodass Josephine davon ausgegangen war, die amerikanischen Behörden trugen ihr den Skandal aus den Fünfzigerjahren noch immer nach. Doch Bobby Kennedy persönlich hatte sich bei ihr gemeldet und ihr versichert, dass ihr das Visum nur deshalb nicht ausgestellt worden war, weil sie vergessen hatte, den Antrag vollständig auszufüllen.

»Wir freuen uns alle, dass Sie die Bürgerrechtsbewegung unterstützen«, hatte er ihr geschrieben, »und sind stolz darauf, Sie als Rednerin bei der geplanten Großveranstaltung gewonnen zu haben. Ich persönlich bin ein großer Fan von Ihnen und freue mich, Sie in Washington kennenzulernen.«

Josephine lehnte sich an das Balkongeländer. Es wimmelte nur so von Menschen, und morgen würden noch viele mehr in die Hauptstadt strömen. Hauptsächlich Afroamerikaner.

Josephine kehrte ins Zimmer zurück und überprüfte zum wiederholten Mal, ob ihre Uniform aus dem Krieg, für sie noch immer ein Symbol des Widerstands, auch tadellos gebügelt und faltenfrei war. Es würde ihr eine Ehre sein, sie am folgenden Tag zu tragen. Sie strich sich mit den Händen über ihre kurzen, welligen Haare; aufgrund immer wiederkehrender Missgeschicke mit dem Glätteisen oder chemischen Produkten, die ihre störrischen Haare zähmen sollten, hatte sie nur noch einen spärlichen grauen Haarflaum auf dem Kopf und griff meistens zu einer Perücke. Doch jetzt war nicht der Zeitpunkt, um sich darüber zu grämen. Sie war zu stolz und aufgeregt über ihre Rolle am morgigen Tag, um sich Gedanken über ihre Haare zu machen.

Aus dem Nebenzimmer hörte sie, wie jemand kicherte. Lächelnd trat sie durch die Verbindungstür und sah nach ihren beiden Ältesten, Akio und Janot. Die beiden Elfjährigen lümmelten sich auf dem breiten Doppelbett, die Tagesdecken achtlos auf den Teppich geworfen, und verfolgten eine Zeichentrickserie im Fernsehen. Dabei stopften sie Erdnüsse und Chips in sich hinein.

»Wie ich sehe, habt ihr euren Spaß. Der Jetlag scheint euch kein bisschen müde gemacht zu haben«, stellte Josephine fest.

Als Antwort grölten die Jungen nur über ein lustiges Ungeschick der Cartoonfiguren. Sie gönnte ihnen ihren Spaß. In den letzten Jahren hatte es sich in ihrer Familie eingebürgert, dass ein oder zwei Kinder sie auf ihren Reisen begleiten durften. Diese genossen die Zeit ganz allein mit ihrer Mutter, da sie dann viel mehr ungeteilte Aufmerksamkeit bekamen als zu Hause, wo man als Teil der inzwischen zwölfköpfigen Rasselbande leicht untergehen konnte, vor allem, wenn man ein schüchternes Kind war wie Janot.

»Kriegen wir eine Limonade aus der Minibar?«, fragte Akio, ohne den Blick vom Fernseher abzuwenden.

»Na klar.« Josephine zog die Tür des kleinen Kühlschranks auf und warf jedem ihrer Söhne eine Dose zu, die sie zischend öffneten. Sie nahm sich selbst eine kleine Flasche Ginger Ale und setzte sich wieder auf den Balkon. Es herrschte eine schier unerträgliche Hitze. Der Asphalt vor dem Hotel flimmerte, und die Pflanzen im Lincoln Park schienen recht vertrocknet. Sie genoss das weltmännische Flair der Hauptstadt; unaufhörlich fuhren Limousinen mit Diplomatenkennzeichen vorüber. Überhaupt war der Verkehr heute sehr stark. Die morgige Veranstaltung zog Menschen aus den gesamten USA an, unzählige Busse aus jedem

Zipfel des Landes schienen Teilnehmer auszuspucken, die sich eine Unterkunft für die Nacht suchten. Die Luft vibrierte, und die Menschen schienen erwartungsvoll.

Während sie eine Gruppe junger Schwarzer beobachtete, die mit Rucksäcken und Zelten beladen den Park betraten – wollten sie die Nacht über hier campen? –, flogen ihre Gedanken heim nach Les Milandes. Sie vermisste ihre anderen zehn Kinder, aber sie wusste, sie brauchte sich keine Sorgen um sie zu machen. Sie waren bei Margaret und Elmo, Richard und seiner französischen Ehefrau in den allerbesten Händen. Carrie war mittlerweile verstorben, was immer noch einen jähen Schmerz in ihr auflodern ließ. Der Schaukelstuhl unter der Ulme im Park würde nun für immer leer bleiben. Der Gedanke, dass sie ihrer Mutter nach den Jahren bitterlicher Armut in St. Louis einen unbeschwerten Lebensabend auf ihrem Schloss beschert hatte, hatte sie in den Monaten nach ihrem Tod sehr getröstet.

Auch an Jo dachte sie, wie so oft. Ihre Ehe hatte es nicht geschafft und war trotz aller Bemühungen gescheitert.

Die Szene, in der Jo sie wenige Wochen nach seiner Rückkehr auf Les Milandes eines Sonntags um ein Gespräch bat, würde ihr bis an ihr Lebensende im Gedächtnis bleiben. Sie hatten sich auf ihr Bett gesetzt, und Jo hatte ihre Hände in seine genommen. Leise hatte er ihr zu verstehen gegeben, dass er sie endgültig verlassen würde.

»Ich schaffe es nicht«, waren seine Worte gewesen. Sie hatte sich ihm entzogen und heftig zu schluchzen begonnen, doch hatte sie gespürt, dass er es ernst meinte. Es würde keine weitere Chance für sie geben.

Jo hatte sich von jedem einzelnen Kind liebevoll und mit persönlichen Worten verabschiedet, während Josephine glaubte, vor Kummer zu zerbrechen. Zum Schluss hatte er sie auf die Stirn geküsst, was sie innerlich zerriss, da es sich wie die Berührung eines Bruders, nicht aber eines Ehemannes anfühlte.

»Leb wohl, Josephine«, hatte er heiser gesagt, doch sie hatte nur die Lippen zusammengepresst und ihre Arme um die Kinder gelegt, die sich weinend an sie drückten. Der Kinder wegen war Jo eine Konstante in ihrem Leben geblieben; er war oft zu Gast auf Les Milandes, um sich intensiv mit ihnen zu beschäftigen und an ihrem Leben teilzuhaben. Seit ein paar Monaten sahen sie ihn etwas seltener, da er nach Argentinien übergesiedelt war, wo er ein französisches Restaurant eröffnet hatte. Bereits damals, als Josephine von ihrer Argentinienreise zurückgekehrt war und von diesem Land berichtete, hatte sie gespürt, welche Faszination es auf Jo ausgeübt hatte, trotz seines Diktators. Die größeren Kinder würden bald zu ihm reisen und ihre Ferien bei ihm verbringen dürfen.

Sie war Jo zutiefst dankbar. Trotz ihrer Trennung hatte er der Adoption ihrer letzten drei Neuzugänge zugestimmt – Noël, Mara und Stellina, ihrem zweiten Mädchen.

Janot erschien mit erhitzten Wangen und verstrubbelten Haaren in der Balkontür. »Dürfen wir uns vom Zimmerservice Hamburger aufs Zimmer bringen lassen, Maman?«

Josephine stöhnte gespielt auf. »Ihr Jungs esst mir noch die Haare vom Kopf. Spaß beiseite – bestellt euch, was ihr möchtet.«

»Zu schade, dass du morgen arbeiten musst, Maman«, kicherte Janot.

Josephine schmunzelte. »Arbeit würde ich das nicht gerade nennen. Es ist eine große Ehre, bei der Veranstaltung sprechen zu dürfen. Wahrscheinlich wird der morgige Tag in den Geschichtsbüchern verewigt – du und dein Bruder tätet gut daran, euch nicht den ganzen Tag vor dem Fernseher zu lümmeln, sondern auf die Straße zu gehen. Solch ein Spektakel wie das morgige werdet ihr so schnell nicht wieder zu sehen bekommen.«

Ihr Sohn verschwand wieder nach drinnen, und Josephines Gedanken zogen weiter. Sie hing mit zärtlicher Liebe an ihrer Regenbogenfamilie. Die Kinder waren eine eingeschworene Gemeinschaft, ihr Regenbogenstamm, wie sie sich selbst nannten, eine Großfamilie, in der geschwisterliches Miteinander an allererster Stelle stand.

Mit der Adoption ihrer Töchter und Söhne hatte sich Josephine nicht nur ihren Traum von einer Familie erfüllt, sie hatte gleichzeitig ein Exempel statuiert. Noch immer reiste sie durch die verschiedensten Länder oder hielt Konferenzen auf Les Milandes ab, um über ihr Konzept zu sprechen, wie man die Grenzen einriss, die Menschen unterschiedlicher Hautfarben voneinander trennten. Durch Liebe und Verständnis, durch eine Erziehung schon der Allerkleinsten zu Brüderlichkeit und Nächstenliebe.

Morgen würde sie vor Hunderttausenden sprechen. Trotz der glühenden Hitze im Hotelzimmer überzog Gänsehaut ihre Arme. Es würde der allergrößte, wichtigste Auftritt ihres Lebens werden. Das Bild des in der Sonne flimmernden Parks verschwamm vor ihren Augen, und Bilder ihrer Kindheit und Jugend zogen an ihr vorüber wie ein alter Schwarz-Weiß-Film. Wie sie als Grundschulkind in die Dienste fremder Leute gegeben wurde, die sie ausbeuteten und misshandelten, der schreckliche Überfall auf Boxcar Town, der Hass in den Augen der Weißen, wenn sie durch die New Yorker Straßen ging, als wolle sie sich irgendetwas nehmen, was ihr nicht zustand, die unzähligen Demütigungen, als Frankreichs größter Star in Amerika kein Dach über dem Kopf zu bekommen, weil man Menschen ihrer Hautfarbe nicht tolerierte.

»Maman!«, schrien Akio und Janot plötzlich wie aus einem Munde aus dem Nebenzimmer. »Sie sagen im Fernsehen gerade etwas über dich!«

Sie riss sich vom Anblick des Lincoln Park los und eilte zu den Jungen.

»Da, schau nur!« Janot zeigte aufgeregt auf den Bildschirm. Ein Reporter stand vor dem Lincoln Memorial, wo gerade eine Plattform für den morgigen Tag aufgebaut wurde, und sprach von den Bürgerrechtskämpfern, die hier sprechen würden, allen voran Martin Luther King, dem großen Anführer der Bürgerrechtsbewegung.

»Bevor du reingekommen bist, hat der Reporter gesagt, dass du auch eine Rede hältst, Maman!« Ihre Söhne sahen sie stolz an. Josephine strich ihnen über die schwarzen Haare und setzte sich zu ihnen auf die Bettkante, um die Sendung zu verfolgen.

Wer hätte gedacht, dass sie, ein schwarzes Kind aus St. Louis, das in unvergleichlicher Armut aufgewachsen war, zuerst zu Frankreichs größtem Revuestar, dann zur Kriegsheldin und am Ende zu einer Anführerin der Bürgerrechtsbewegung werden würde?

Die Begeisterung ihrer Söhne rührte sie, und der Gedanke, wie glücklich und gesegnet sie war, überfiel sie. Ihre Ehe war schiefgegangen, dennoch hatte es das Leben gut mit ihr gemeint. Sie war sich immer treu geblieben. Und war das nicht das Allerwichtigste?

In der Mittagshitze des achtundzwanzigsten Augusts 1963 saß Josephine auf der Plattform vor dem Lincoln Memorial. Mit zweihundertfünfzigtausend anderen Menschen, Schwarzen wie Weißen, war sie die Pennsylvania Avenue an der Seite von Martin Luther King entlangmarschiert. Es war so heiß, dass sie den glühenden Asphalt durch ihre Schuhsohlen spürte. Sie schwitzte in ihrer Uniform, auf der die Medaillen glänzten, mit denen sie von Charles de Gaulle im Zweiten Weltkrieg ausgezeichnet worden war.

Hubschrauber mit Filmteams kreisten über dem Menschenauflauf und filmten die größte Demonstration, die je in Washington stattgefunden hatte. Tausende von Soldaten hielten sich am Rande des Zuges bereit, um eingreifen zu können, sollte die Situation eskalieren. Doch die Demonstranten waren friedlich. Sie waren singend aus den Sonderzügen und Bussen gestiegen, die sie aus allen Richtungen in die Hauptstadt gebracht hatten, weiße Studenten in Jeans und T-Shirts bis hin zu alten schwarzen Männern in ihren besten Sonntagsanzügen.

Josephine saß ein dicker Kloß in der Kehle, als sie von

ihrem Podium herab auf die vielen Köpfe schaute, die sich versammelt hatten, um für ein gemeinsames Ziel zu kämpfen: die Bürgerrechte für die afroamerikanische Bevölkerung.

Es herrschte eine Stimmung wie auf einem riesigen Volksfest. Die Massen skandierten ihre Forderungen nach Gleichheit, schwenkten ihre Plakate, lagen sich in den Armen. Bob Dylan und Mahalia Jackson sangen zwischen den Reden, die von der Plattform herab gehalten wurden, und schienen das Publikum zu verzaubern, ja beinahe zu hypnotisieren.

»Hatten Sie schon jemals ein so großes Publikum, Mrs Baker?«, scherzte Martin Luther King an ihrer Seite. Sie spürte, dass er nervös war und unter seinem schwarzen Anzug schwitzte. Trotzdem wirkte er stark und zuversichtlich.

»Das muss am guten Wetter liegen«, raunte Josephine als Antwort.

Er brach in schallendes Gelächter aus, fing sich aber rasch wieder, um den Gesang nicht zu stören. »Es tut gut, Sie heute an meiner Seite zu haben, Josephine.«

»Es ist mir eine Ehre«, flüsterte sie.

»Meine Frau Coretta ist eine große Bewunderin von Ihnen«, sagte er leise. »Sie würde Sie gerne kennenlernen.«

»Mit Freude«, gab sie gedämpft zurück. »Wir sind noch ein paar Tage hier.«

Und dann war ihr Moment gekommen. King nickte ihr aufmunternd zu, sie stand auf, trat ans Mikrofon und blickte hinab in das Meer schwarzer und weißer Gesichter, die erwartungsvoll zu ihr aufsahen. Sie hatte feuchte Hände vor

Lampenfieber, und ihr war, als führe ihr Magen Achterbahn, doch sie wusste, sie würde es schaffen, zu sprechen und den Menschen etwas mitzugeben. Sie spürte die ruhige Präsenz Martin Luther Kings an ihrer Seite, spürte, wie er noch ein wenig näher rückte, um ihr Mut zu machen.

Sie gab sich einen Ruck, dachte an ihre Familie in Les Milandes, an Jo in Argentinien – sie alle würden die Übertragung der Demonstration im Fernsehen verfolgen und ihr, Josephine, zuhören.

»Das ist der glücklichste Tag meines Lebens«, begann sie heiser, doch dann gewann ihre Stimme an Kraft. Sie spürte, wie die Menschenmasse stiller wurde und ihr lauschte. »Wisst ihr, ich lüge nicht, wenn ich sage, dass ich in die Paläste von Königen eingeladen wurde und in die Häuser von Präsidenten. Aber es ist mir nicht möglich, in Amerika in ein Hotel zu gehen und eine Tasse Kaffee zu bestellen, und das macht mich wütend. Und wenn ich wütend werde, dann mache ich meinen großen Mund auf. Und aufgepasst! Denn wenn Josephine ihren großen Mund aufmacht, dann hört man es auf der ganzen Welt.«

Die Menge hörte ihr gebannt zu, und sie hielt einen Moment inne, um sich zu sammeln. Martin Luther King hinter ihr flüsterte ermutigend: »Weiter so!«

»Und so habe ich meinen Mund aufgemacht und meine Forderungen gestellt, ich habe gesagt, was ich haben wollte und was mir zustand, aber sie wollten es mir noch immer nicht geben ... Ich sage euch allen, tut es mir gleich! Schreit und stellt Forderungen, kämpft für eure Rechte! Denn ich weiß, meine Freunde, wenn ihr schreit, werdet ihr auch gehört werden. Und ihr werdet auch jetzt, hier und heute, gehört werden!«

Begeisterte Rufe erklangen hier und da aus dem Publikum, doch noch immer standen die zweihundertfünfzigtausend Menschen wie gebannt und ohne sich zu rühren um das Lincoln Memorial herum und lauschten ihren Worten. »All ihr Mütter und Väter – denkt an eure Kinder! Macht das Land für sie zu einem sichereren Ort, sodass sie nicht weglaufen müssen, so wie ich es getan habe.«

Noch Minuten, nachdem sie geendet hatte, tobte der Applaus. Überwältigt gab sie das Mikrofon an King ab und trat ein Stück zurück. Tiefer Frieden erfüllte sie. Sie hatte zu Amerika gesprochen, hatte gesagt, was sie zu sagen hatte. Ihr war, als habe sie nun ihre Mission erfüllt, die Fackel dieses Kampfes um Gleichberechtigung an das amerikanische Volk weitergereicht. Sie hatte ihren Teil getan, ihre Schlachten geschlagen, nun konnten andere den Kampf weiterführen. Sie fühlte sich etwas müde; sie war siebenundfünfzig Jahre alt und wünschte sich nichts sehnlicher, als nach Hause zurückzukehren und sich um ihre Kinder zu kümmern, sie aufwachsen zu sehen und mitzuerleben, wie sie zu liebenswerten und verantwortungsbewussten Erwachsenen heranreiften.

Martin Luther King umklammerte das Mikrofon; er wirkte souverän und gelassen, doch seine Worte klangen rau, als er unter brandendem Beifall anfing zu sprechen.

Auch er schlug das Publikum in seinen Bann. Der Platz um das Lincoln Memorial war so still, als sei er menschenleer. Die Menschen hatten Tränen in den Augen, als sie den

Worten des Bürgerrechtskämpfers lauschten, manche hatten die Hände wie zum Gebet gefaltet oder gegen die Brust gepresst. Es war ein Moment, der in die Geschichte eingehen würde, das spürte Josephine ganz deutlich. Mit King auf der Bühne zu stehen fühlte sich fast surreal an, wie eine Szene aus einem Film, der für immer im Reich der Utopie bleiben würde.

»Ich habe einen Traum«, sprach King mit fester Stimme. »Ich habe einen Traum, dass meine vier Kinder eines Tages in einer Nation leben werden, in der sie nicht nach der Farbe ihrer Haut, sondern nach ihrem Charakter beurteilt werden.«

Josephine ließ Kings Worte in sich nachhallen. Sie hatte ihr kleines Paradies, in dem die Hautfarbe keinerlei Bedeutung besaß, bereits für sich und ihre Kinder erschaffen: Les Milandes. Sie konnte es kaum erwarten, ihre Söhne und Töchter wieder in ihre Arme zu schließen und den Tanz ihres wunderbaren, bunten, chaotischen Lebens weiterzuführen.

Epilog

Surely the day will come when color means nothing more than the skin tone, when religion is seen uniquely as a way to speak one's soul; when birth places have the weight of a throw of the dice and all men are born free, when understanding breeds love und brotherhood.

Sicherlich wird der Tag kommen, an dem Farbe nichts mehr bedeutet als der Hautton, an dem Religion einzig als ein Weg gesehen wird, die Seele sprechen zu lassen; wenn Geburtsorte das Gewicht eines Würfelwurfs haben und alle Menschen frei geboren werden, wenn aus Verständnis Liebe und Brüderlichkeit entsteht.

Josephine Baker

April 1968

Eben noch hatte die Sonne geschienen, nun peitschte heftiger Regen gegen die Fensterscheiben, und die Bäume im Park von Les Milandes bogen sich im Sturm. Starke Böen fegten um die Schlossmauern und rüttelten an den alten Fensterläden, doch in der Küche war es warm und behaglich. Josephine schaltete die Hängelampe an, die über dem langen Holztisch hing, an dem sie mit ihren zwölf Kindern saß und zu Mittag aß. Sogleich erleuchtete ein Kegel warmen Lichts den Tisch. Am gegenüberliegenden Tischende, dort, wo vor Jahren Jos Platz gewesen war, saß Bricktop. Josephine prostete ihrer Freundin zu; sie vermochte es noch immer nicht zu glauben, dass diese den weiten Weg von New York auf sich genommen hatte, um sie zu besuchen.

»Wie war es in der Schule?«, fragte Bricktop in die Runde. Für die Kinder war sie eine Art Tante, die sie zwar selten trafen, an der sie aber voller Zuneigung hingen.

Wie gewöhnlich antworteten alle gleichzeitig, sodass sie kaum ein Wort verstanden. Josephine und Bricktop lächelten sich zu; beide liebten die gemeinsamen Mahlzeiten, wenn alle versammelt waren und das Klappern von Besteck und das lebhafte Geplauder der Kinder den Raum erfüllten.

»Einer nach dem anderen. Ihr hört euch an wie ein Vogelschwarm, der durcheinanderzwitschert. Vergesst nicht, Bricky ist es nicht gewöhnt, wenn so viele Personen auf einmal reden. Und bevor ich es vergesse«, sie wandte sich mit ernstem Gesicht an ihre drei Ältesten Akio, Janot und Luis, »mit euch unterhalte ich mich später noch.«

Die drei Halbwüchsigen verdrehten gespielt genervt die Augen, doch nahm Josephine auch einen Hauch von Nervosität bei ihnen wahr. Sie seufzte. Zwölf Kinder zu versorgen – als alleinerziehende Mutter! – war schon schwierig genug, doch wenn mehrere davon gleichzeitig in der Pubertät steckten, rebellierten, Schule schwänzten oder heimlich rauchten, brachte sie das an ihre Grenzen.

»Aber Maman!«, widersprach Akio energisch, »wenn du auf die Zigaretten anspielst, die gehören nicht mir. Ich habe sie bloß für einen Freund aufbewahrt.«

»Papperlapapp!«, schnitt sie ihm das Wort ab. »Genug davon, ich möchte nicht, dass wir das vor deinen Geschwistern besprechen, sonst setzen wir ihnen womöglich noch ähnliche Flausen in den Kopf. Heute Abend unterhalten wir uns.«

Nach dem Essen schwärmten die Kinder wie Bienen ins obere Stockwerk aus, um sich ihren Schularbeiten zu widmen. Josephine und Bricktop stellten das benutzte Geschirr in die Spüle, damit die Küchenhilfe es nachher reinigen konnte.

»Deine Rasselbande hält dich ganz schön auf Trab«, bemerkte Bricktop.

»Das kannst du laut sagen. Je älter sie werden, desto turbulenter geht es bei uns zu. Aber jetzt haben wir mal ein bisschen Ruhe, solange sie ihre Aufgaben machen. Soll ich uns eine Kanne Tee zubereiten?«

»Gern.« Gemeinsam trugen sie wenig später die dampfende Kanne, zwei Tassen und eine Schale mit Keksen in den Salon.

»Es sieht alles aus wie verwaist«, bemerkte Bricktop, die aus dem Fenster in den Park schaute. Insgeheim musste Josephine ihr zustimmen; wie so oft wurde sie plötzlich so traurig und mutlos, dass es ihr vor der Zukunft graute. Die Neonschilder des Hotels, des Restaurants und des Museums waren erloschen. Wie einen flüchtigen Schatten sah sie ihren Bruder Richard im Regenmantel und mit eingezogenem Kopf vorbeihuschen, ansonsten wirkte das Gelände wie ausgestorben.

»Die Bank sagt, ich stehe kurz vor dem Ruin«, gestand sie ein. Der Schmerz über den Zustand des Anwesens saß tief und bohrte wie ein Stachel in ihrem Innern, immer allgegenwärtig. »Sie sind kurz davor, mir den Geldhahn zuzudrehen.«

»Oh Josie, das tut mir so leid.« Mitfühlend ließ Bricktop sich neben ihr auf dem Sofa nieder und nahm ihre Hand. »Du hast hier so einen wunderbaren Ort geschaffen.«

Josephine nickte bekümmert. »Das mag sein. Aber was nützt es mir, wenn mir an allen Ecken und Enden das Geld fehlt? Richard, Margaret und Elmo, sogar Jo drängen mich dazu, Les Milandes zumindest in Teilen zu verkaufen.«

Bricktop schwieg. Sie wusste, dass Les Milandes ihrer Freundin buchstäblich alles bedeutete. »Vielleicht gibt es doch noch einen Weg …«

»Ja. Irgendetwas fällt mir schon ein, keine Sorge, Bricky.« Josephine stellte entschlossen ihre Teetasse ab und nahm sich einen Schokoladenkeks. Sie durfte den Mut nicht verlieren. Sie, Josephine Baker, hatte schließlich noch niemals in ihrem Leben den Mut verloren, immer hatte sie ihre

Ziele eisern verfolgt. Niemals würde sie diesen zauberhaften Ort, dieses Symbol für Brüderlichkeit und Harmonie, verkaufen. Sie musste es irgendwie schaffen, ihren Besitz zu erhalten.

Bricktop gähnte verhalten. »Irgendwie macht mir der Jetlag dieses Mal zu schaffen. Nun ja, man wird nicht jünger.«

»Du siehst keinen Tag älter aus als sechzig«, versicherte Josephine ihr liebevoll. »Das blühende Leben wie eh und je. Weißt du noch, als wir uns in unseren Klubs die Nächte um die Ohren geschlagen haben? Mir kommt es vor wie gestern, dass wir diese ganzen Berühmtheiten wie die Fitzgeralds, Frida Kahlo, Colette oder diese ganzen Scheichs und Prinzen kennengelernt haben, die bei uns getanzt haben bis zum Morgengrauen.«

Bricktop lächelte wehmütig. »Ja, du hast recht. Es waren wilde, aber wundervolle Zeiten. Aber ich fühle mich wie die alte Frau, die ich bin. Zweiundsiebzig Jahre! Wer hätte je gedacht, dass ich so alt werde.«

Josephine goss ihr Tee nach, und während sie dem plätschernden Regen lauschten, fiel Bricktops Blick auf die Zeitung *Le Figaro*. »Mein Gott, es ist eine Tragödie«, murmelte sie, als sie das grobkörnige Porträt Martin Luther Kings auf der ersten Seite betrachtete. Auch Josephine wurde wieder schwermütig.

Martin Luther King, ihr Weggefährte im Kampf gegen die Unterdrückung der Schwarzen, war ermordet worden. Sechs Tage war es nun her, und gestern hatte die Beerdigung stattgefunden.

Noch immer fassungslos, starrte sie das Foto im *Le Figaro* an. Seit sie sich vor fünf Jahren in Washington begegnet waren, hatten sie losen Kontakt gehalten, sich zwei- oder dreimal in Amerika getroffen, wenn Josephine dort einen Auftritt hatte, und sich gelegentlich geschrieben, um sich gegenseitig auf dem Laufenden zu halten.

Kings Ermordung war ein schwerer Schlag für die Bürgerrechtsbewegung. Wer sollte die Gruppierung nun anführen und sich so für die Schwarzen einsetzen, wie King es getan hatte?

»Ich kann es noch gar nicht glauben. Es ist ein Verlust für ganz Amerika, ja für uns alle. Arme Coretta«, murmelte Josephine, als sie an Kings Witwe zurückdachte. Auch wenn sie sich aufgrund der geografischen Entfernung nur selten gesehen hatten, waren sie Freundinnen geworden. Josephine vermutete, dass Coretta unendlich schwer unter ihrem Verlust litt.

»Ich kann nicht fassen, wie Coretta es geschafft hat, am Tag vor der Beerdigung ihres Mannes einen geplanten Protestmarsch durch Memphis mit fünfunddreißigtausend Teilnehmern anzuführen. Diese Frau besitzt eine Stärke, die beneidenswert ist. Anscheinend lässt sie sich durch nichts unterkriegen.«

Bricktop blätterte nachdenklich durch die Zeitung. »Vielleicht hat die reine Verzweiflung sie dazu gebracht, die Demonstration zu leiten?«

In diesem Moment läutete das Telefon. Josephine griff nach dem Apparat, der neben ihr auf dem Beistelltisch stand. »Hoffentlich nicht wieder ein Lehrer, der sich über eines der Kinder beschwert«, flüsterte sie Bricktop zu.

Doch zu ihrer Überraschung vernahm sie nach anfänglichem Knacken in der Leitung, das typisch für ein Gespräch aus Übersee war, die Stimme Coretta Kings.

»Coretta!«, stieß Josephine hervor. Bricktop nippte an ihrem Tee, beobachtete sie aber aufmerksam. »Um Himmels willen, wie geht es dir? Ich habe gerade an dich gedacht. Ich hoffe, du hast mein Beileidstelegramm erhalten?«

»Ja, vielen Dank, dass du an mich gedacht hast«, klang Coretta müde aus dem Hörer. »Das war sehr lieb von dir.«

»Das war selbstverständlich. Als ich letzte Woche in den Nachrichten hörte, was mit Martin passiert ist, traf mich der Schlag. Es ist so, so furchtbar!« Bedrückt starrte Josephine während des Redens aus dem Fenster, sah den Regen, der monoton rauschend herabfiel. Sie fühlte sich diesem Gespräch nicht gewachsen und warf Bricktop einen Hilfe suchenden Blick zu. Was sollte man auch zu einer Frau sagen, deren Mann vor wenigen Tagen ermordet worden war? Es gab keine Worte, die ihren Schmerz zu lindern vermochten. Bricktop nickte ihr aufmunternd zu, sodass sie schließlich behutsam fragte: »Wie geht es dir, Coretta?«

Coretta seufzte. »Was soll ich dir sagen, Josephine? Nicht gut. Auch den Kindern fehlt Martin entsetzlich. Aber es muss irgendwie weitergehen, oder? Es hilft nicht, ewig zu trauern.«

»Das ist richtig«, stimmte Josephine leise zu. Sie bewunderte diese vom Schicksal gebeutelte Frau, die trotz ihres Verlustes so gefasst war. »Ich habe gelesen, dass du am Tag vor Martins Beerdigung diesen Protestmarsch durch Memphis angeführt hast. Wolltest du dir nicht lieber erst mal eine Pause gönnen, um ein wenig zu dir zu kommen?«

»Das konnte ich nicht«, antwortete Coretta ruhig. »Ich musste diese Demonstration einfach durchziehen. Martin hätte es so gewollt. Er hätte darauf bestanden, dass seine Arbeit weitergeführt wird. Du kannst mir glauben, innerlich bin ich fast zerbrochen, aber ich musste einfach an der Spitze dieser Demonstration mitlaufen.«

»Es ist eine Schande, dass uns ein so guter Mann entrissen wurde«, murmelte Josephine. »Er hätte noch so viel Gutes für uns bewirken können.«

»Ja, das hätte er«, gab Coretta leise zu. Erstmals bröckelte die Fassade der starken, gefassten Witwe, und ihre Stimme drohte zu brechen. »Aber wir müssen weiter für unsere Rechte kämpfen, wir dürfen nicht aufgeben, verstehst du, Josephine? Sonst war alles, was Martin erreicht hat, umsonst.«

»Selbstverständlich.«

»Das ist der Grund, warum ich mit dir sprechen wollte.«

Josephine legte die Hände um die noch warme Teetasse. Plötzlich spürte sie die Kälte im Salon, so als dringe die klamme Feuchtigkeit von draußen durch die Ritzen des Schlosses. »Warum wolltest du mit mir sprechen?«

Coretta schwieg kurz, offenbar musste sie sich am anderen Ende des Ozeans erst ein Herz fassen, um ihr Anliegen zu formulieren. »Ich wollte dich fragen, Josephine … Nun, ich wollte dich fragen, ob du bereit wärst, die Nachfolge Martins anzutreten.«

Josephines Puls beschleunigte sich, und ihre Hand, mit der sie den Hörer umklammerte, zitterte plötzlich. »Wie … wie meinst du das?«

»Bist du bereit, die Bürgerrechtsbewegung in den USA anzuführen? So wie Martin es bis zu seiner Ermordung getan hat?« Corettas Worte klangen nun keineswegs mehr zaghaft, sondern eindringlich und drängend.

Josephine fühlte sich völlig überrumpelt. Mit leerem Blick starrte sie Bricktop an. »Ich, als Nachfolgerin von Martin Luther King, dem großen Bürgerrechtskämpfer in den USA? Ist das nicht eine absurde Idee? «

Bricktop ließ die Zeitung sinken und sah sie fassungslos an. »Nachfolgerin von Martin Luther King?«, formte sie lautlos mit den Lippen.

»Wie in Gottes Namen kommst du auf mich?«, stieß Josephine hervor.

Sie erahnte ein leises Lächeln in Corettas Stimme. »Weil du eine starke Frau bist, Josephine. Die stärkste, die ich kenne. Weil du eine Kämpferin bist. Hast du nicht dein ganzes Leben lang gegen die Segregation angekämpft?«

»Ja, das habe ich.«

»Noch dazu bist du berühmt. Die Menschen achten dich, du bist eine Kultfigur. Sag Ja. Trete in Martins Fußstapfen. Er hätte es gut gefunden, dass du den Kampf für unsere Rechte an seiner Stelle weiterführst.«

Josephine vernahm aus dem oberen Stockwerk, wie sich jemand lautstark stritt, dann wurde eine Tür zugeschlagen. Bei zwölf Kindern zankte sich eigentlich ständig jemand mit einem Bruder oder einer Schwester, das war Alltag. Flüchtig fragte sich Josephine, um was es wohl dieses Mal gegangen war. Gleichzeitig tobten widerstreitende Gefühle in ihr. Sie war sich noch nicht im Klaren darüber, was sie von Corettas Angebot halten sollte. Natürlich wäre es eine unbeschreibliche Ehre, Martin Luther Kings Nachfolge anzutreten, mit Leib und Seele dafür zu kämpfen, dass die Ungerechtigkeiten, die das Leben Schwarzer noch immer bestimmten, ein für alle Mal ausgemerzt wurden. Auch im Alter von fast zweiundsechzig Jahren spürte sie noch genug Leidenschaft in sich, um für diese Aufgabe zu brennen. Falls sie das Angebot annahm, könnte sie noch so viel erreichen, so vieles erkämpfen.

»Sagst du Ja?«, fragte Coretta hoffnungsvoll.

»Ich ...« Der nun stärker gegen die Fenster prasselnde Regen, der heulende Sturm, das Getrappel von Kinderfüßen auf der Treppe, das Gekicher ihrer zwei Töchter vermischten sich in ihrem Kopf zu einer Art Nebel, der einen Moment lang alle ihre Gedanken betäubte. Bricktop saß bewegungslos neben ihr und wartete gespannt auf ihre Antwort. Josephine erkannte in den dunklen Augen der Freundin die Zweifel, die sie selbst hegte. Im nächsten Moment erschien alles wieder klar. Gleichzeitig spürte sie Corettas stummes Flehen, als säße die Freundin neben ihr.

»Nein, Coretta«, antwortete sie bedauernd. »Ich kann Martins Nachfolge nicht antreten.« Bricktop an ihrer Seite stieß erleichtert den Atem aus.

Es tat Josephine unendlich leid, ihre Freundin zu enttäuschen, aber ihr war ein anderer Weg vorgezeichnet. »Meine Kinder stehen an allererster Stelle. Und ich habe schließlich zwölf davon! Sie sind allesamt in einem schwierigen Alter, und sie brauchen ihre Mutter, wo ihr Vater schon so weit weg lebt.«

»Aber«, wandte Coretta in einem letzten Versuch, sie umzustimmen, ein. »Du könntest mit deinen Kindern in die USA ziehen, zumindest zeitweise, dann wärt ihr zusammen hier.«

Josephine schüttelte den Kopf, und dieses Mal lächelte sie. »Nein, das wäre nicht richtig. Frankreich ist unser Zuhause. Hier ist unser Leben. Und wer weiß, was mir als Anführerin der Bürgerrechtsbewegung passieren würde? Womöglich wäre ich das nächste Opfer eines heimtückischen Attentats? Nein, meine Kinder sind zu jung, um mutterlos aufzuwachsen.«

Josephine hörte ihre Freundin am anderen Ende der Leitung tief aufseufzen, spürte trotz der großen Entfernung ihre Enttäuschung. Doch sie wusste, dass Coretta ihre Entscheidung nachempfinden konnte, denn sie war selbst Mutter. »Selbstverständlich. Das verstehe ich. Ich verstehe das sehr gut.«

Josephine atmete erleichtert auf; einen Moment hatte sie tatsächlich befürchtet, Coretta mit ihrer Absage gekränkt zu haben. »Darüber bin ich sehr froh. Und ich hoffe, wir bleiben trotzdem in Kontakt?«

»Natürlich«, bestätigte Coretta weich. »Wir hören bald wieder voneinander.«

Nachdem sie sich verabschiedet hatten, legte Josephine den Hörer behutsam wieder auf die Gabel und trank ihren Tee aus. Corettas Angebot hatte sie sehr aufgewühlt; sie gab

Bricktop, die sich aus ihren Antworten zusammengereimt hatte, um was es gegangen war, dennoch eine kurze Zusammenfassung des Telefonats.

»Es war vollkommen richtig, Mrs King abzusagen«, entschied Bricktop entschlossen. »Ich hätte ständig Angst um dich gehabt, dass dir auch etwas zustößt.«

»Ich weiß.« Josephine dachte an Corettas Worte, dass das Leben weitergehen musste. Das galt auch für sie. Wie lange sie ihr kleines Stück vom Paradies noch für sich und ihre Kinder erhalten konnte? Doch sie ließ sich nicht unterkriegen. Bisher hatte sie für jeden Sturm, der durch ihr Leben gewirbelt war, eine Lösung gefunden, hatte es nach jedem Sturz in die Tiefe geschafft, wieder aufzustehen, sich hochzurappeln und wieder auf die Bühne des Lebens zu steigen. Zum Glück hatte sie gute Freunde wie Bricktop.

Von oben rief Jean-Claude, dass er Hilfe bei den Hausaufgaben bräuchte, und Stellina beklagte sich quer durch das ganze Treppenhaus bei ihr, dass Koffi ihre Puppen versteckt hatte.

»Ich komme«, gab Josephine zurück, »ich komme, meine Süßen!«

Lächelnd ging sie die Treppe nach oben, um nach ihrer Kinderschar zu sehen.

Nachwort

Im Jahr 1969 verlor Josephine Baker ihr Anwesen Les Milandes endgültig. Obwohl die Filmschauspielerin Brigitte Bardot sich in den Medien für sie einsetzte, wurde das Schloss versteigert. Das Foto von Josephine, wie sie im Regen auf den Stufen des Schlosses sitzt, barfuß, in Decken gehüllt, und sich weigert, ihren Besitz zu verlassen, ging um die Welt.

Zum Glück nahm sich Grace Kelly, die Fürstin von Monaco, ihrer an und vermittelte ihr und ihren Kindern eine Villa in Monte Carlo, die Villa Maryvonne, in der Josephine bis an ihr Lebensende wohnte.

Je älter Josephines Regenbogenkinder wurden, desto öfter gab es Probleme mit ihnen; sie konsumierten Alkohol und Drogen, blieben nächtelang weg – und das waren nur einige der Aktionen, mithilfe derer die Jugendlichen sich von ihrer Adoptivmutter, die für jeden Einzelnen von ihnen einen klaren Lebensweg vorgezeichnet hatte, zu lösen versuchten. Zwischen Josephine und Sohn Jari kam es sogar zum endgültigen Bruch, da sie seine Homosexualität nicht billigen wollte, obwohl sie selbst in jüngeren Jahren Affären mit Frauen hatte.

Erschwerend zu den Familienproblemen kam hinzu, dass Josephine weiterhin viel reiste und in Klubs oder bei karitativen Veranstaltungen auftrat, um ihren Lebensunterhalt zu sichern, und deshalb oft abwesend war.

Am 8. April 1975 feierte Josephine in Paris am *Bobino Theater* Premiere mit ihrer Show *Joséphine*. Dieser Auftritt markierte gleichzeitig ihr fünfzigjähriges Bühnenjubiläum. Kurz darauf erlitt sie eine Gehirnblutung und wurde ins Krankenhaus eingeliefert. Ihre Schwester Margaret und Grace Kelly reisten schnellstens an ihr Krankenbett. Am 12. April 1975 verstarb Josephine im Alter von neunundsechzig Jahren.

Josephine sagte einmal, der Tanz sei ihr Leben und sie wünsche sich, wenn ihre Zeit gekommen wäre, atemlos nach dem Ende eines letzten Tanzes zu sterben. Dieser Wunsch wurde ihr wohl erfüllt.

Da sie eine Kriegsheldin gewesen war, richtete Frankreich ihr ein Staatsbegräbnis aus, an dem zwanzigtausend Trauernde teilnahmen, für die sie bereits zu Lebzeiten eine Legende war. Ihr kometenhafter Aufstieg vom armen Mädchen aus den Slums von St. Louis zum begehrten Showstar in Paris, ihr unerschrockener Einsatz für die Résistance im Zweiten Weltkrieg bis hin zur Gründung ihrer Regenbogenfamilie mit zwölf Kindern verschiedener ethnischer und religiöser Hintergründe, nicht zu vergessen ihr Einsatz für die Bürgerrechtsbewegung in den USA – all das macht sie auch heute noch zu einer schillernden und visionären Persönlichkeit.

Jo Bouillon führte sein Restaurant in Buenos Aires bis zu seinem Tod im Jahr 1984. Er wurde in Monaco im Grab von Josephine beigesetzt.

Ada »Bricktop« Smith hatte in späteren Jahren einige Auftritte in Filmen. Sie starb 1984 in New York.

Von Josephines zwölf Kindern folgte keines den Plänen, die ihre Mutter für sie geschmiedet hatte. Sie hatte vorgesehen, dass sie Arzt, Hotelier, Diplomat werden sollten, doch letztendlich ergriffen sie Berufe wie Gärtner, Kellner, Tischler, Versicherungsvertreter oder Gemüsehändler. Moïse starb früh. Akio, der älteste Sohn, zerstritt sich kurz vor deren Tod mit seiner Mutter und blieb als Einziger der von Grace Kelly organisierten Trauerfeier in Monaco fern.